Promise Cinderella

Oreco Tachibana

3

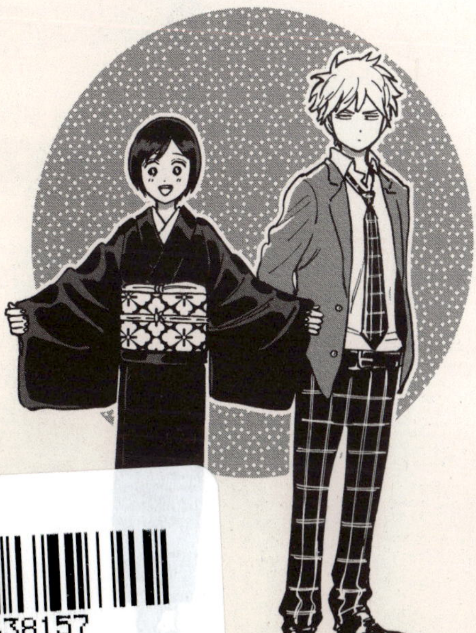

TOKYOPOP®

INHALT

Kapitel 15 – Nicht mit mir

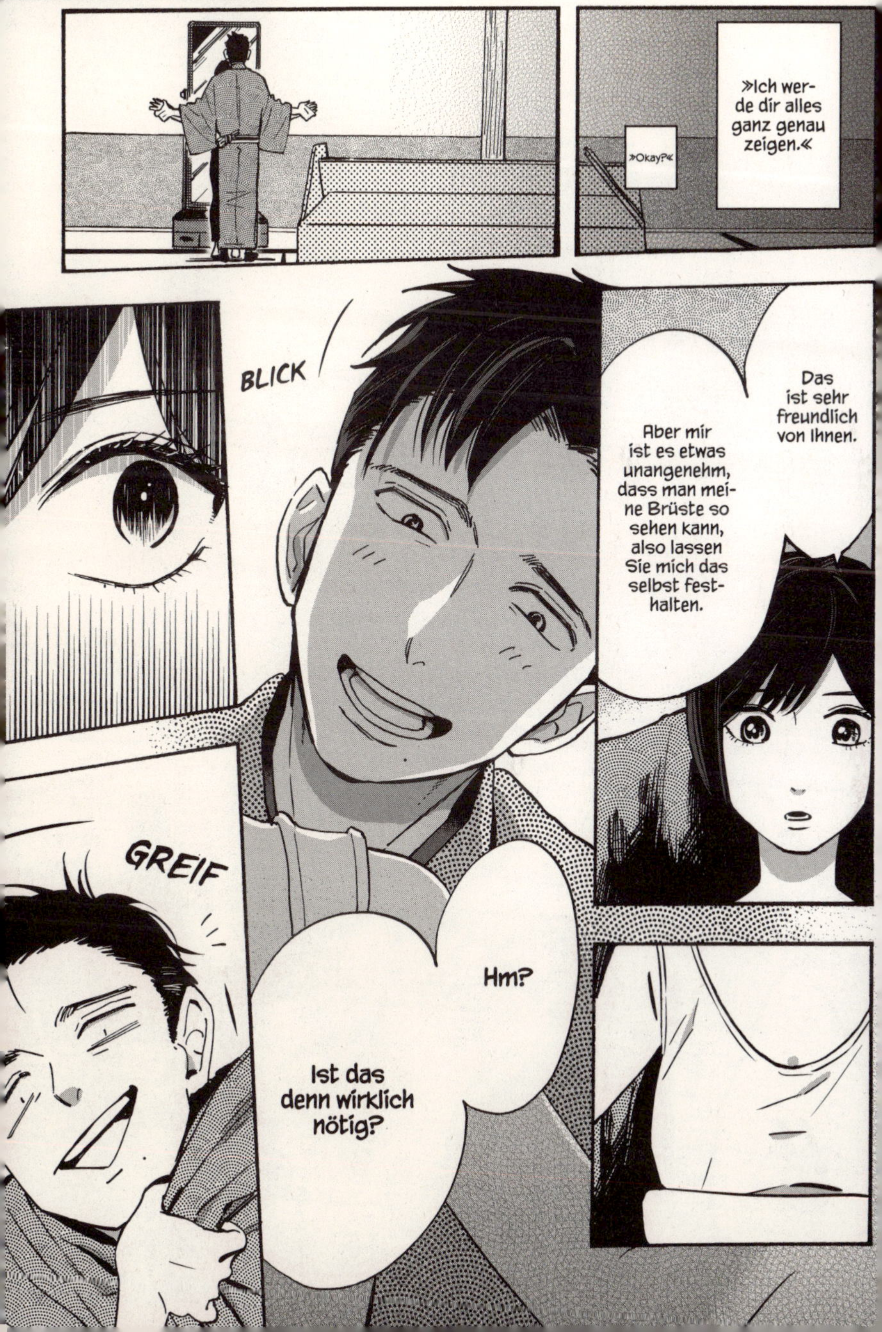

Kapitel 15 – Nicht mit mir

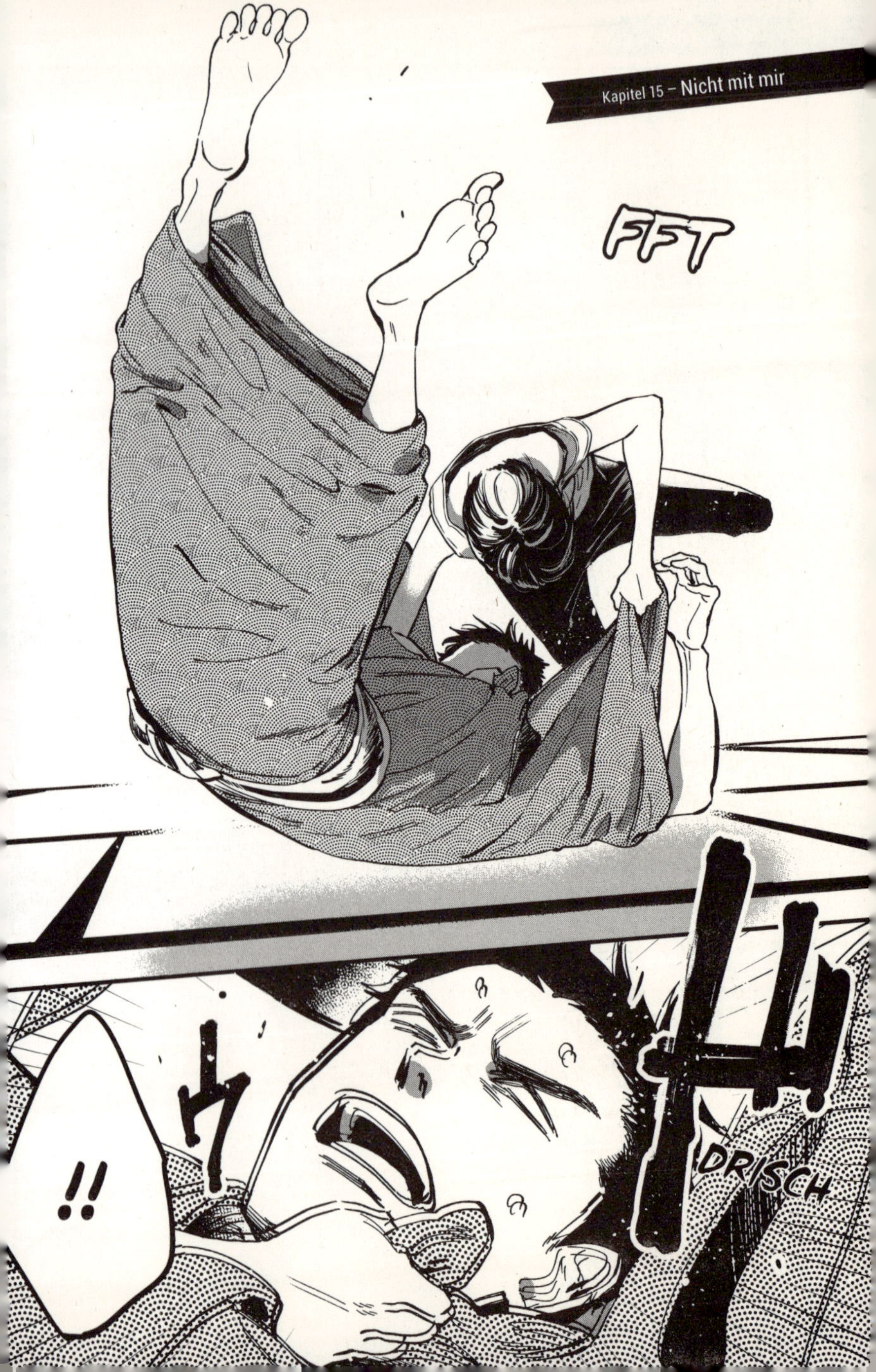

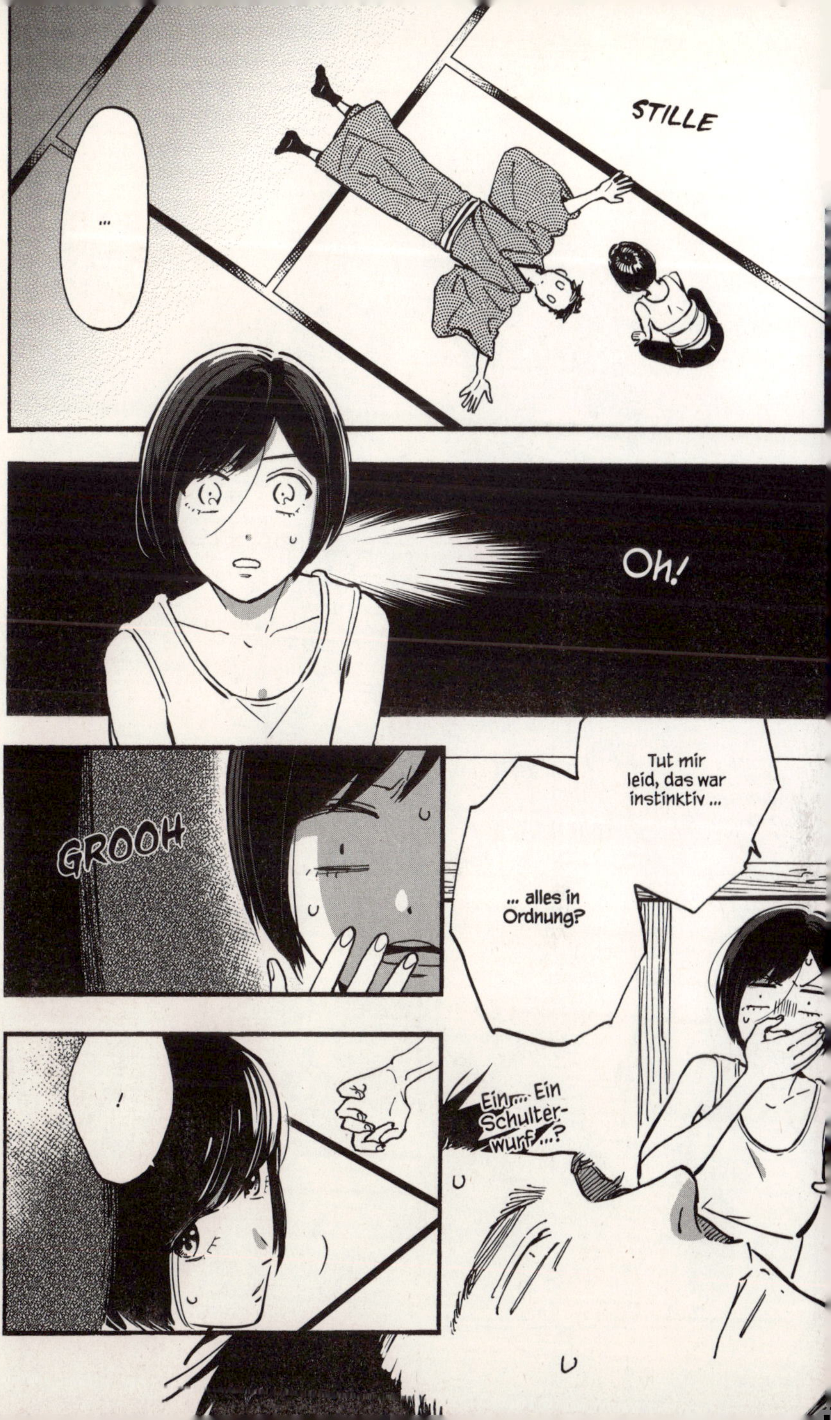
STILLE
...
Oh!
Tut mir leid, das war instinktiv ...
... alles in Ordnung?
GROOH
!
Ein ... Ein Schulterwurf ...?

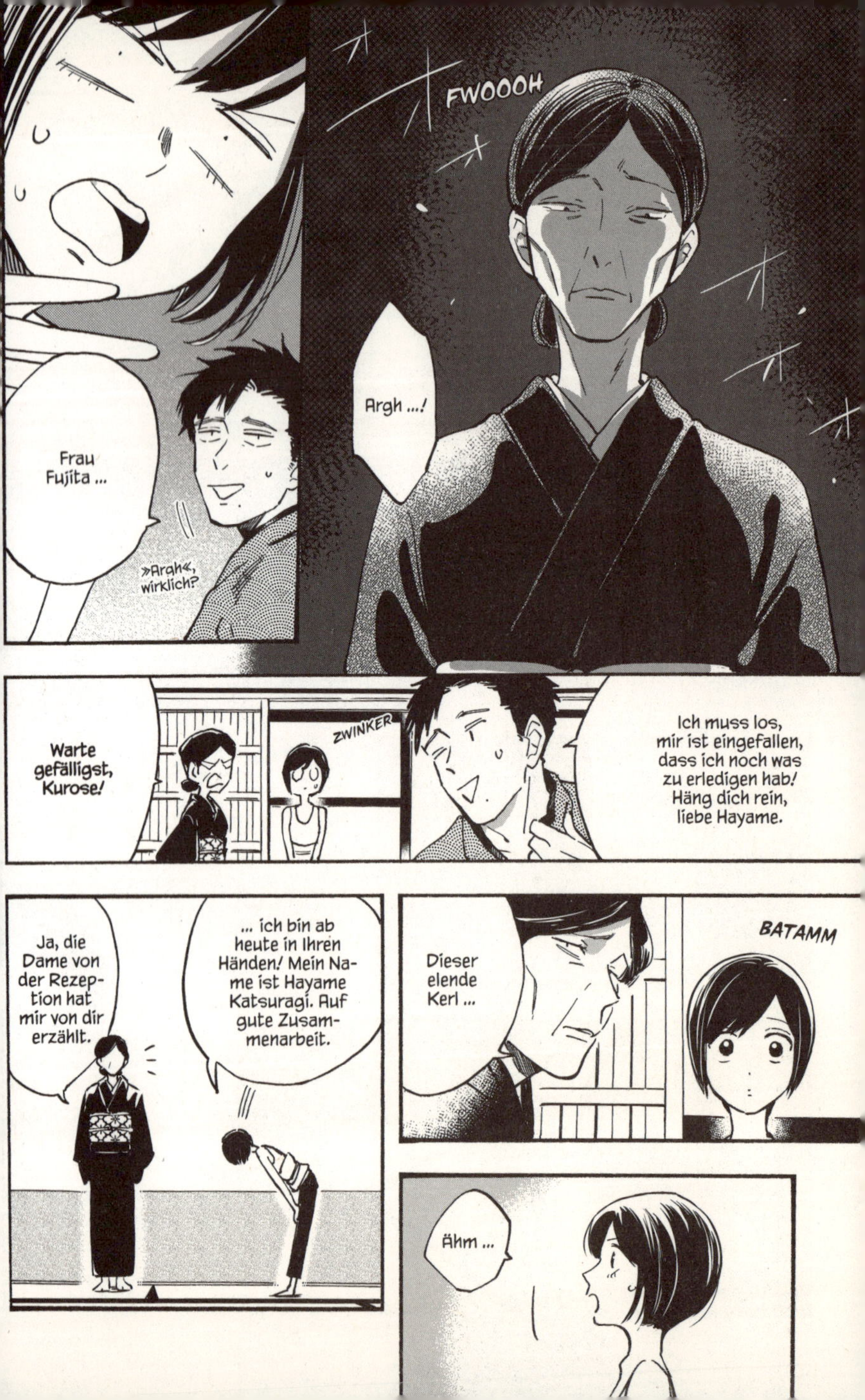
FWOOOH
Argh ...!
Frau Fujita ...
»Argh«, wirklich?
Ich muss los, mir ist eingefallen, dass ich noch was zu erledigen hab! Häng dich rein, liebe Hayame.
ZWINKER
Warte gefälligst, Kurose!
BATAMM
Dieser elende Kerl ...
... ich bin ab heute in Ihren Händen! Mein Name ist Hayame Katsuragi. Auf gute Zusammenarbeit.
Ja, die Dame von der Rezeption hat mir von dir erzählt.
Ähm ...

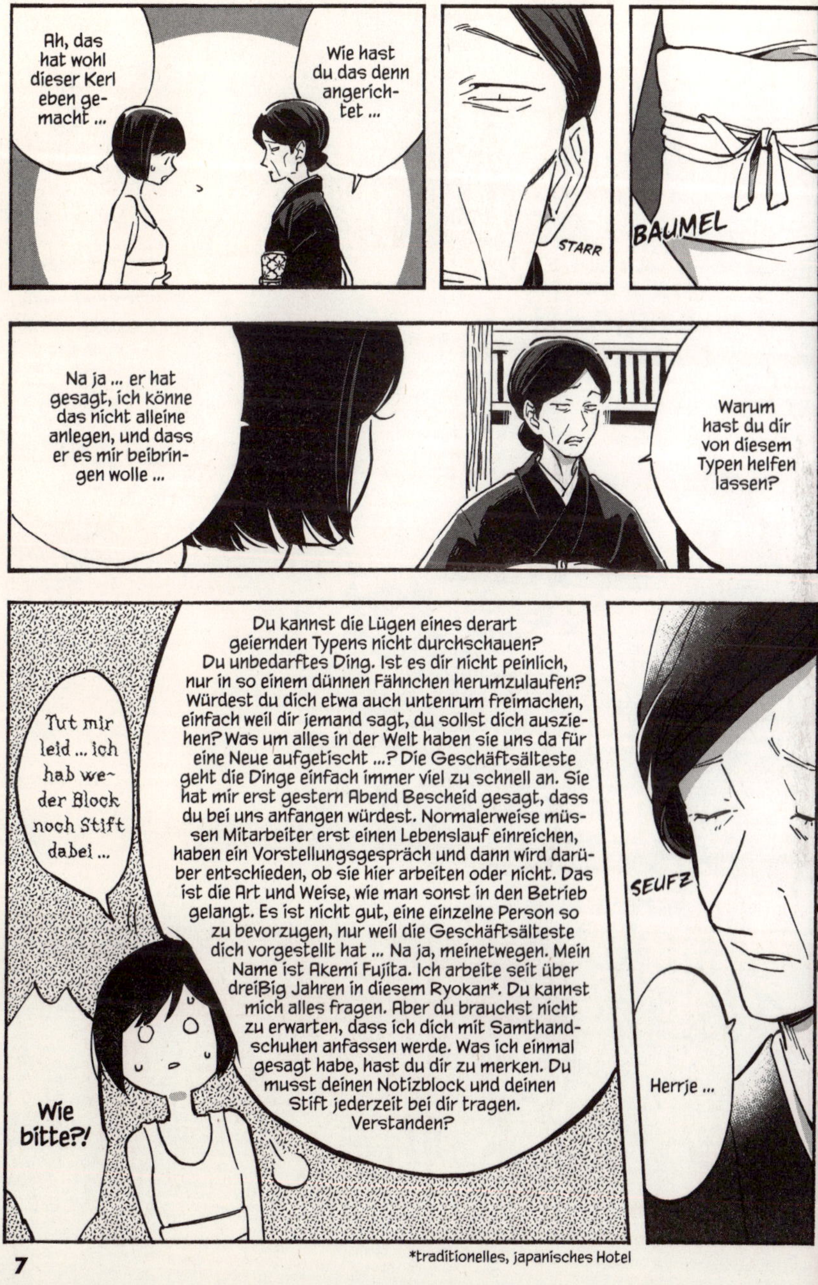

*traditionelles, japanisches Hotel

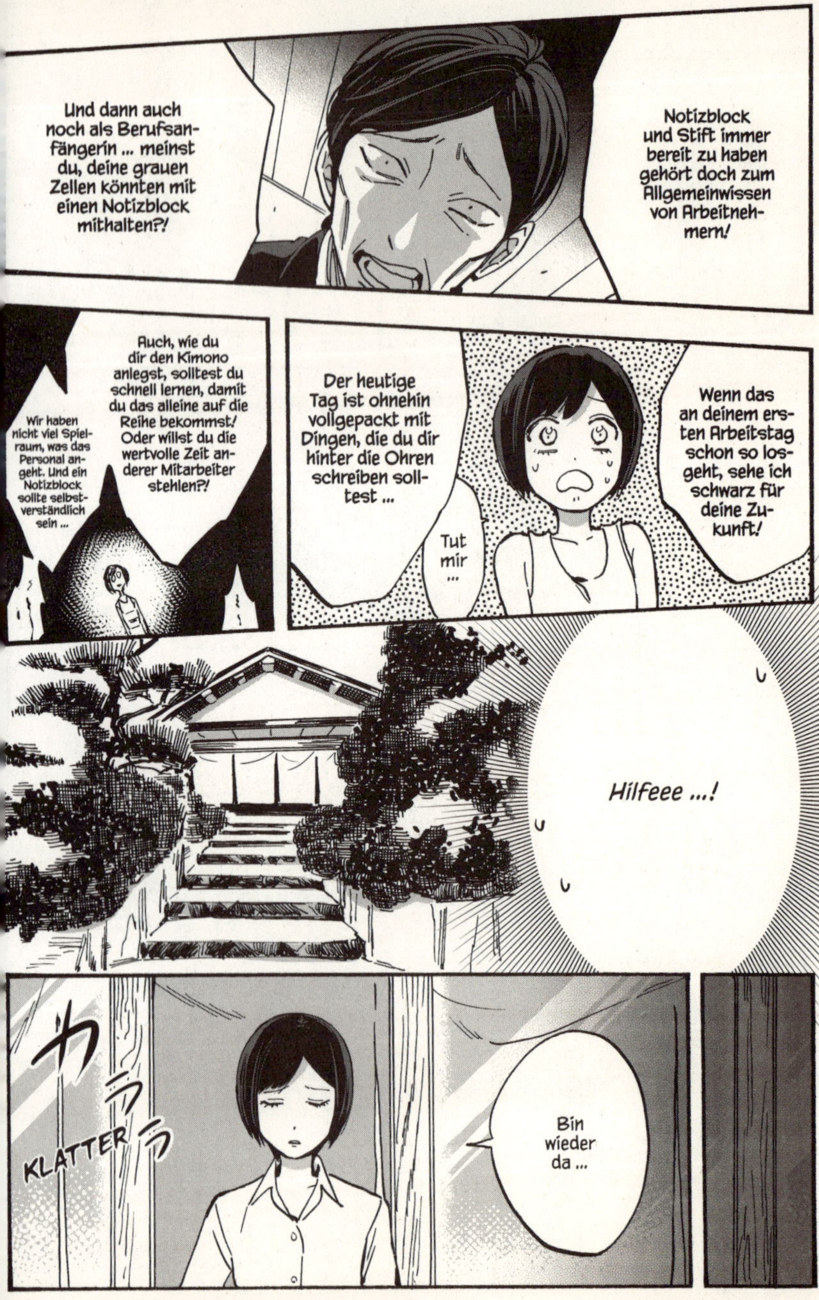
Notizblock und Stift immer bereit zu haben gehört doch zum Allgemeinwissen von Arbeitnehmern!
Und dann auch noch als Berufsanfängerin ... meinst du, deine grauen Zellen könnten mit einen Notizblock mithalten?!
Wenn das an deinem ersten Arbeitstag schon so losgeht, sehe ich schwarz für deine Zukunft!
Der heutige Tag ist ohnehin vollgepackt mit Dingen, die du dir hinter die Ohren schreiben solltest ...
Tut mir ...
Auch, wie du dir den Kimono anlegst, solltest du schnell lernen, damit du das alleine auf die Reihe bekommst! Oder willst du die wertvolle Zeit anderer Mitarbeiter stehlen?!
Wir haben nicht viel Spielraum, was das Personal angeht. Und ein Notizblock sollte selbstverständlich sein ...
Hilfeee ...!
KLATTER
Bin wieder da ...

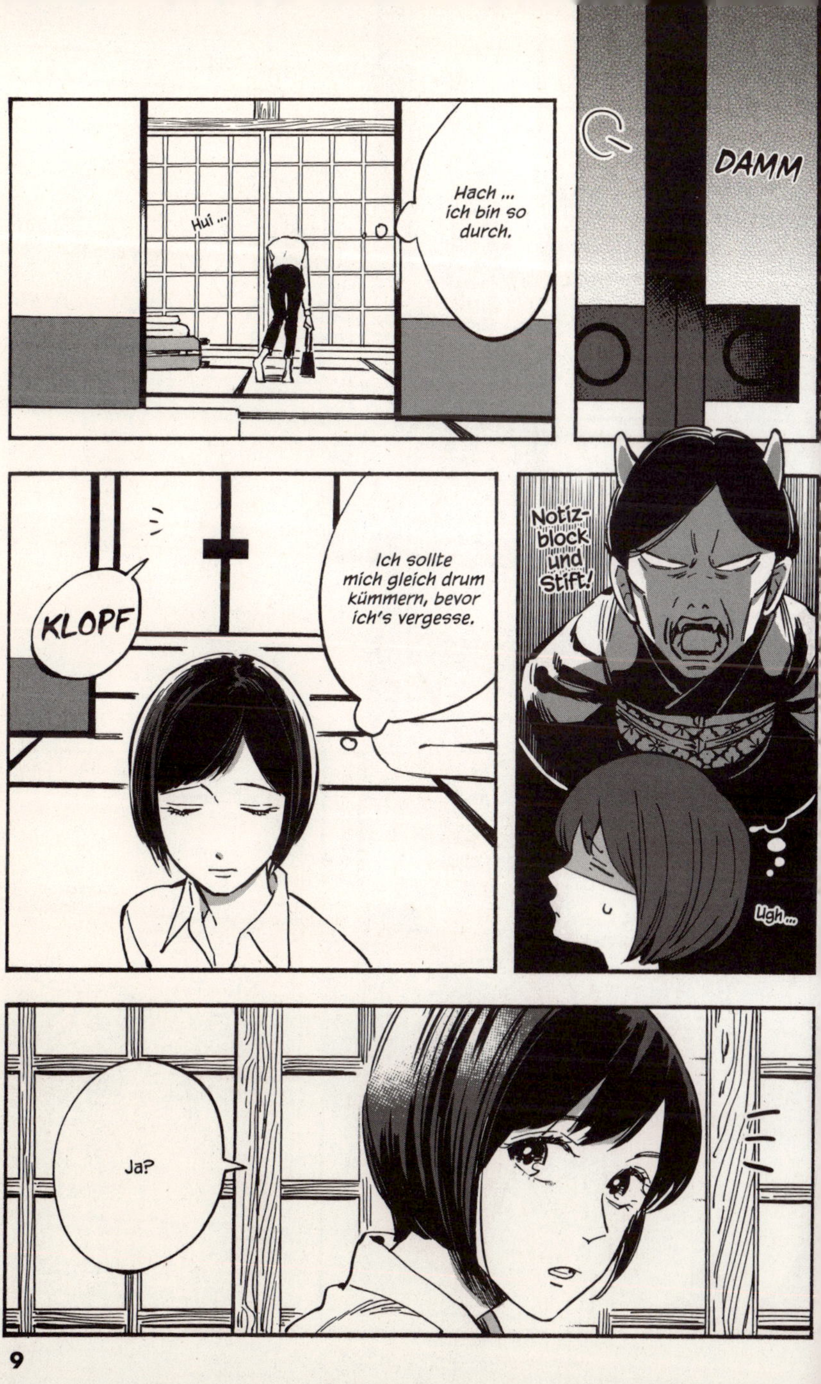
DAMM
Hui ...
Hach ... ich bin so durch.
Notiz-block und Stift!
Ugh ...
Ich sollte mich gleich drum kümmern, bevor ich's vergesse.
KLOPF
Ja?

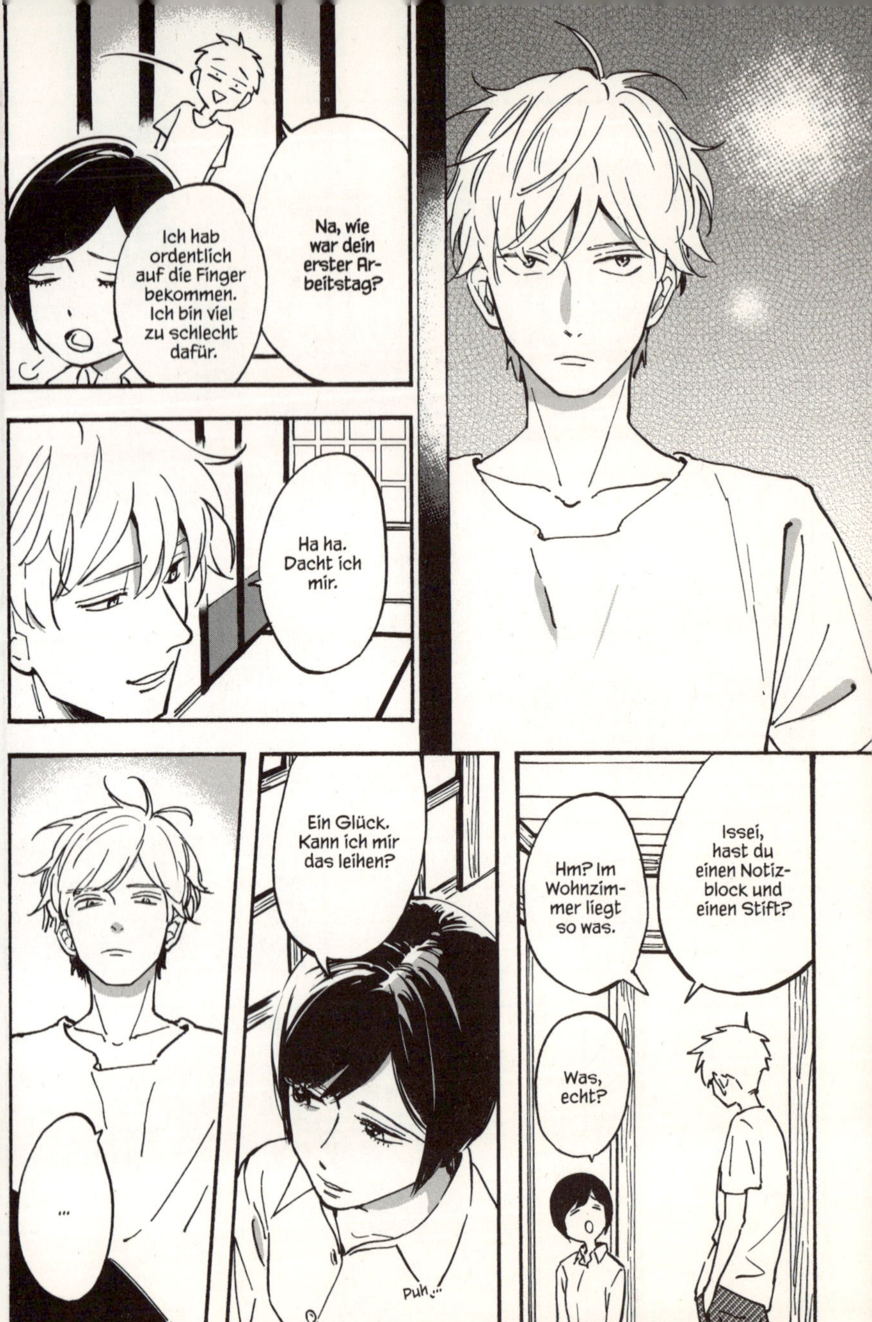
Na, wie war dein erster Arbeitstag?
Ich hab ordentlich auf die Finger bekommen. Ich bin viel zu schlecht dafür.
Ha ha. Dacht ich mir.
Issei, hast du einen Notizblock und einen Stift?
Hm? Im Wohnzimmer liegt so was.
Was, echt?
Ein Glück. Kann ich mir das leihen?
Puh ...
...

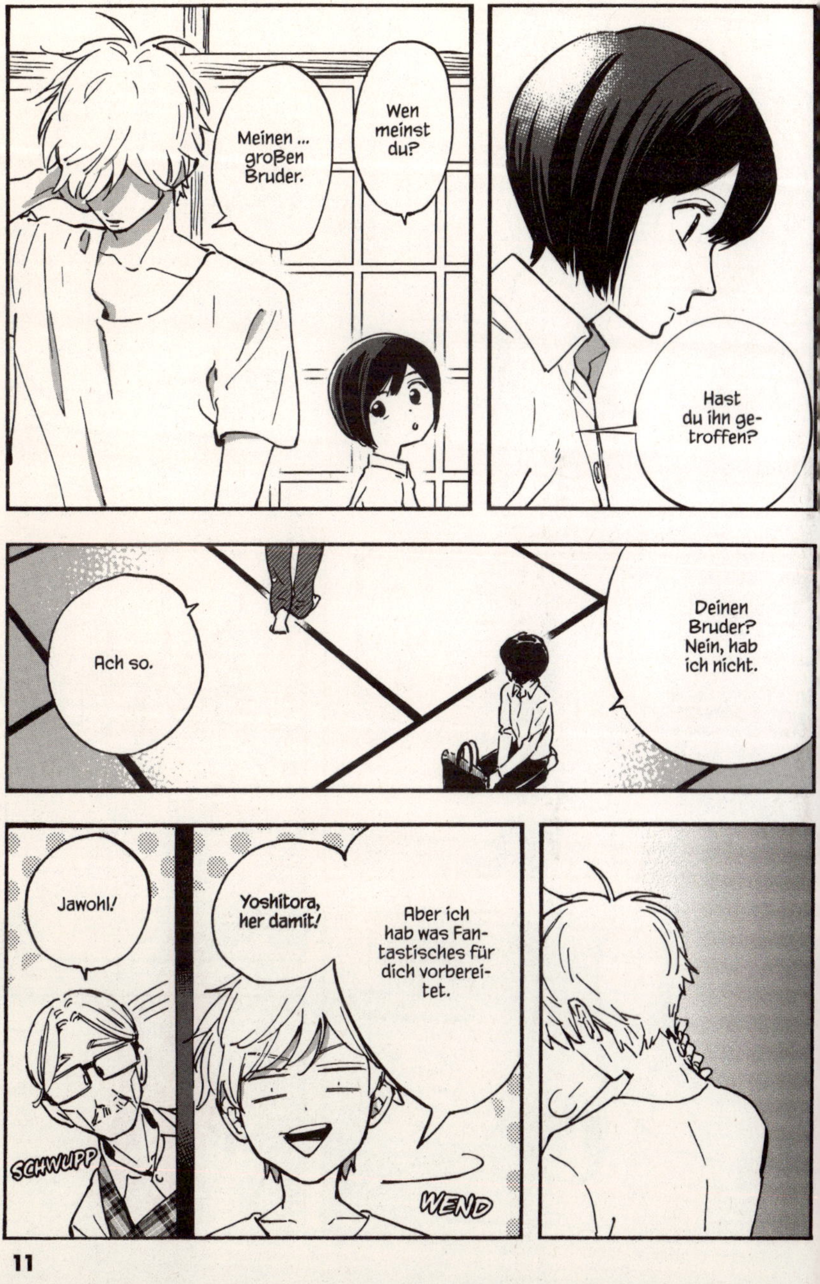
Hast du ihn getroffen?
Wen meinst du?
Meinen ... großen Bruder.
Deinen Bruder? Nein, hab ich nicht.
Ach so.
Aber ich hab was Fantastisches für dich vorbereitet.
Yoshitora, her damit!
WEND
Jawohl!
SCHWUPP

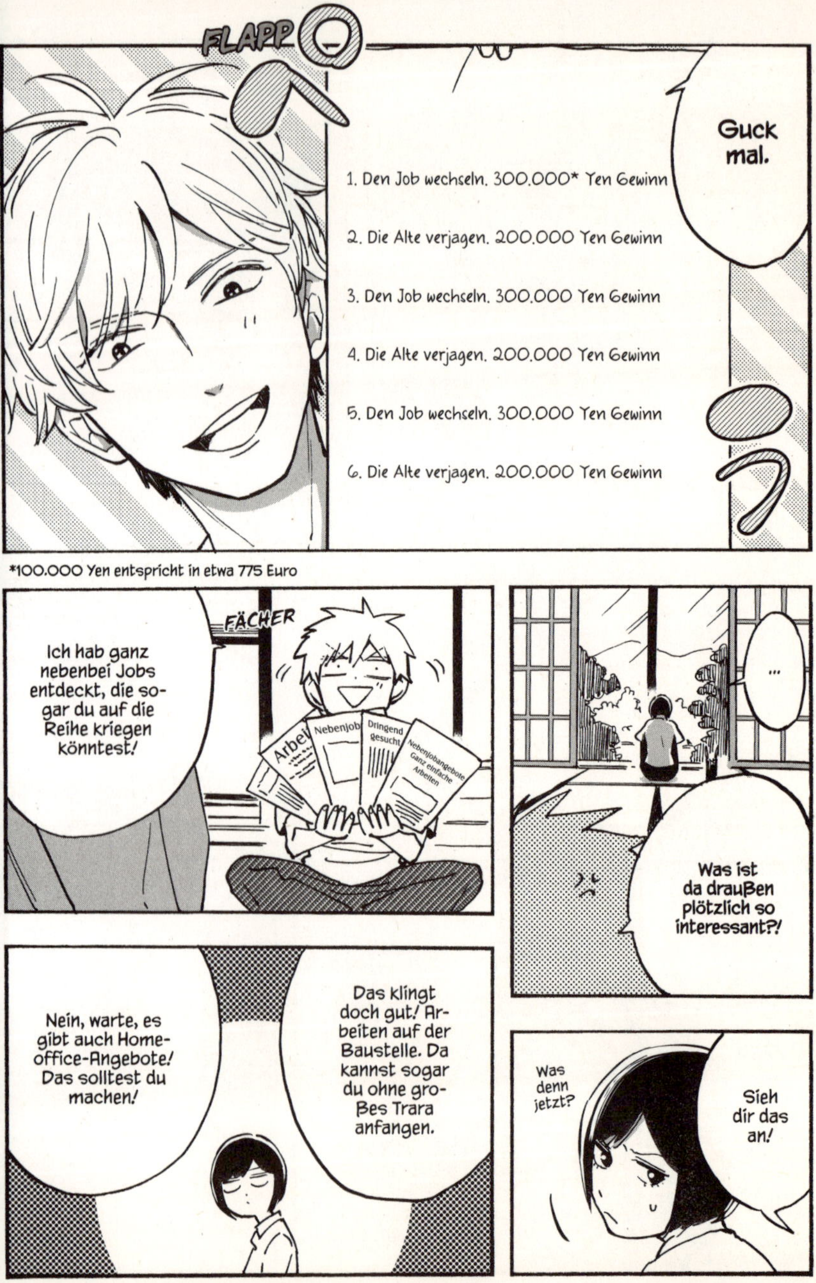

*100.000 Yen entspricht in etwa 775 Euro

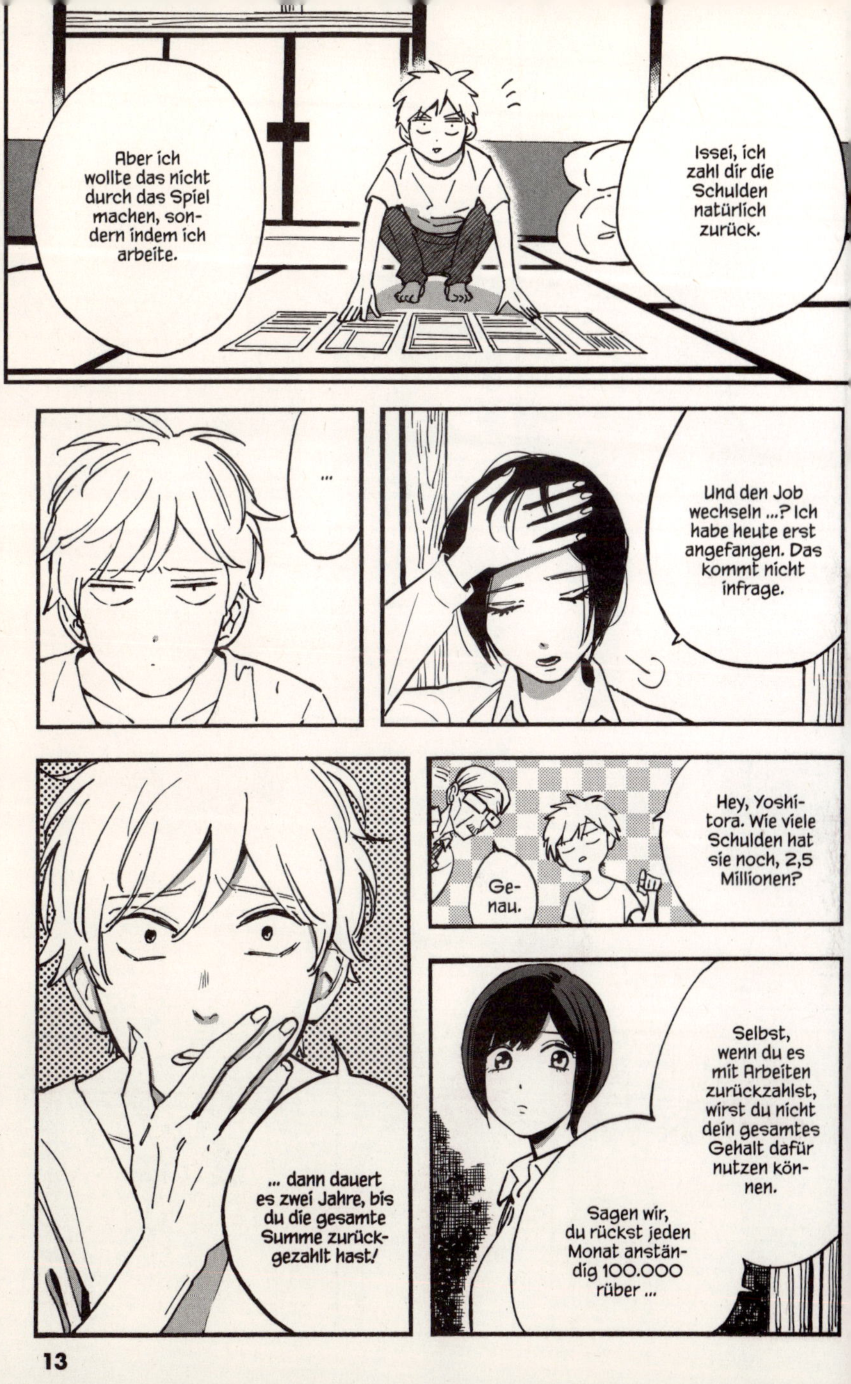
Issei, ich zahl dir die Schulden natürlich zurück.
Aber ich wollte das nicht durch das Spiel machen, sondern indem ich arbeite.
Und den Job wechseln ...? Ich habe heute erst angefangen. Das kommt nicht infrage.
...
Hey, Yoshitora. Wie viele Schulden hat sie noch, 2,5 Millionen?
Genau.
Selbst, wenn du es mit Arbeiten zurückzahlst, wirst du nicht dein gesamtes Gehalt dafür nutzen können.
Sagen wir, du rückst jeden Monat anständig 100.000 rüber ...
... dann dauert es zwei Jahre, bis du die gesamte Summe zurückgezahlt hast!

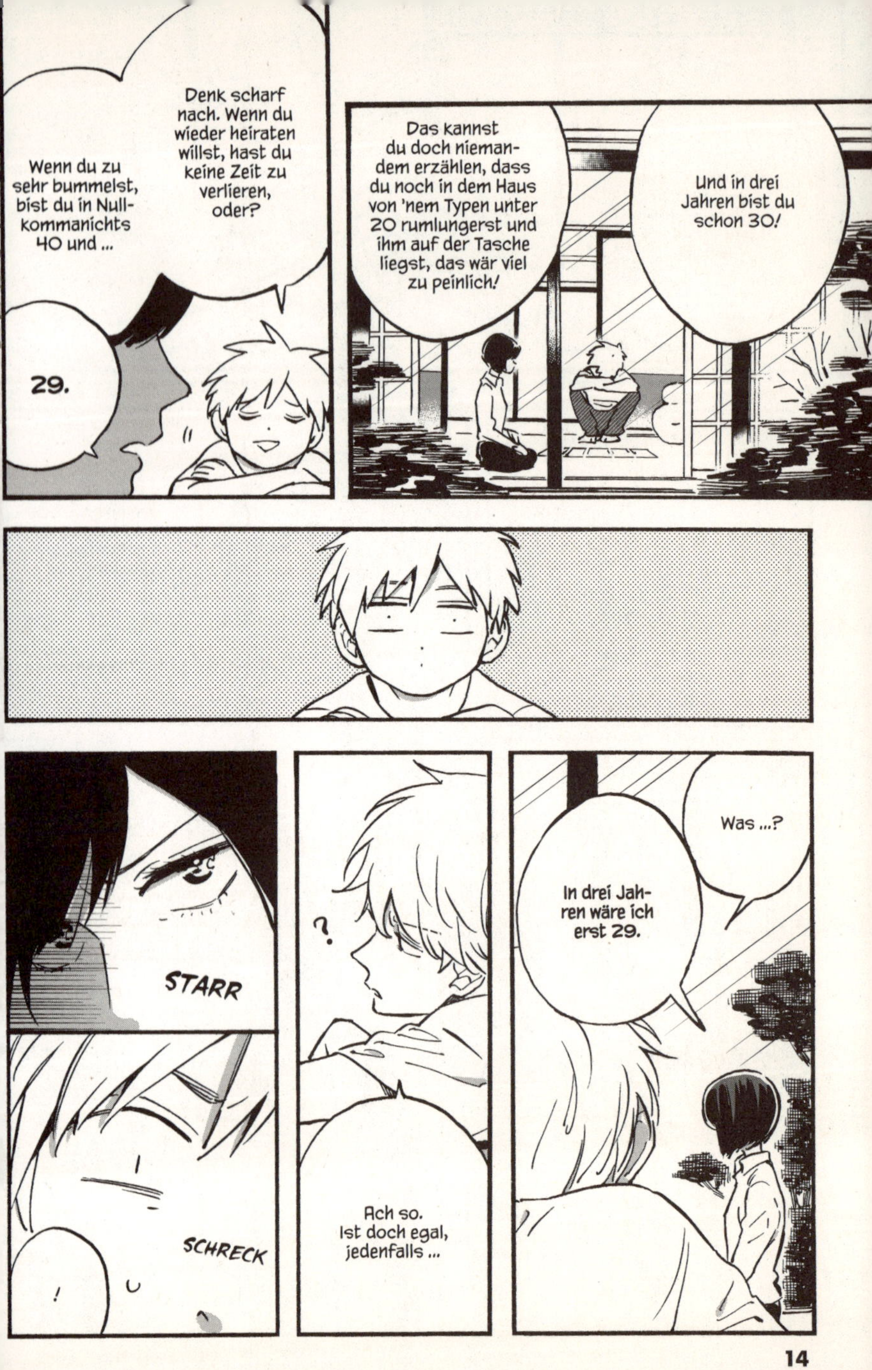
Und in drei Jahren bist du schon 30!
Das kannst du doch niemandem erzählen, dass du noch in dem Haus von 'nem Typen unter 20 rumlungerst und ihm auf der Tasche liegst, das wär viel zu peinlich!
Denk scharf nach. Wenn du wieder heiraten willst, hast du keine Zeit zu verlieren, oder?
Wenn du zu sehr bummelst, bist du in Nullkommanichts 40 und ...
29.
Was ...?
In drei Jahren wäre ich erst 29.
?
Ach so. Ist doch egal, jedenfalls ...
STARR
SCHRECK

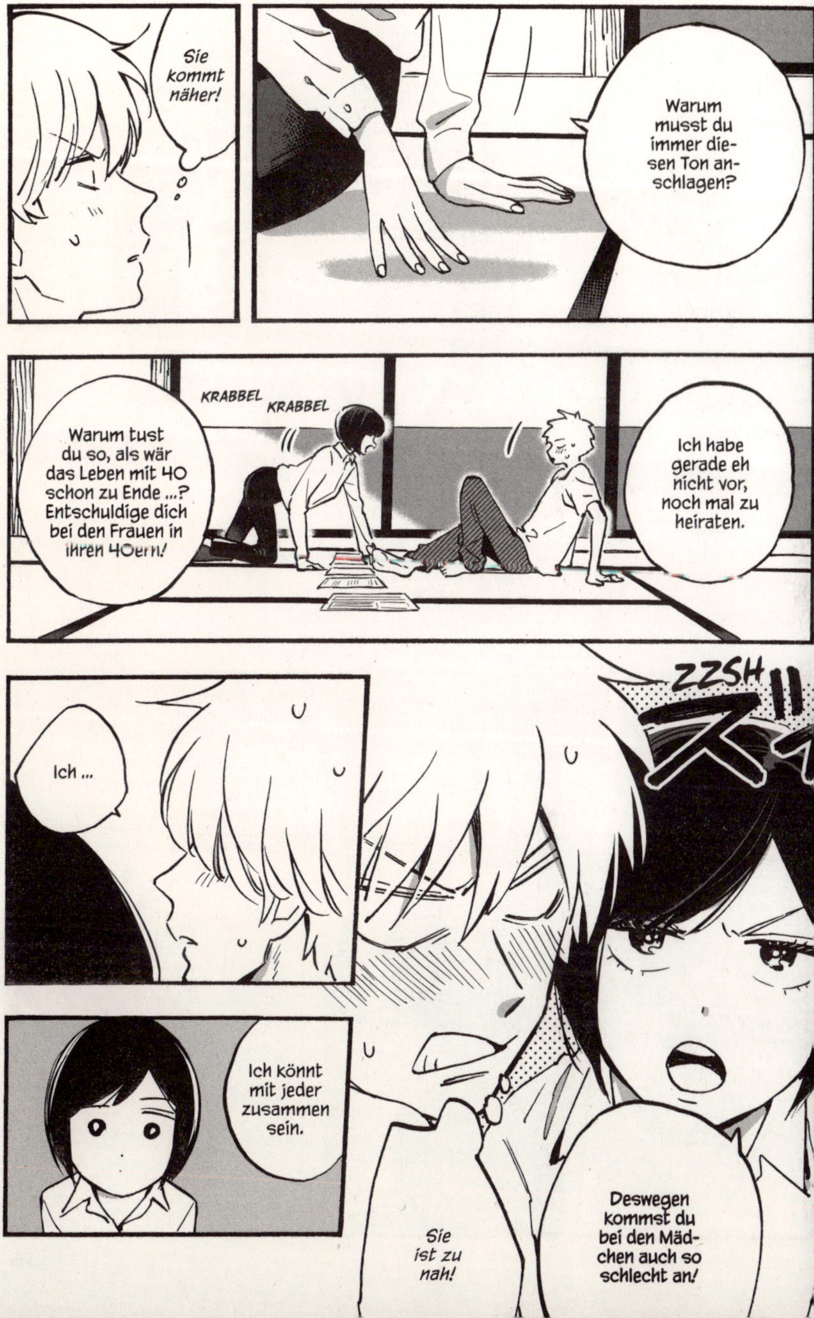
Warum musst du immer diesen Ton anschlagen?
Sie kommt näher!
Ich habe gerade eh nicht vor, noch mal zu heiraten.
KRABBEL
KRABBEL
Warum tust du so, als wär das Leben mit 40 schon zu Ende ...? Entschuldige dich bei den Frauen in ihren 40ern!
ZZSH
Ich ...
Ich könnt mit jeder zusammen sein.
Deswegen kommst du bei den Mädchen auch so schlecht an!
Sie ist zu nah!

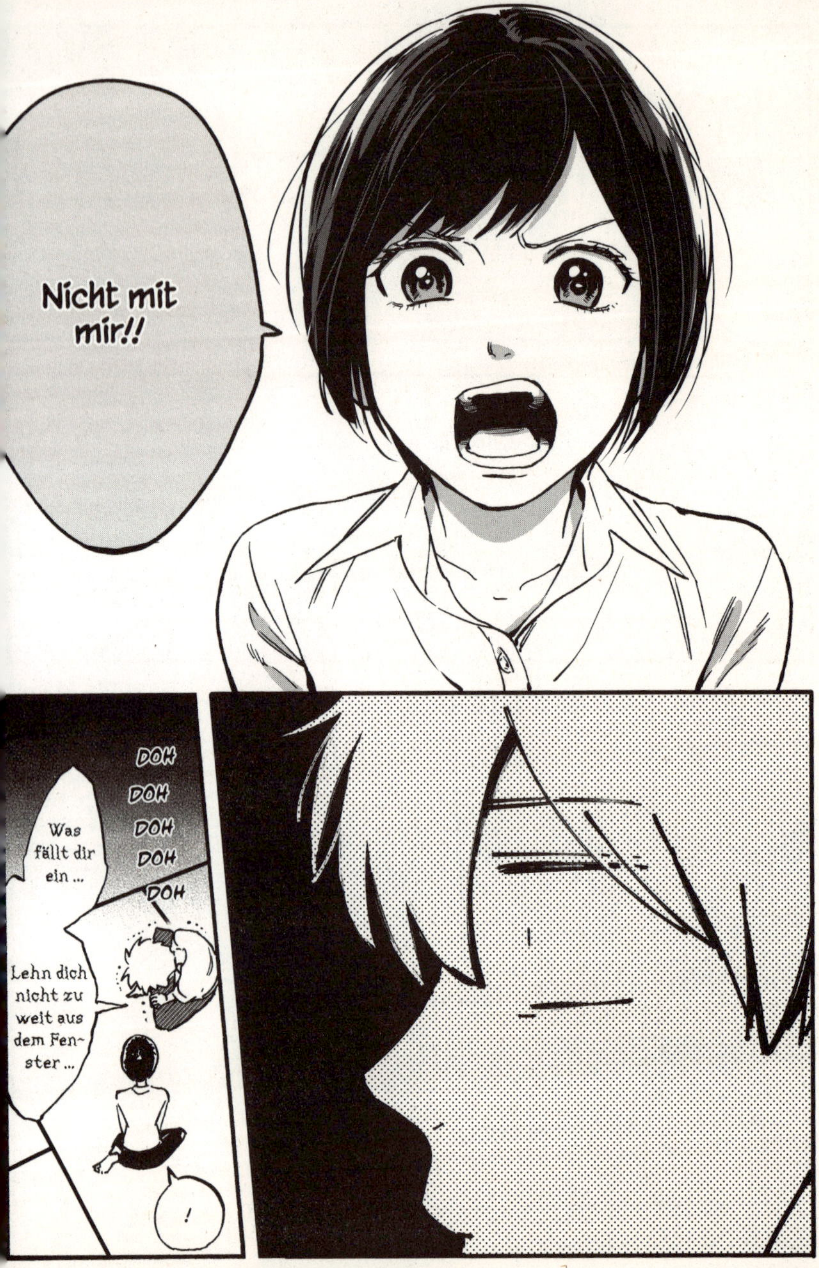

Nicht mit mir!!
DOH
DOH
DOH
DOH
DOH
Was fällt dir ein ...
Lehn dich nicht zu weit aus dem Fen-ster ...
!

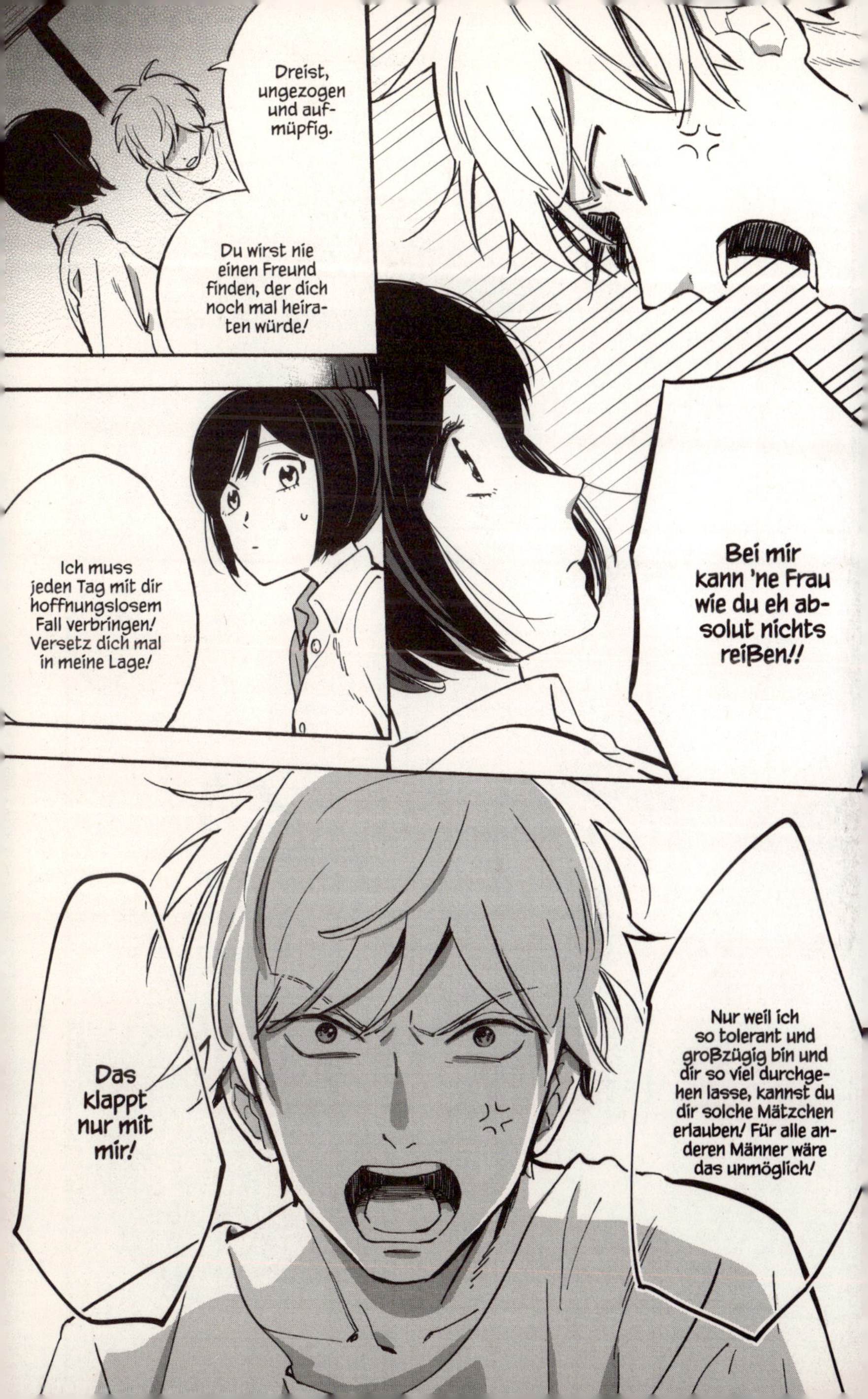
Dreist, ungezogen und aufmüpfig.
Du wirst nie einen Freund finden, der dich noch mal heiraten würde!
Bei mir kann 'ne Frau wie du eh absolut nichts reißen!!
Ich muss jeden Tag mit dir hoffnungslosem Fall verbringen! Versetz dich mal in meine Lage!
Nur weil ich so tolerant und großzügig bin und dir so viel durchgehen lasse, kannst du dir solche Mätzchen erlauben! Für alle anderen Männer wäre das unmöglich!
Das klappt nur mit mir!

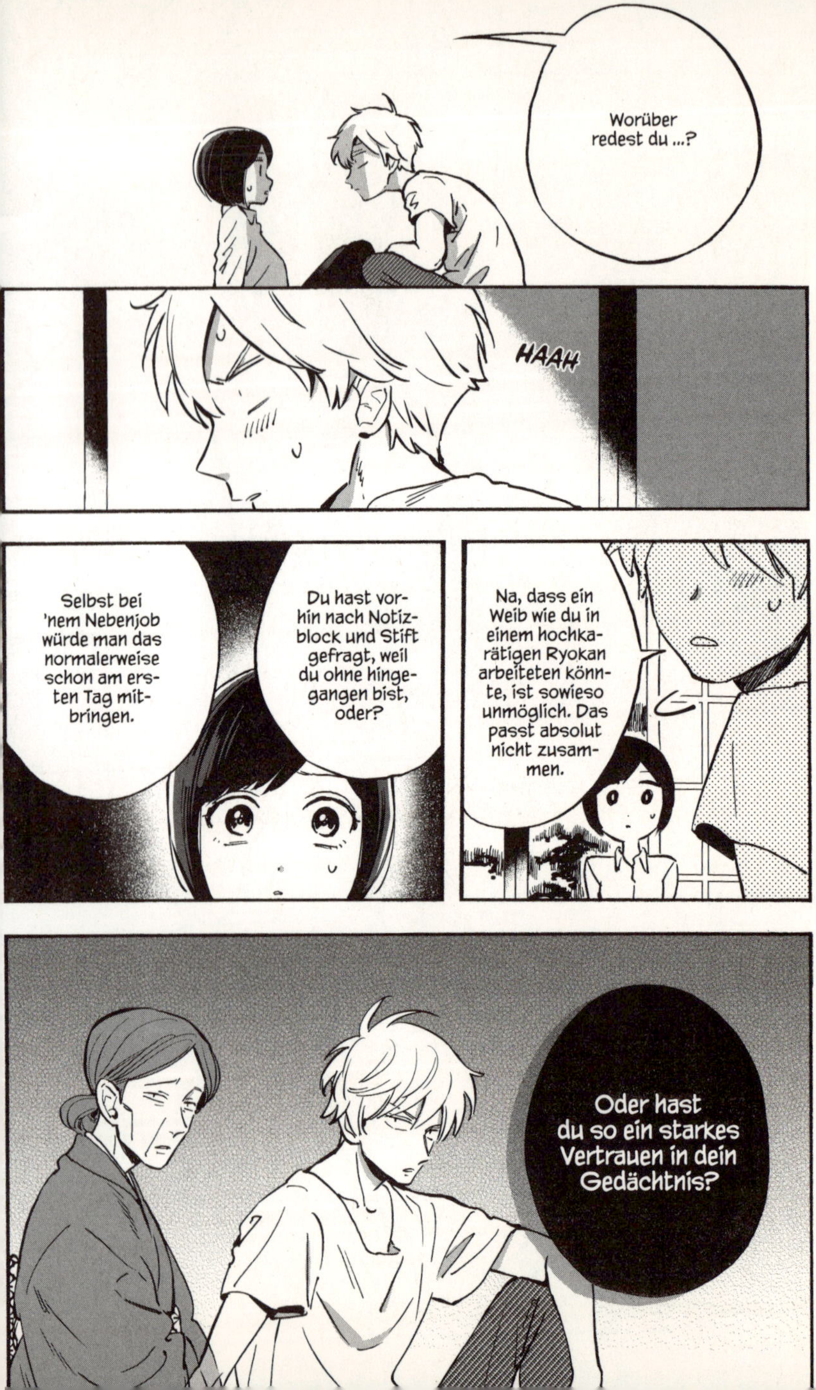
Worüber redest du ...?
HAAH
Na, dass ein Weib wie du in einem hochkarätigen Ryokan arbeiteten könnte, ist sowieso unmöglich. Das passt absolut nicht zusammen.
Du hast vorhin nach Notizblock und Stift gefragt, weil du ohne hingegangen bist, oder?
Selbst bei 'nem Nebenjob würde man das normalerweise schon am ersten Tag mitbringen.
Oder hast du so ein starkes Vertrauen in dein Gedächtnis?

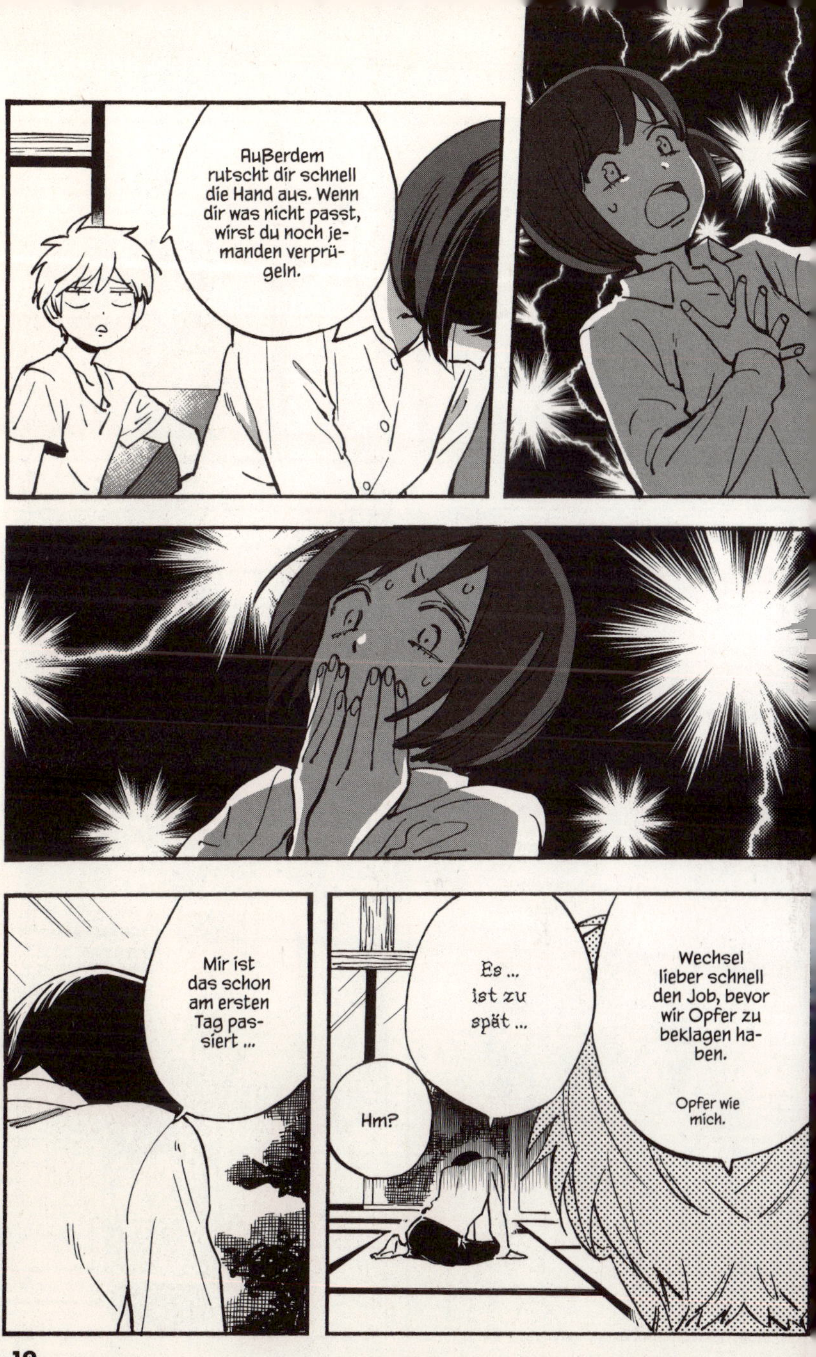
Außerdem rutscht dir schnell die Hand aus. Wenn dir was nicht passt, wirst du noch jemanden verprügeln.
Wechsel lieber schnell den Job, bevor wir Opfer zu beklagen haben.
Opfer wie mich.
Es ... ist zu spät ...
Hm?
Mir ist das schon am ersten Tag passiert ...

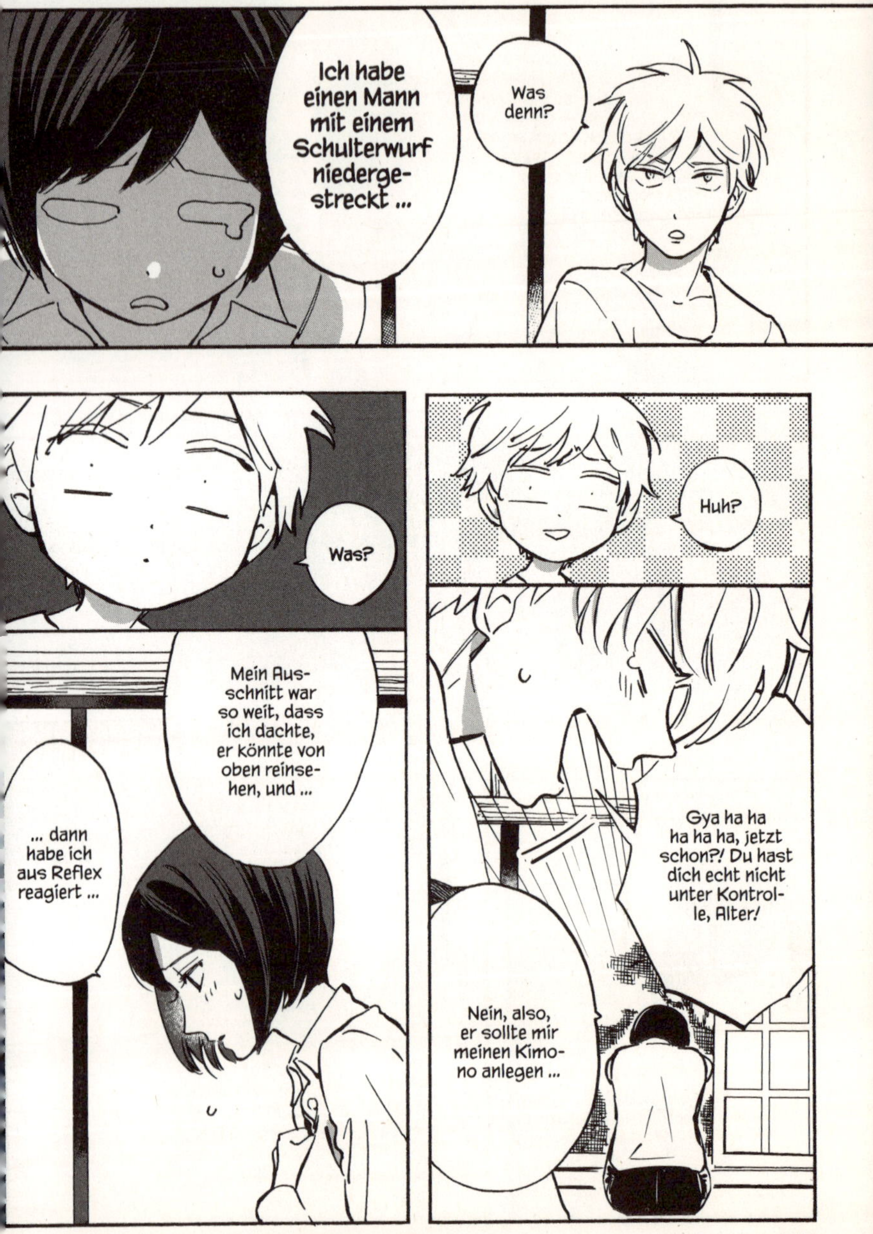
Was denn?
Ich habe einen Mann mit einem Schulterwurf niederge-streckt ...
Huh?
Was?
Gya ha ha ha ha ha, jetzt schon?! Du hast dich echt nicht unter Kontrol-le, Alter!
Nein, also, er sollte mir meinen Kimo-no anlegen ...
Mein Aus-schnitt war so weit, dass ich dachte, er könnte von oben reinse-hen, und ...
... dann habe ich aus Reflex reagiert ...

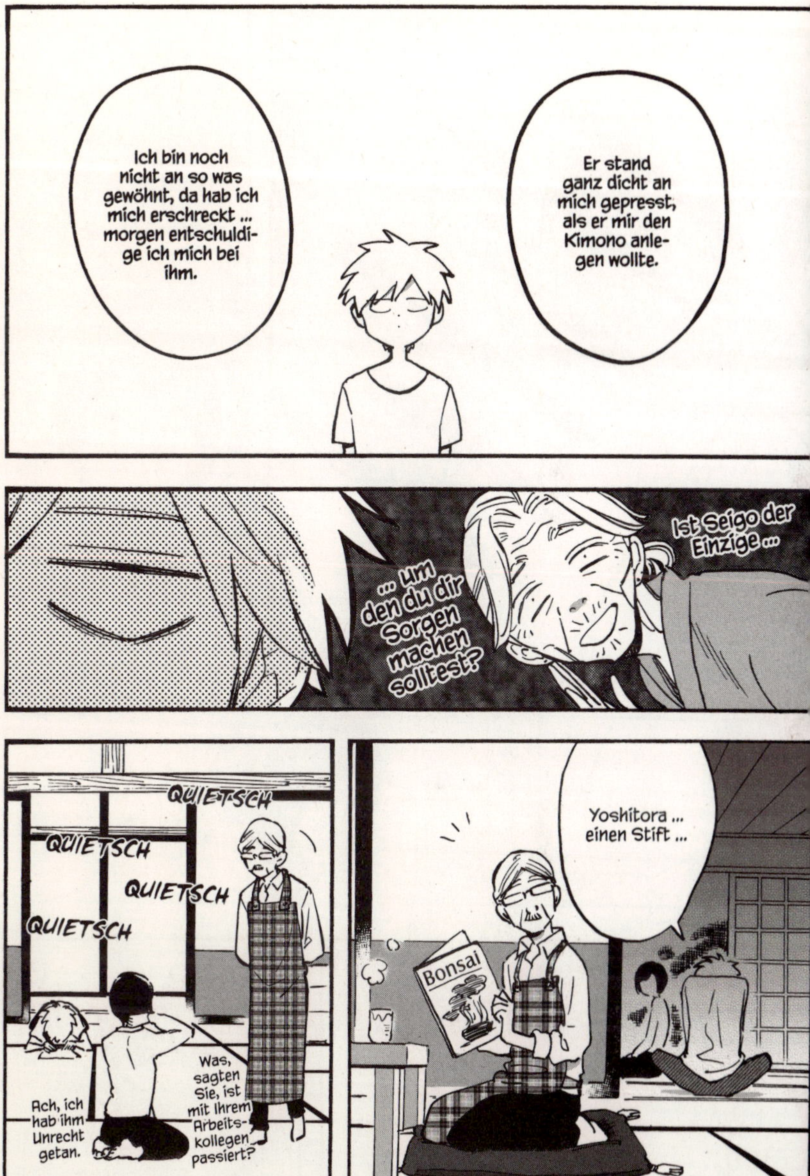

Er stand ganz dicht an mich gepresst, als er mir den Kimono anlegen wollte.
Ich bin noch nicht an so was gewöhnt, da hab ich mich erschreckt ... morgen entschuldige ich mich bei ihm.
Ist Seigo der Einzige ...
... um den du dir Sorgen machen solltest?
Yoshitora ... einen Stift ...
Bonsai
QUIETSCH
QUIETSCH
QUIETSCH
QUIETSCH
Was, sagten Sie, ist mit Ihrem Arbeitskollegen passiert?
Ach, ich hab ihm Unrecht getan.

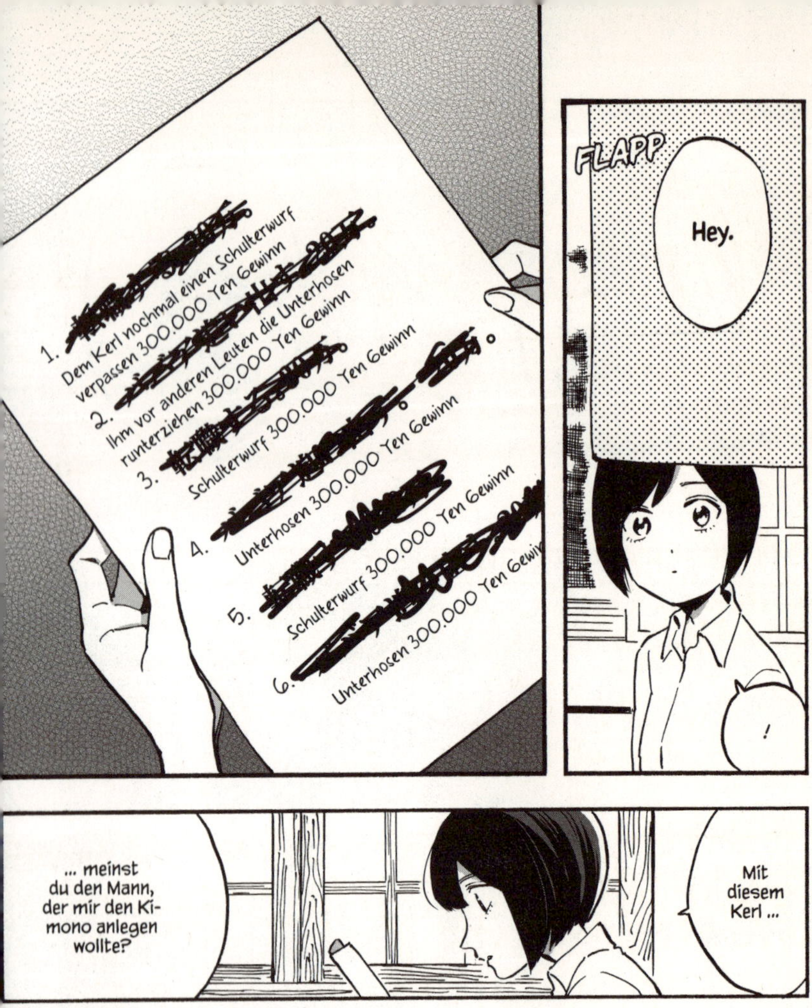

*Es gibt auch männliche Kimono-Ankleider. Issei liegt falsch.

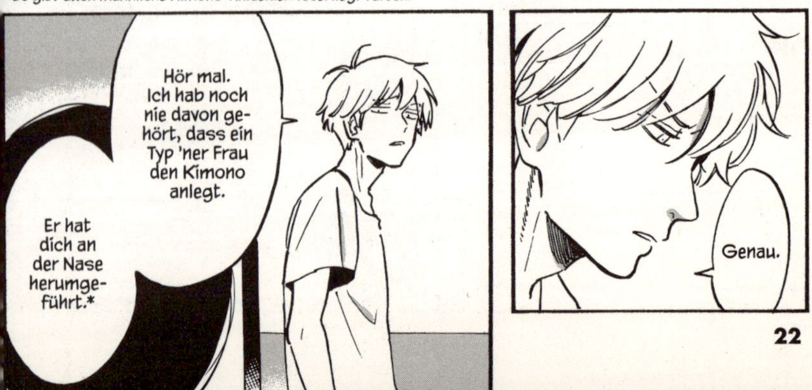

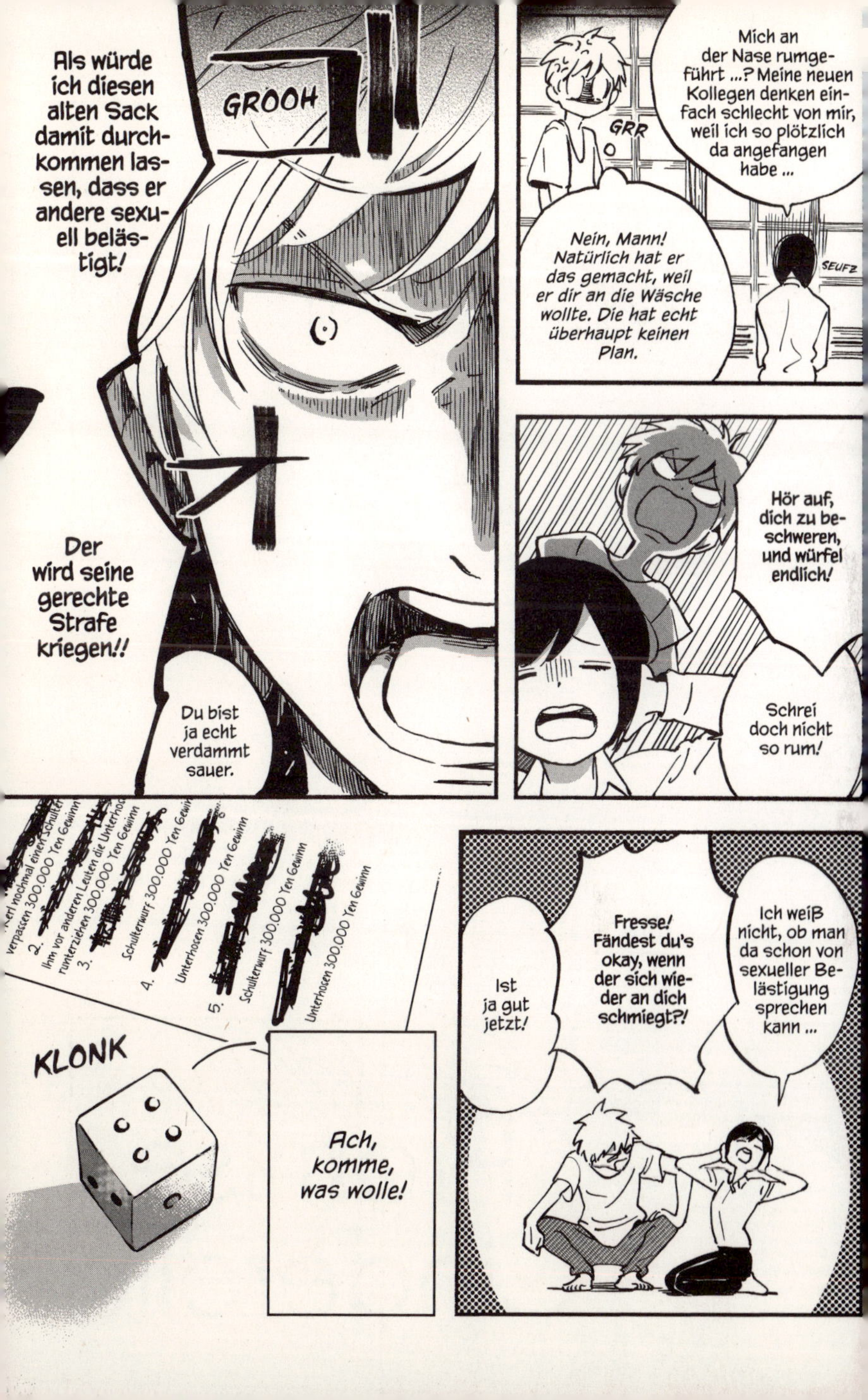
Mich an der Nase rumgeführt ...? Meine neuen Kollegen denken einfach schlecht von mir, weil ich so plötzlich da angefangen habe ...
GRR
SEUFZ
Nein, Mann! Natürlich hat er das gemacht, weil er dir an die Wäsche wollte. Die hat echt überhaupt keinen Plan.
Hör auf, dich zu beschweren, und würfel endlich!
Schrei doch nicht so rum!
GROOH
Als würde ich diesen alten Sack damit durchkommen lassen, dass er andere sexuell belästigt!
Der wird seine gerechte Strafe kriegen!!
Du bist ja echt verdammt sauer.
Ich weiß nicht, ob man da schon von sexueller Belästigung sprechen kann ...
Fresse! Fändest du's okay, wenn der sich wieder an dich schmiegt?!
Ist ja gut jetzt!
verpassen 300.000 Yen Gewinn
2. Ihm vor anderen Leuten die Unterhosen runterziehen 300.000 Yen Gewinn
3. Schulterwurf 300.000 Yen Gewinn
4. Unterhosen 300.000 Yen Gewinn
5. Schulterwurf 300.000 Yen Gewinn
Unterhosen 300.000 Yen Gewinn
KLONK
Ach, komme, was wolle!

Promise
Cinderella

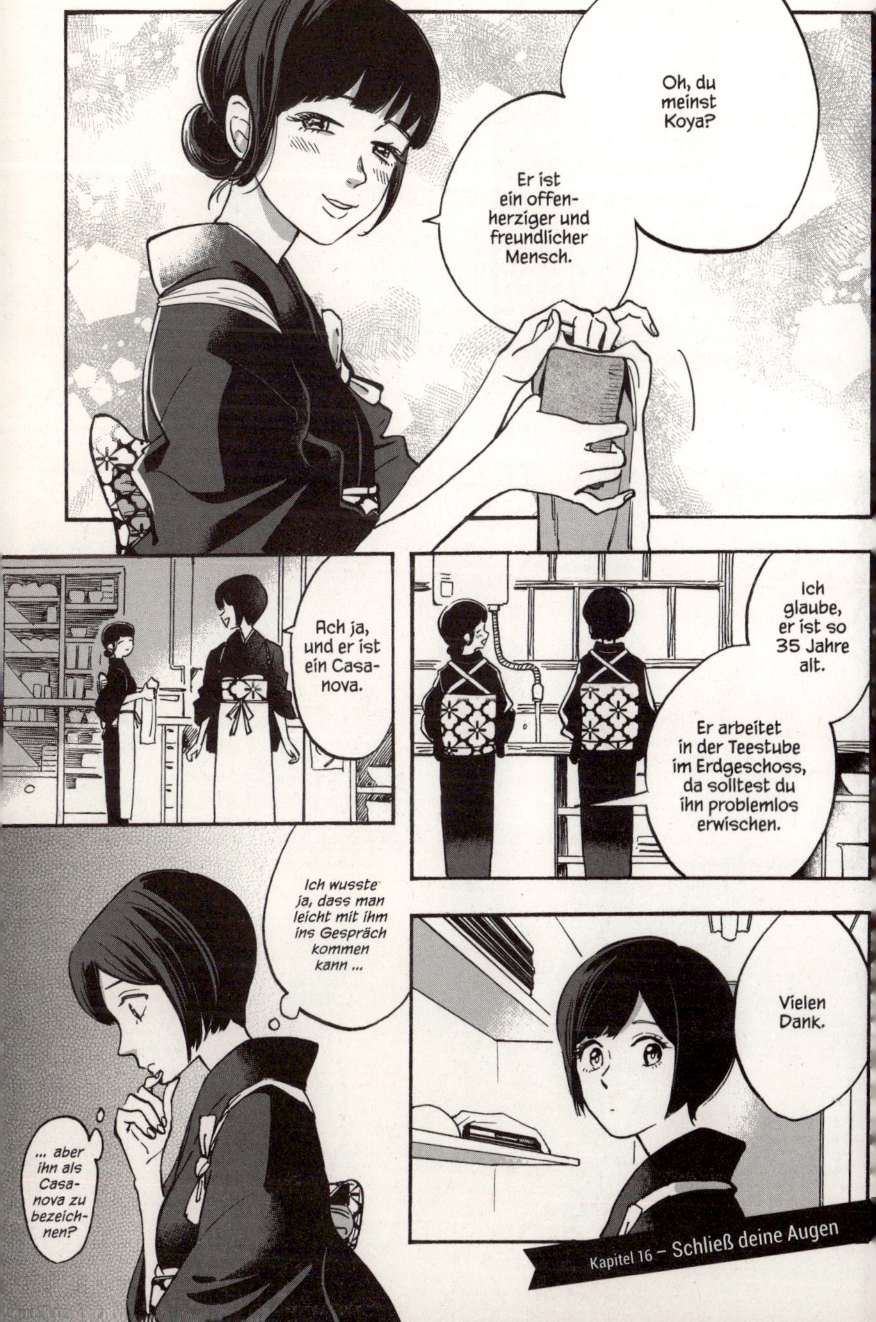
Oh, du meinst Koya?
Er ist ein offenherziger und freundlicher Mensch.
Ich glaube, er ist so 35 Jahre alt.
Er arbeitet in der Teestube im Erdgeschoss, da solltest du ihn problemlos erwischen.
Ach ja, und er ist ein Casanova.
Vielen Dank.
Ich wusste ja, dass man leicht mit ihm ins Gespräch kommen kann ...
... aber ihn als Casanova zu bezeichnen?
Kapitel 16 – Schließ deine Augen

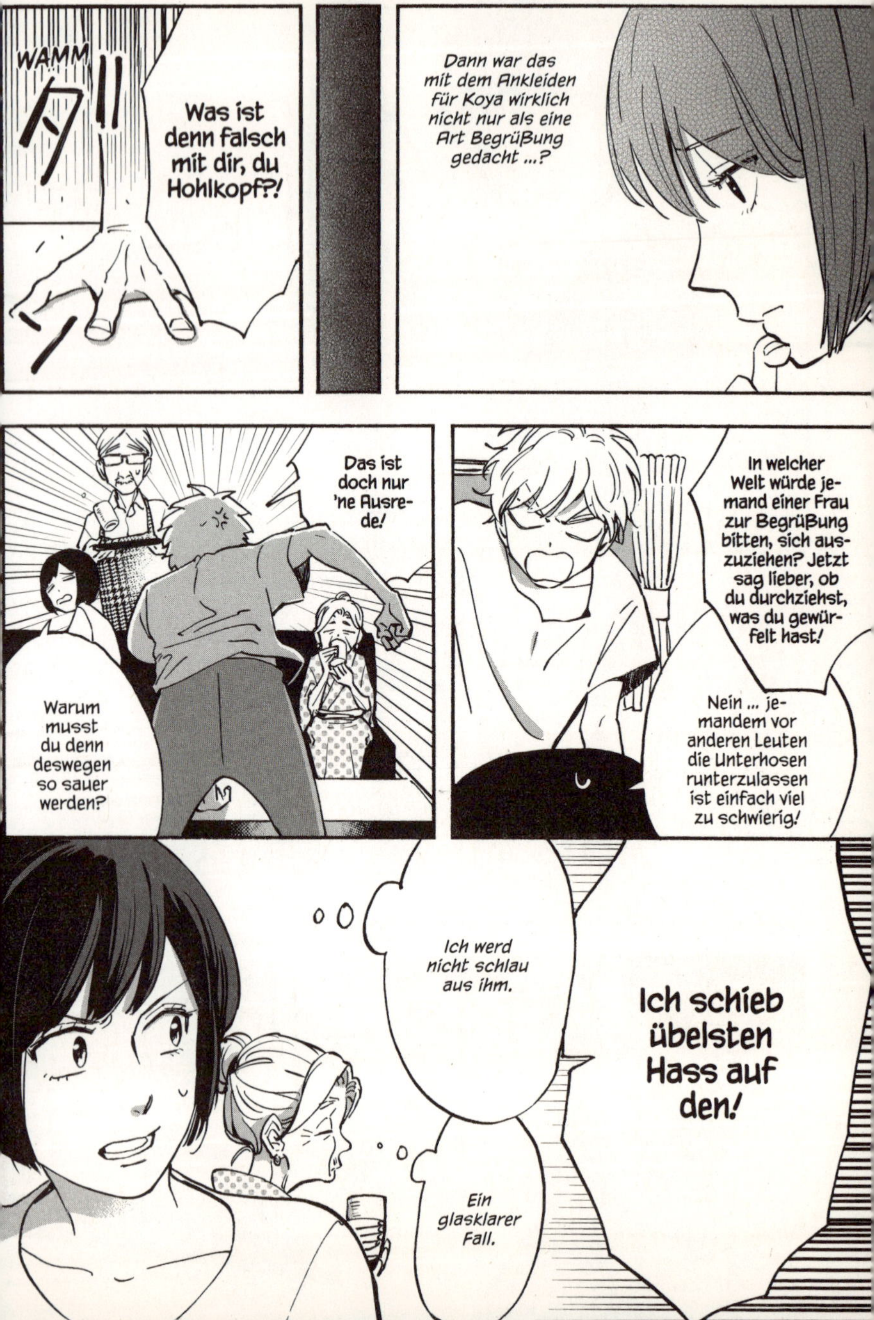
WAMM
Was ist denn falsch mit dir, du Hohlkopf?!
Dann war das mit dem Ankleiden für Koya wirklich nicht nur als eine Art Begrüßung gedacht ...?
Das ist doch nur 'ne Ausrede!
Warum musst du denn deswegen so sauer werden?
In welcher Welt würde jemand einer Frau zur Begrüßung bitten, sich auszuziehen? Jetzt sag lieber, ob du durchziehst, was du gewürfelt hast!
Nein ... jemandem vor anderen Leuten die Unterhosen runterzulassen ist einfach viel zu schwierig!
Ich werd nicht schlau aus ihm.
Ich schieb übelsten Hass auf den!
Ein glasklarer Fall.

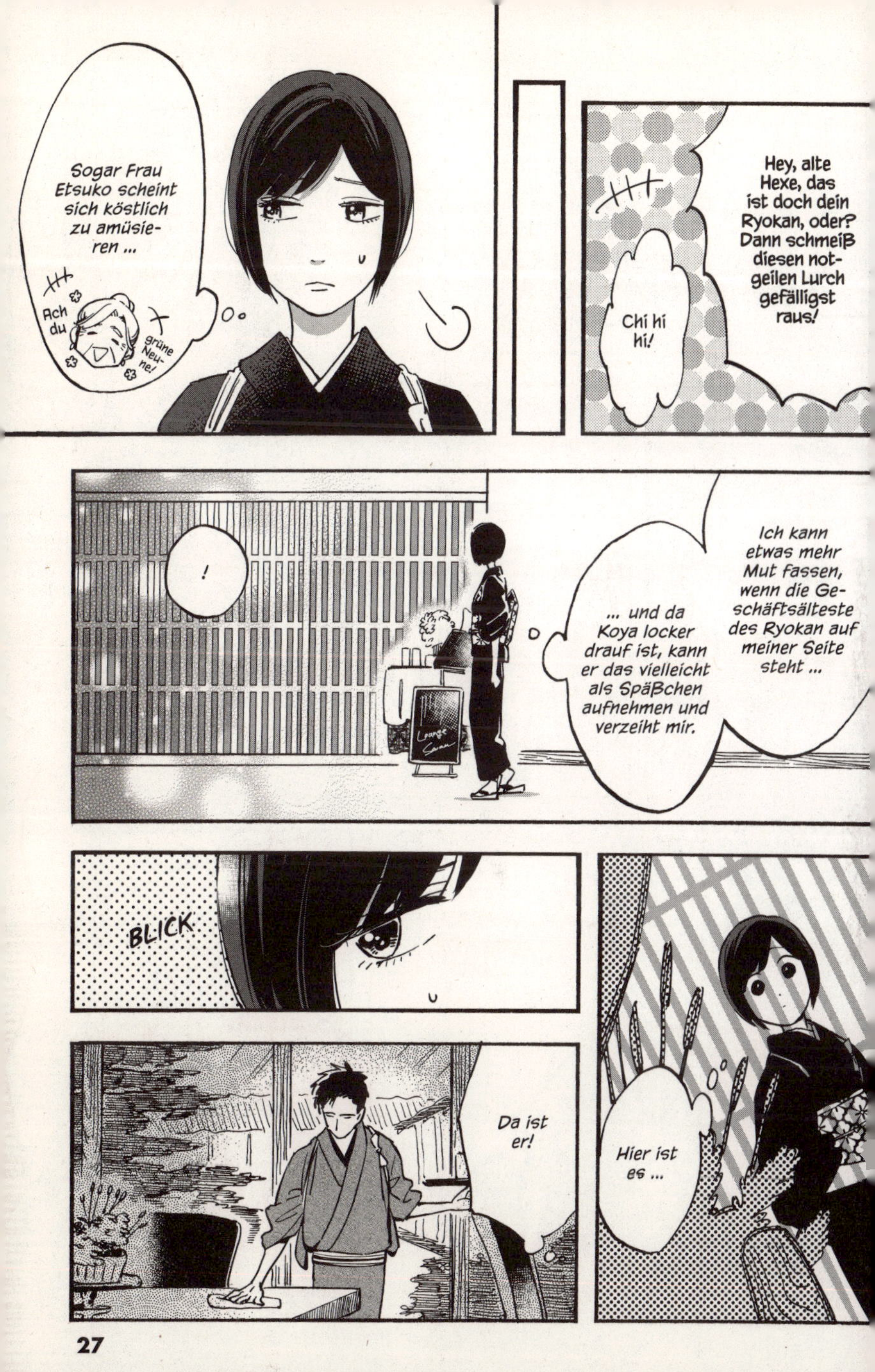

Hey, alte Hexe, das ist doch dein Ryokan, oder? Dann schmeiß diesen notgeilen Lurch gefälligst raus!
Chi hi hi!
Sogar Frau Etsuko scheint sich köstlich zu amüsieren ...
Ach du grüne Neune!
Ich kann etwas mehr Mut fassen, wenn die Geschäftsälteste des Ryokan auf meiner Seite steht ...
... und da Koya locker drauf ist, kann er das vielleicht als Späßchen aufnehmen und verzeiht mir.
!
BLICK
Hier ist es ...
Da ist er!

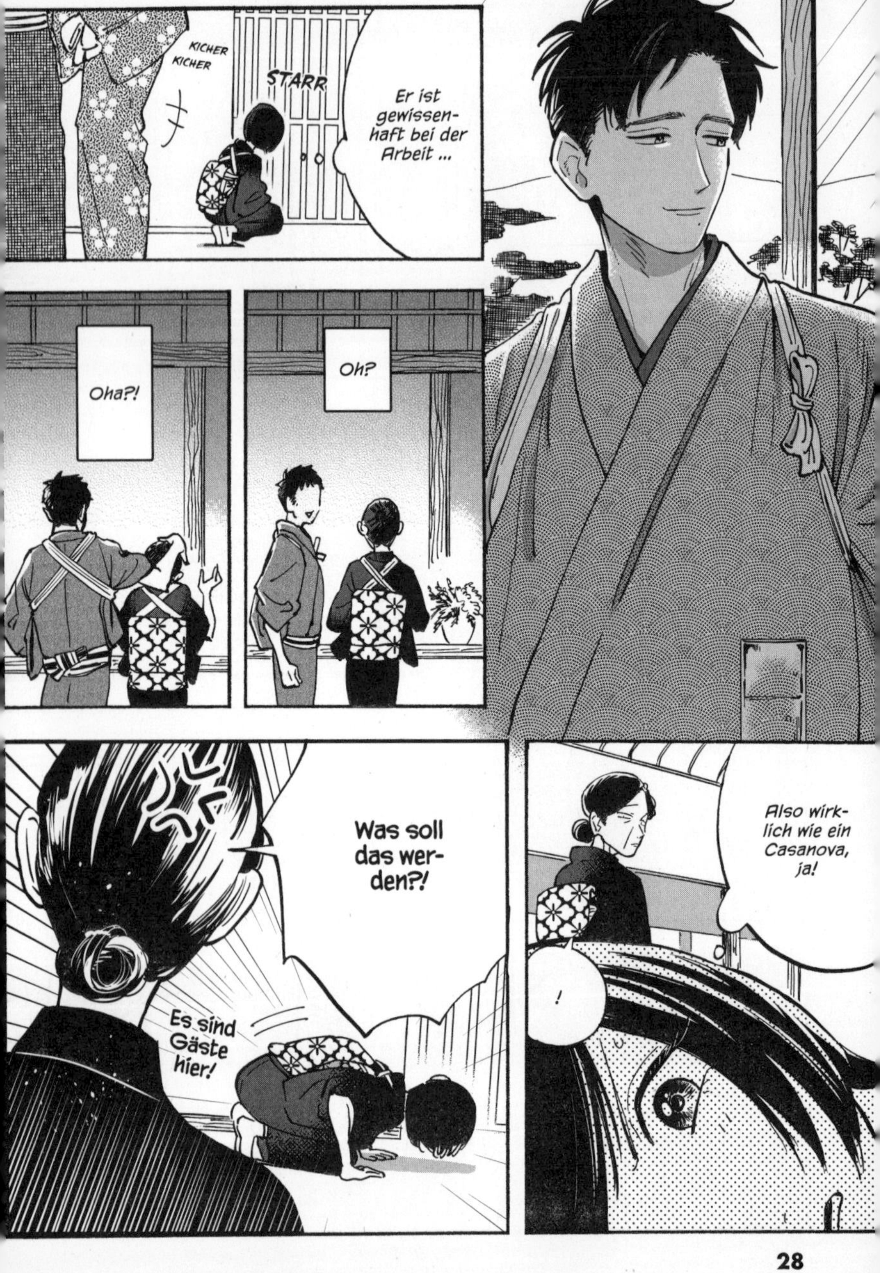
Er ist gewissen-haft bei der Arbeit ...
STARR
KICHER KICHER
Oh?
Oha?!
Also wirk-lich wie ein Casanova, ja!
!
Was soll das wer-den?!
Es sind Gäste hier!

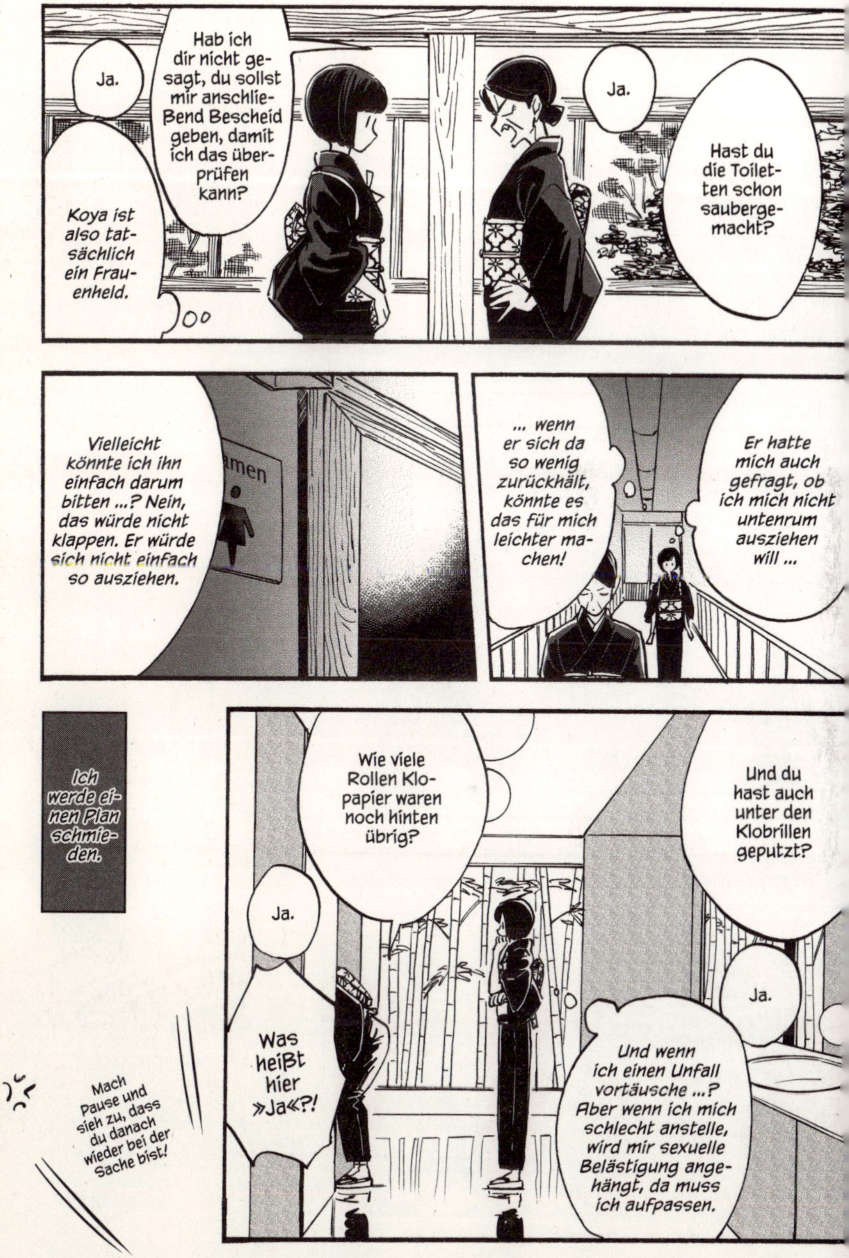
Hast du die Toiletten schon saubergemacht?
Ja.
Hab ich dir nicht gesagt, du sollst mir anschließend Bescheid geben, damit ich das überprüfen kann?
Ja.
Koya ist also tatsächlich ein Frauenheld.
Er hatte mich auch gefragt, ob ich mich nicht untenrum ausziehen will ...
... wenn er sich da so wenig zurückhält, könnte es das für mich leichter machen!
Vielleicht könnte ich ihn einfach darum bitten ...? Nein, das würde nicht klappen. Er würde sich nicht einfach so ausziehen.
Und du hast auch unter den Klobrillen geputzt?
Ja.
Wie viele Rollen Klopapier waren noch hinten übrig?
Ja.
Und wenn ich einen Unfall vortäusche ...? Aber wenn ich mich schlecht anstelle, wird mir sexuelle Belästigung angehängt, da muss ich aufpassen.
Was heißt hier »Ja«?!
Mach Pause und sieh zu, dass du danach wieder bei der Sache bist!
Ich werde einen Plan schmieden.

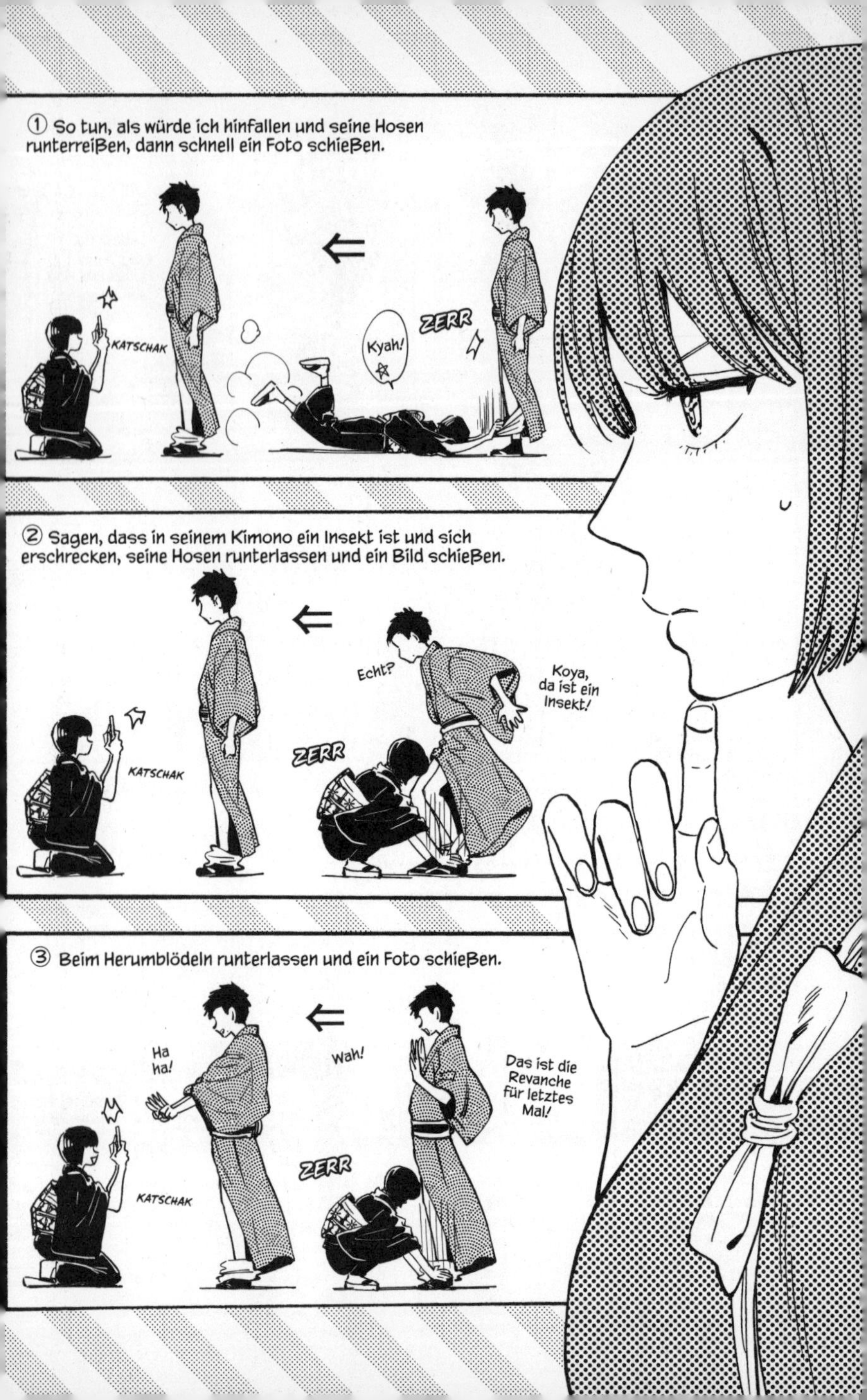

① So tun, als würde ich hinfallen und seine Hosen runterreißen, dann schnell ein Foto schießen.
ZERR
Kyah!
KATSCHAK
② Sagen, dass in seinem Kimono ein Insekt ist und sich erschrecken, seine Hosen runterlassen und ein Bild schießen.
Koya, da ist ein Insekt!
Echt?
ZERR
KATSCHAK
③ Beim Herumblödeln runterlassen und ein Foto schießen.
Das ist die Revanche für letztes Mal!
Wah!
Ha ha!
ZERR
KATSCHAK

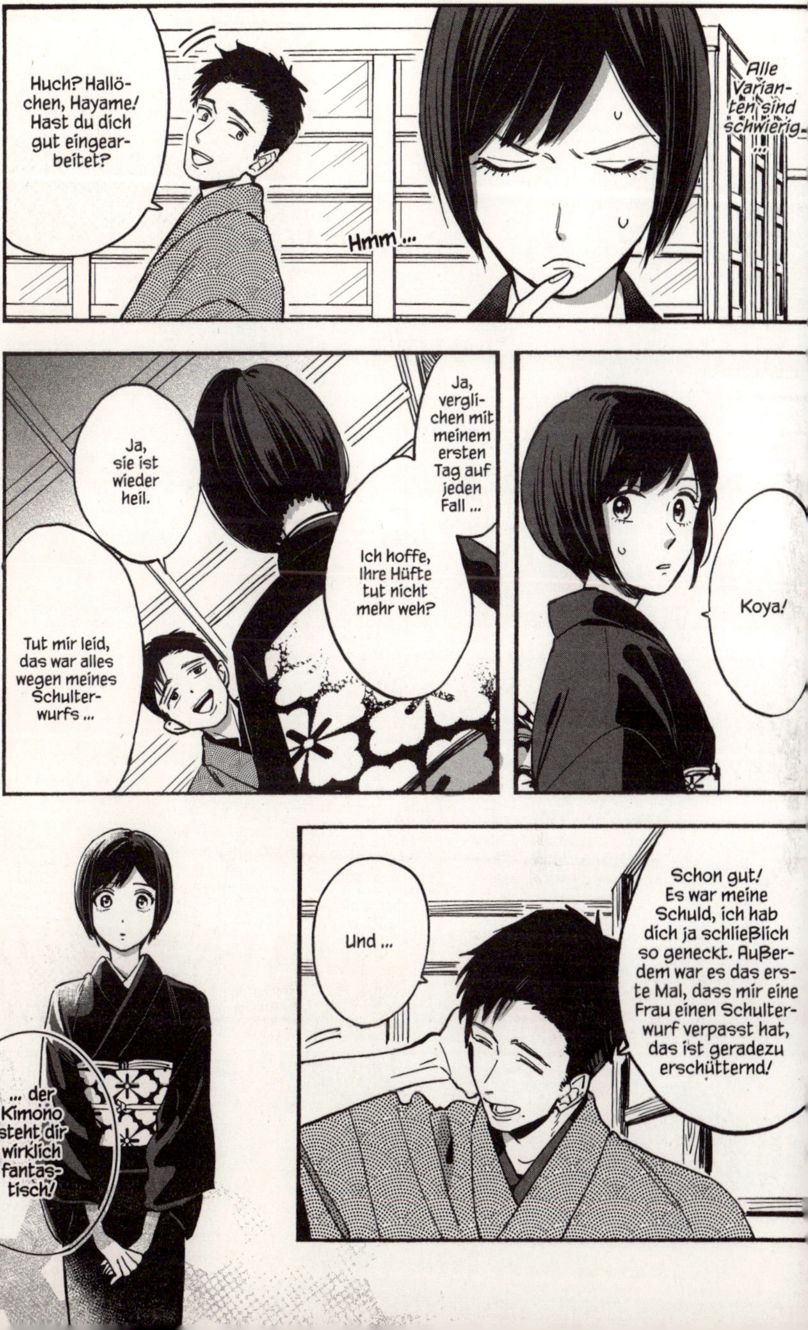
Alle Varian-ten sind schwierig ...
Hmm ...
Huch? Hallöchen, Hayame! Hast du dich gut eingearbeitet?
Koya!
Ja, verglichen mit meinem ersten Tag auf jeden Fall ...
Ich hoffe, Ihre Hüfte tut nicht mehr weh?
Ja, sie ist wieder heil.
Tut mir leid, das war alles wegen meines Schulterwurfs ...
Schon gut! Es war meine Schuld, ich hab dich ja schließlich so geneckt. Außerdem war es das erste Mal, dass mir eine Frau einen Schulterwurf verpasst hat, das ist geradezu erschütternd!
Und ...
... der Kimono steht dir wirklich fantastisch!

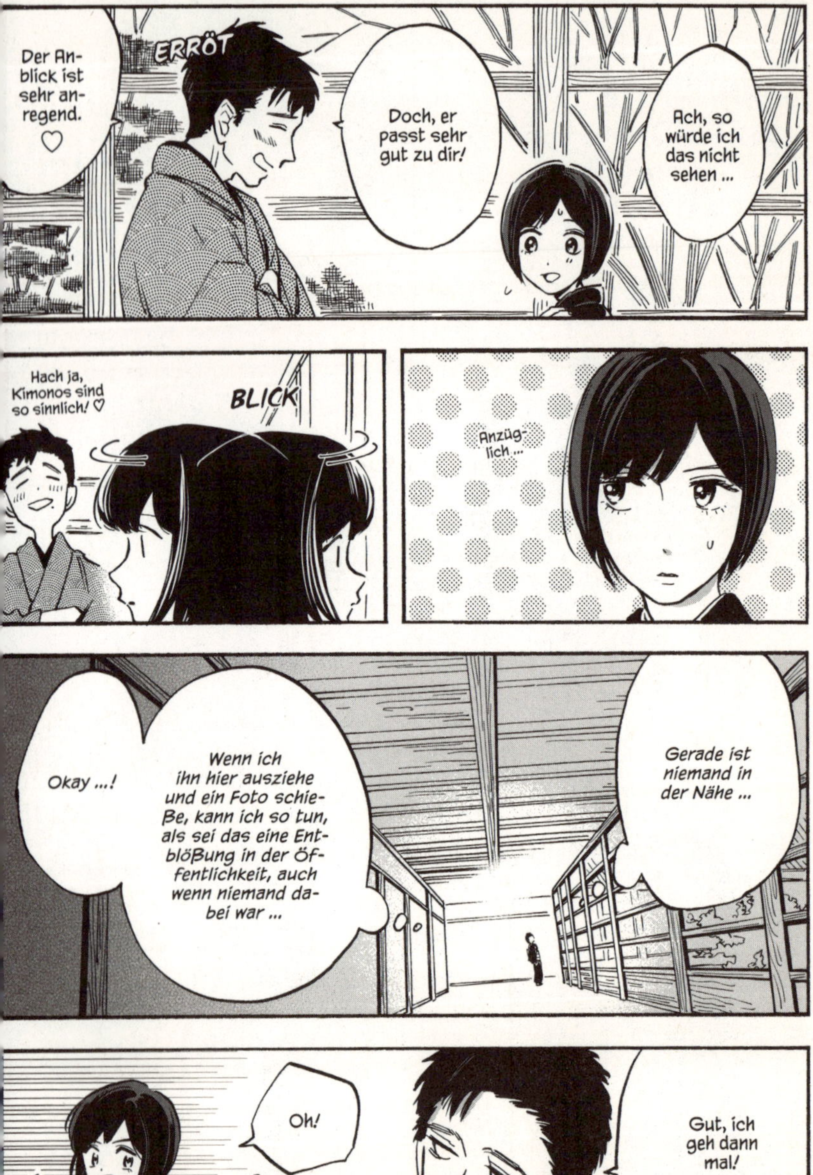
Ach, so würde ich das nicht sehen ...
Doch, er passt sehr gut zu dir!
ERRÖT
Der Anblick ist sehr anregend. ♡
Anzüglich ...
BLICK
Hach ja, Kimonos sind so sinnlich! ♡
Gerade ist niemand in der Nähe ...
Wenn ich ihn hier ausziehe und ein Foto schieße, kann ich so tun, als sei das eine Entblößung in der Öffentlichkeit, auch wenn niemand dabei war ...
Okay ...!
Gut, ich geh dann mal!
Oh!

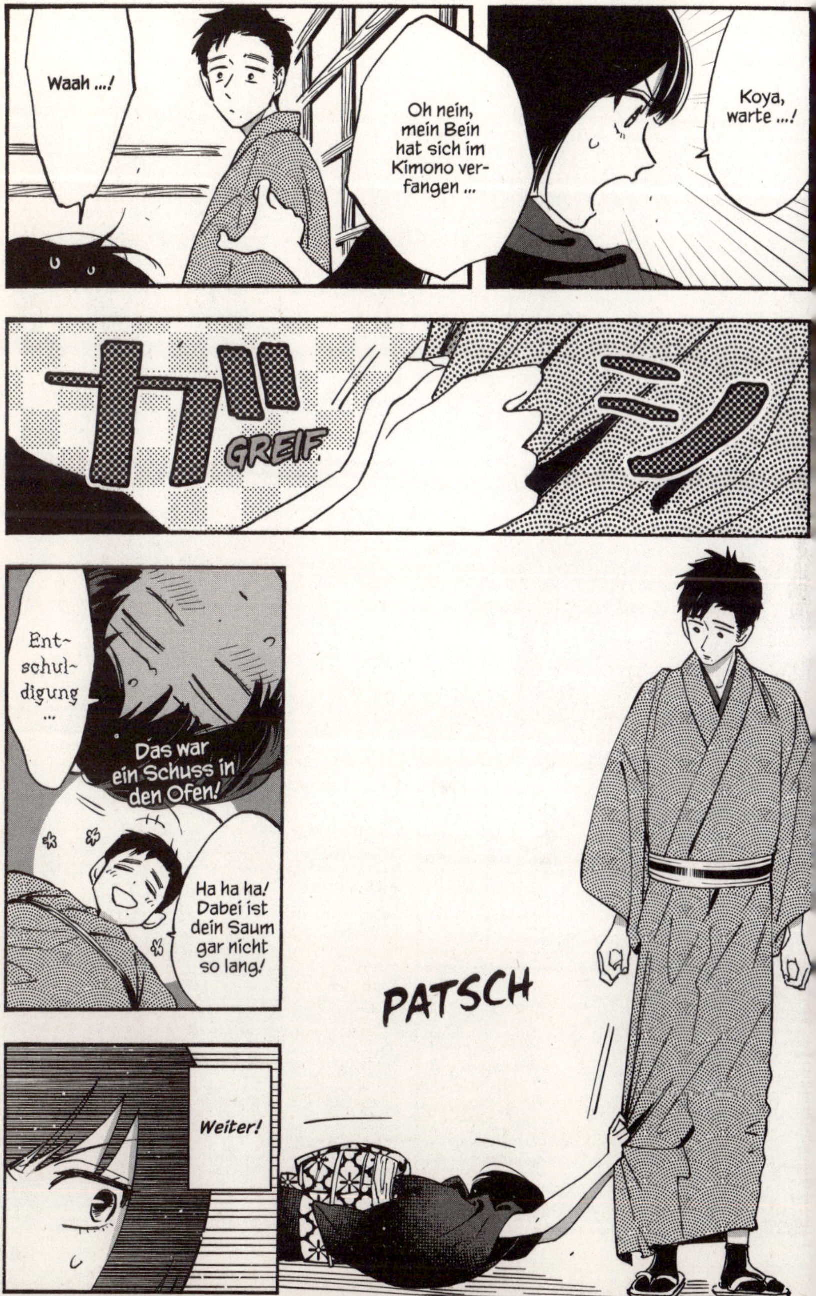
Koya, warte ...!
Oh nein, mein Bein hat sich im Kimono verfangen ...
Waah ...!
ガシ
GREIF
PATSCH
Ent-schul-digung ...
Das war ein Schuss in den Ofen!
Ha ha ha! Dabei ist dein Saum gar nicht so lang!
Weiter!

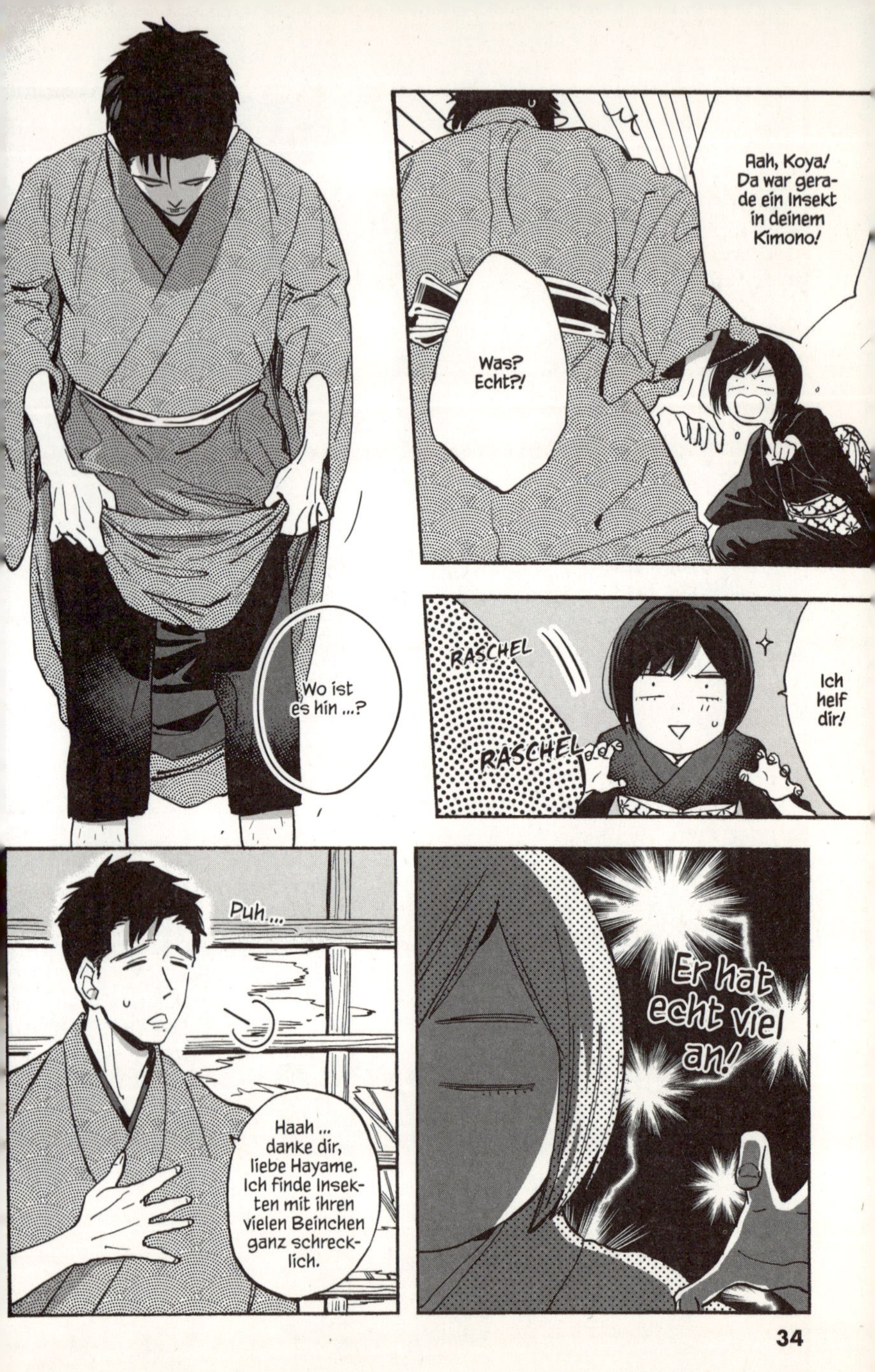
Aah, Koya! Da war gerade ein Insekt in deinem Kimono!
Was? Echt?!
RASCHEL
RASCHEL
Ich helf dir!
Wo ist es hin ...?
Er hat echt viel an!
Puh...
Haah ... danke dir, liebe Hayame. Ich finde Insekten mit ihren vielen Beinchen ganz schrecklich.

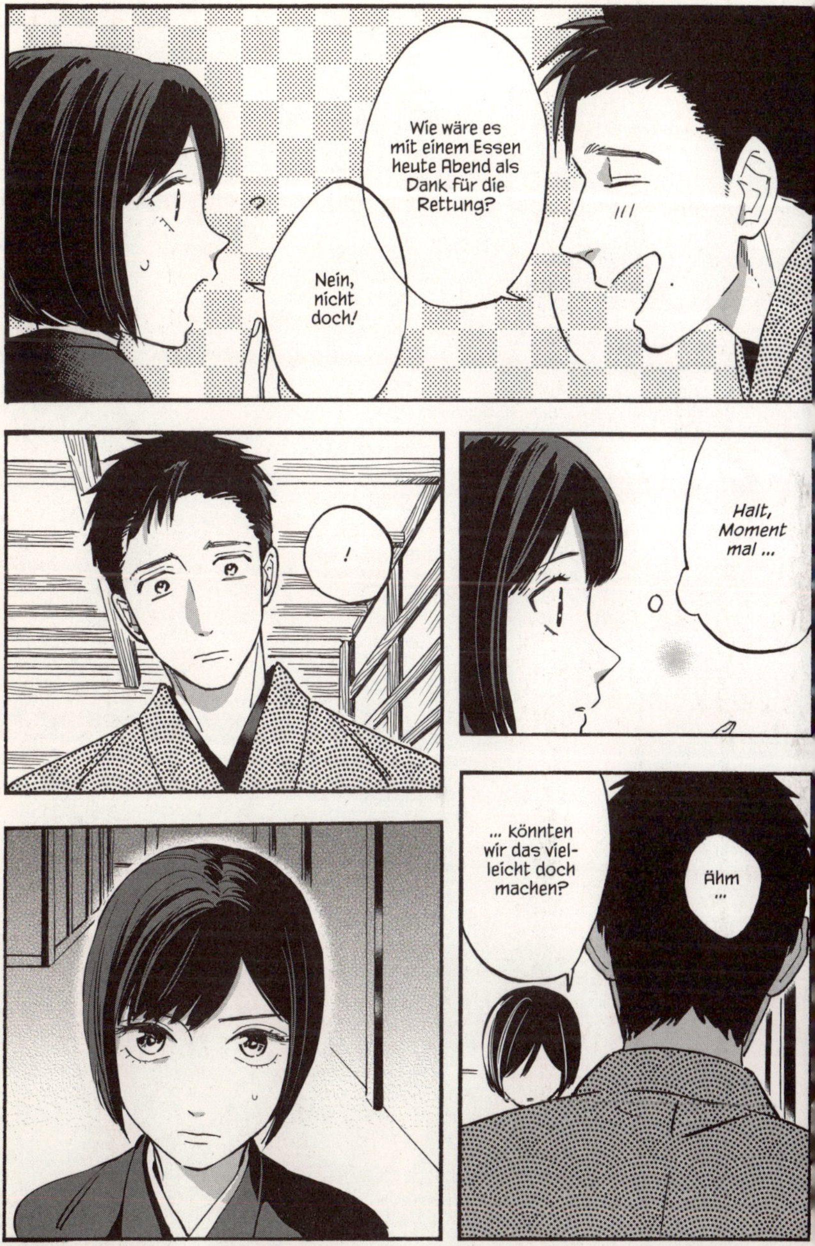

Wie wäre es mit einem Essen heute Abend als Dank für die Rettung?
Nein, nicht doch!
Halt, Moment mal ...
!
Ähm ...
... könnten wir das vielleicht doch machen?

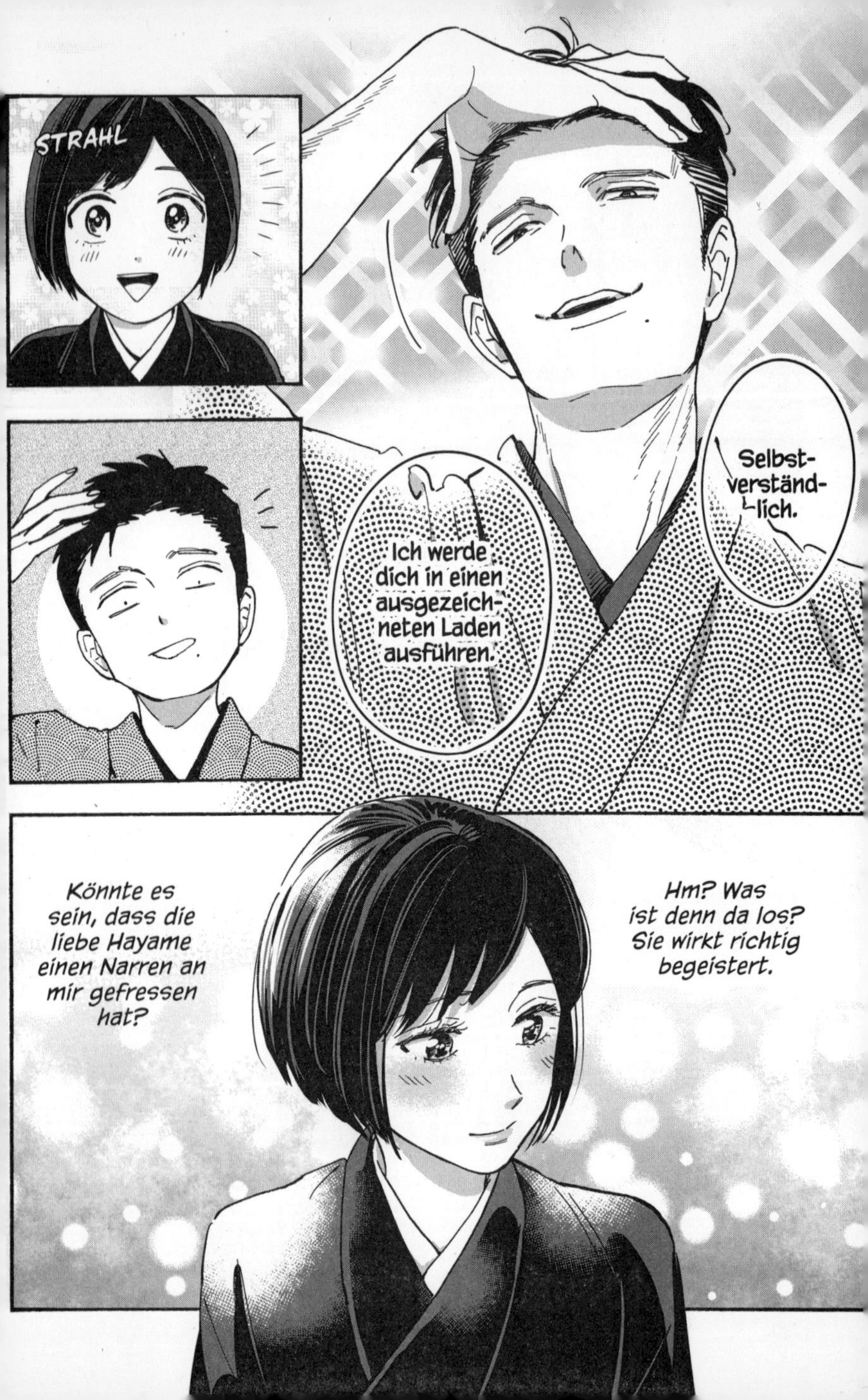
Selbst-
verständ-
lich.
Ich werde dich in einen ausgezeichneten Laden ausführen.
STRAHL
Hm? Was ist denn da los? Sie wirkt richtig begeistert.
Könnte es sein, dass die liebe Hayame einen Narren an mir gefressen hat?

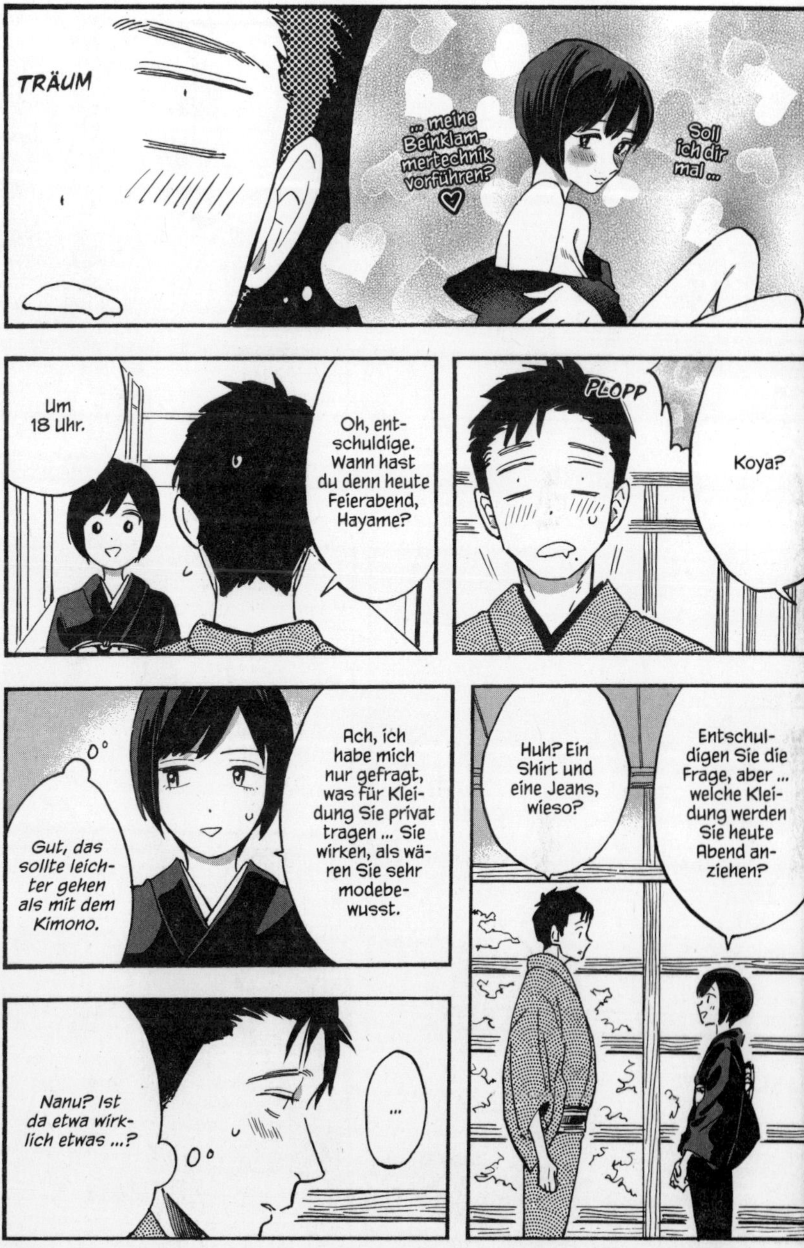
Soll ich dir mal ...
... meine Beinklammertechnik vorführen? ♡
TRÄUM
PLOPP
Koya?
Oh, entschuldige. Wann hast du denn heute Feierabend, Hayame?
Um 18 Uhr.
Entschuldigen Sie die Frage, aber ... welche Kleidung werden Sie heute Abend anziehen?
Huh? Ein Shirt und eine Jeans, wieso?
Ach, ich habe mich nur gefragt, was für Kleidung Sie privat tragen ... Sie wirken, als wären Sie sehr modebewusst.
Gut, das sollte leichter gehen als mit dem Kimono.
...
Nanu? Ist da etwa wirklich etwas ...?

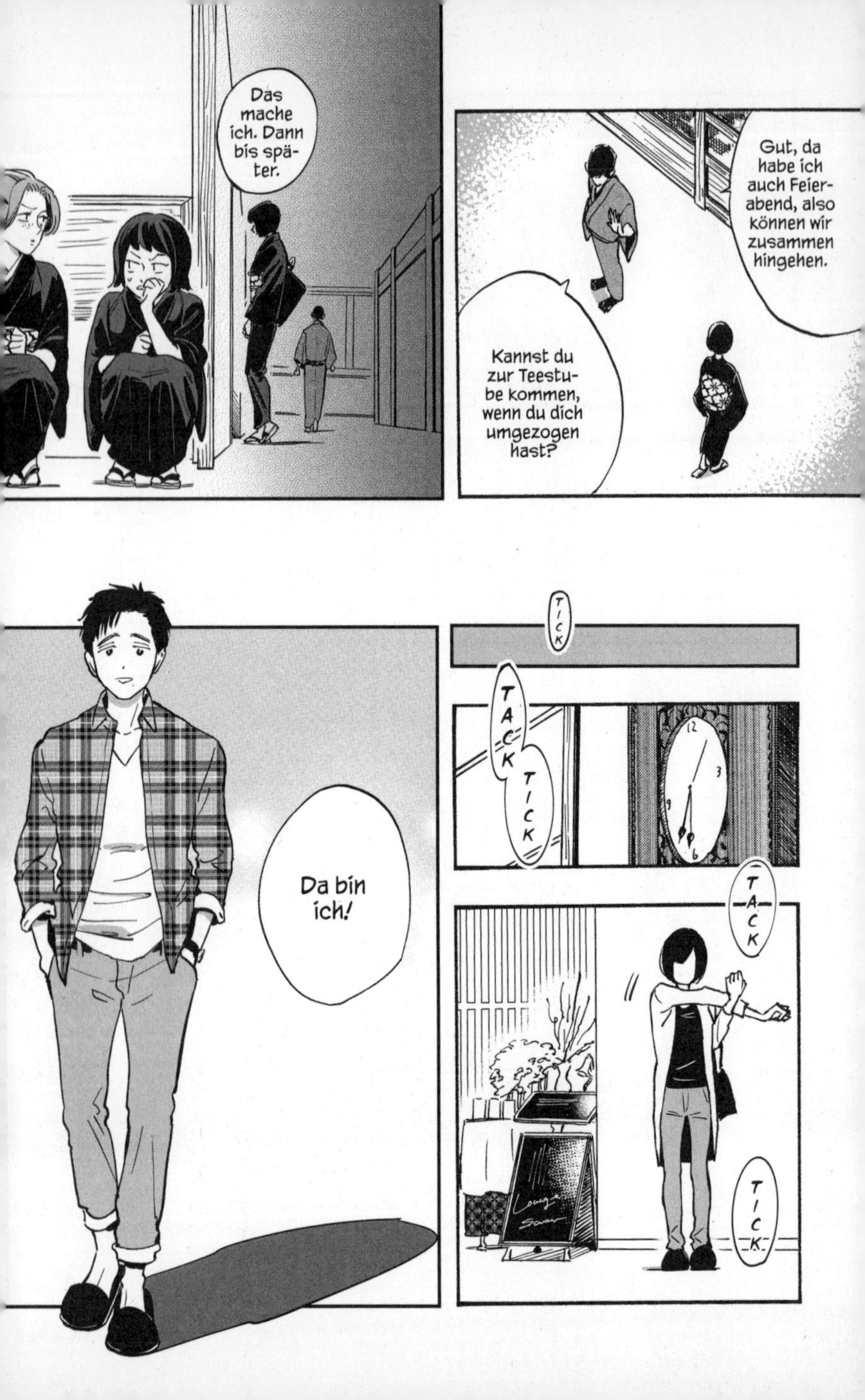
Gut, da habe ich auch Feierabend, also können wir zusammen hingehen.
Kannst du zur Teestube kommen, wenn du dich umgezogen hast?
Das mache ich. Dann bis später.
TICK
TACK
TICK
TACK
TICK
Da bin ich!

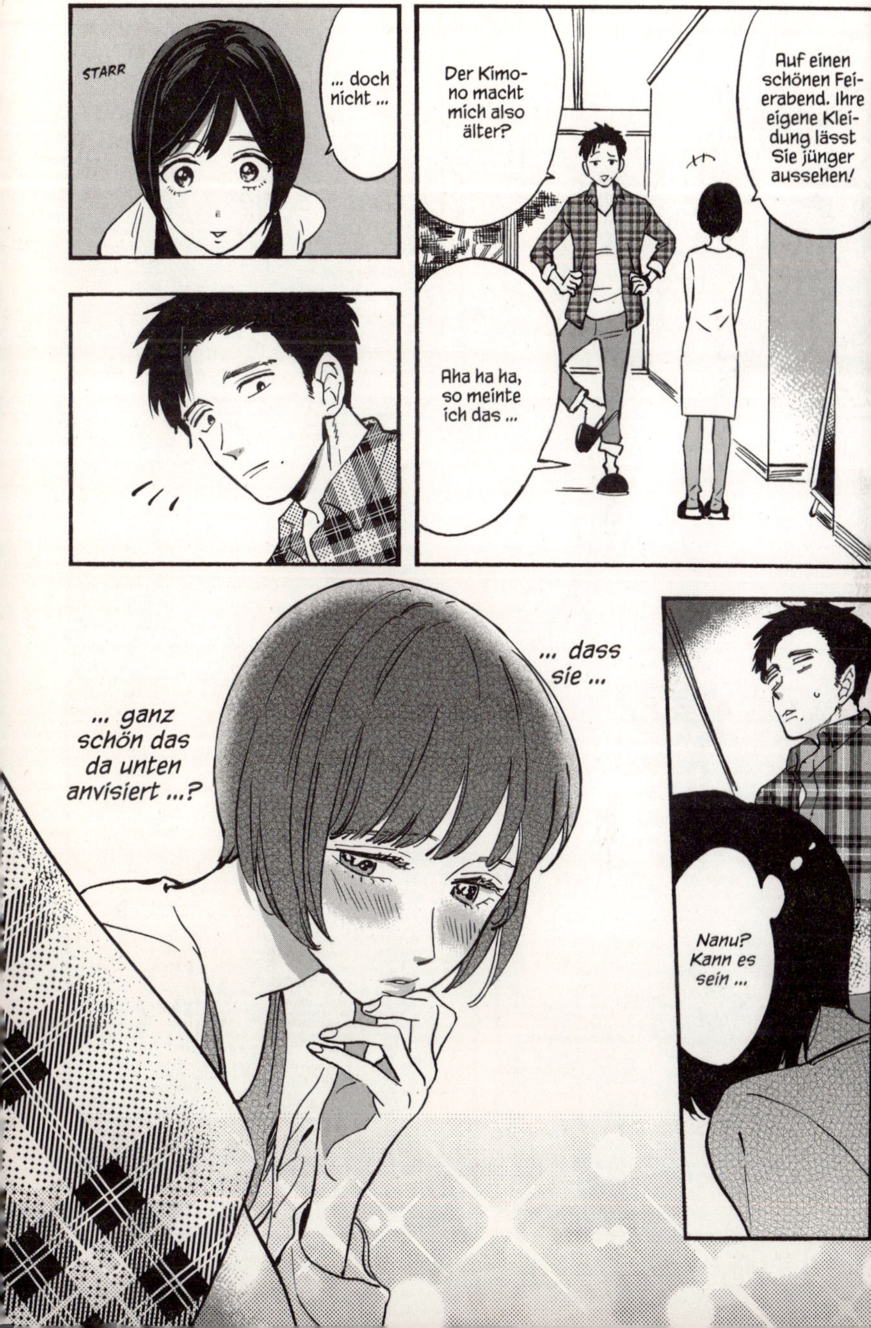
Auf einen schönen Feierabend. Ihre eigene Kleidung lässt Sie jünger aussehen!
Der Kimono macht mich also älter?
Aha ha ha, so meinte ich das ...
... doch nicht ...
STARR
Nanu? Kann es sein ...
... dass sie ...
... ganz schön das da unten anvisiert ...?

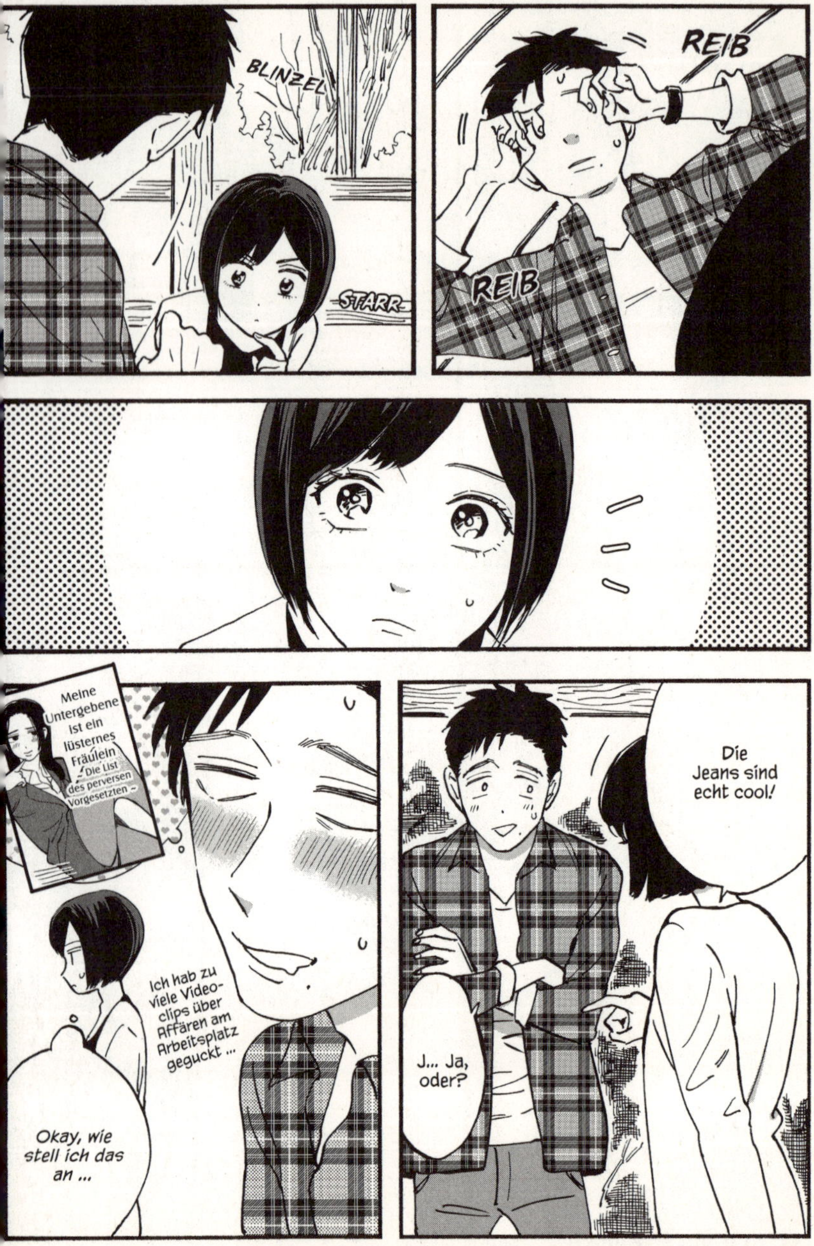
REIB
REIB
BLINZEL
STARR
Die Jeans sind echt cool!
J... Ja, oder?
Meine Untergebene ist ein lüsternes Fräulein ~ Die List des perversen Vorgesetzten ~
Ich hab zu viele Videoclips über Affären am Arbeitsplatz geguckt ...
Okay, wie stell ich das an ...

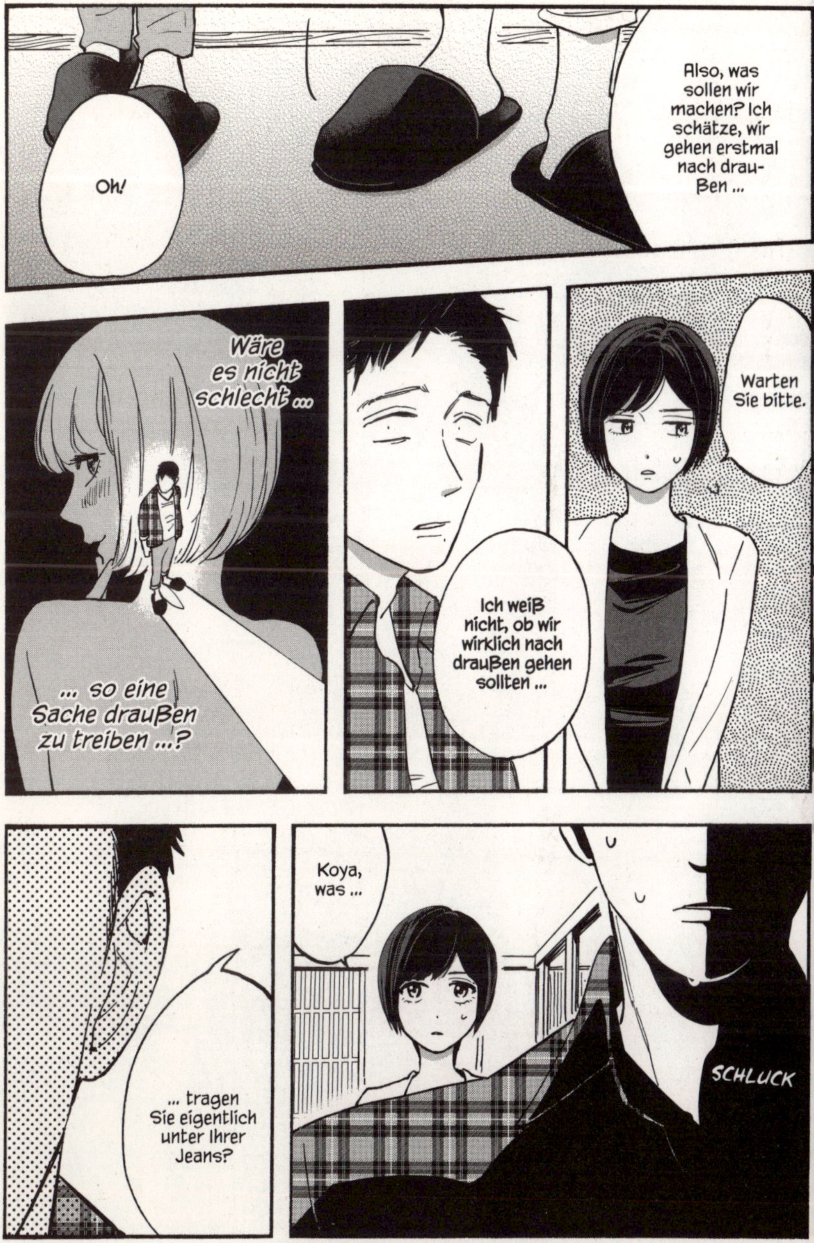
Also, was sollen wir machen? Ich schätze, wir gehen erstmal nach drau-ßen ...
Oh!
Warten Sie bitte.
Ich weiß nicht, ob wir wirklich nach draußen gehen sollten ...
Wäre es nicht schlecht ...
... so eine Sache draußen zu treiben ...?
SCHLUCK
Koya, was ...
... tragen Sie eigentlich unter Ihrer Jeans?

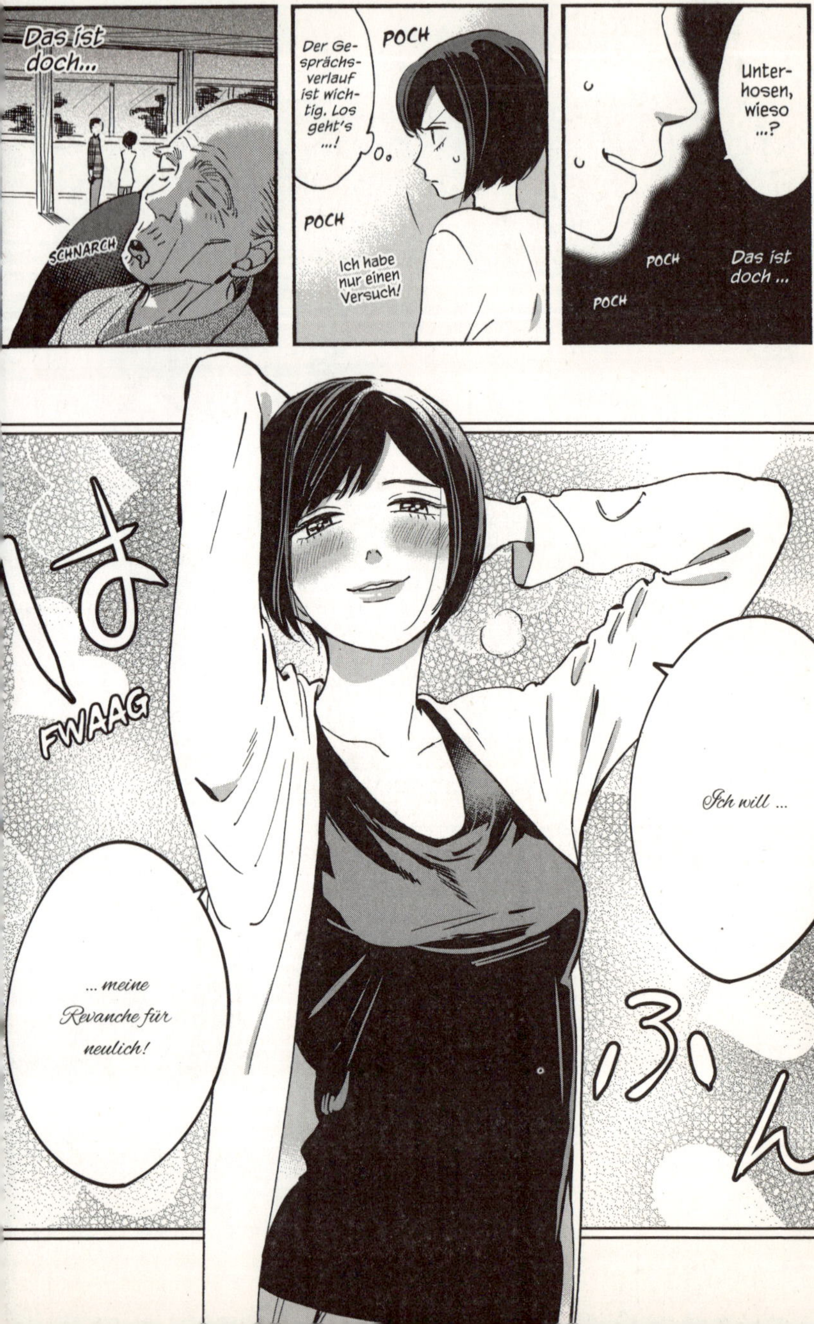
Unter-hosen, wieso ...?
Das ist doch ...
POCH
POCH
Der Gesprächsverlauf ist wichtig. Los geht's ...!
POCH
POCH
Ich habe nur einen Versuch!
Das ist doch...
SCHNARCH
Ich will ...
... meine Revanche für neulich!
FWAAG
は
ふん

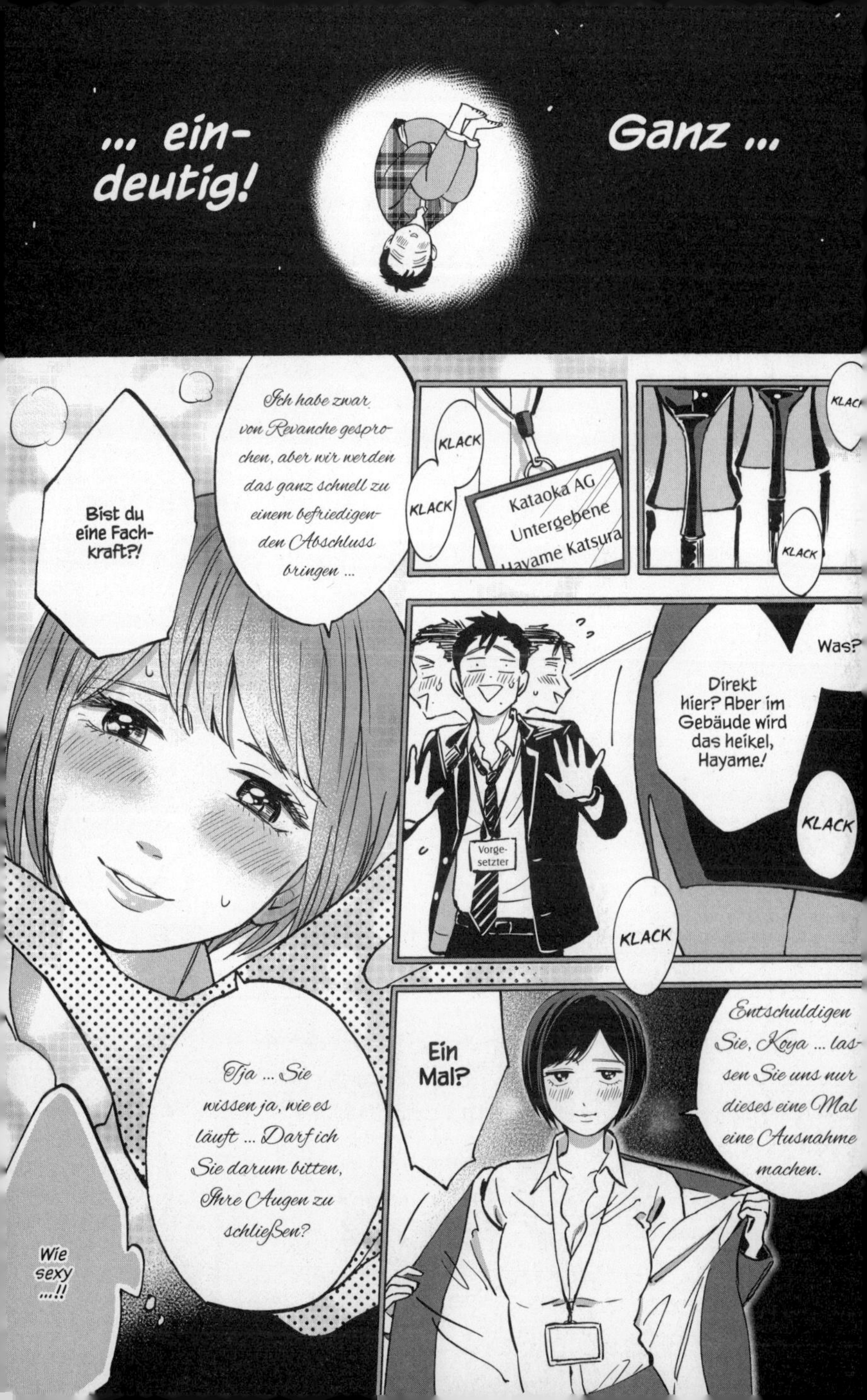
Ganz ...
... ein-
deutig!
KLACK
KLACK
Kataoka AG
Untergebene
Hayame Katsura
KLACK
KLACK
Ich habe zwar von Revanche gesprochen, aber wir werden das ganz schnell zu einem befriedigenden Abschluss bringen ...
Bist du eine Fachkraft?!
Was?
Direkt hier? Aber im Gebäude wird das heikel, Hayame!
KLACK
KLACK
Vorgesetzter
Entschuldigen Sie, Koya ... lassen Sie uns nur dieses eine Mal eine Ausnahme machen.
Ein Mal?
Tja ... Sie wissen ja, wie es läuft ... Darf ich Sie darum bitten, Ihre Augen zu schließen?
Wie sexy ...!!

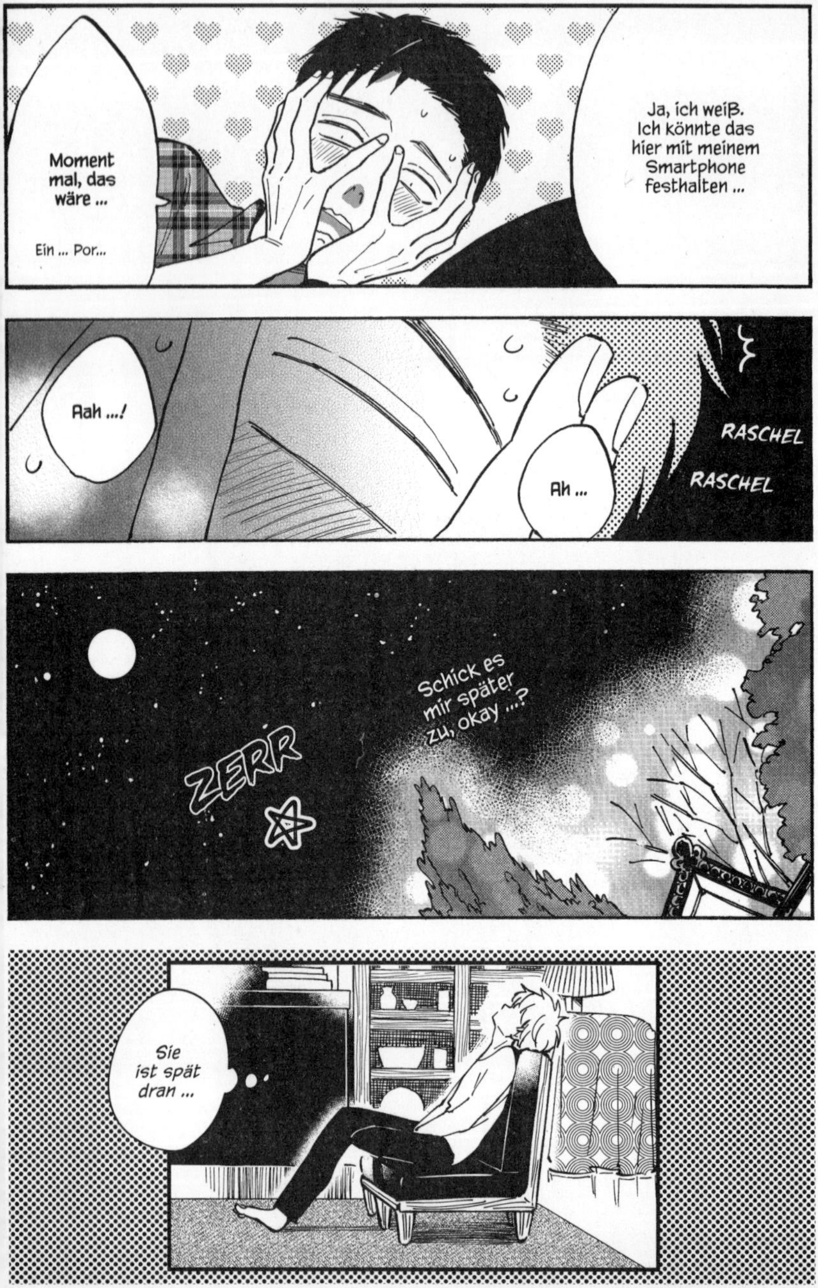
Ja, ich weiß. Ich könnte das hier mit meinem Smartphone festhalten ...
Moment mal, das wäre ...
Ein ... Por...
RASCHEL
RASCHEL
Ah ...
Aah ...!
Schick es mir später zu, okay ...?
ZERR
Sie ist spät dran ...

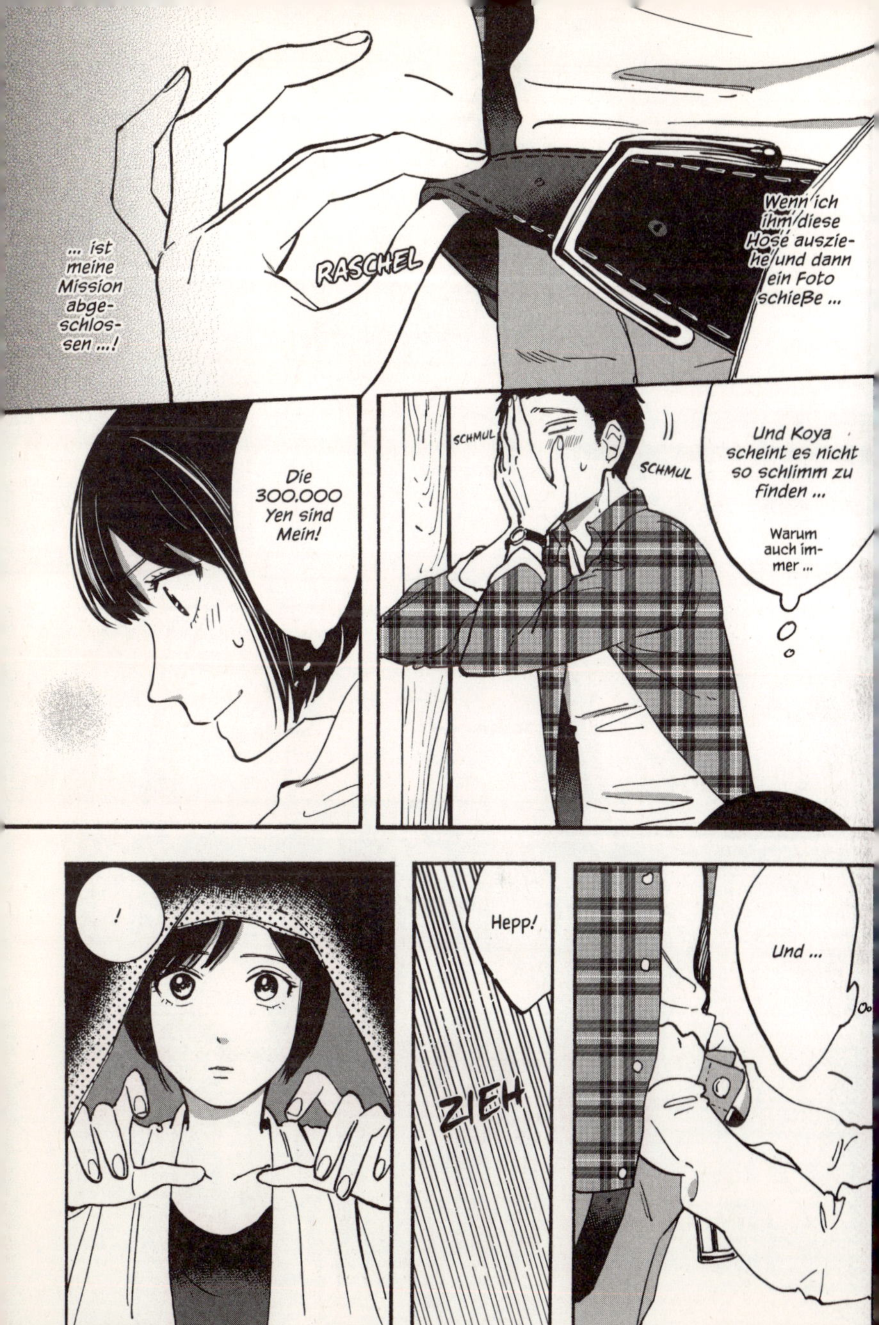

Wenn ich ihm diese Hose ausziehe und dann ein Foto schieße ...
RASCHEL
... ist meine Mission abgeschlossen ...!
Und Koya scheint es nicht so schlimm zu finden ...
Warum auch immer ...
SCHMUL
SCHMUL
Die 300.000 Yen sind Mein!
Und ...
Hepp!
ZIEH
!

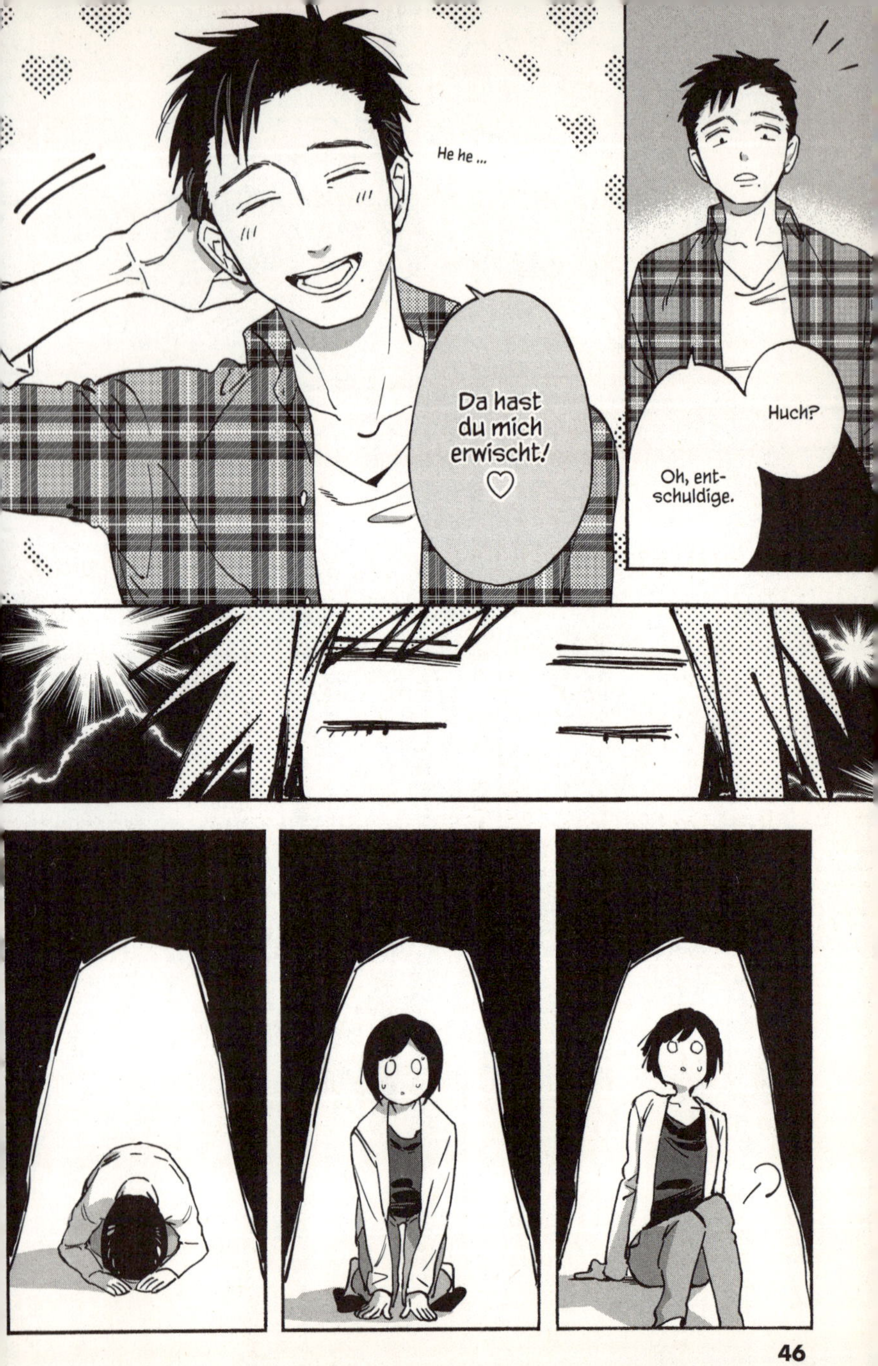
He he ...
Da hast du mich erwischt! ♡
Huch?
Oh, ent- schuldige.

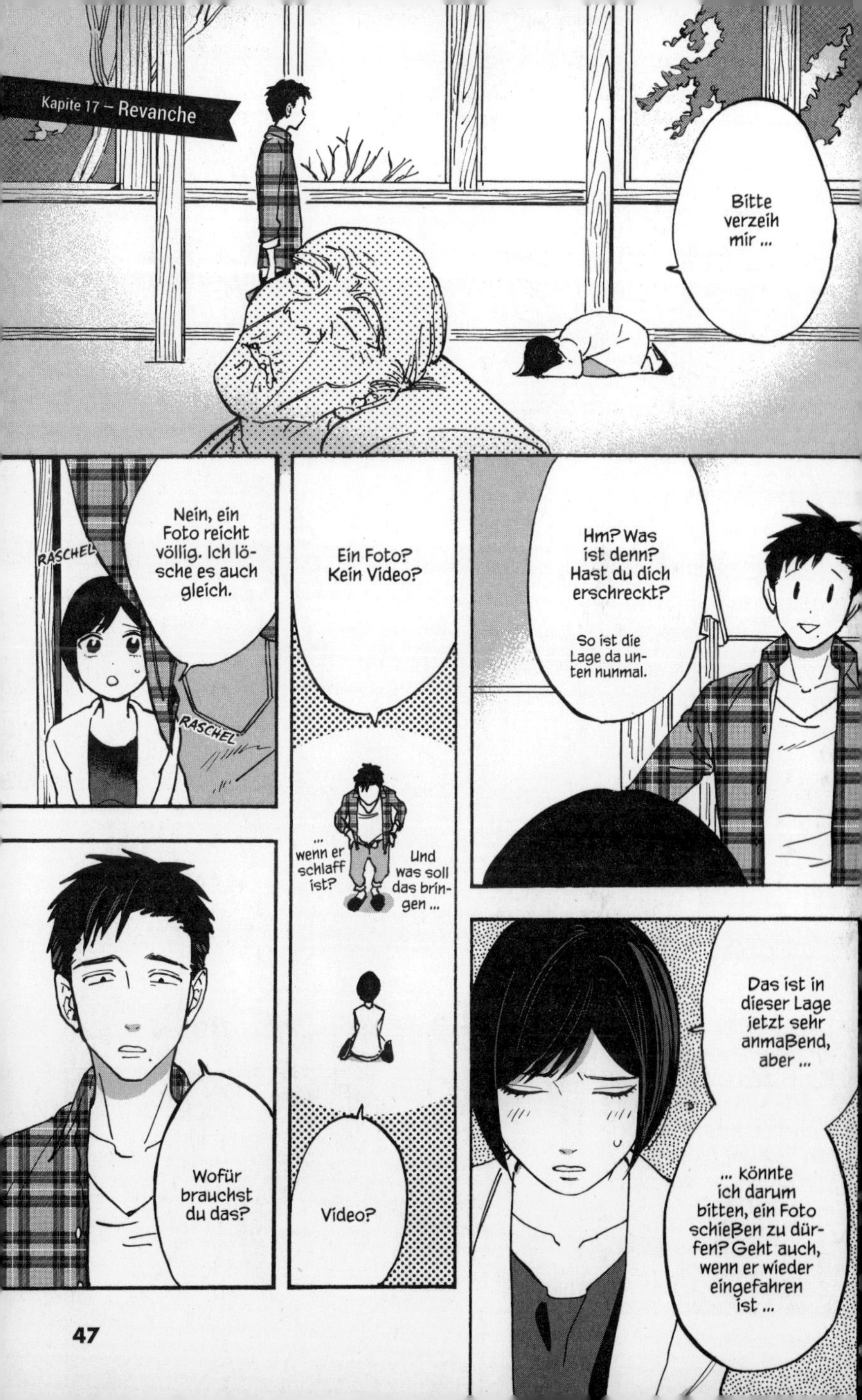
Kapite 17 – Revanche
Bitte verzeih mir ...
Hm? Was ist denn? Hast du dich erschreckt?
So ist die Lage da unten nunmal.
Das ist in dieser Lage jetzt sehr anmaßend, aber ...
... könnte ich darum bitten, ein Foto schießen zu dürfen? Geht auch, wenn er wieder eingefahren ist ...
Ein Foto? Kein Video?
Und was soll das bringen ...
... wenn er schlaff ist?
Video?
RASCHEL
RASCHEL
Nein, ein Foto reicht völlig. Ich lösche es auch gleich.
Wofür brauchst du das?

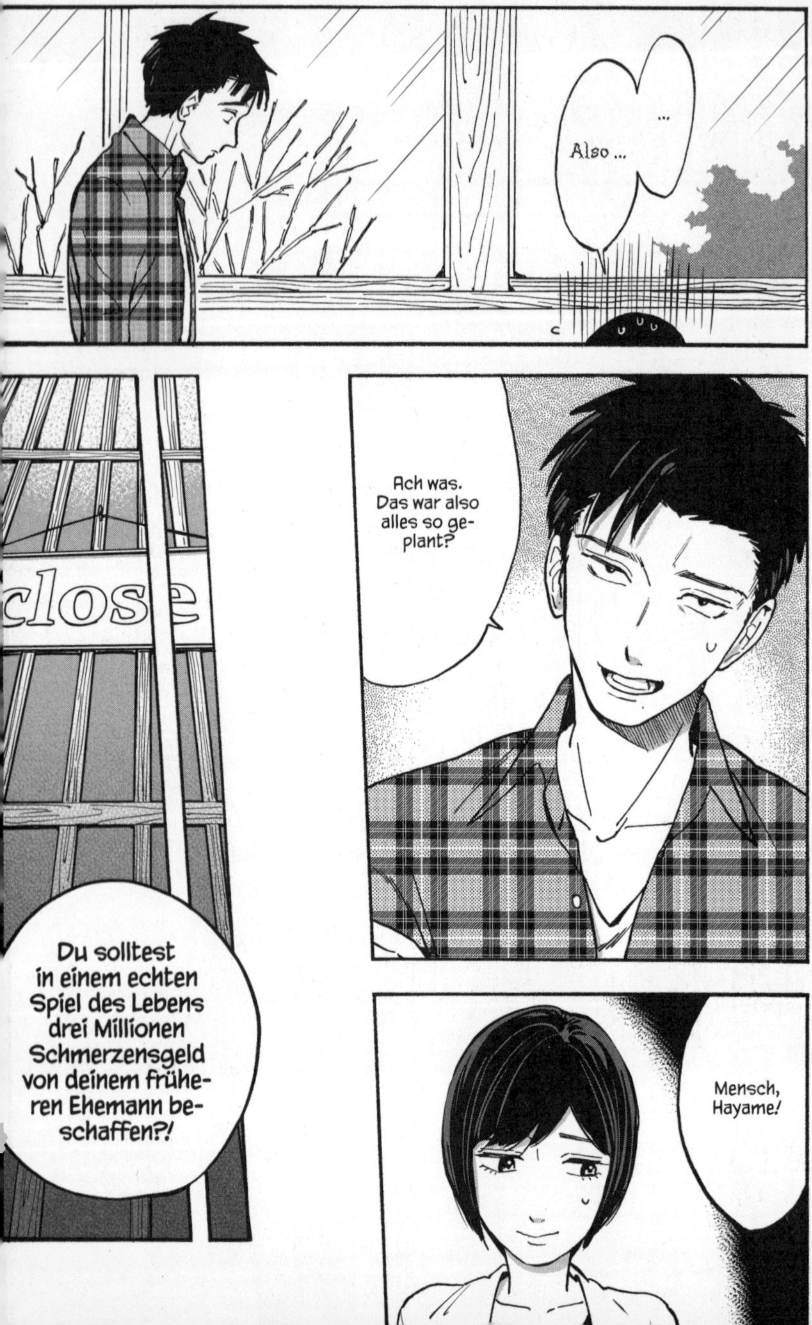

...
Also ...
Ach was. Das war also alles so geplant?
Du solltest in einem echten Spiel des Lebens drei Millionen Schmerzensgeld von deinem früheren Ehemann beschaffen?!
Mensch, Hayame!
close

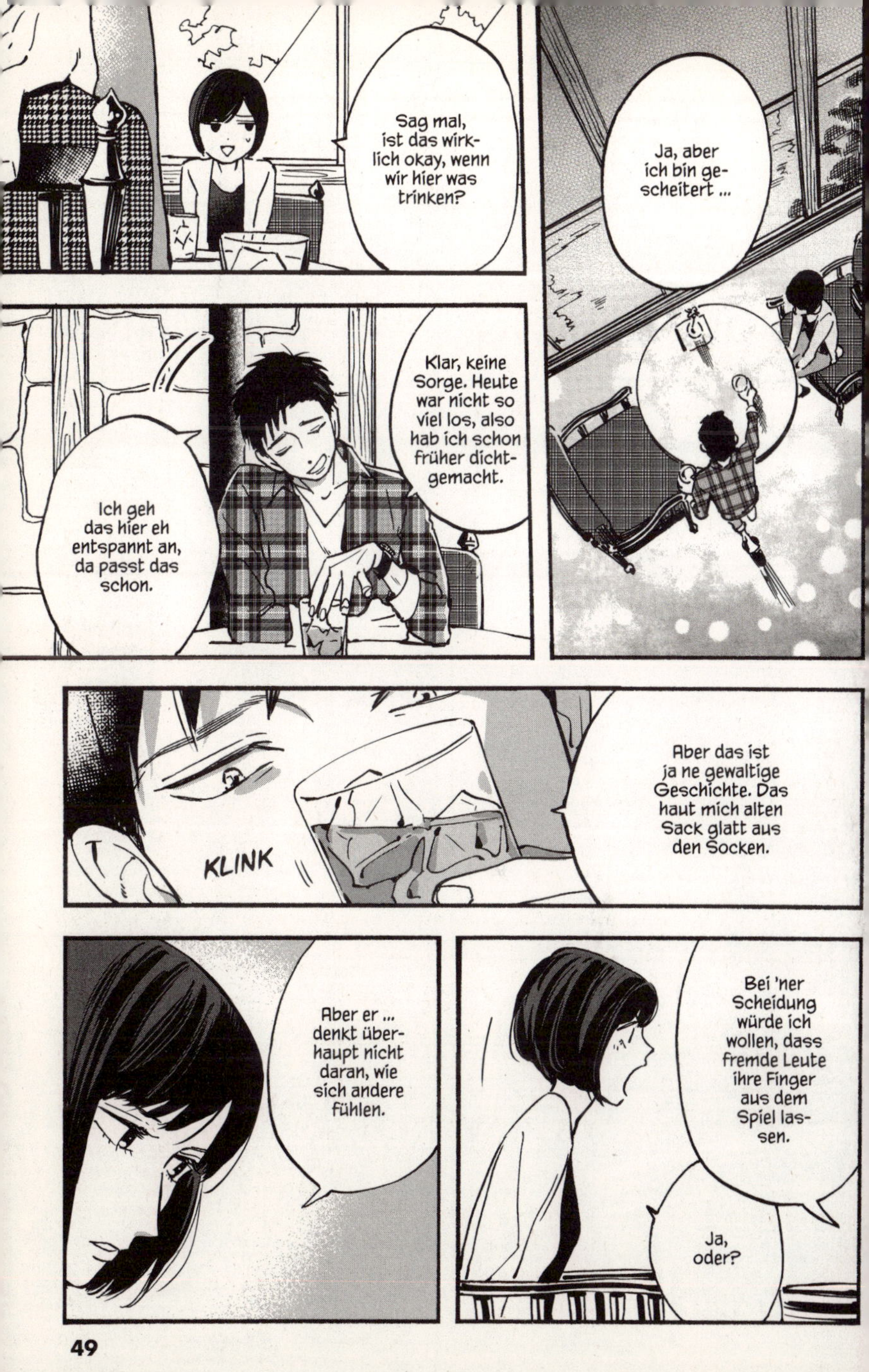
Ja, aber ich bin gescheitert ...
Sag mal, ist das wirklich okay, wenn wir hier was trinken?
Klar, keine Sorge. Heute war nicht so viel los, also hab ich schon früher dichtgemacht.
Ich geh das hier eh entspannt an, da passt das schon.
Aber das ist ja ne gewaltige Geschichte. Das haut mich alten Sack glatt aus den Socken.
KLINK
Bei 'ner Scheidung würde ich wollen, dass fremde Leute ihre Finger aus dem Spiel lassen.
Ja, oder?
Aber er ... denkt überhaupt nicht daran, wie sich andere fühlen.

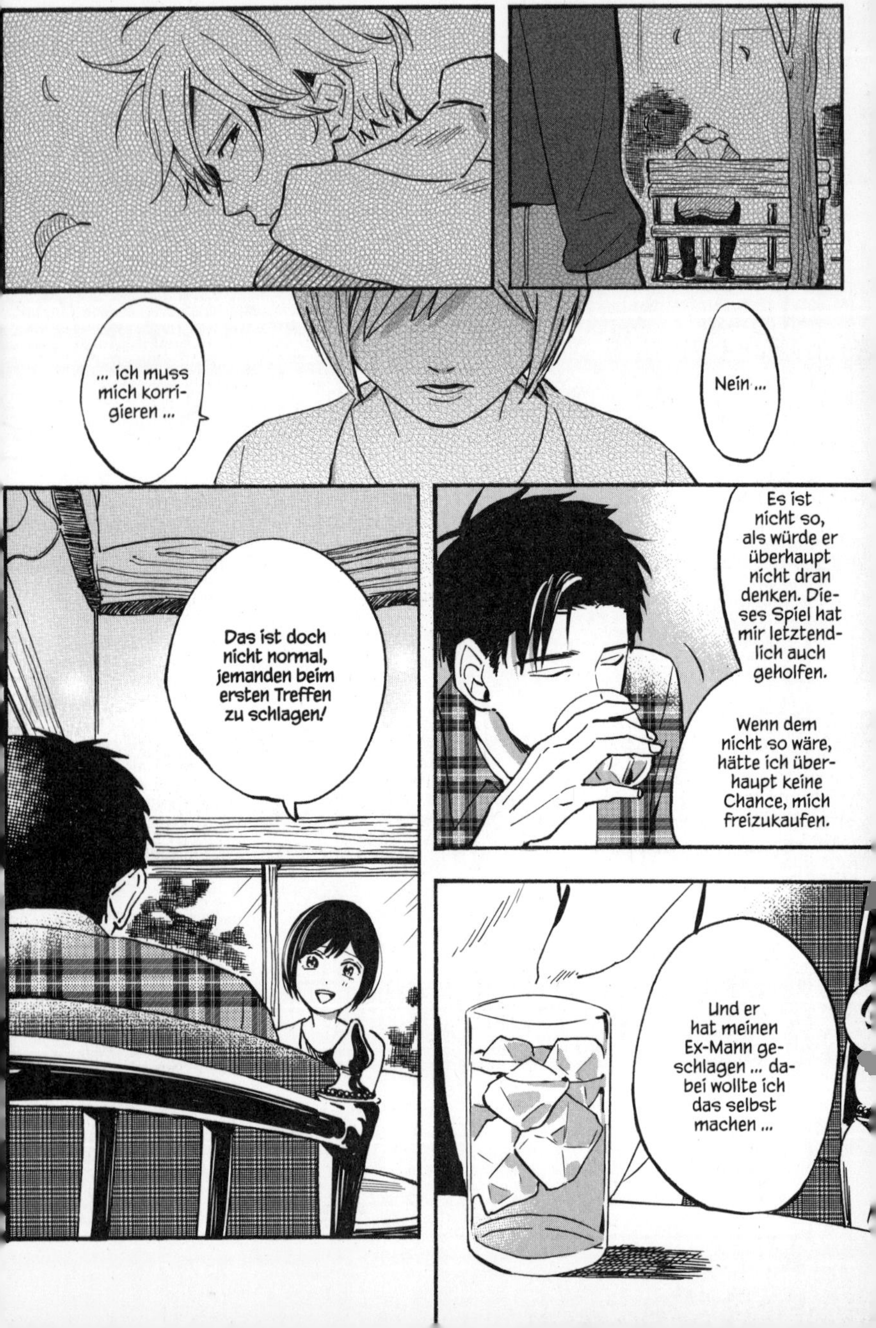
Nein ...
... ich muss mich korrigieren ...
Es ist nicht so, als würde er überhaupt nicht dran denken. Dieses Spiel hat mir letztendlich auch geholfen.
Wenn dem nicht so wäre, hätte ich überhaupt keine Chance, mich freizukaufen.
Das ist doch nicht normal, jemanden beim ersten Treffen zu schlagen!
Und er hat meinen Ex-Mann geschlagen ... dabei wollte ich das selbst machen ...

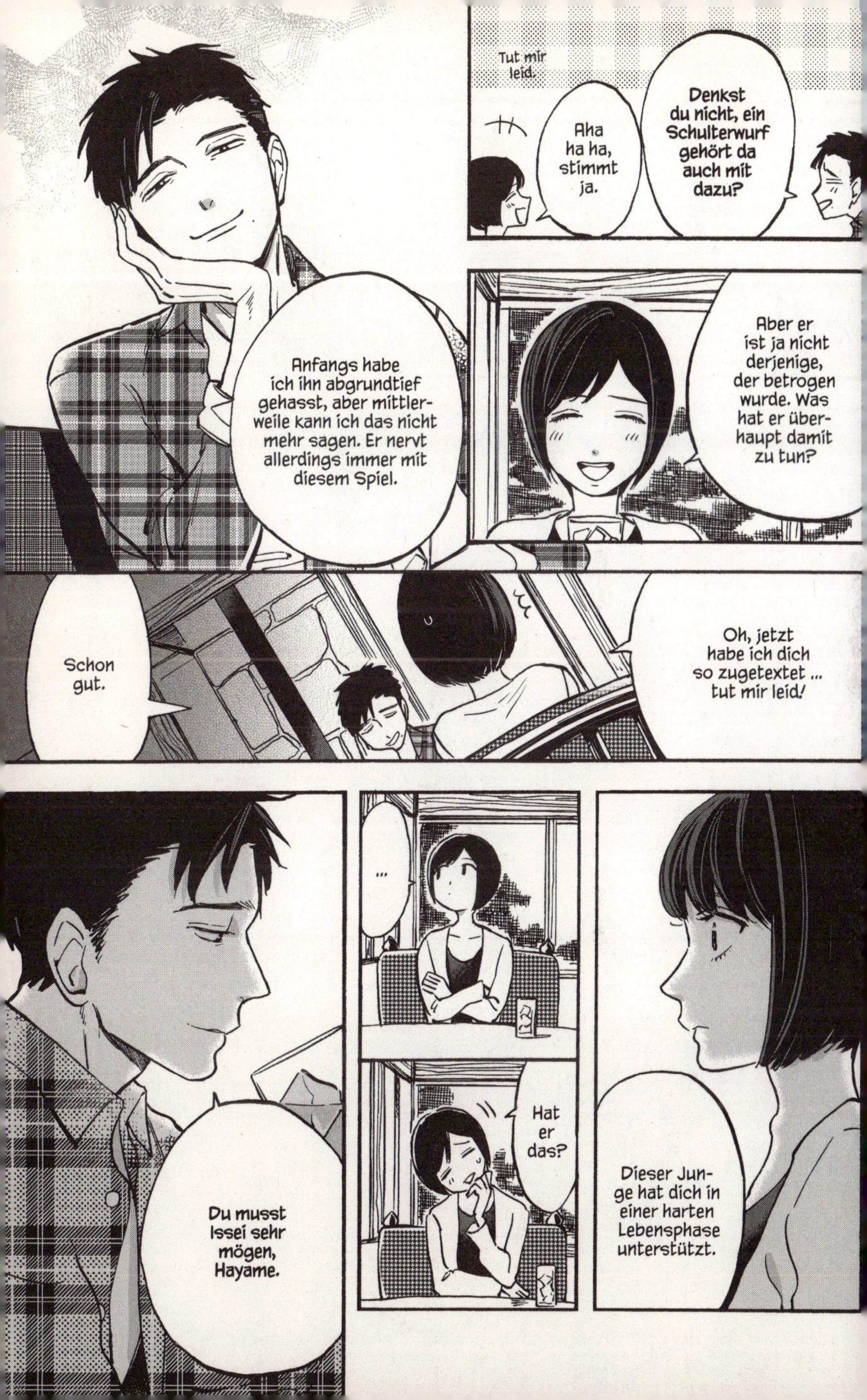
Denkst du nicht, ein Schulterwurf gehört da auch mit dazu?
Aha ha ha, stimmt ja.
Tut mir leid.
Aber er ist ja nicht derjenige, der betrogen wurde. Was hat er überhaupt damit zu tun?
Anfangs habe ich ihn abgrundtief gehasst, aber mittlerweile kann ich das nicht mehr sagen. Er nervt allerdings immer mit diesem Spiel.
Oh, jetzt habe ich dich so zugetextet ... tut mir leid!
Schon gut.
Dieser Junge hat dich in einer harten Lebensphase unterstützt.
...
Hat er das?
Du musst Issei sehr mögen, Hayame.

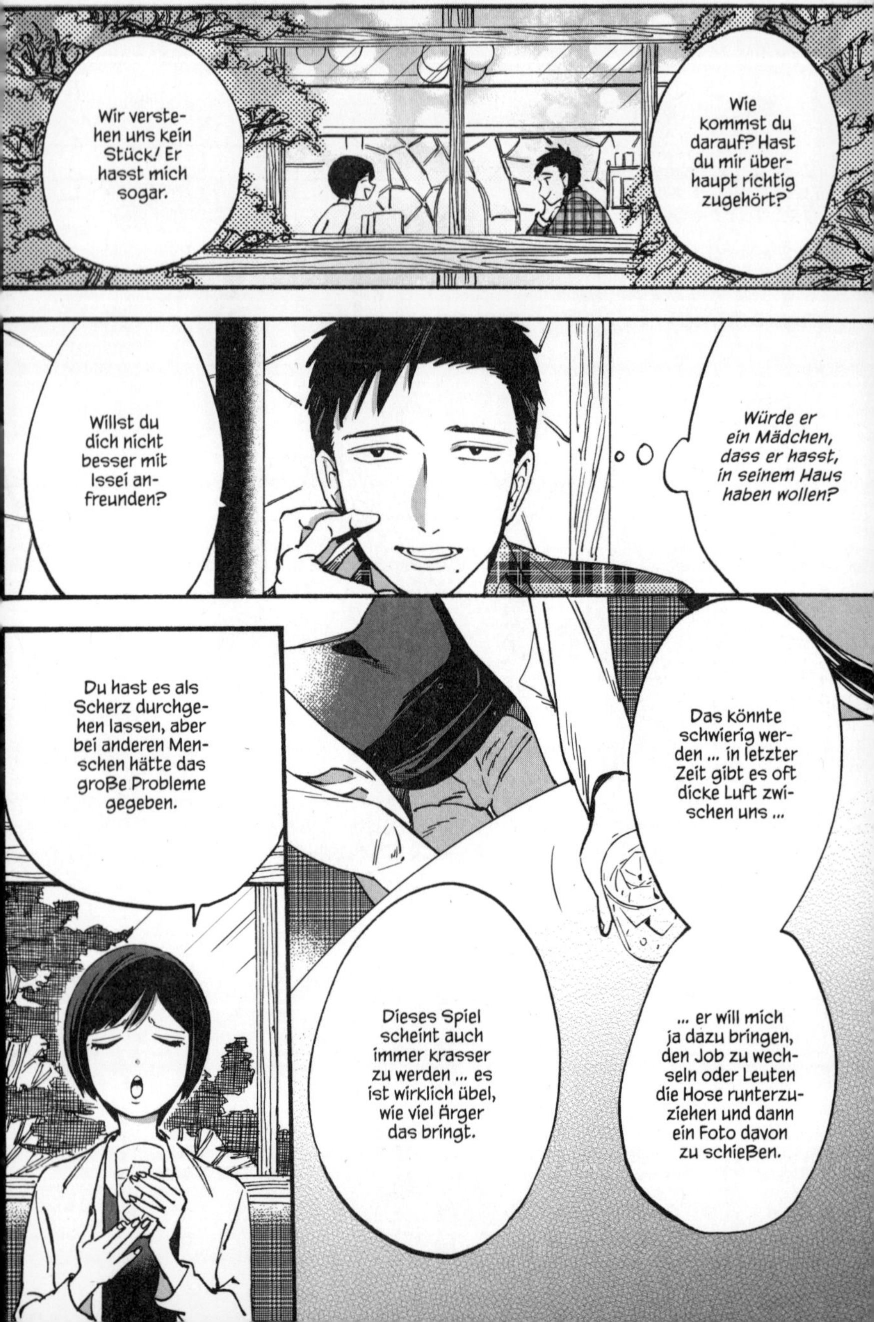
Wie kommst du darauf? Hast du mir überhaupt richtig zugehört?
Wir verstehen uns kein Stück! Er hasst mich sogar.
Würde er ein Mädchen, dass er hasst, in seinem Haus haben wollen?
Willst du dich nicht besser mit Issei anfreunden?
Das könnte schwierig werden ... in letzter Zeit gibt es oft dicke Luft zwischen uns ...
... er will mich ja dazu bringen, den Job zu wechseln oder Leuten die Hose runterzuziehen und dann ein Foto davon zu schießen.
Du hast es als Scherz durchgehen lassen, aber bei anderen Menschen hätte das große Probleme gegeben.
Dieses Spiel scheint auch immer krasser zu werden ... es ist wirklich übel, wie viel Ärger das bringt.

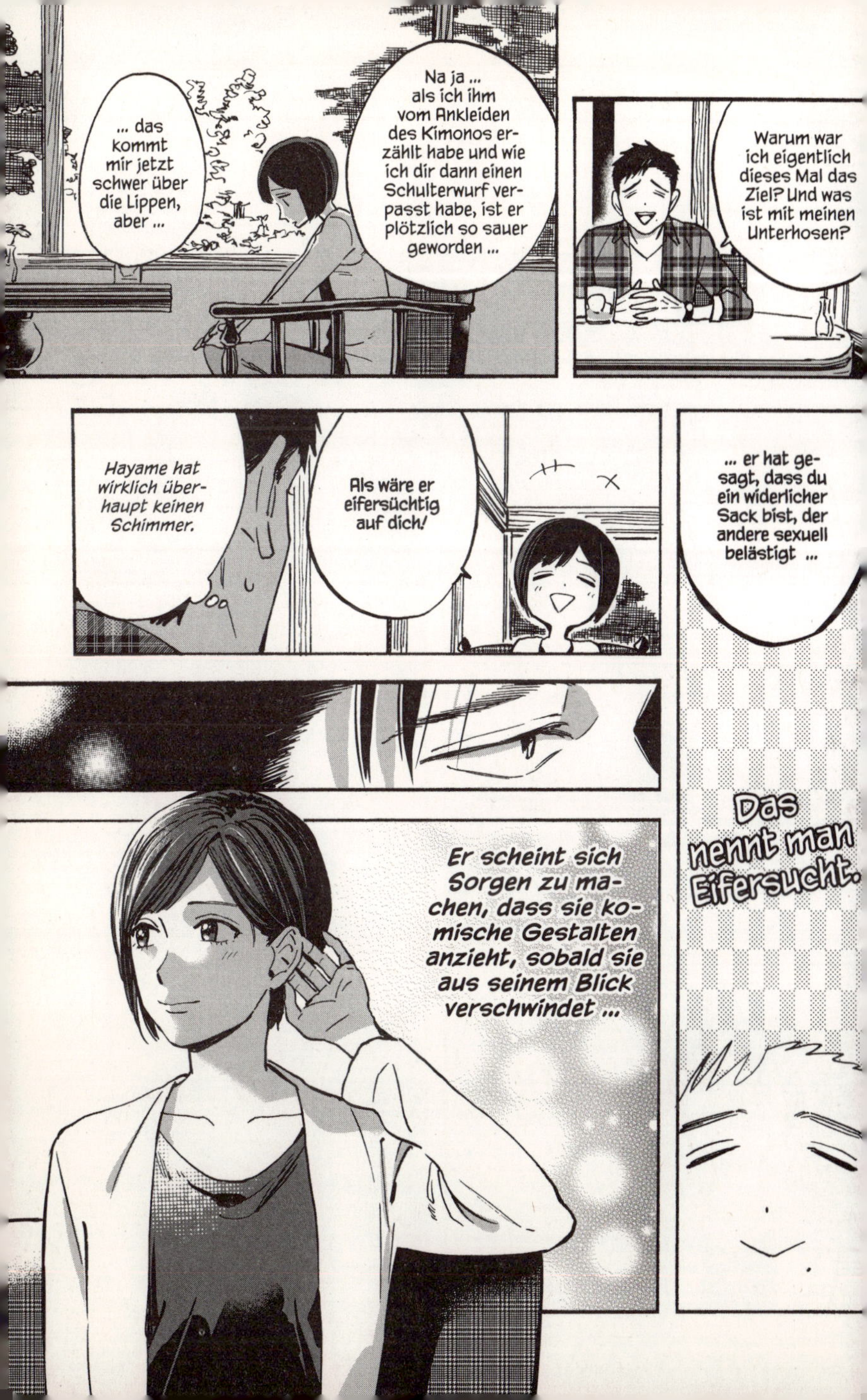

Warum war ich eigentlich dieses Mal das Ziel? Und was ist mit meinen Unterhosen?
Na ja ... als ich ihm vom Ankleiden des Kimonos erzählt habe und wie ich dir dann einen Schulterwurf verpasst habe, ist er plötzlich so sauer geworden ...
... das kommt mir jetzt schwer über die Lippen, aber ...
... er hat gesagt, dass du ein widerlicher Sack bist, der andere sexuell belästigt ...
Als wäre er eifersüchtig auf dich!
Hayame hat wirklich überhaupt keinen Schimmer.
Das nennt man Eifersucht.
Er scheint sich Sorgen zu machen, dass sie komische Gestalten anzieht, sobald sie aus seinem Blick verschwindet ...

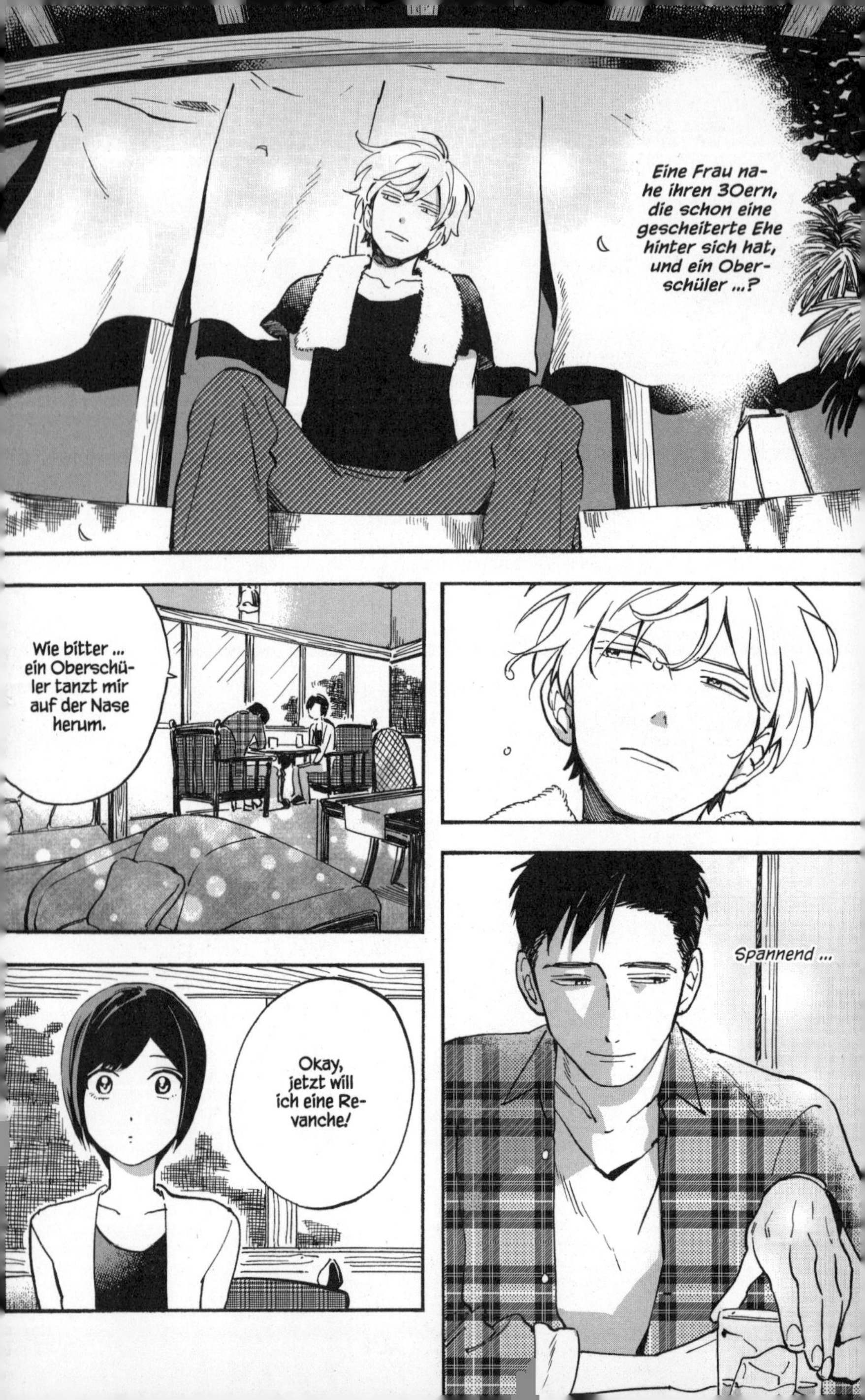

Eine Frau nahe ihren 30ern, die schon eine gescheiterte Ehe hinter sich hat, und ein Oberschüler ...?
Wie bitter ... ein Oberschüler tanzt mir auf der Nase herum.
Spannend ...
Okay, jetzt will ich eine Revanche!

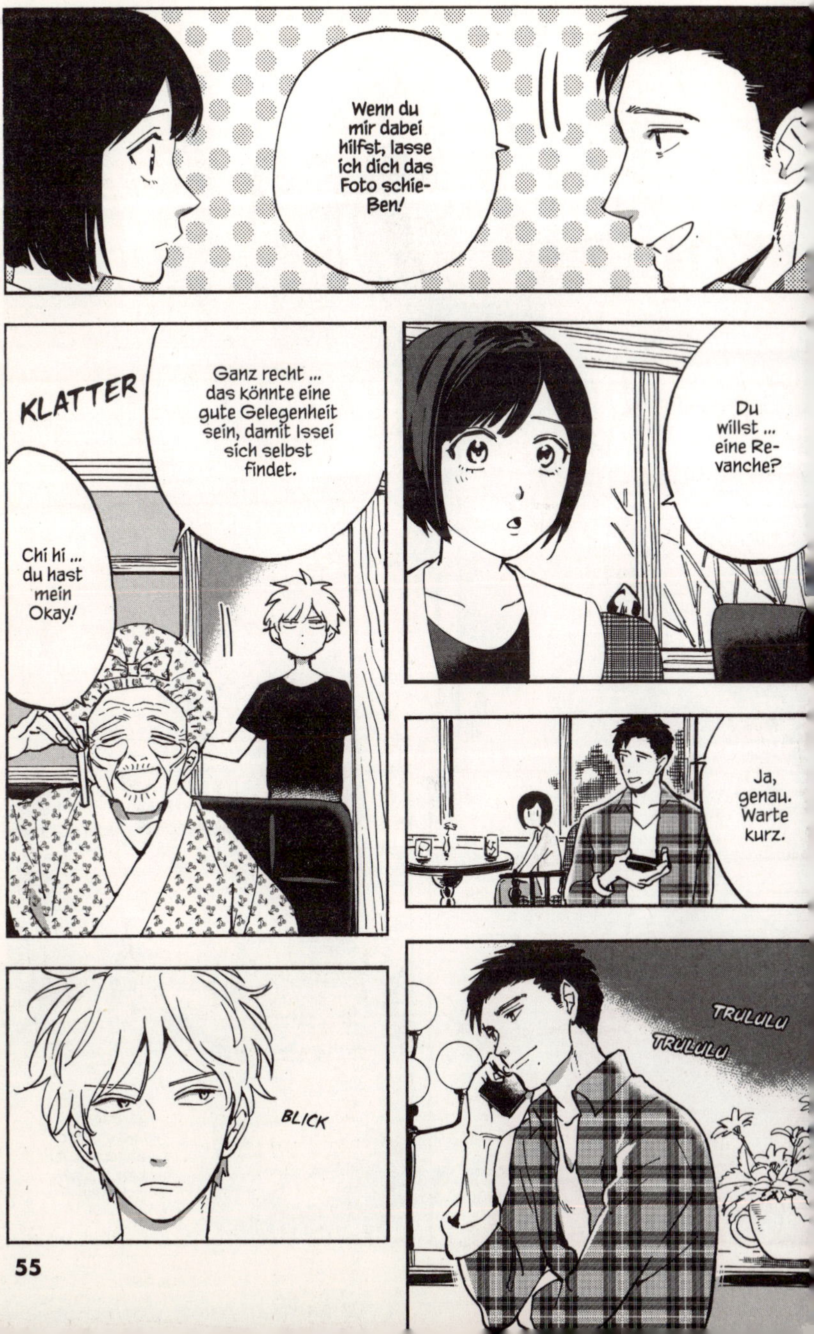
Wenn du mir dabei hilfst, lasse ich dich das Foto schießen!
Du willst ... eine Revanche?
Ja, genau. Warte kurz.
TRULULU
TRULULU
KLATTER
Ganz recht ... das könnte eine gute Gelegenheit sein, damit Issei sich selbst findet.
Chi hi ... du hast mein Okay!
BLICK

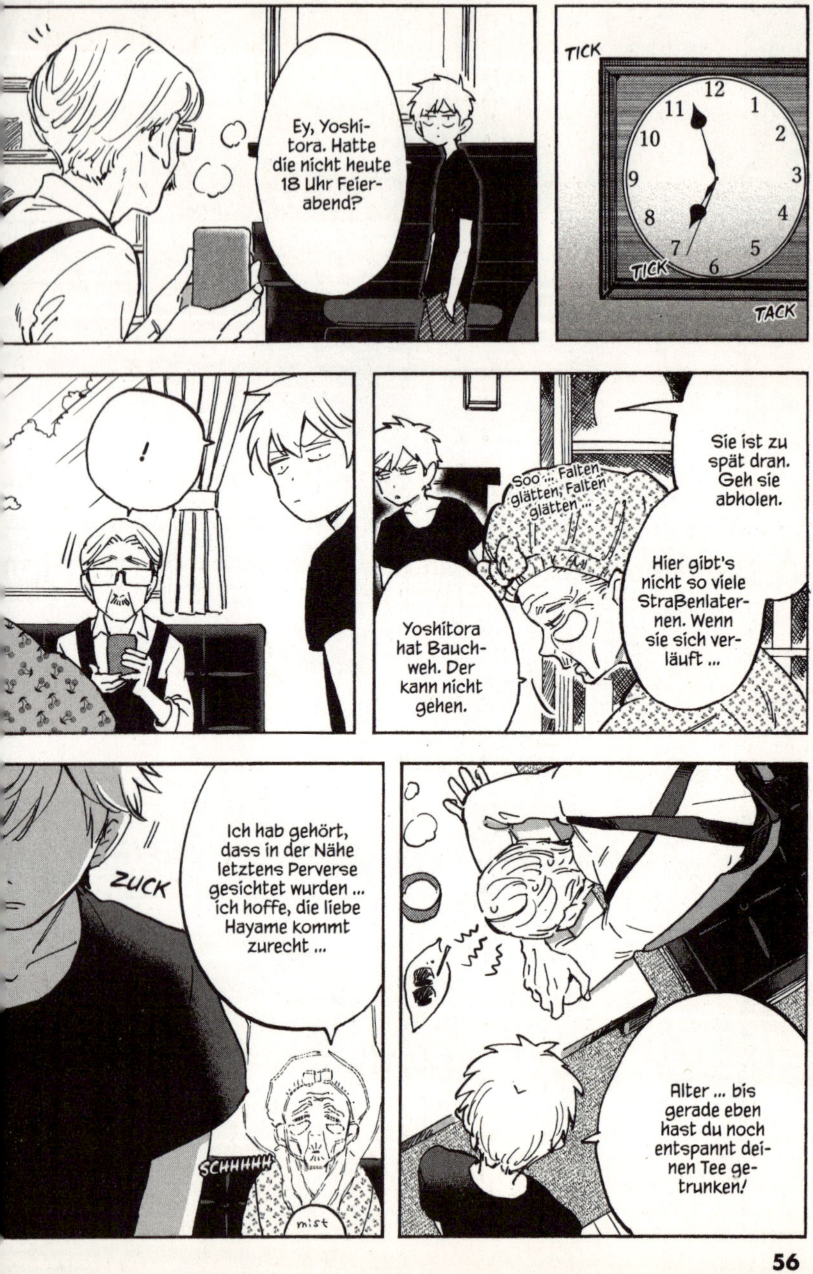
TICK
TICK
TACK
Ey, Yoshitora. Hatte die nicht heute 18 Uhr Feierabend?
Sie ist zu spät dran. Geh sie abholen.
Soo ... Falten glätten, Falten glätten ...
Hier gibt's nicht so viele Straßenlaternen. Wenn sie sich verläuft ...
Yoshitora hat Bauchweh. Der kann nicht gehen.
!
Alter ... bis gerade eben hast du noch entspannt deinen Tee getrunken!
ZUCK
Ich hab gehört, dass in der Nähe letztens Perverse gesichtet wurden ... ich hoffe, die liebe Hayame kommt zurecht ...
SCHHHHH
mist

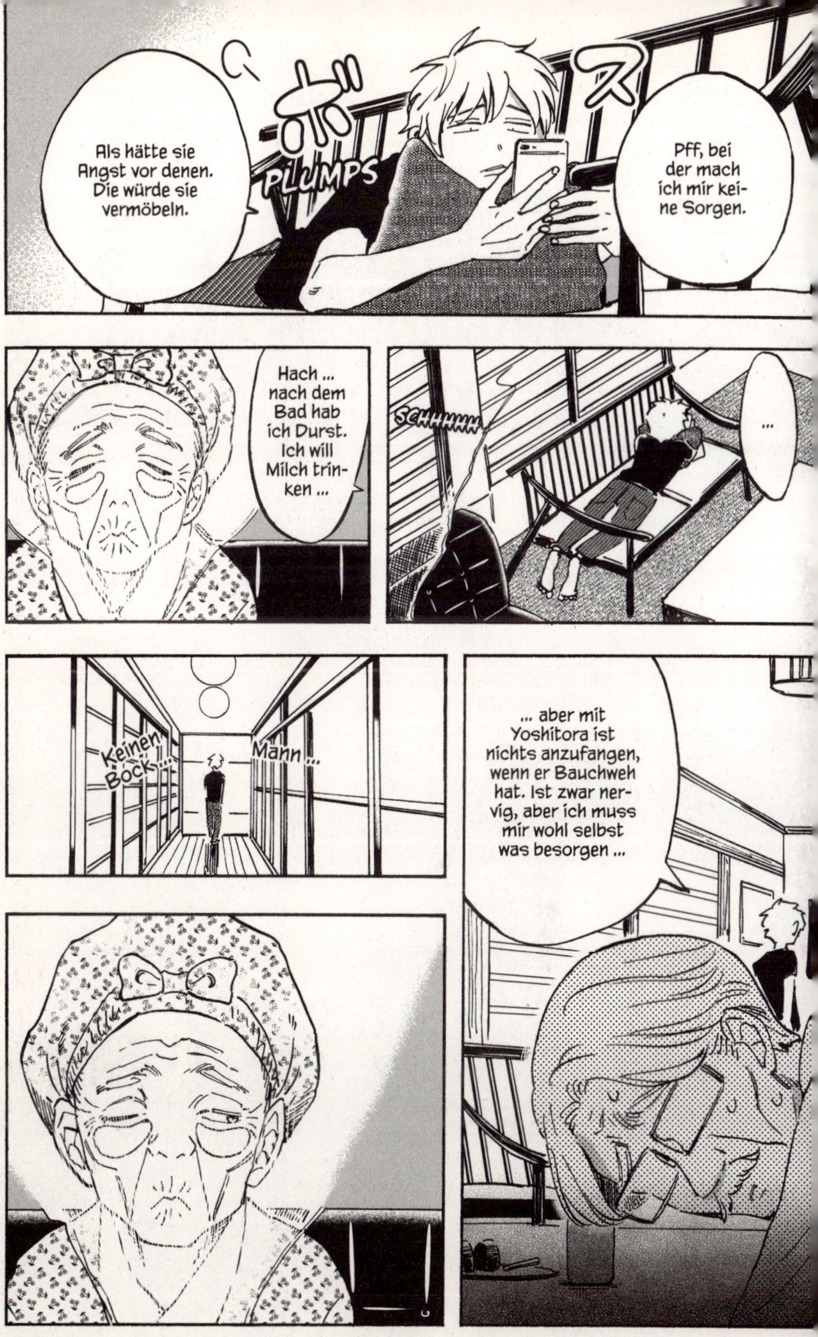
Pff, bei der mach ich mir keine Sorgen.
PLUMPS
Als hätte sie Angst vor denen. Die würde sie vermöbeln.
SCHHHHH
...
Hach ... nach dem Bad hab ich Durst. Ich will Milch trinken ...
... aber mit Yoshitora ist nichts anzufangen, wenn er Bauchweh hat. Ist zwar nervig, aber ich muss mir wohl selbst was besorgen ...
Keinen Bock ...
Mann ...

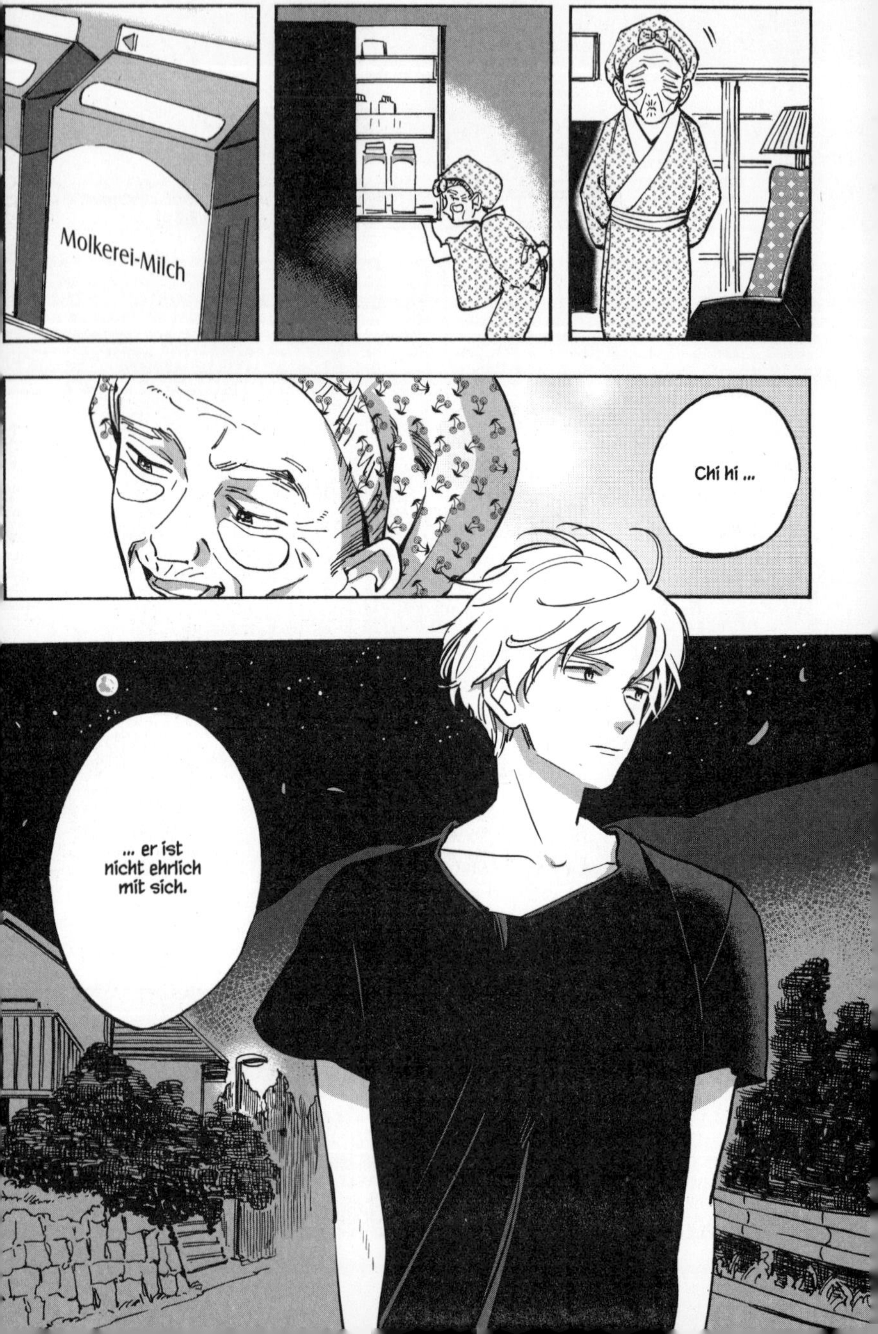
Molkerei-Milch
Chi hi ...
... er ist nicht ehrlich mit sich.

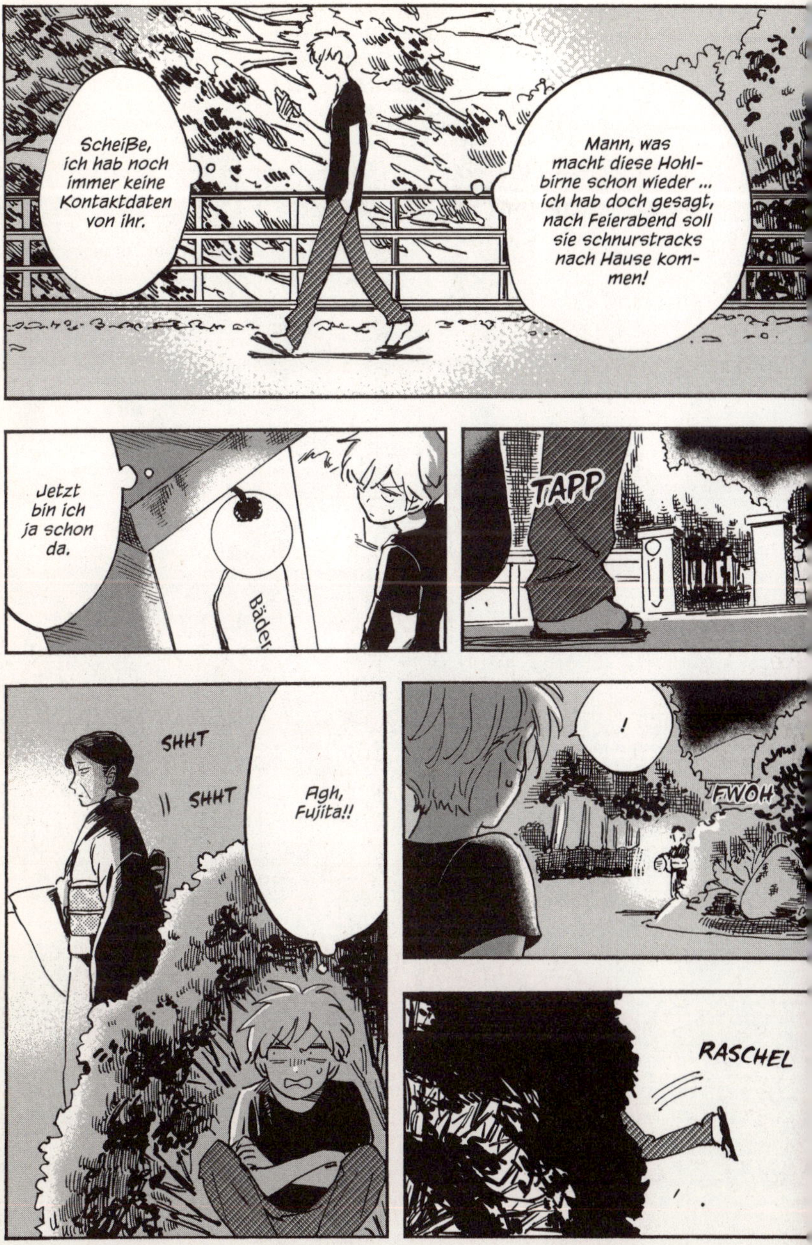
Mann, was macht diese Hohlbirne schon wieder ... ich hab doch gesagt, nach Feierabend soll sie schnurstracks nach Hause kommen!
Scheiße, ich hab noch immer keine Kontaktdaten von ihr.
TAPP
Jetzt bin ich ja schon da.
Bäder
!
FWOH
SHHT
SHHT
Agh, Fujita!!
RASCHEL

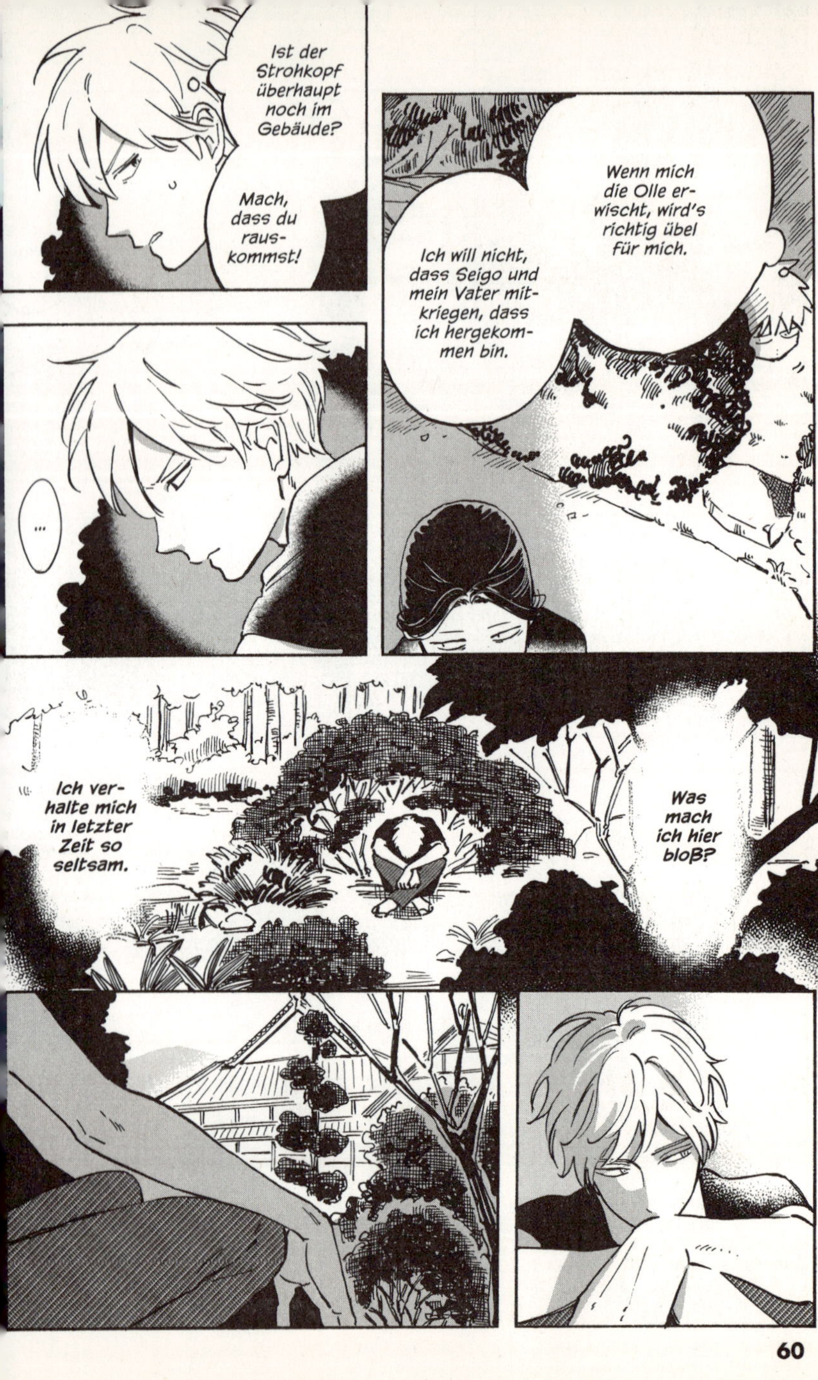
Ist der Strohkopf überhaupt noch im Gebäude?
Mach, dass du rauskommst!
Wenn mich die Olle erwischt, wird's richtig übel für mich.
Ich will nicht, dass Seigo und mein Vater mitkriegen, dass ich hergekommen bin.
...
Was mach ich hier bloß?
Ich verhalte mich in letzter Zeit so seltsam.

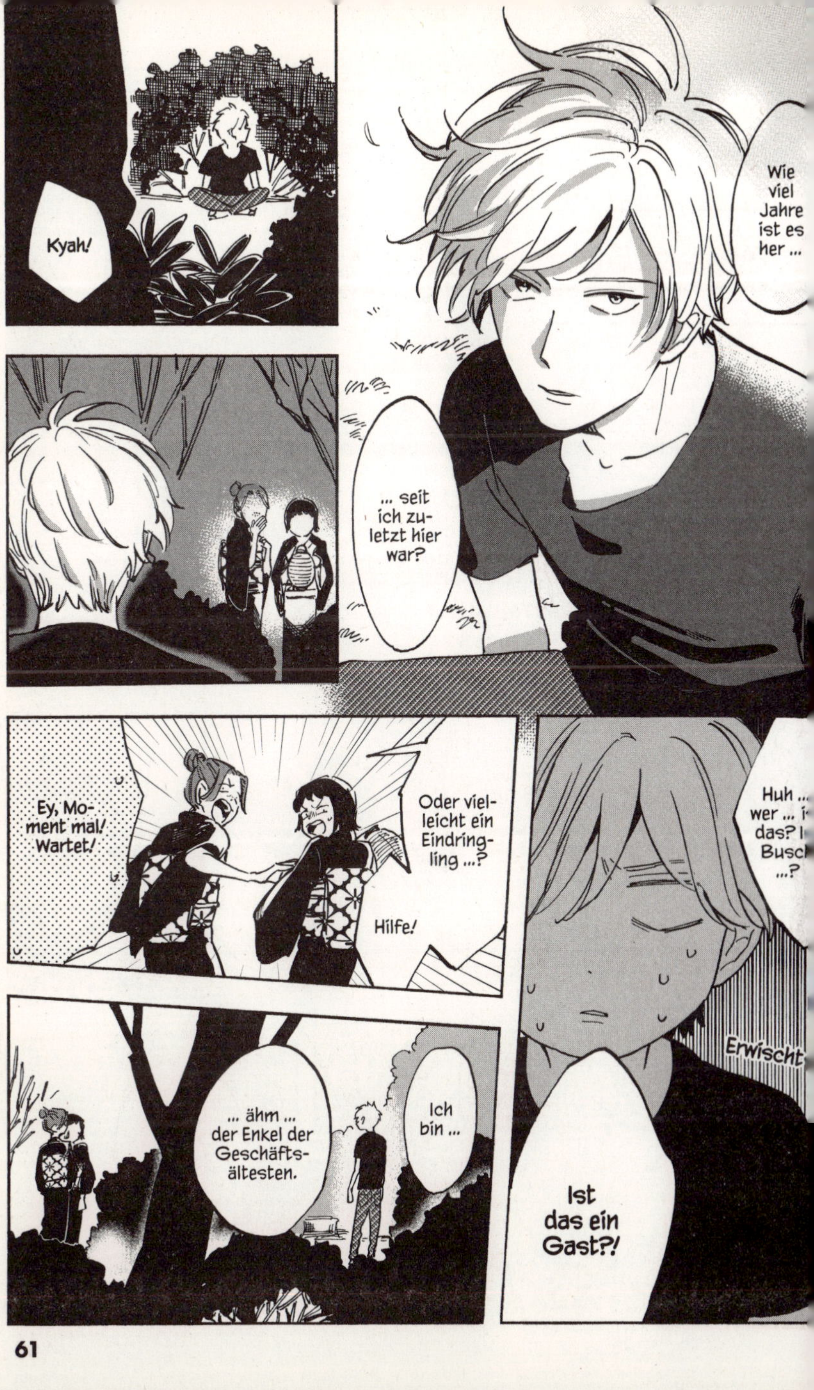
Wie viel Jahre ist es her ...
... seit ich zuletzt hier war?
Kyah!
Huh ... wer ... i das? I Busc ...?
Erwischt
Oder vielleicht ein Eindringling ...?
Hilfe!
Ey, Moment mal! Wartet!
Ist das ein Gast?!
Ich bin ...
... ähm ... der Enkel der Geschäftsältesten.

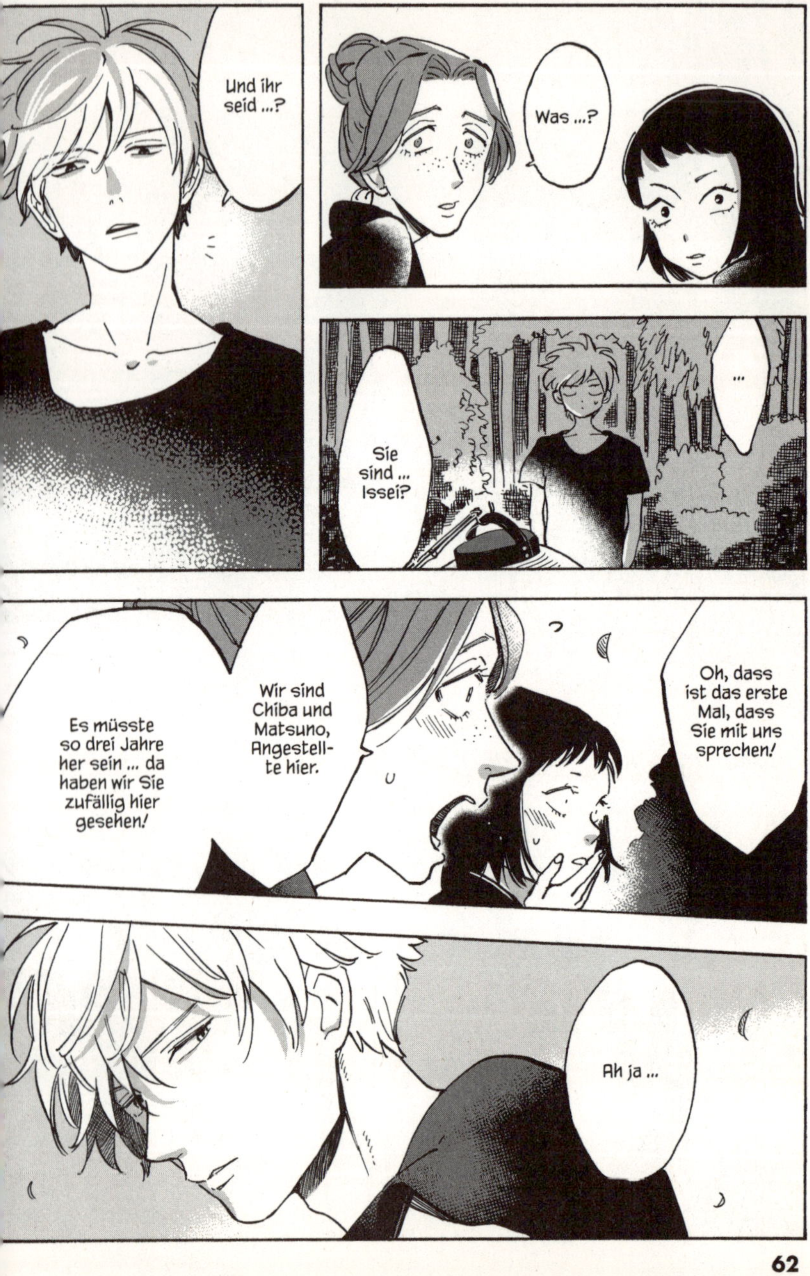
Was ...?
...
Sie sind ... Issei?
Und ihr seid ...?
Oh, dass ist das erste Mal, dass Sie mit uns sprechen!
Wir sind Chiba und Matsuno, Angestell- te hier.
Es müsste so drei Jahre her sein ... da haben wir Sie zufällig hier gesehen!
Ah ja ...

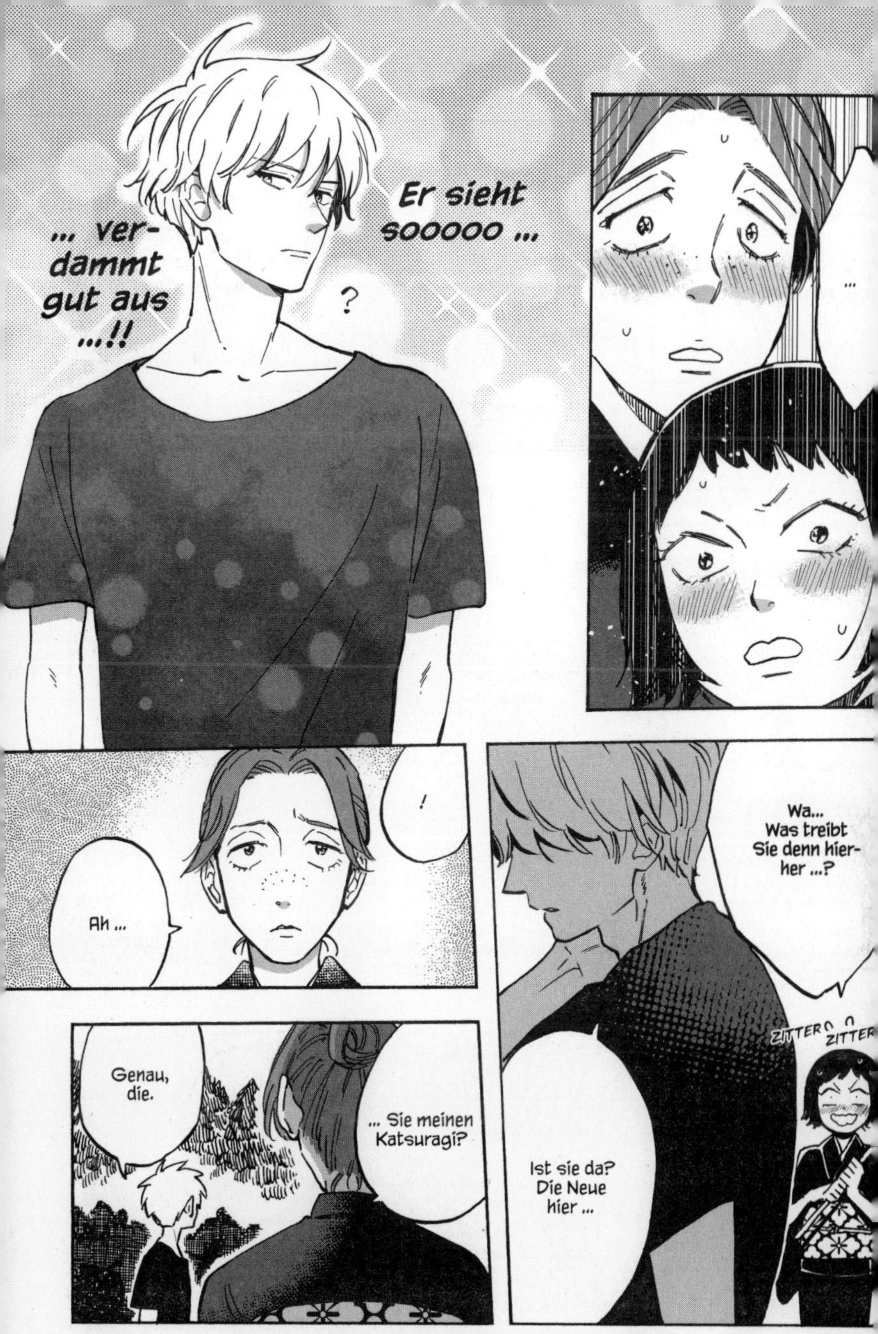
Er sieht sooooo ...
... ver-
dammt
gut aus
...!!
?
...
Wa...
Was treibt
Sie denn hier-
her ...?
!
Ah ...
Ist sie da?
Die Neue
hier ...
ZITTER ZITTER
... Sie meinen
Katsuragi?
Genau,
die.

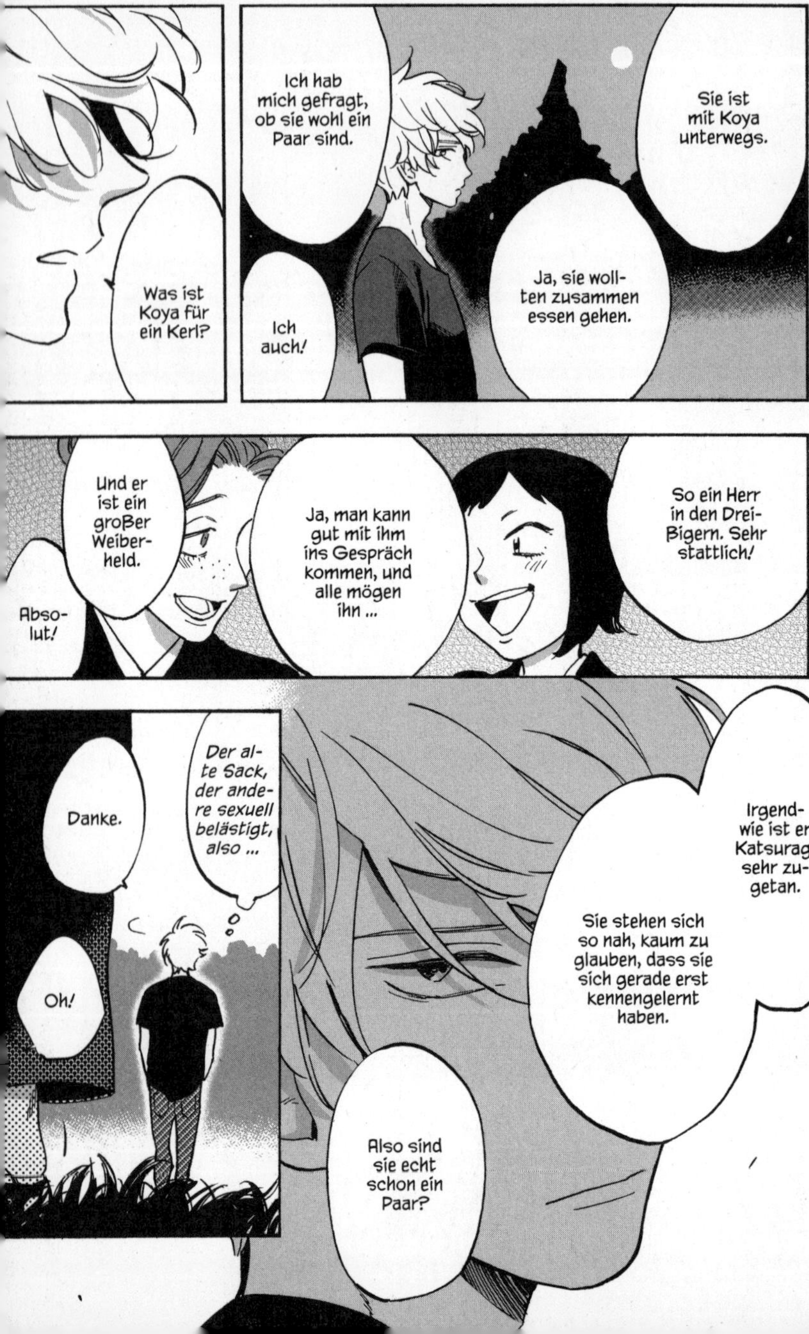
Sie ist mit Koya unterwegs.
Ja, sie wollten zusammen essen gehen.
Ich hab mich gefragt, ob sie wohl ein Paar sind.
Ich auch!
Was ist Koya für ein Kerl?
So ein Herr in den Dreißigern. Sehr stattlich!
Ja, man kann gut mit ihm ins Gespräch kommen, und alle mögen ihn ...
Und er ist ein großer Weiberheld.
Absolut!
Irgendwie ist er Katsuragi sehr zugetan.
Sie stehen sich so nah, kaum zu glauben, dass sie sich gerade erst kennengelernt haben.
Also sind sie echt schon ein Paar?
Der alte Sack, der andere sexuell belästigt, also ...
Danke.
Oh!

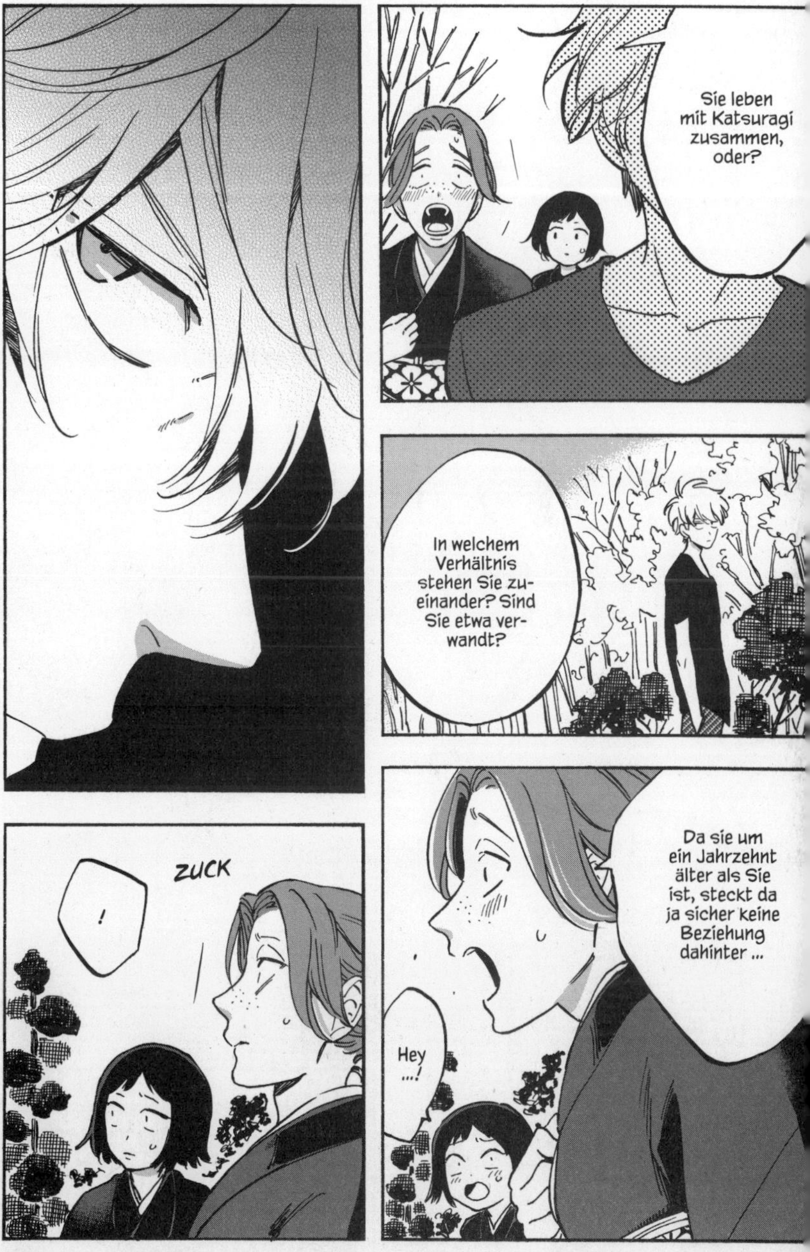
Sie leben mit Katsuragi zusammen, oder?
In welchem Verhältnis stehen Sie zueinander? Sind Sie etwa verwandt?
Da sie um ein Jahrzehnt älter als Sie ist, steckt da ja sicher keine Beziehung dahinter ...
Hey ...!
ZUCK
!

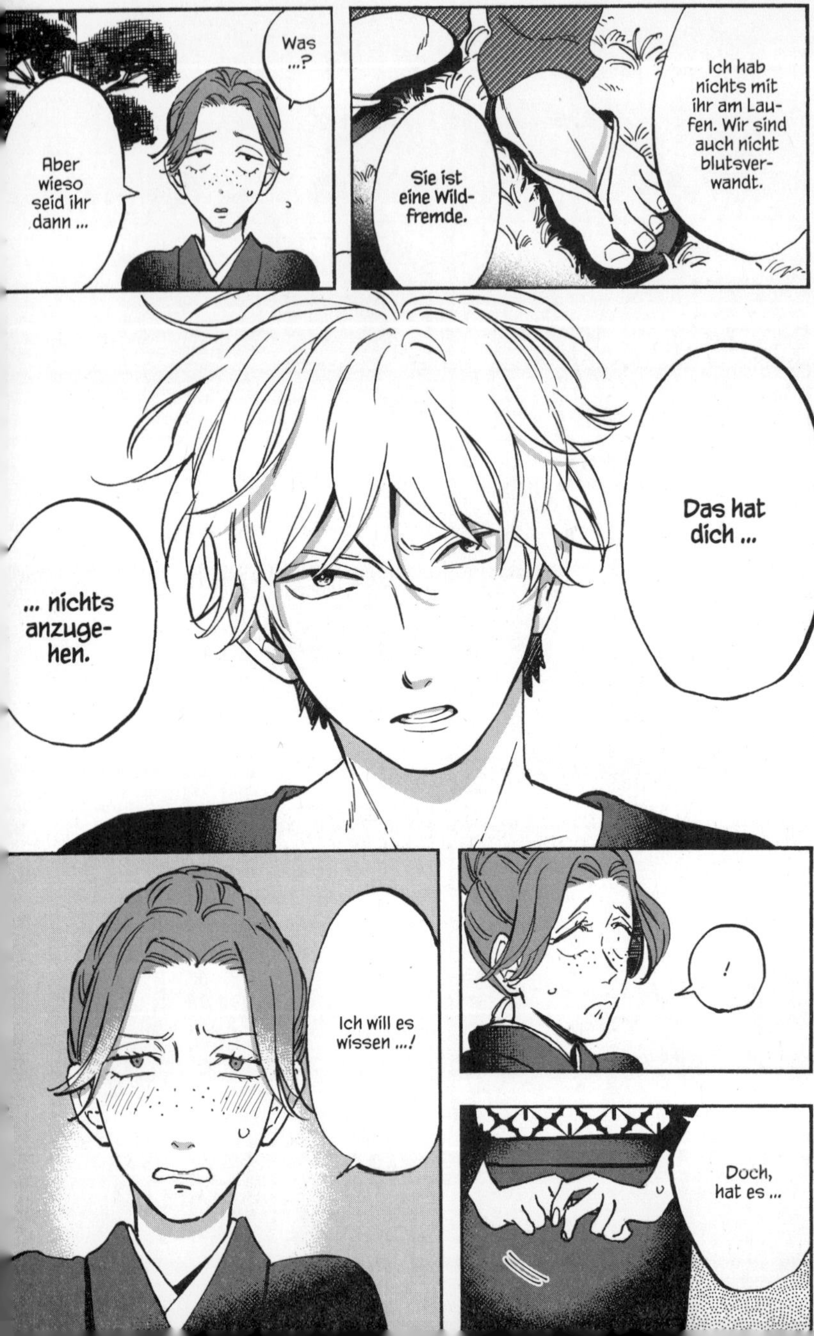
Ich hab nichts mit ihr am Laufen. Wir sind auch nicht blutsverwandt.
Sie ist eine Wildfremde.
Was …?
Aber wieso seid ihr dann …
Das hat dich …
… nichts anzugehen.
!
Ich will es wissen …!
Doch, hat es …

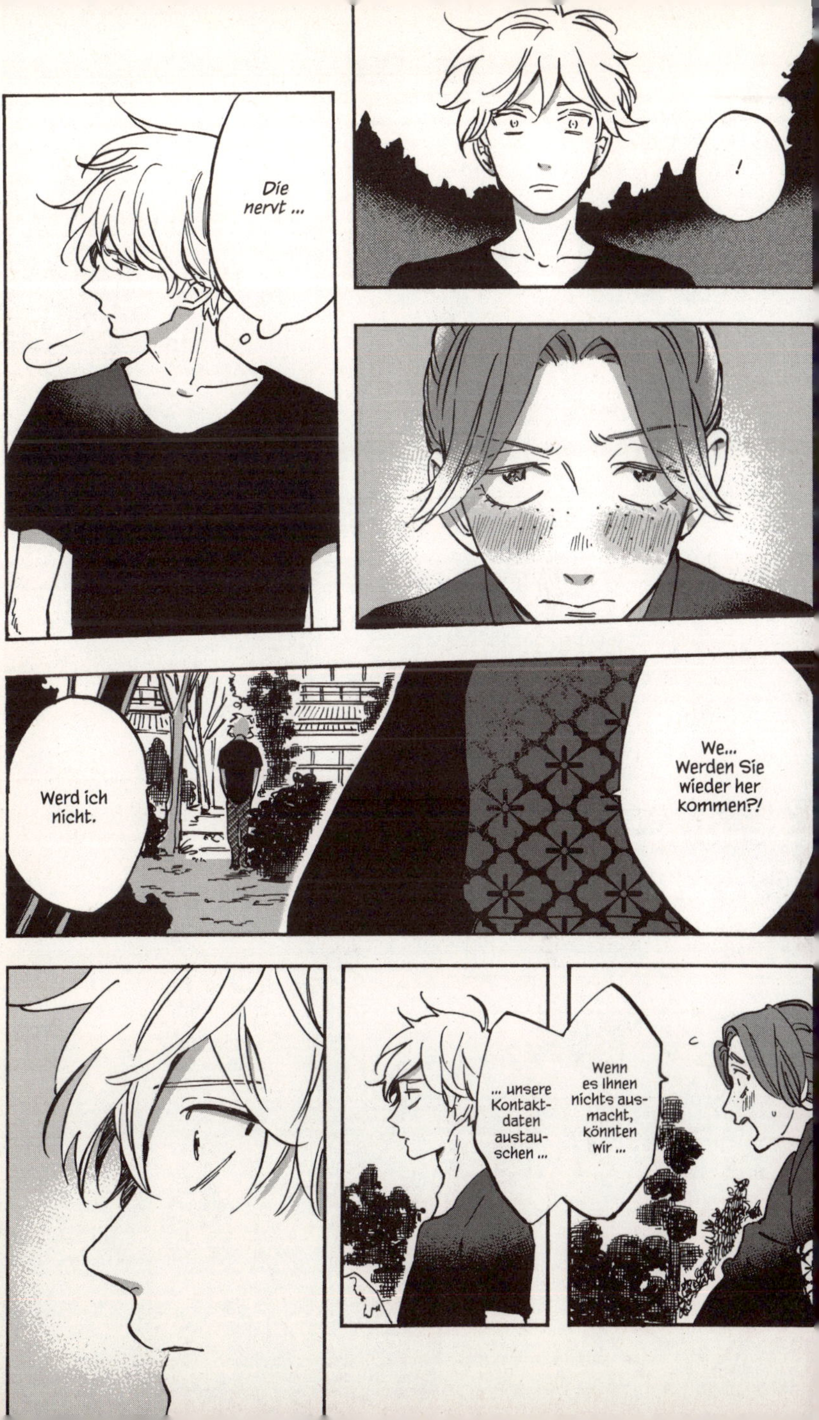
!
Die nervt ...
We... Werden Sie wieder her kommen?!
Werd ich nicht.
Wenn es Ihnen nichts ausmacht, könnten wir ...
... unsere Kontaktdaten austauschen ...

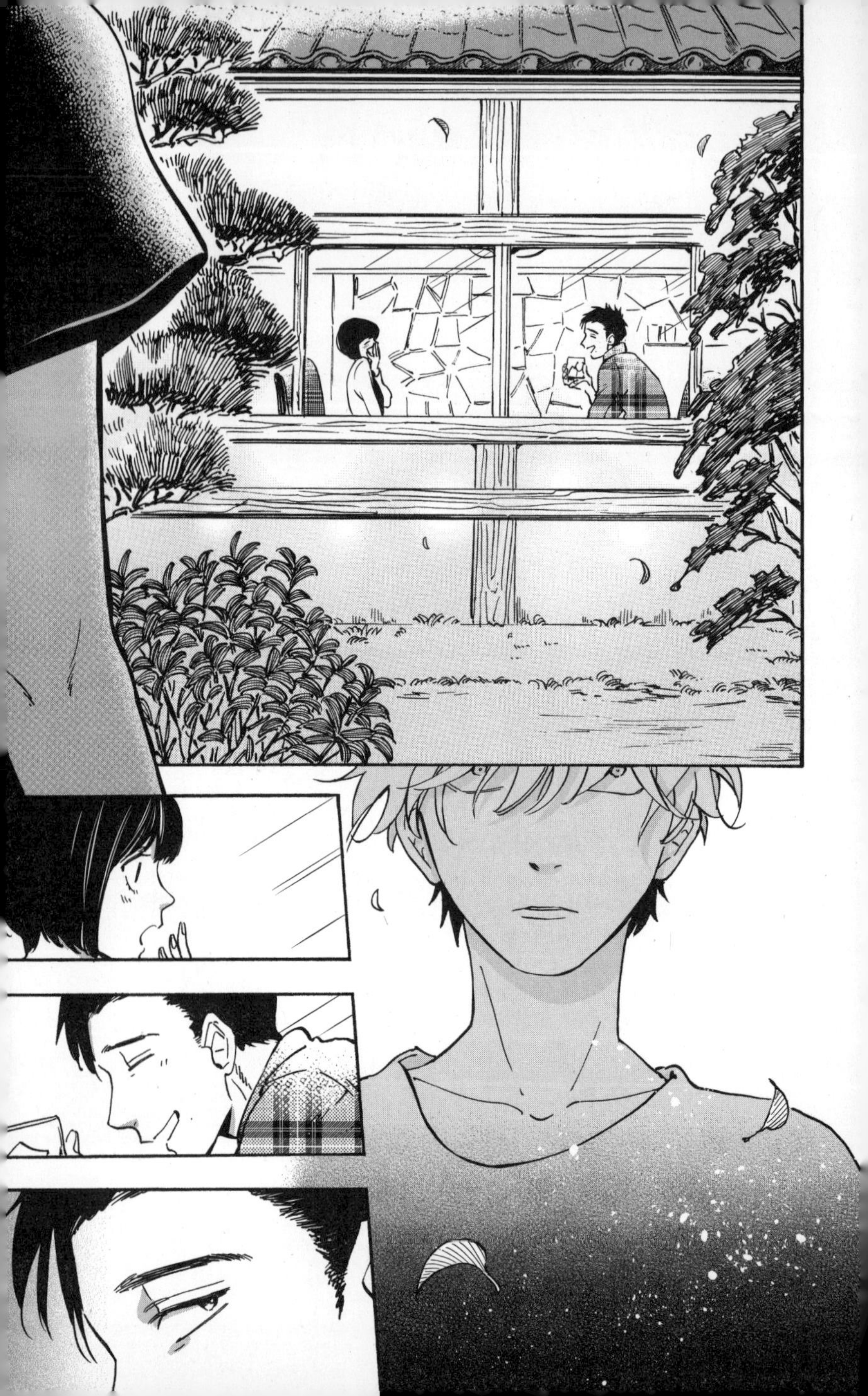

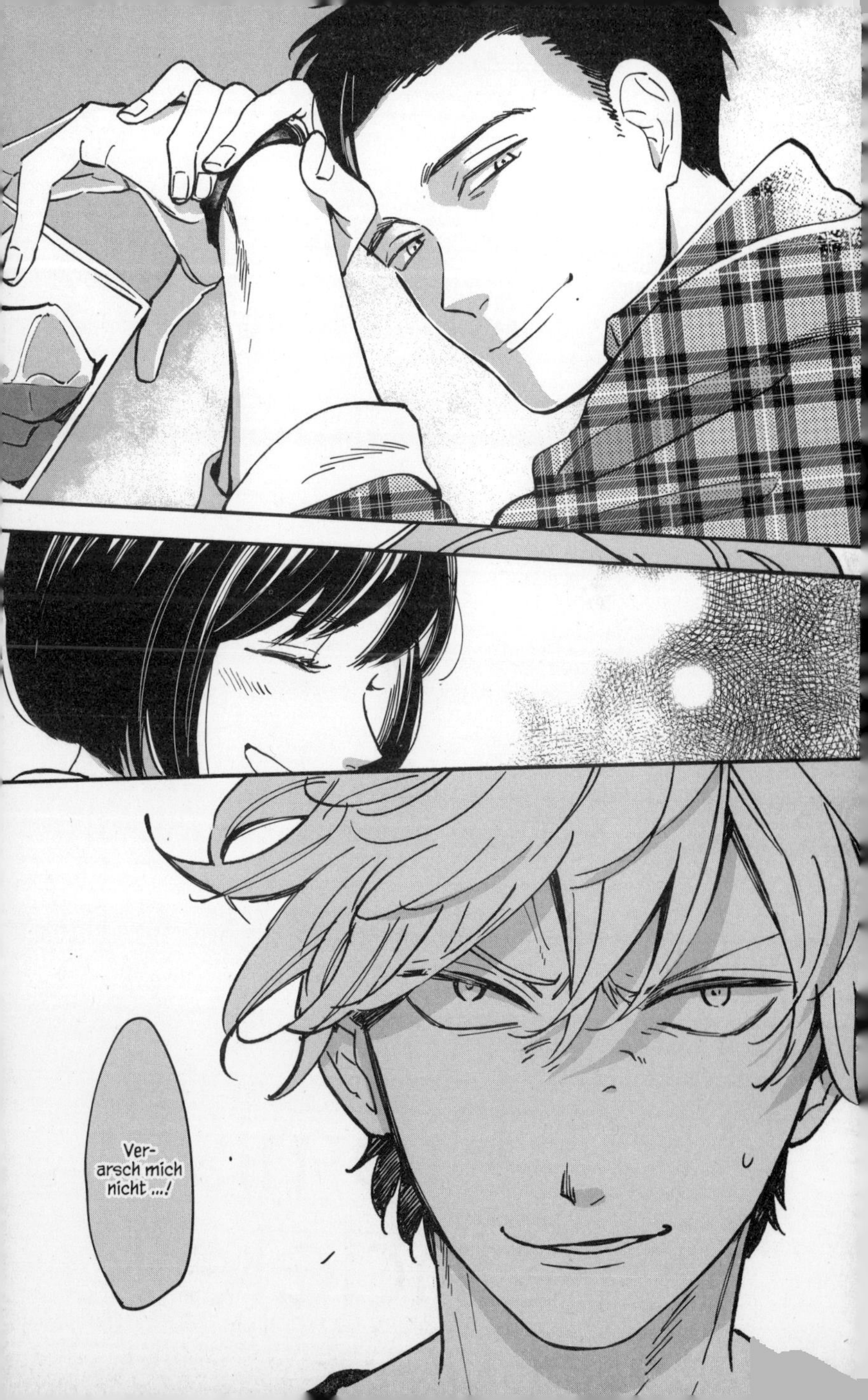
Ver-
arsch mich
nicht ...!

Promise Cinderella

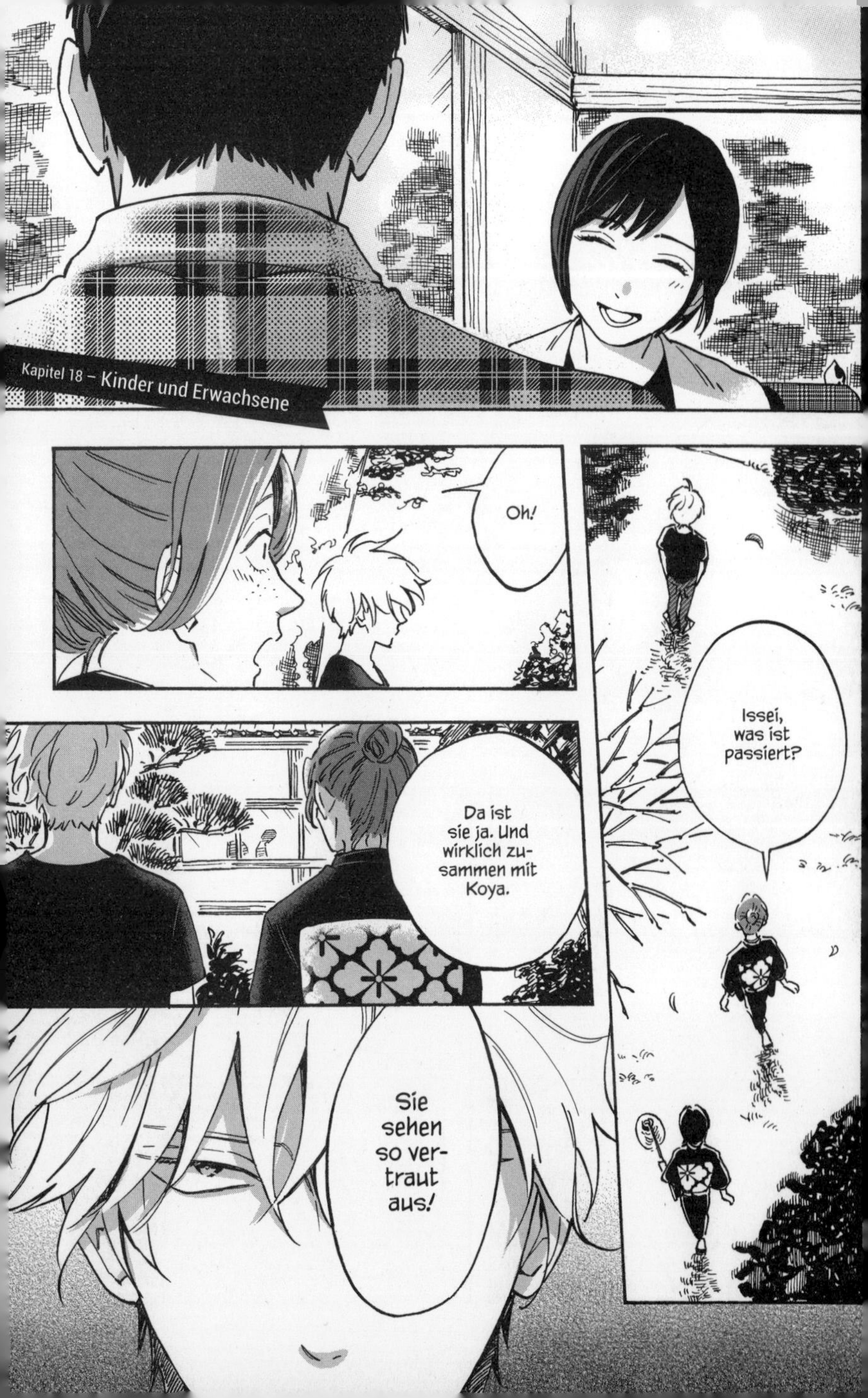
Kapitel 18 – Kinder und Erwachsene
Issei, was ist passiert?
Oh!
Da ist sie ja. Und wirklich zusammen mit Koya.
Sie sehen so vertraut aus!

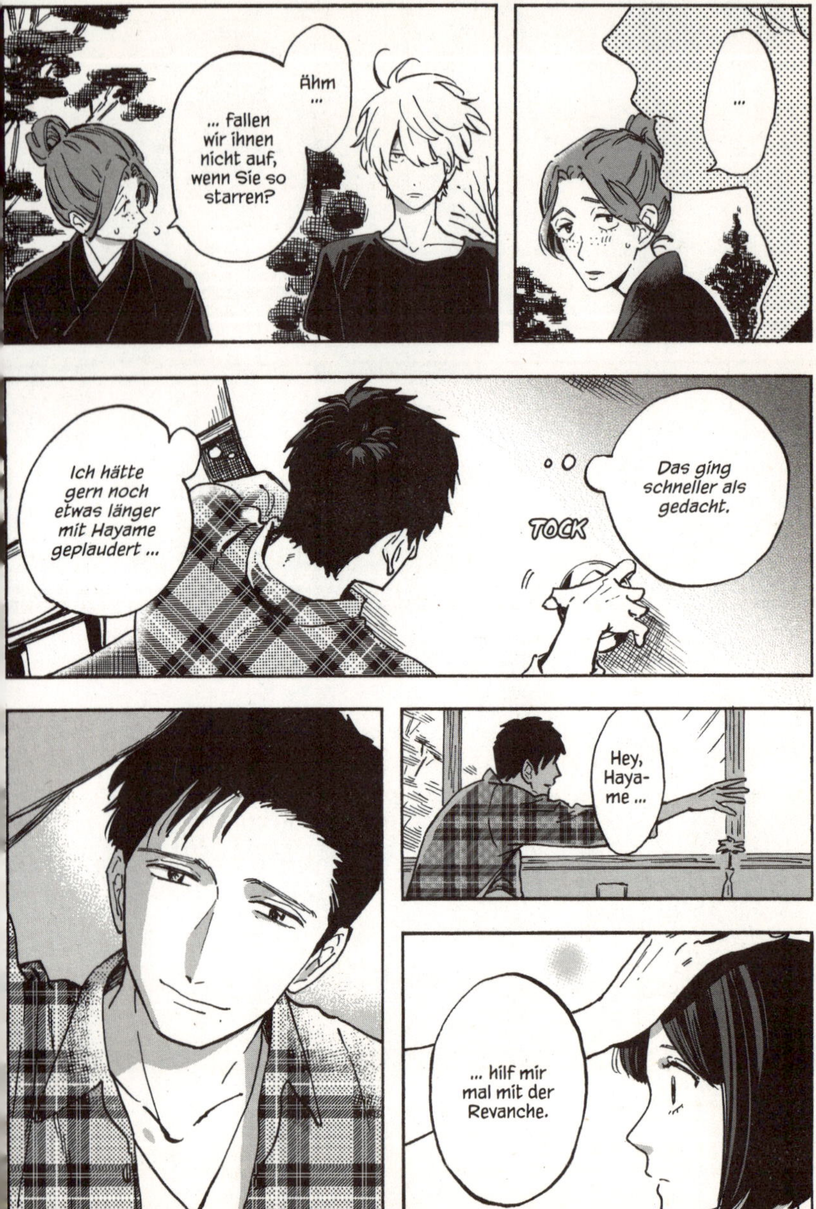

...
Ähm ...
... fallen wir ihnen nicht auf, wenn Sie so starren?
Das ging schneller als gedacht.
TOCK
Ich hätte gern noch etwas länger mit Hayame geplaudert ...
Hey, Hayame ...
... hilf mir mal mit der Revanche.

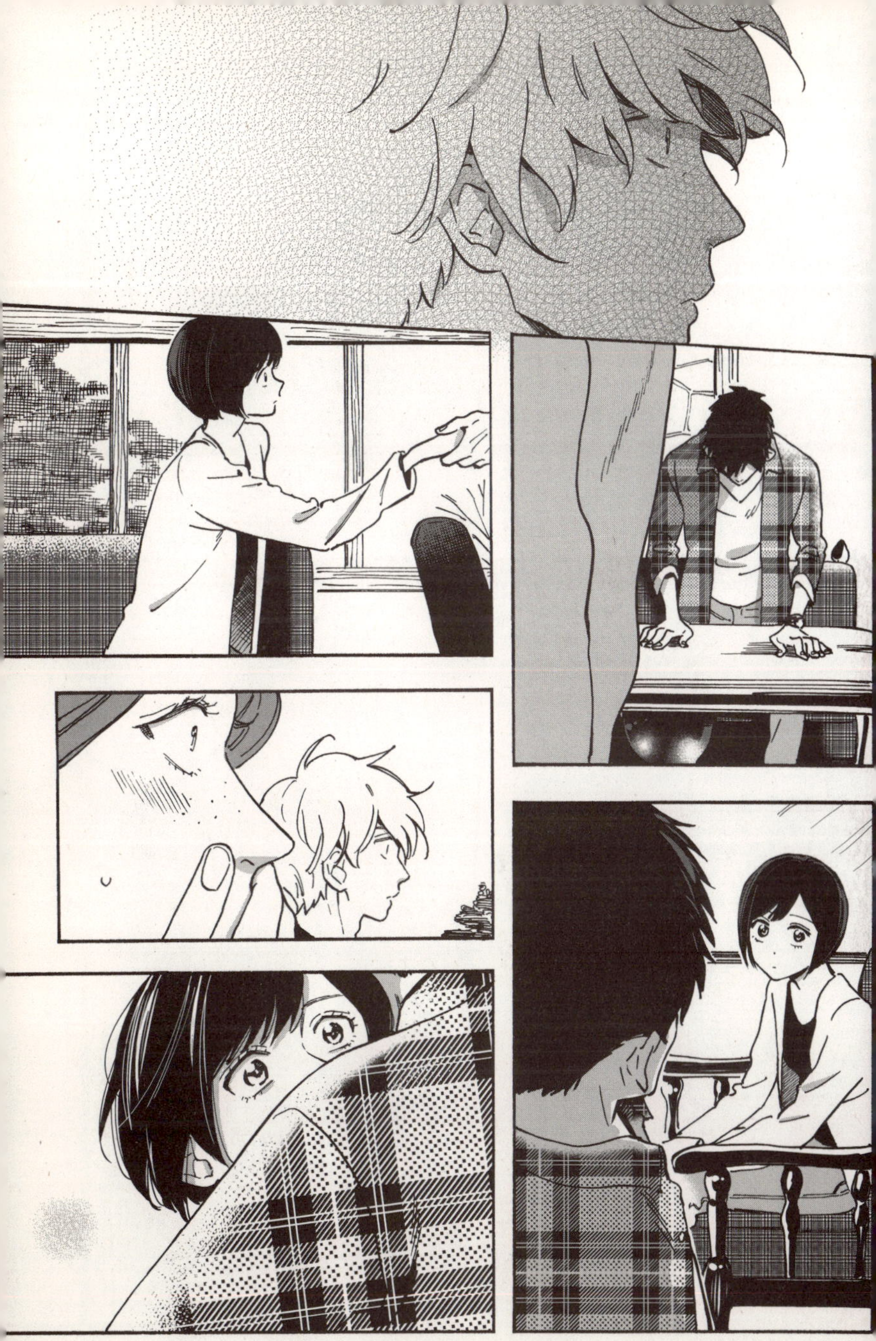

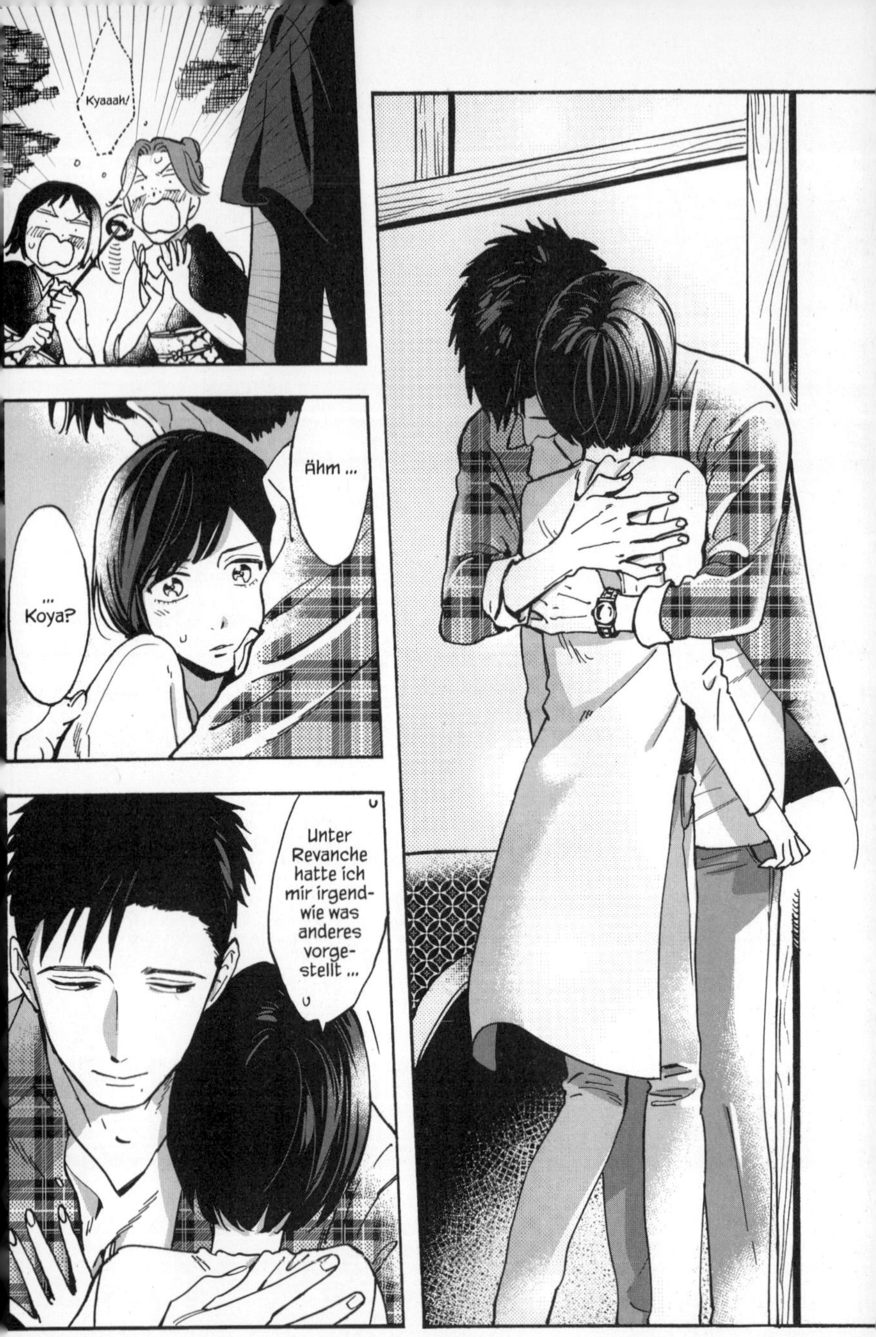
Kyaaah!
Ähm ...
... Koya?
Unter Revanche hatte ich mir irgendwie was anderes vorgestellt ...

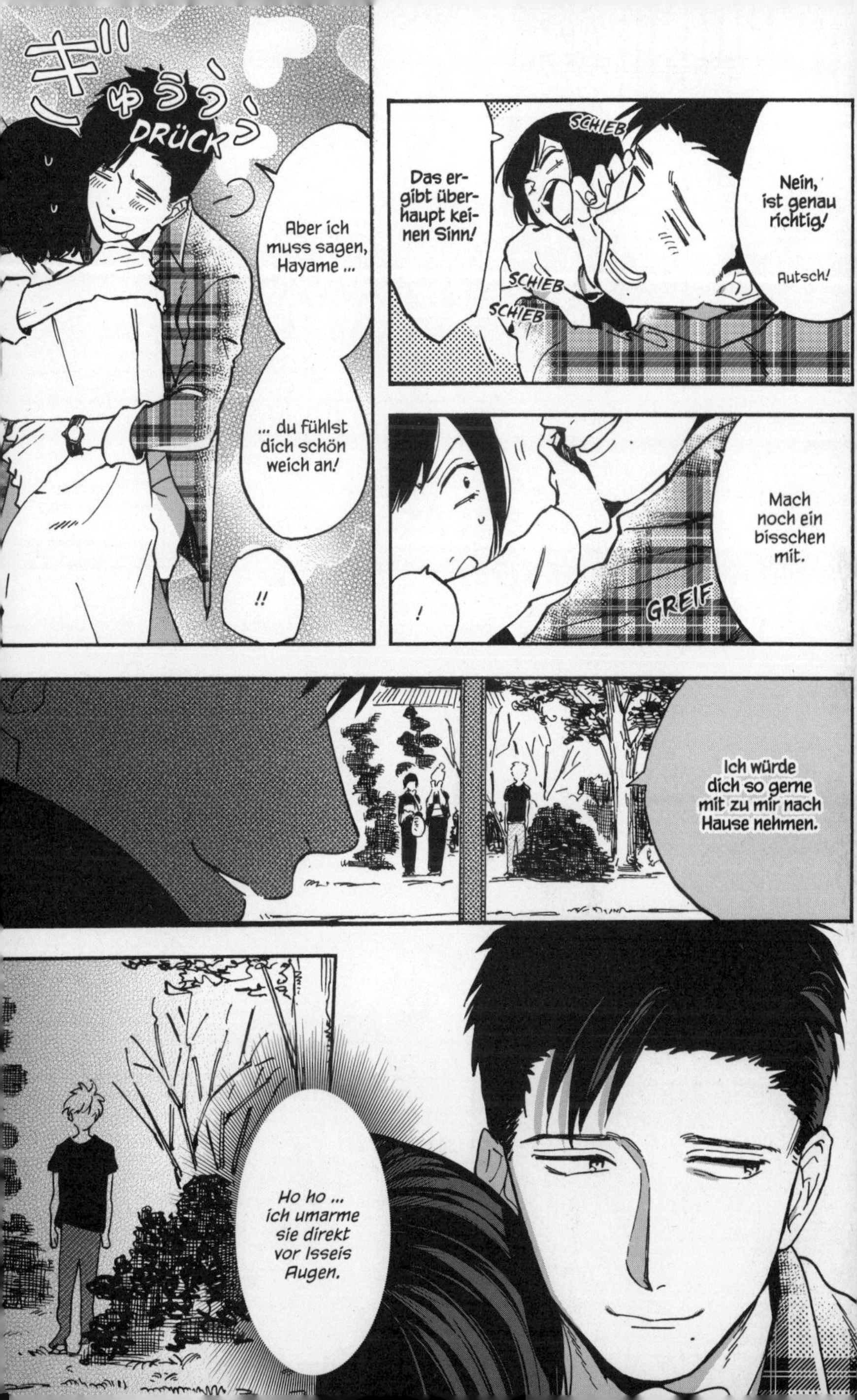
Nein, ist genau richtig!
Autsch!
SCHIEB
Das ergibt überhaupt keinen Sinn!
SCHIEB
SCHIEB
ぎゅううう
DRÜCK
Aber ich muss sagen, Hayame ...
... du fühlst dich schön weich an!
!!
Mach noch ein bisschen mit.
GREIF
!
Ich würde dich so gerne mit zu mir nach Hause nehmen.
Ho ho ... ich umarme sie direkt vor Isseis Augen.

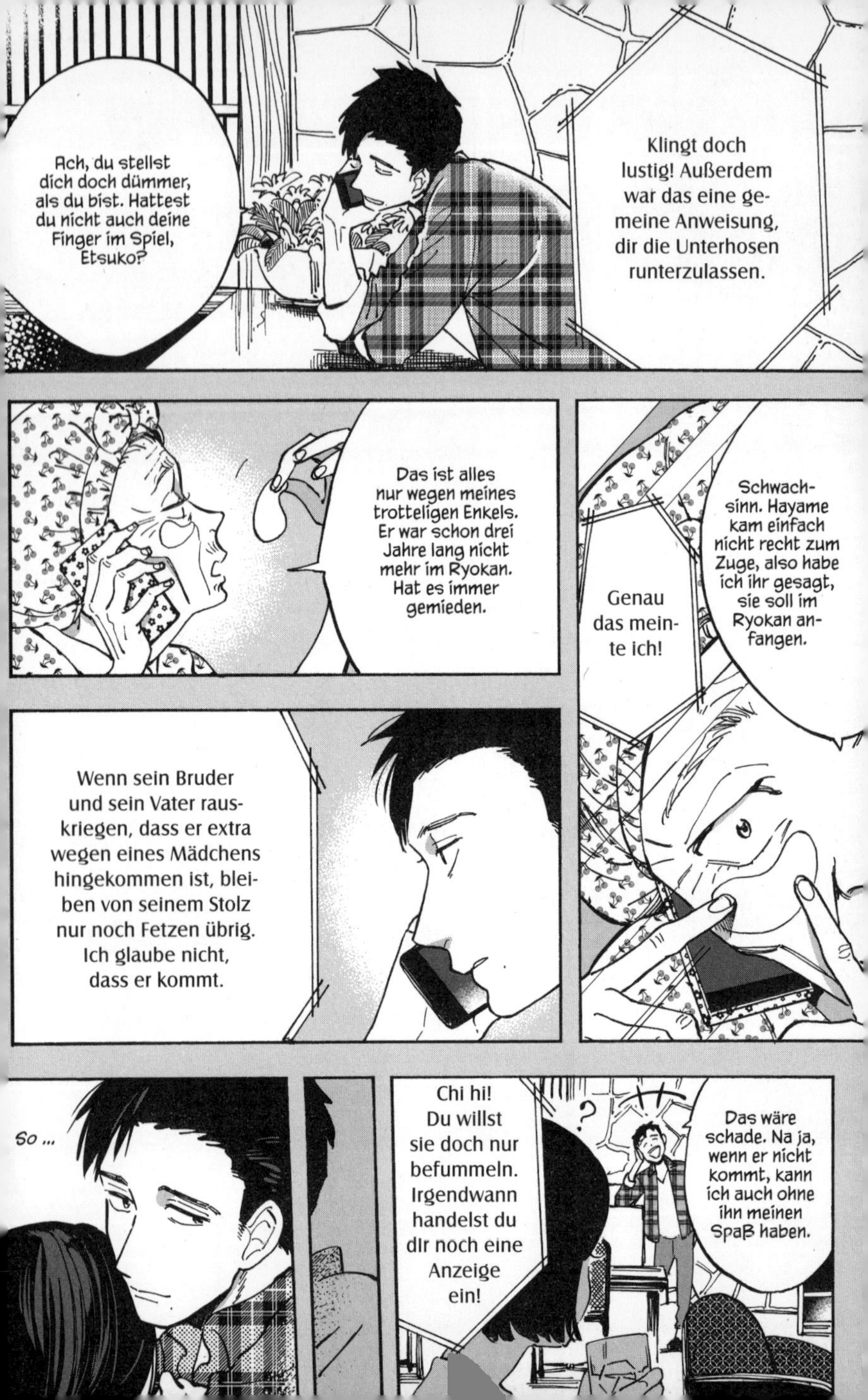
Klingt doch lustig! Außerdem war das eine gemeine Anweisung, dir die Unterhosen runterzulassen.
Ach, du stellst dich doch dümmer, als du bist. Hattest du nicht auch deine Finger im Spiel, Etsuko?
Schwachsinn. Hayame kam einfach nicht recht zum Zuge, also habe ich ihr gesagt, sie soll im Ryokan anfangen.
Genau das meinte ich!
Das ist alles nur wegen meines trotteligen Enkels. Er war schon drei Jahre lang nicht mehr im Ryokan. Hat es immer gemieden.
Wenn sein Bruder und sein Vater rauskriegen, dass er extra wegen eines Mädchens hingekommen ist, bleiben von seinem Stolz nur noch Fetzen übrig. Ich glaube nicht, dass er kommt.
Das wäre schade. Na ja, wenn er nicht kommt, kann ich auch ohne ihn meinen Spaß haben.
Chi hi! Du willst sie doch nur befummeln. Irgendwann handelst du dir noch eine Anzeige ein!
So ...

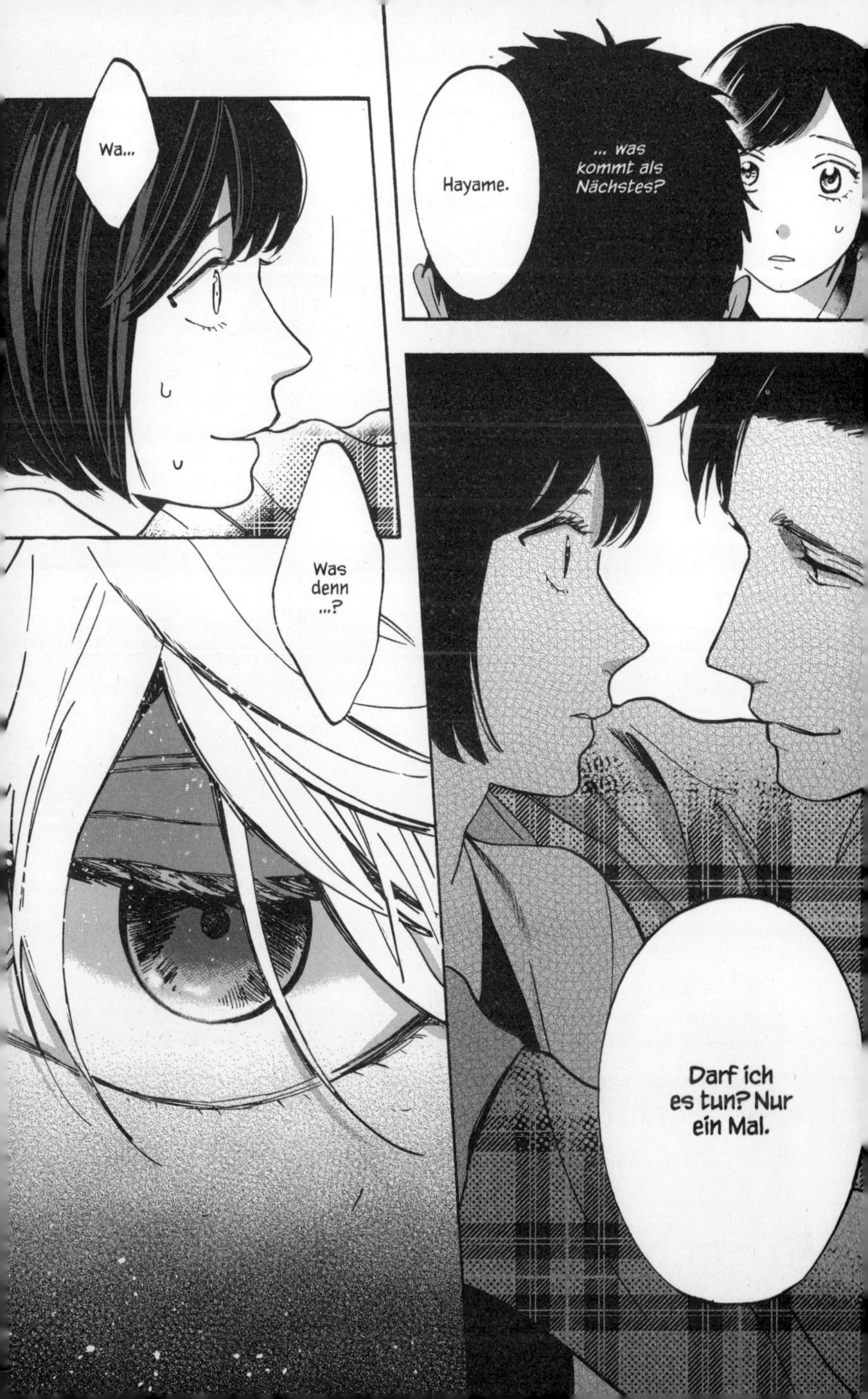
... was kommt als Nächstes?
Hayame.
Wa...
Was denn ...?
Darf ich es tun? Nur ein Mal.

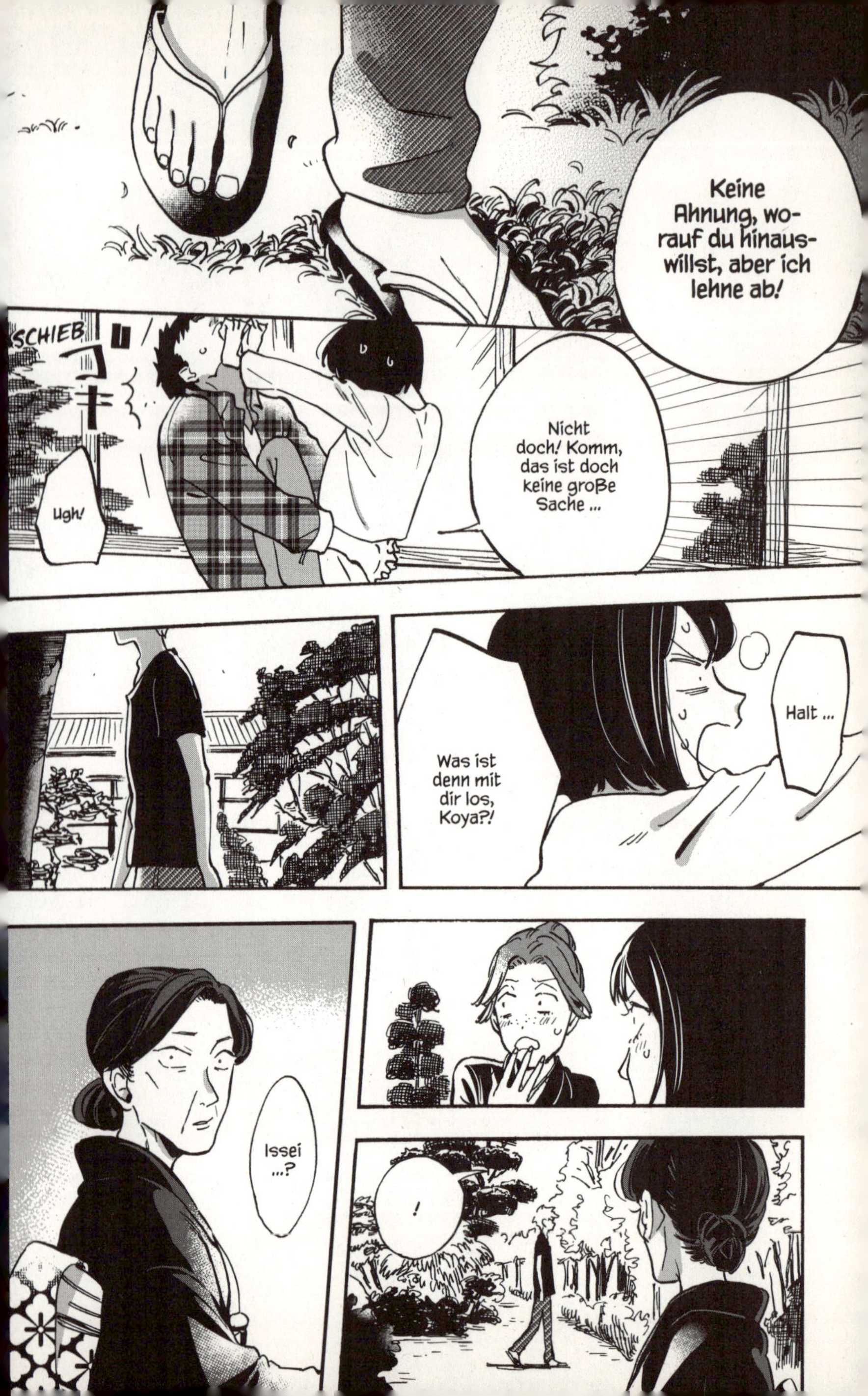
Keine Ahnung, worauf du hinauswillst, aber ich lehne ab!
Nicht doch! Komm, das ist doch keine große Sache ...
SCHIEB
Ugh!
Halt ...
Was ist denn mit dir los, Koya?!
!
Issei ...?

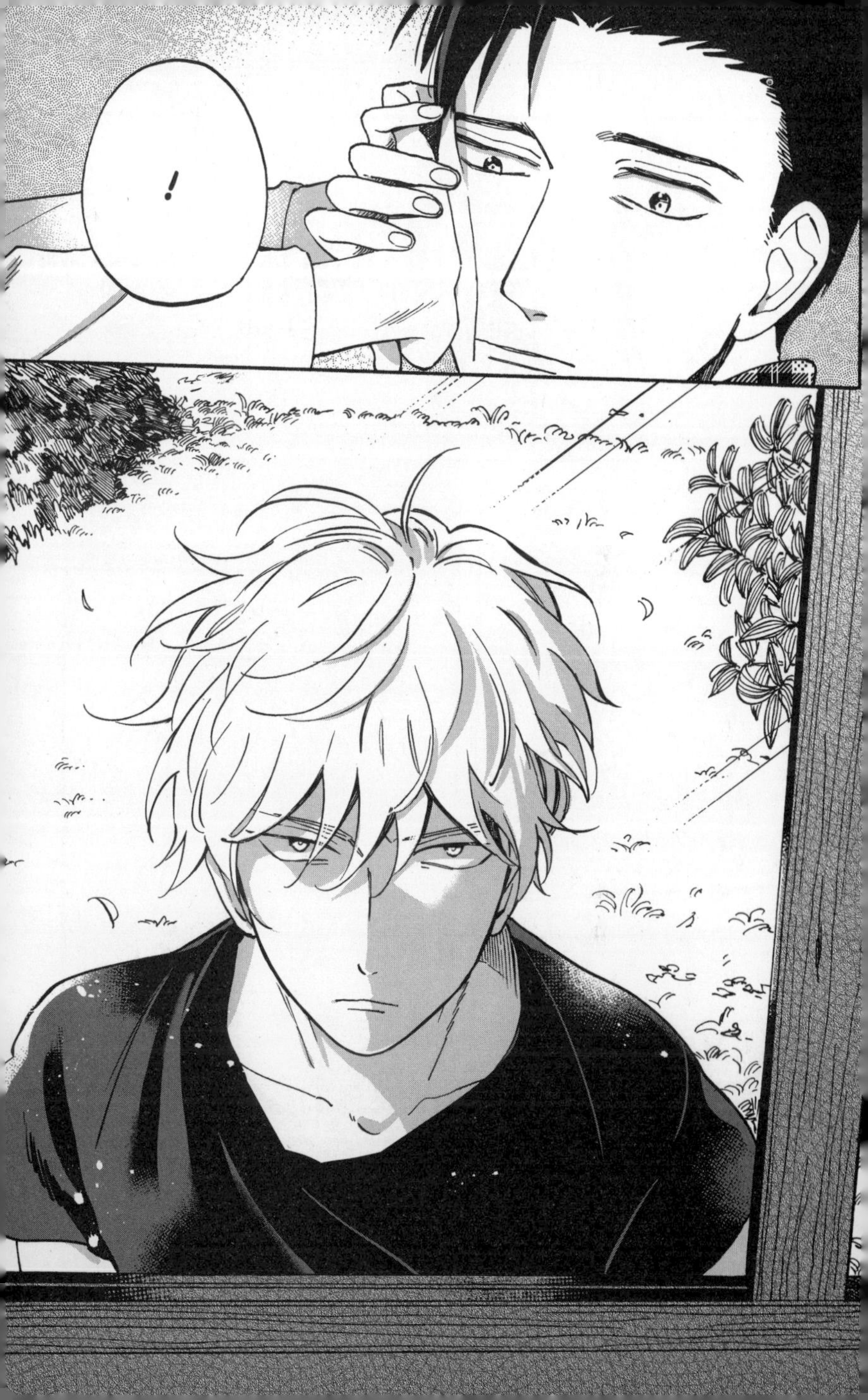

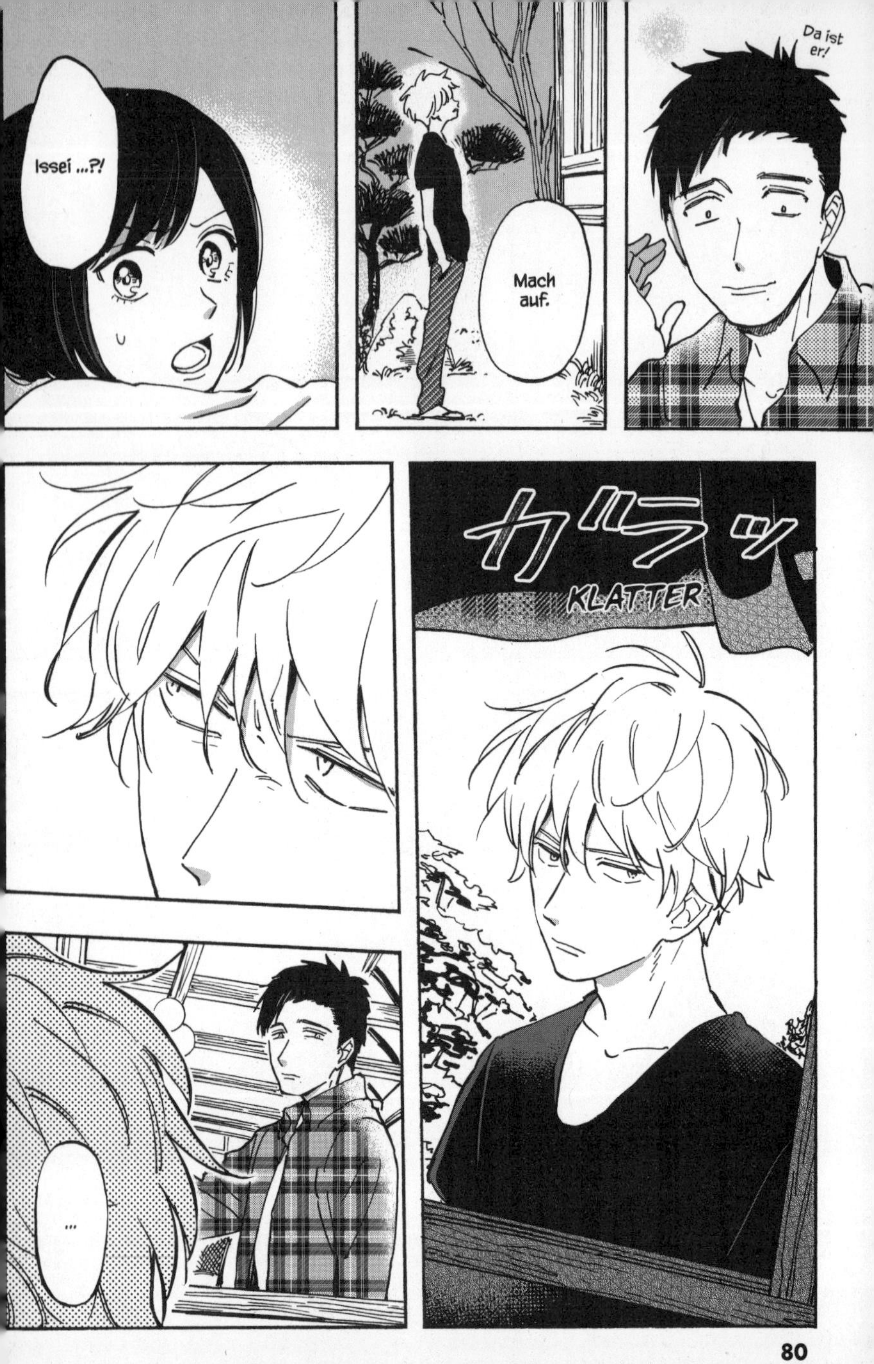
Da ist er!
Mach auf.
Issei ...?!
ガラッ
KLATTER
...

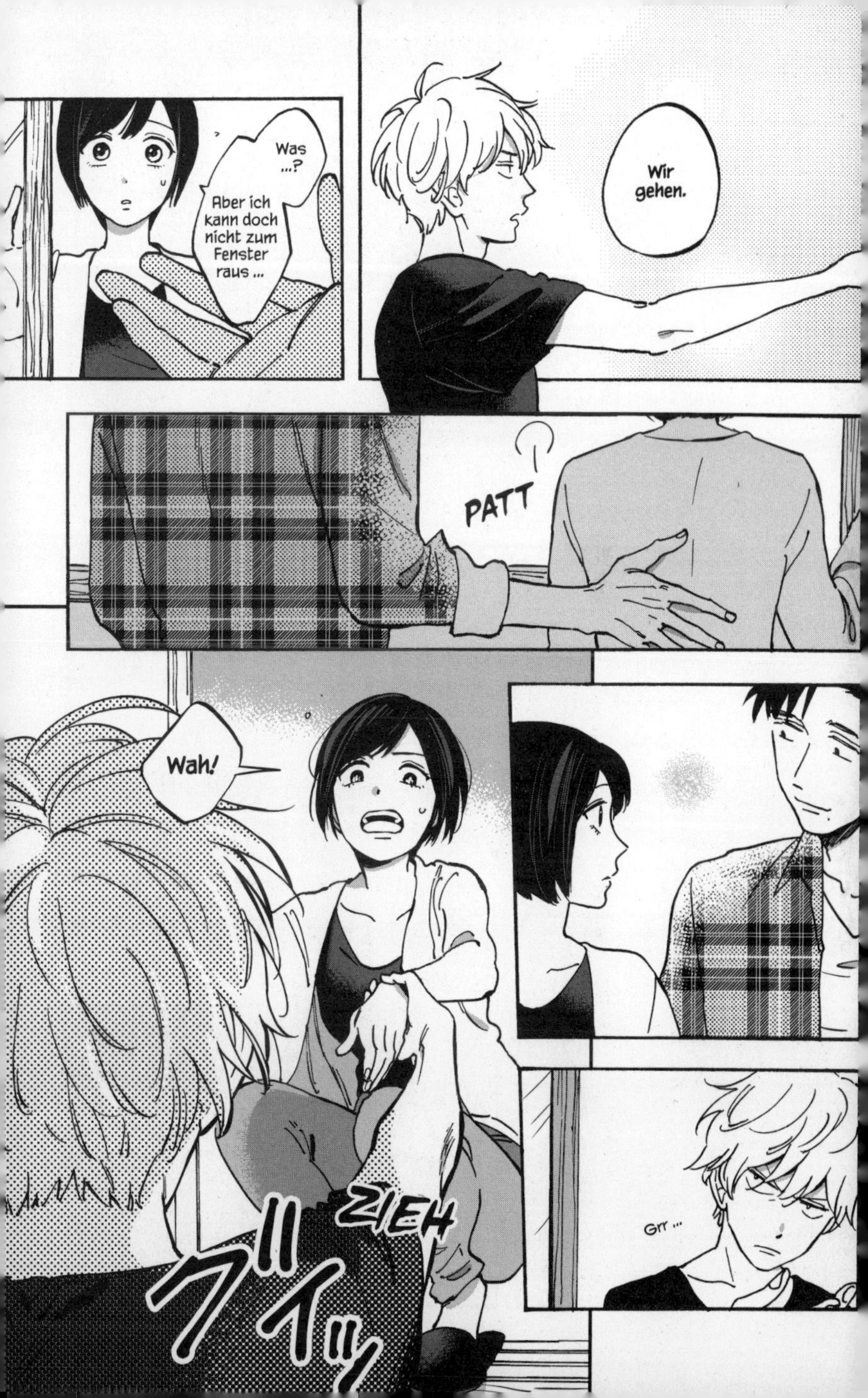
Wir gehen.
Was …?
Aber ich kann doch nicht zum Fenster raus …
PATT
Wah!
ZIEH
Grr …

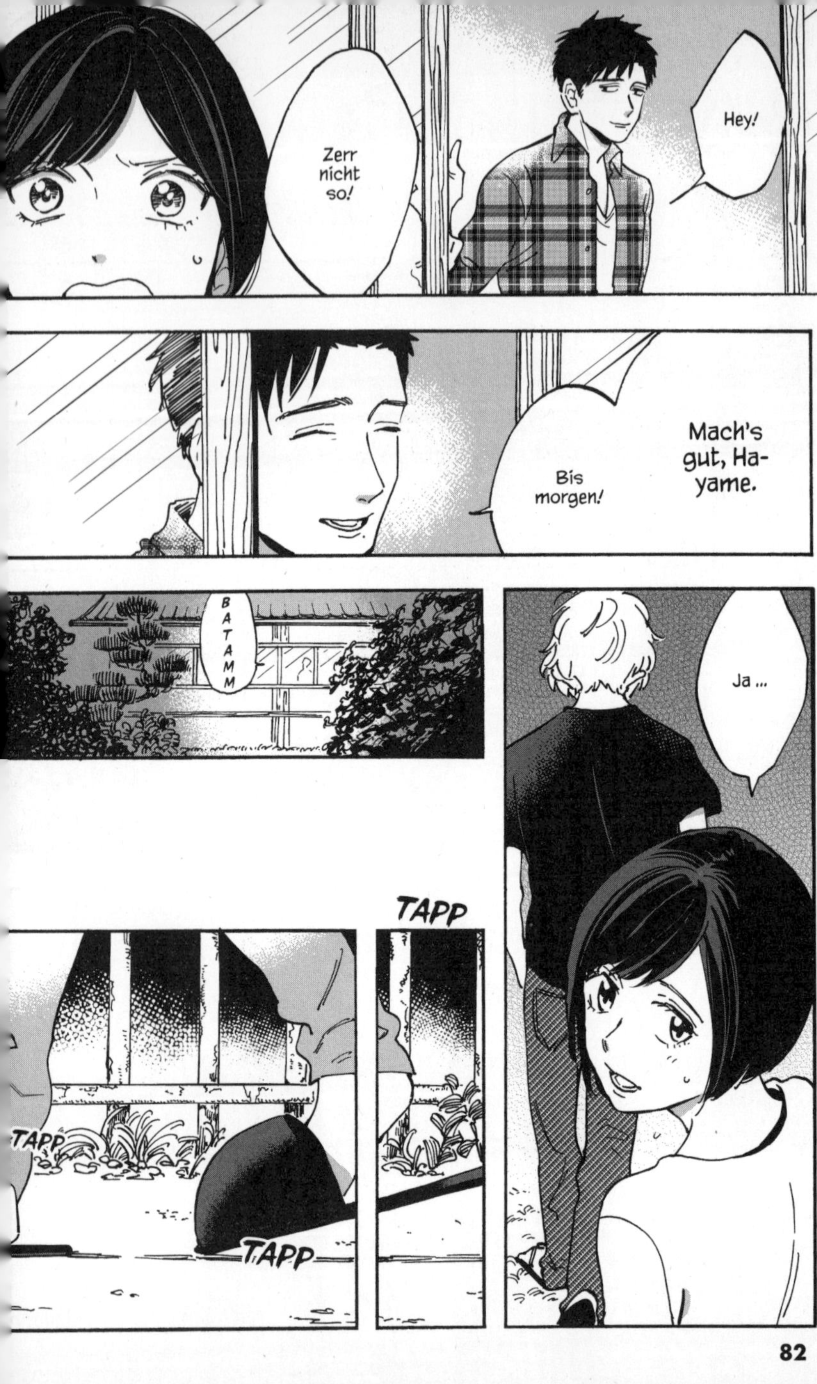
Hey!
Zerr nicht so!
Mach's gut, Hayame.
Bis morgen!
BATAMM
Ja ...
TAPP
TAPP
TAPP

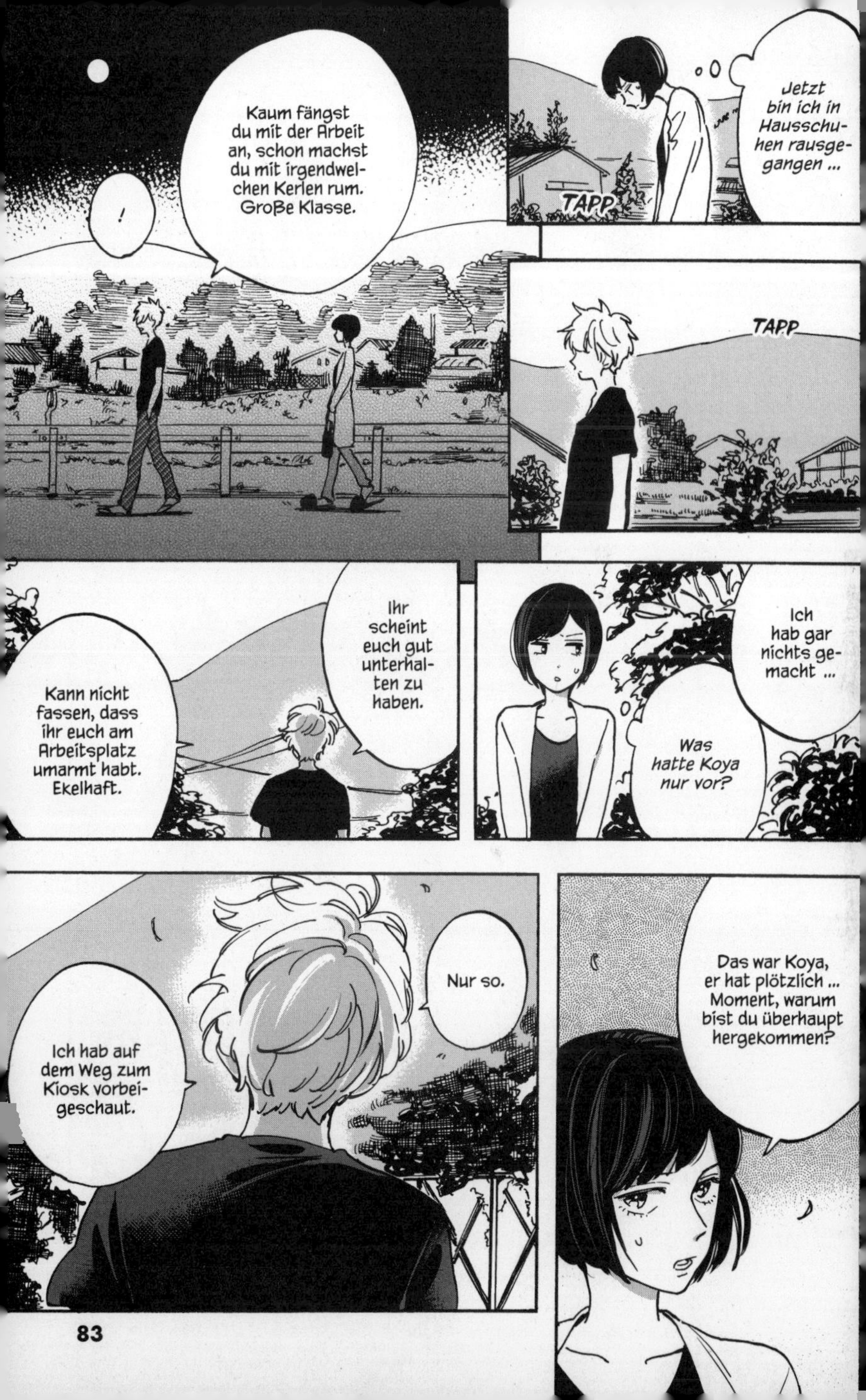
Jetzt bin ich in Hausschuhen rausgegangen ...
TAPP
Kaum fängst du mit der Arbeit an, schon machst du mit irgendwelchen Kerlen rum. Große Klasse.
!
TAPP
Ich hab gar nichts gemacht ...
Was hatte Koya nur vor?
Ihr scheint euch gut unterhalten zu haben.
Kann nicht fassen, dass ihr euch am Arbeitsplatz umarmt habt. Ekelhaft.
Das war Koya, er hat plötzlich ... Moment, warum bist du überhaupt hergekommen?
Nur so.
Ich hab auf dem Weg zum Kiosk vorbeigeschaut.

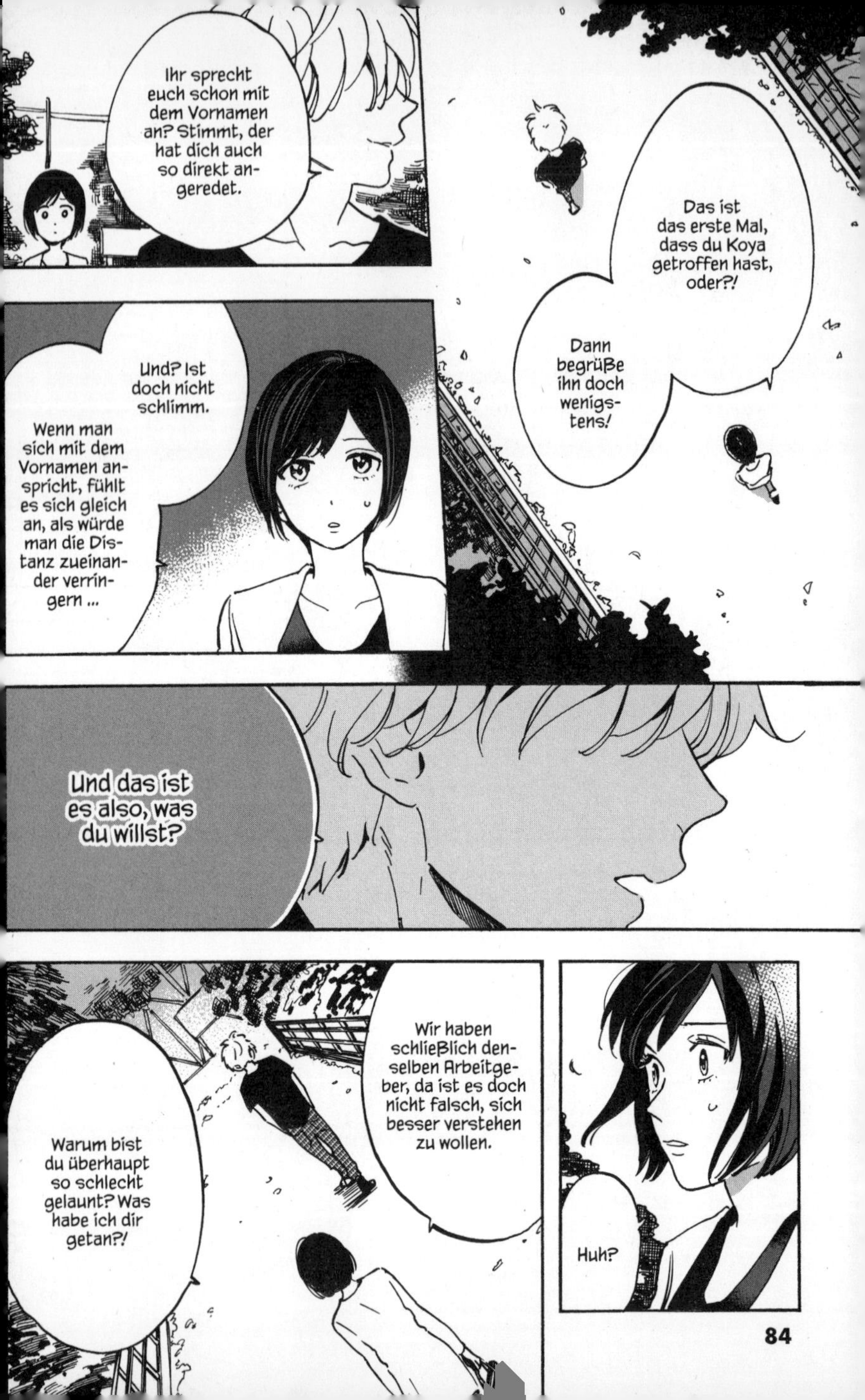
Das ist das erste Mal, dass du Koya getroffen hast, oder?!
Dann begrüße ihn doch wenigstens!
Ihr sprecht euch schon mit dem Vornamen an? Stimmt, der hat dich auch so direkt angeredet.
Und? Ist doch nicht schlimm.
Wenn man sich mit dem Vornamen anspricht, fühlt es sich gleich an, als würde man die Distanz zueinander verringern ...
Und das ist es also, was du willst?
Huh?
Wir haben schließlich denselben Arbeitgeber, da ist es doch nicht falsch, sich besser verstehen zu wollen.
Warum bist du überhaupt so schlecht gelaunt? Was habe ich dir getan?!

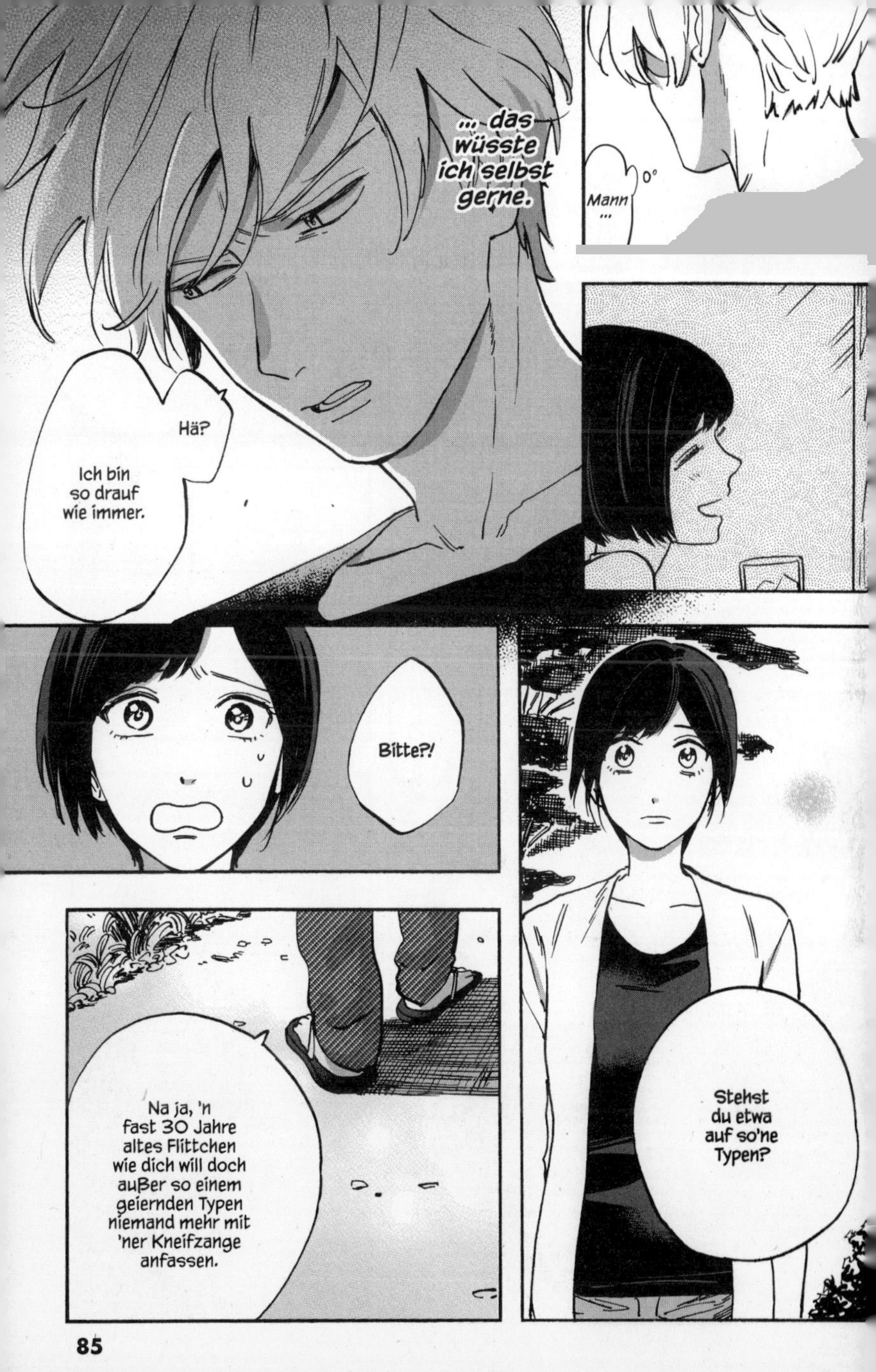
Mann ...
O°
... das wüsste ich selbst gerne.
Hä?
Ich bin so drauf wie immer.
Bitte?!
Stehst du etwa auf so'ne Typen?
Na ja, 'n fast 30 Jahre altes Flittchen wie dich will doch außer so einem geiernden Typen niemand mehr mit 'ner Kneifzange anfassen.

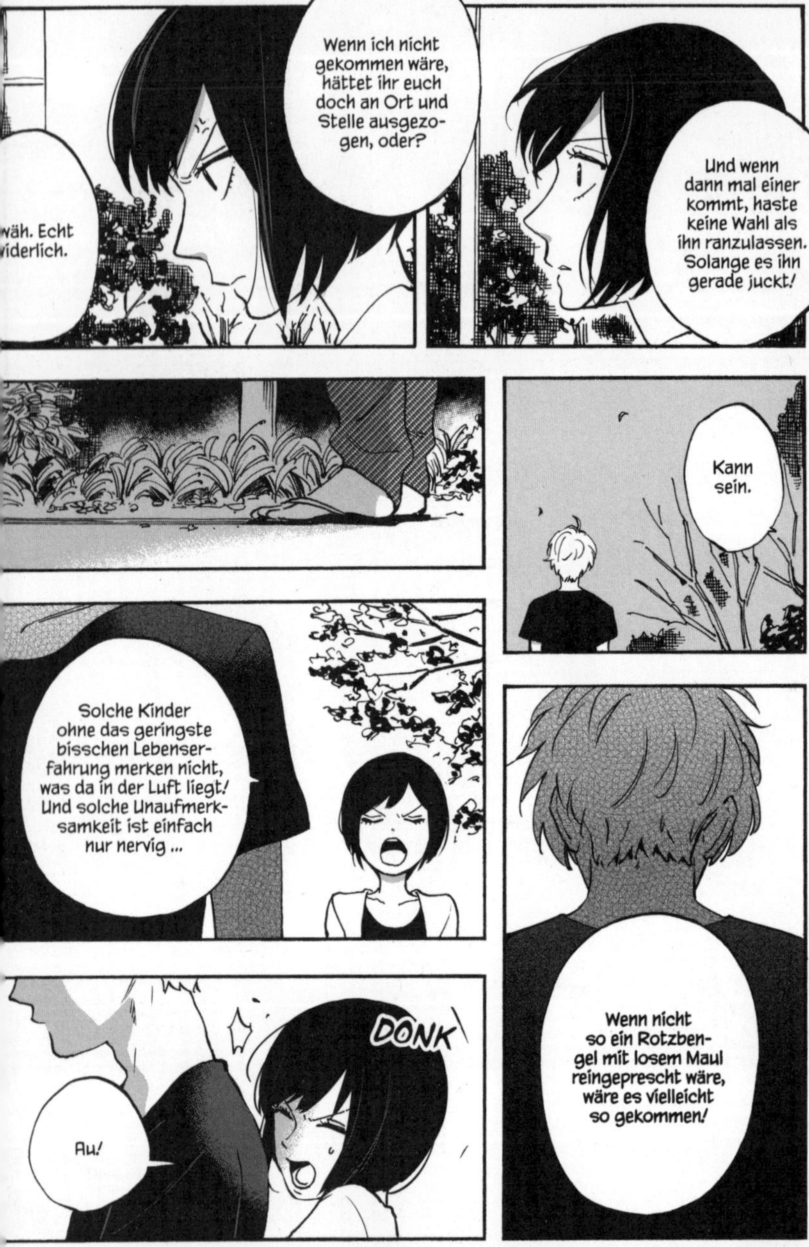

Und wenn dann mal einer kommt, haste keine Wahl als ihn ranzulassen. Solange es ihn gerade juckt!
Wenn ich nicht gekommen wäre, hättet ihr euch doch an Ort und Stelle ausgezogen, oder?
wäh. Echt widerlich.
Kann sein.
Solche Kinder ohne das geringste bisschen Lebenser-fahrung merken nicht, was da in der Luft liegt! Und solche Unaufmerk-samkeit ist einfach nur nervig ...
Wenn nicht so ein Rotzben-gel mit losem Maul reingeprescht wäre, wäre es vielleicht so gekommen!
DONK
Au!

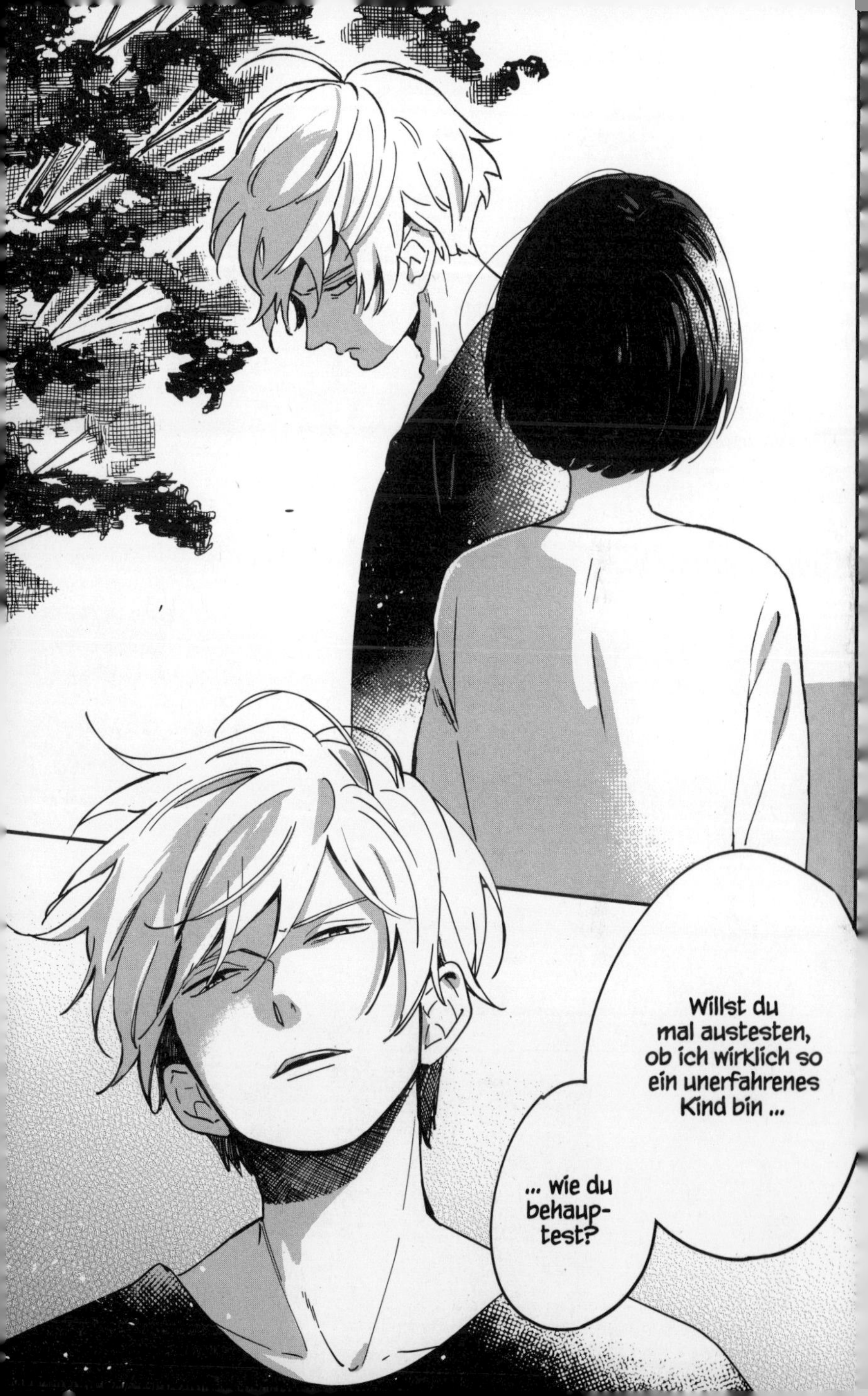
Willst du mal austesten, ob ich wirklich so ein unerfahrenes Kind bin ...
... wie du behaup-test?

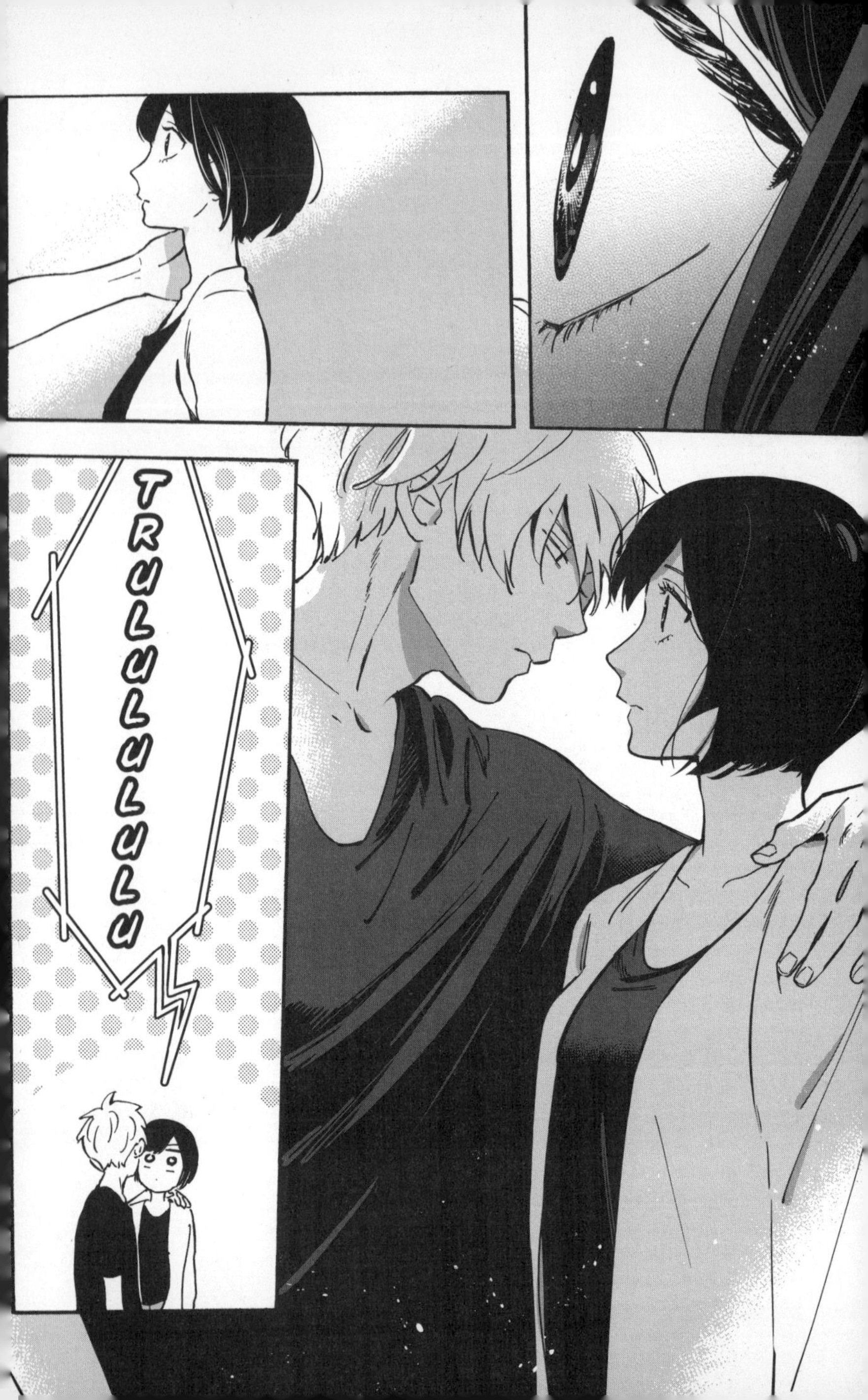
TRULULULULULU

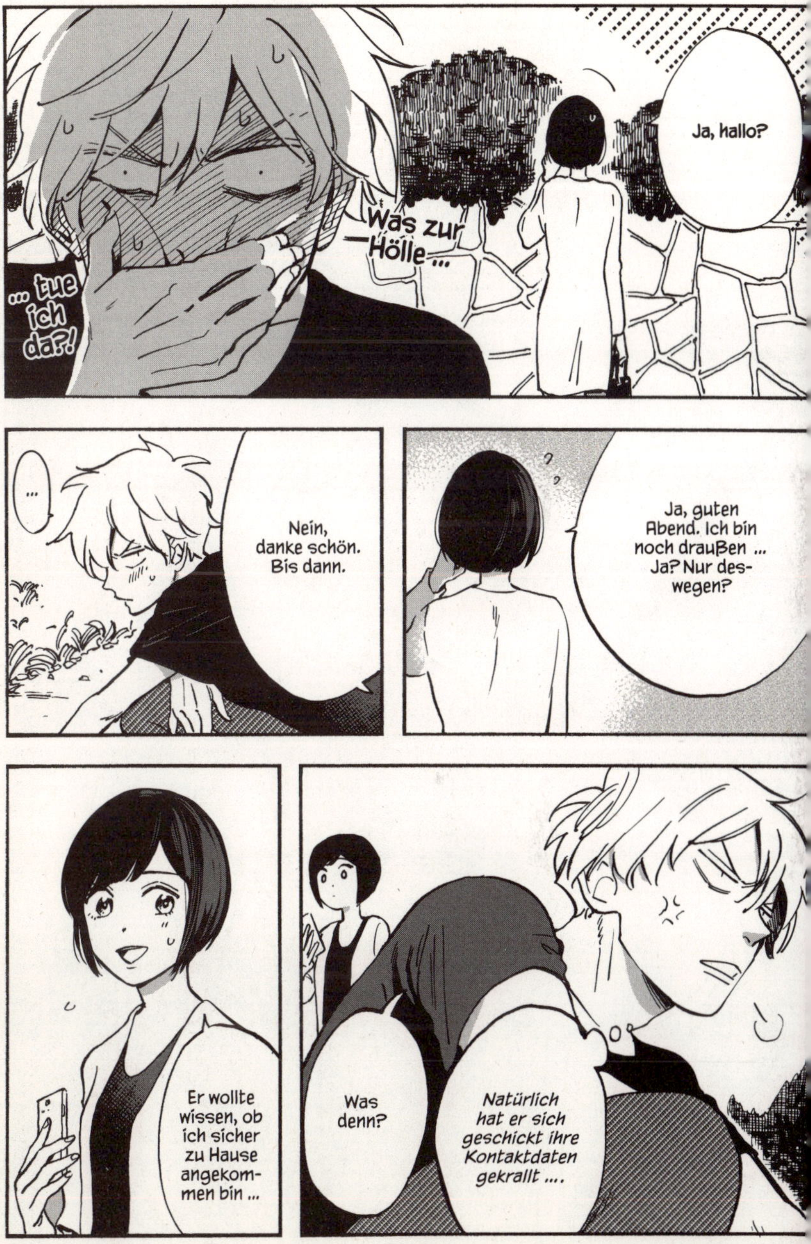
Ja, hallo?
Was zur Hölle ...
... tue ich da?!
Ja, guten Abend. Ich bin noch draußen ... Ja? Nur deswegen?
Nein, danke schön. Bis dann.
...
Natürlich hat er sich geschickt ihre Kontaktdaten gekrallt ....
Was denn?
Er wollte wissen, ob ich sicher zu Hause angekommen bin ...

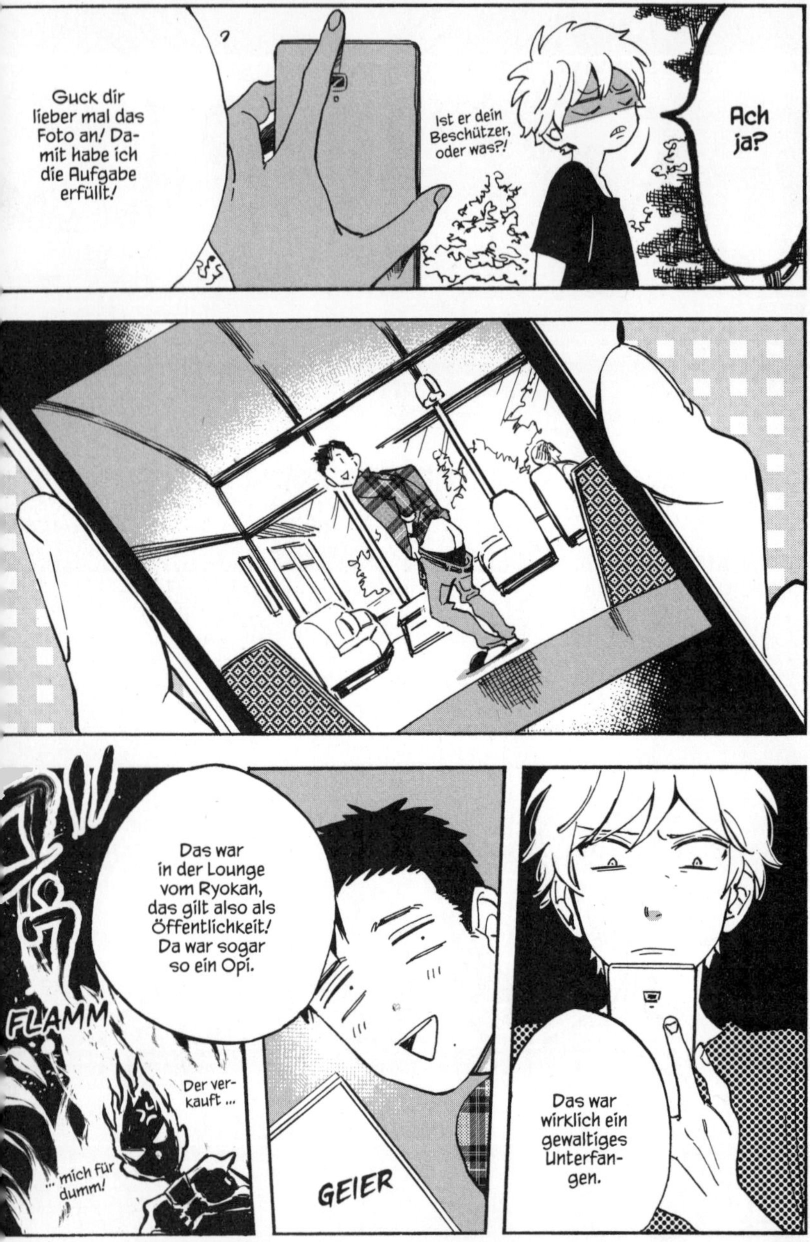
Guck dir lieber mal das Foto an! Damit habe ich die Aufgabe erfüllt!
Ist er dein Beschützer, oder was?!
Ach ja?
Das war wirklich ein gewaltiges Unterfangen.
Das war in der Lounge vom Ryokan, das gilt also als Öffentlichkeit! Da war sogar so ein Opi.
GEIER
FLAMM
Der verkauft …
… mich für dumm!

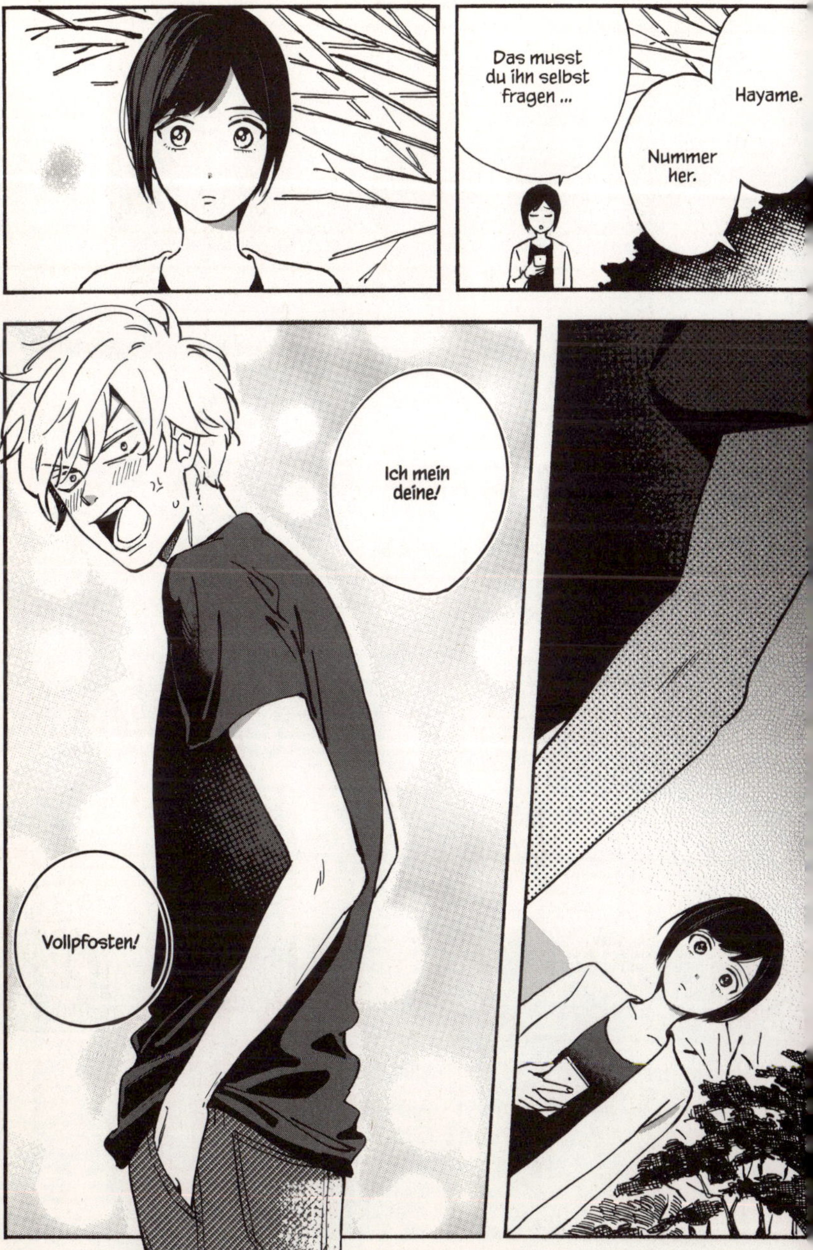

Hayame.
Nummer her.
Das musst du ihn selbst fragen ...
Ich mein deine!
Vollpfosten!

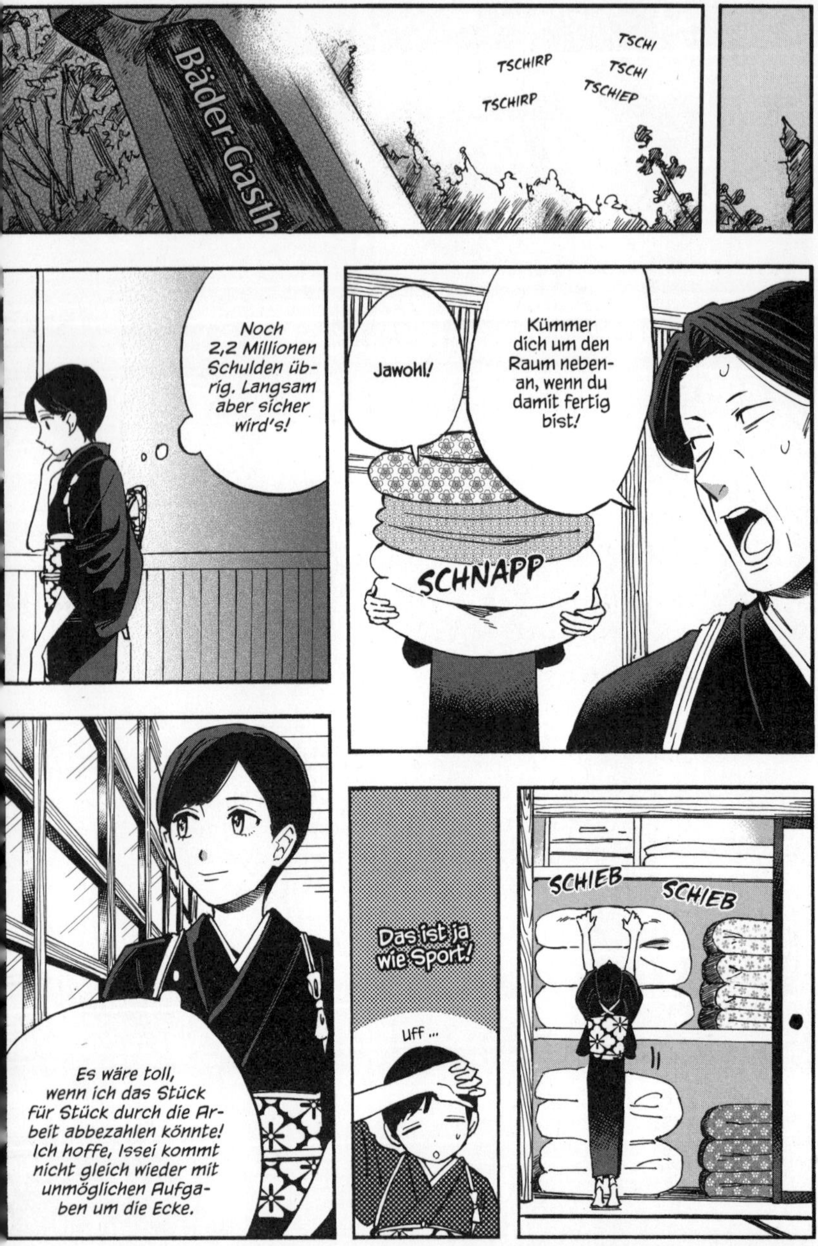
Bäder-Gasth
TSCHI
TSCHI
TSCHIRP
TSCHIEP
TSCHIRP
Kümmer dich um den Raum neben-an, wenn du damit fertig bist!
Jawohl!
SCHNAPP
Noch 2,2 Millionen Schulden üb-rig. Langsam aber sicher wird's!
SCHIEB
SCHIEB
Das ist ja wie Sport!
Uff ...
Es wäre toll, wenn ich das Stück für Stück durch die Ar-beit abbezahlen könnte! Ich hoffe, Issei kommt nicht gleich wieder mit unmöglichen Aufga-ben um die Ecke.

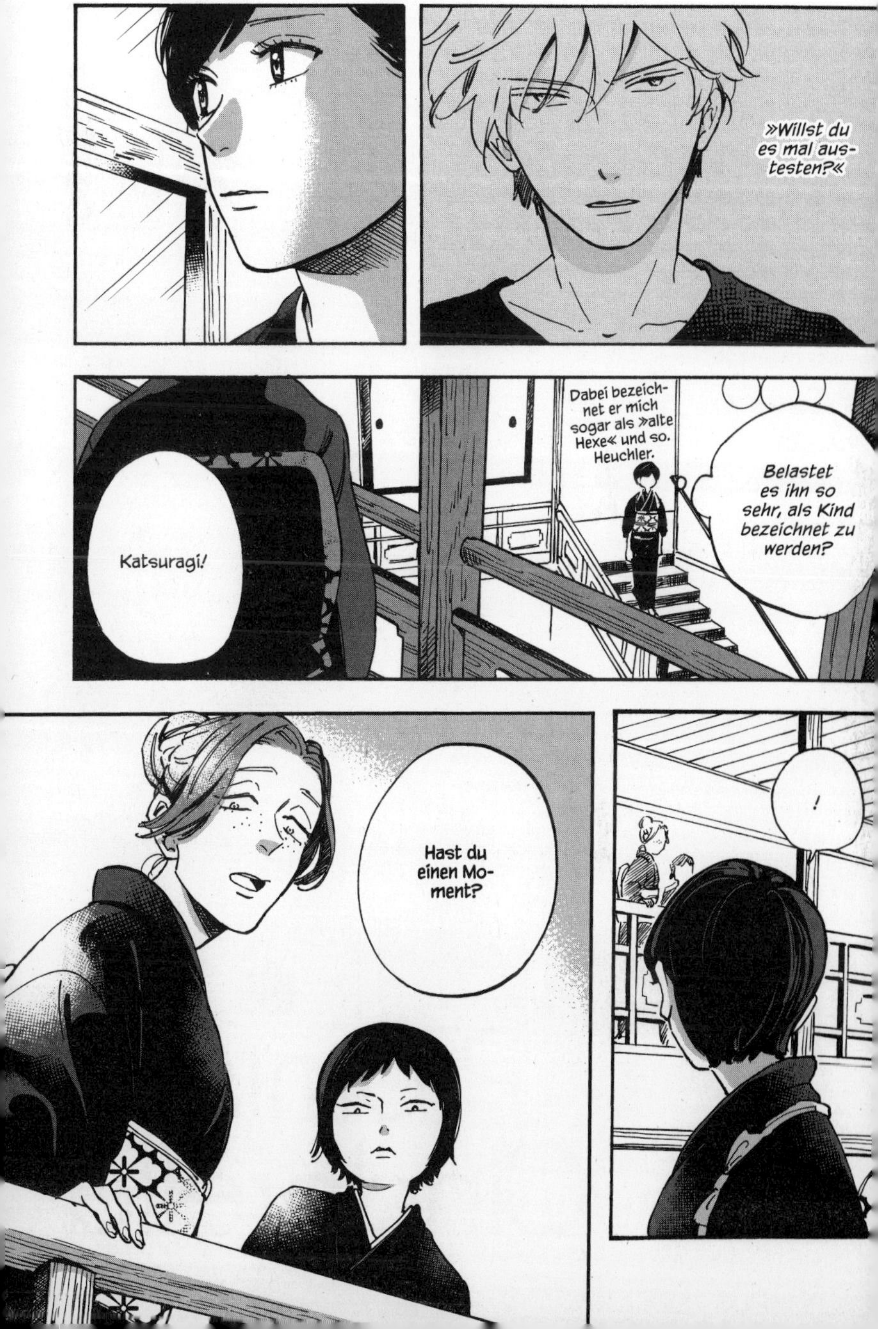
»Willst du es mal austesten?«
Belastet es ihn so sehr, als Kind bezeichnet zu werden?
Dabei bezeichnet er mich sogar als »alte Hexe« und so. Heuchler.
Katsuragi!
!
Hast du einen Moment?

Promise Cinderella

Kapitel 19 – Durchhalten

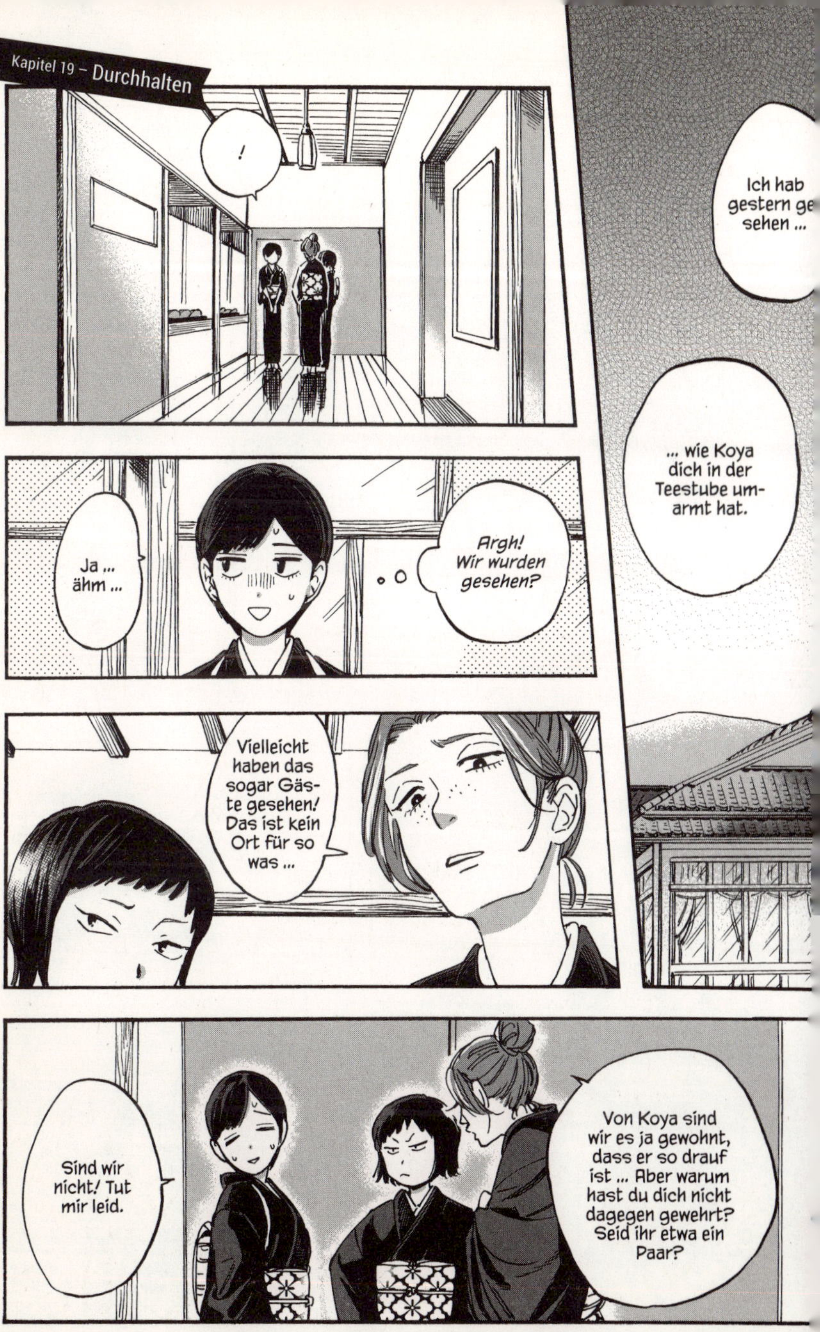

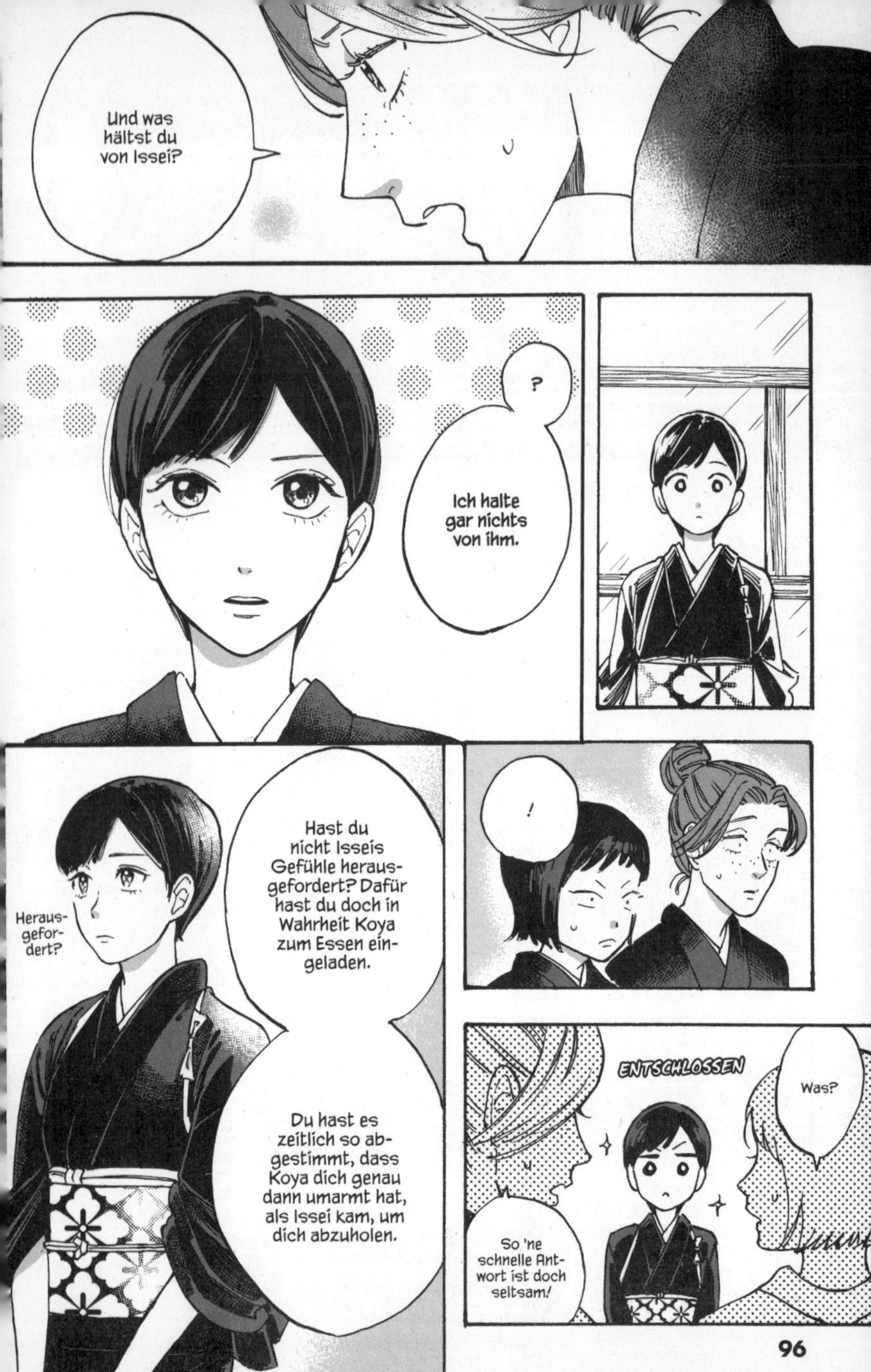

Und was hältst du von Issei?
?
Ich halte gar nichts von ihm.
!
Was?
ENTSCHLOSSEN
So 'ne schnelle Antwort ist doch seltsam!
Hast du nicht Isseis Gefühle herausgefordert? Dafür hast du doch in Wahrheit Koya zum Essen eingeladen.
Du hast es zeitlich so abgestimmt, dass Koya dich genau dann umarmt hat, als Issei kam, um dich abzuholen.
Herausgefordert?

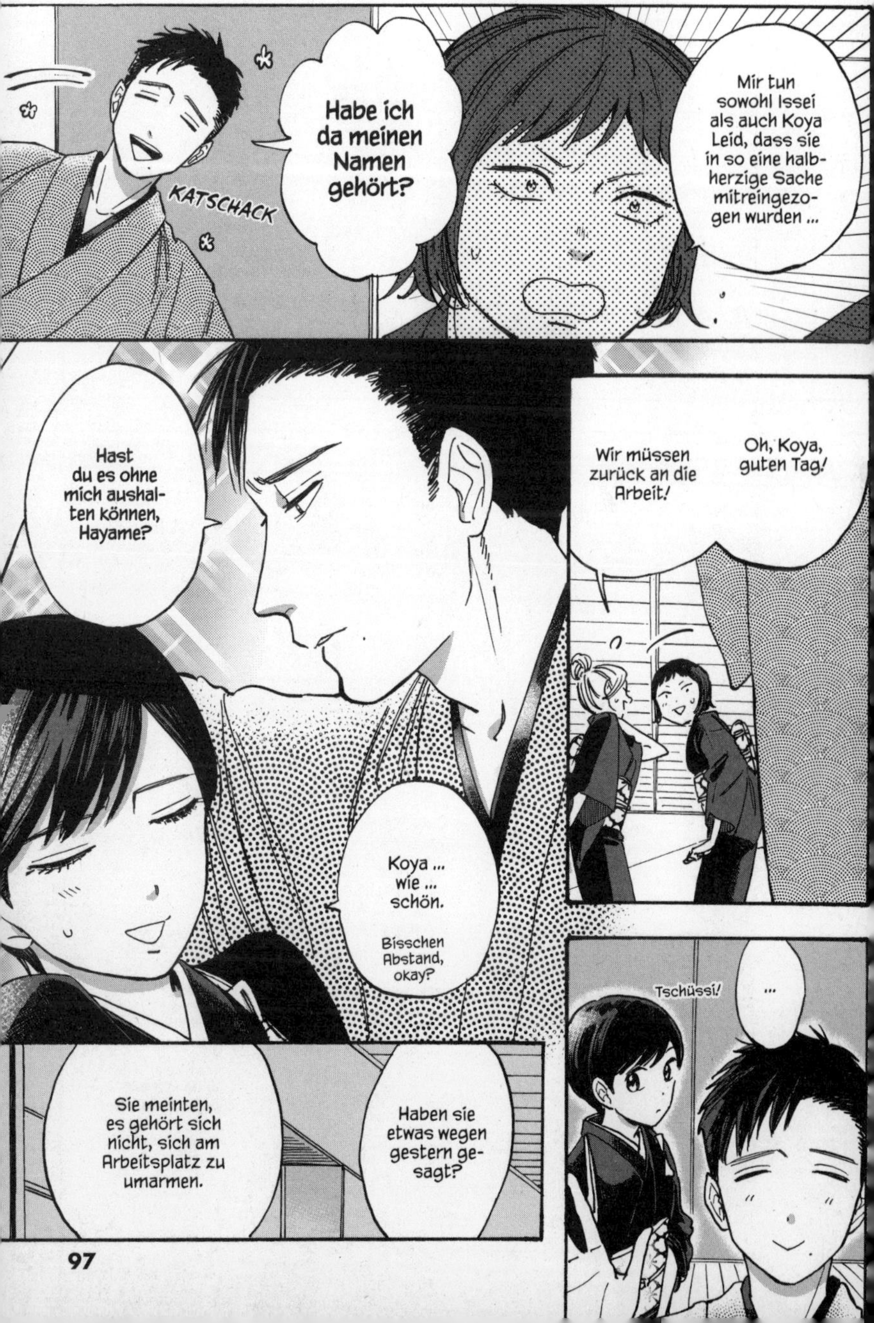
Mir tun sowohl Issei als auch Koya Leid, dass sie in so eine halbherzige Sache mitreingezogen wurden ...
Habe ich da meinen Namen gehört?
KATSCHACK
Oh, Koya, guten Tag!
Wir müssen zurück an die Arbeit!
Hast du es ohne mich aushalten können, Hayame?
Koya ... wie ... schön.
Bisschen Abstand, okay?
...
Tschüssi!
Haben sie etwas wegen gestern gesagt?
Sie meinten, es gehört sich nicht, sich am Arbeitsplatz zu umarmen.

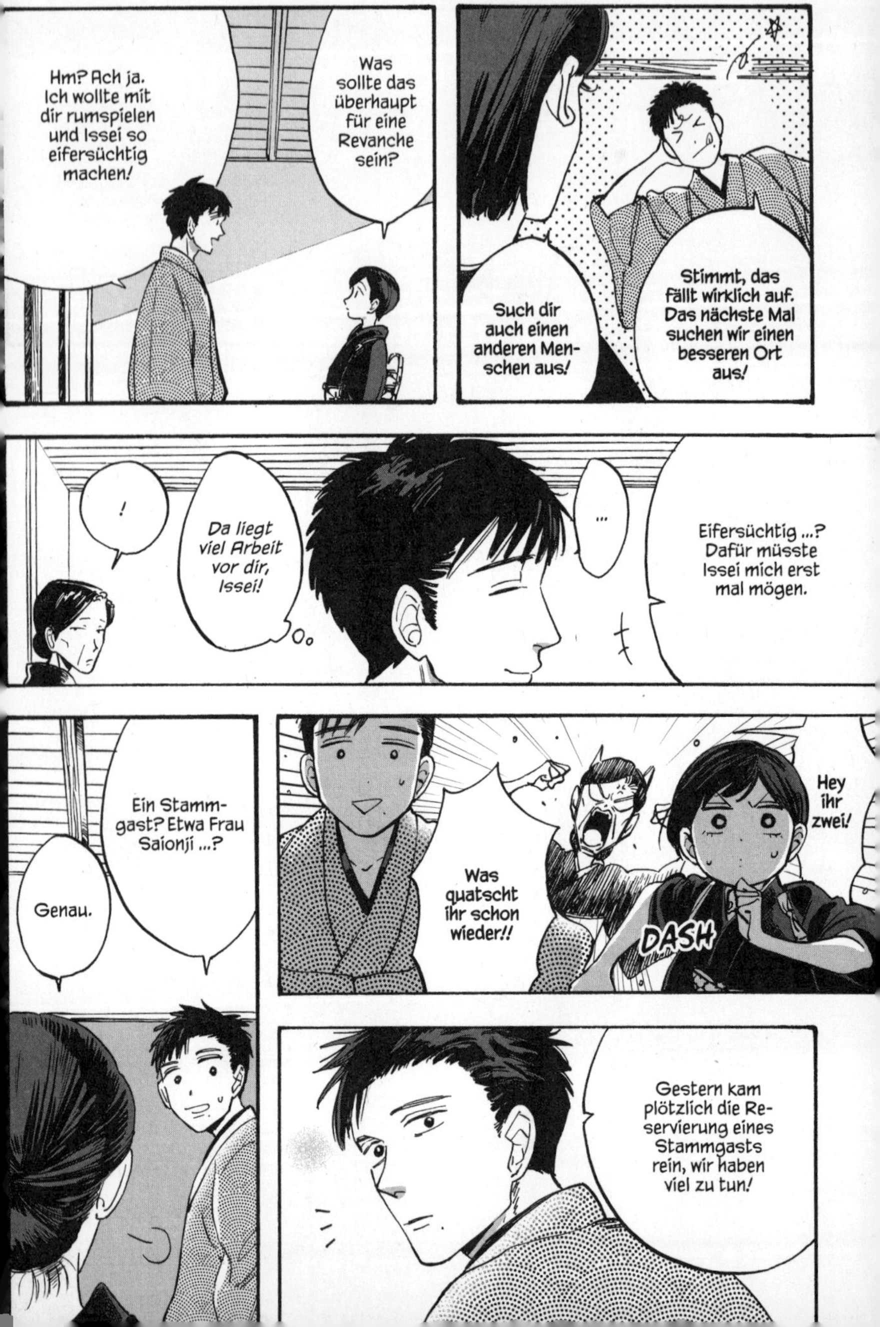
Stimmt, das fällt wirklich auf. Das nächste Mal suchen wir einen besseren Ort aus!
Such dir auch einen anderen Menschen aus!
Was sollte das überhaupt für eine Revanche sein?
Hm? Ach ja. Ich wollte mit dir rumspielen und Issei so eifersüchtig machen!
Eifersüchtig ...? Dafür müsste Issei mich erst mal mögen.
...
Da liegt viel Arbeit vor dir, Issei!
!
Hey ihr zwei!
Was quatscht ihr schon wieder!!
DASH
Gestern kam plötzlich die Reservierung eines Stammgasts rein, wir haben viel zu tun!
Ein Stammgast? Etwa Frau Saionji ...?
Genau.

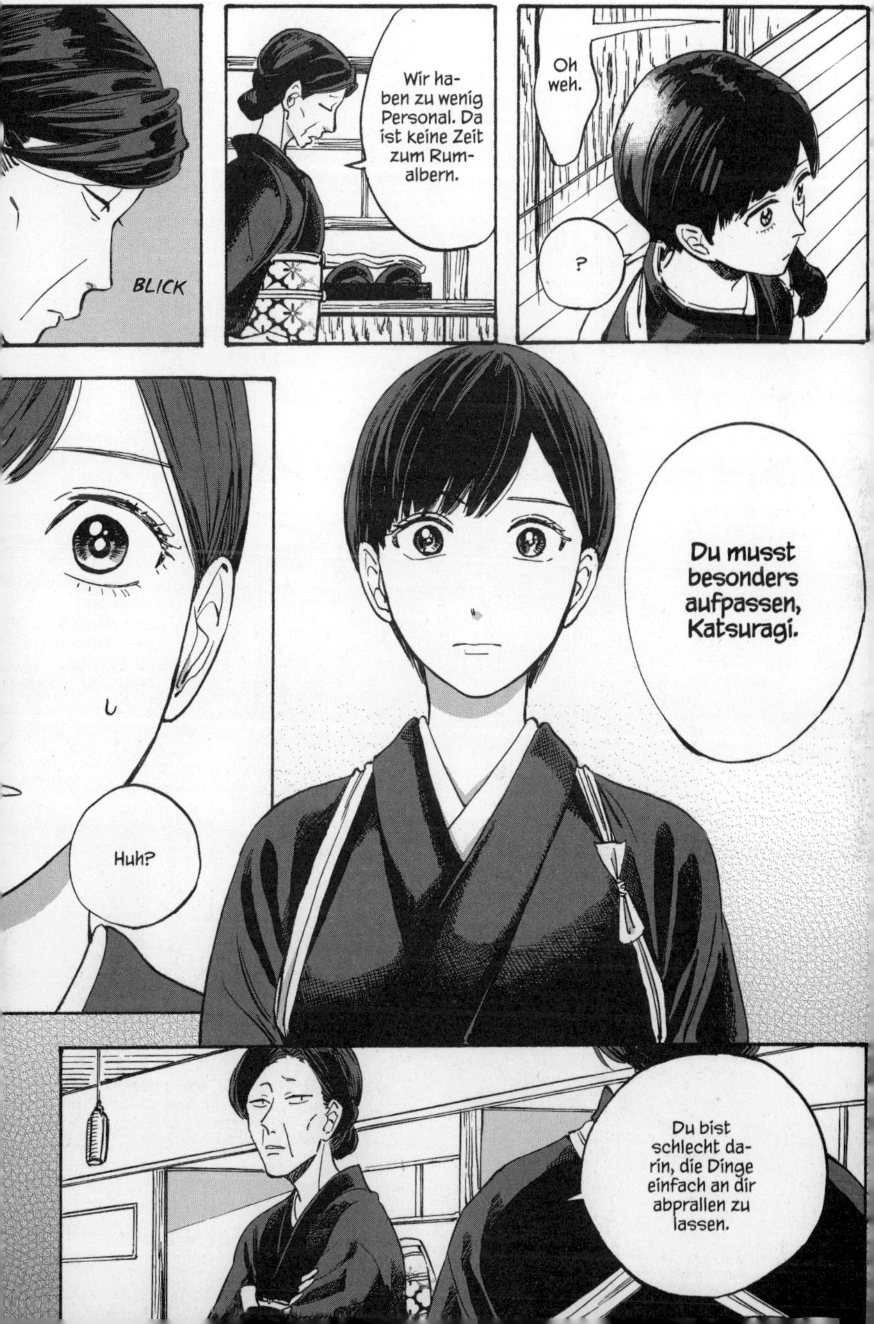
Oh weh.
?
Wir haben zu wenig Personal. Da ist keine Zeit zum Rumalbern.
BLICK
Du musst besonders aufpassen, Katsuragi.
Huh?
Du bist schlecht darin, die Dinge einfach an dir abprallen zu lassen.

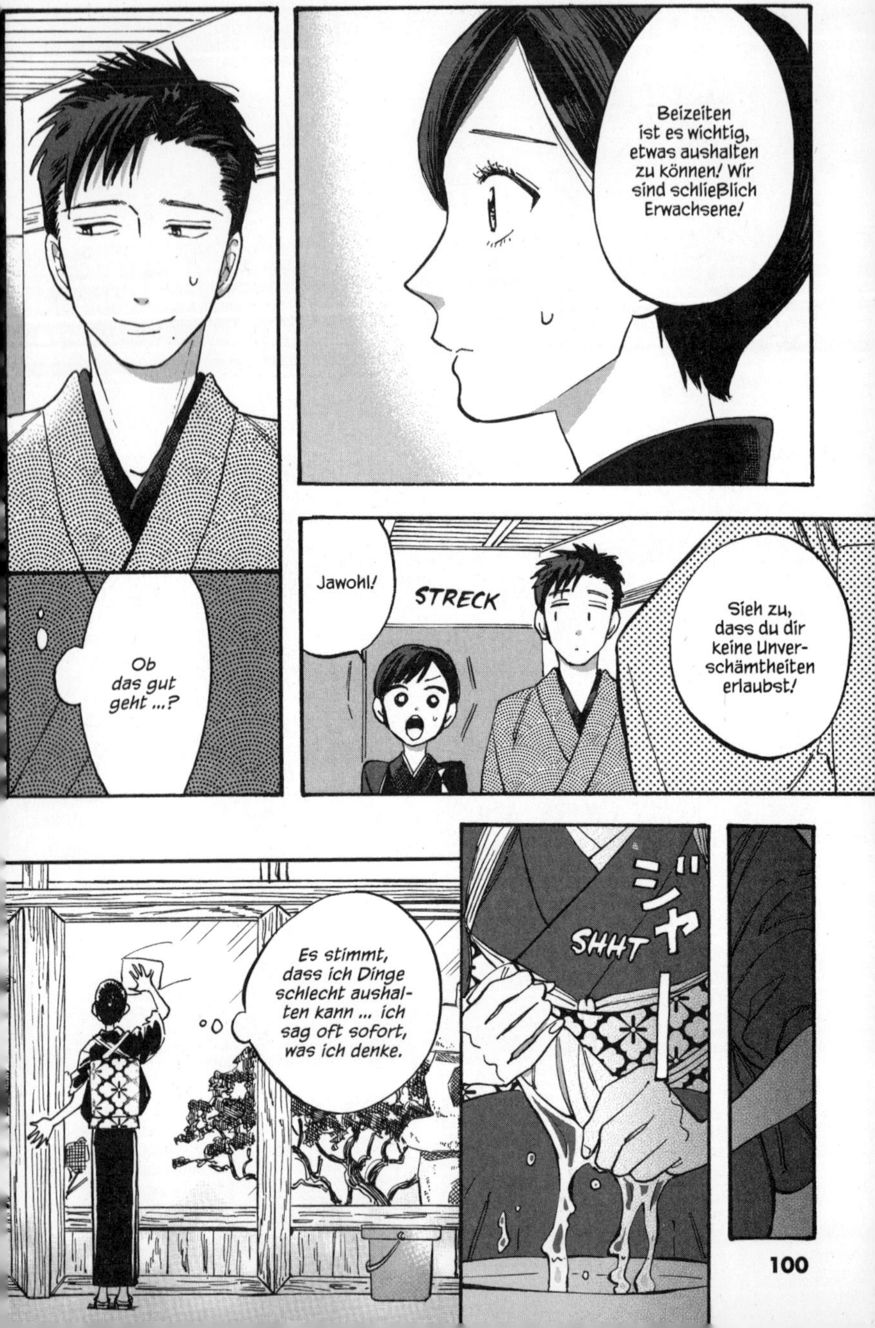
Beizeiten ist es wichtig, etwas aushalten zu können! Wir sind schließlich Erwachsene!
Sieh zu, dass du dir keine Unverschämtheiten erlaubst!
STRECK
Jawohl!
Ob das gut geht ...?
ジャー
SHHT
Es stimmt, dass ich Dinge schlecht aushalten kann ... ich sag oft sofort, was ich denke.

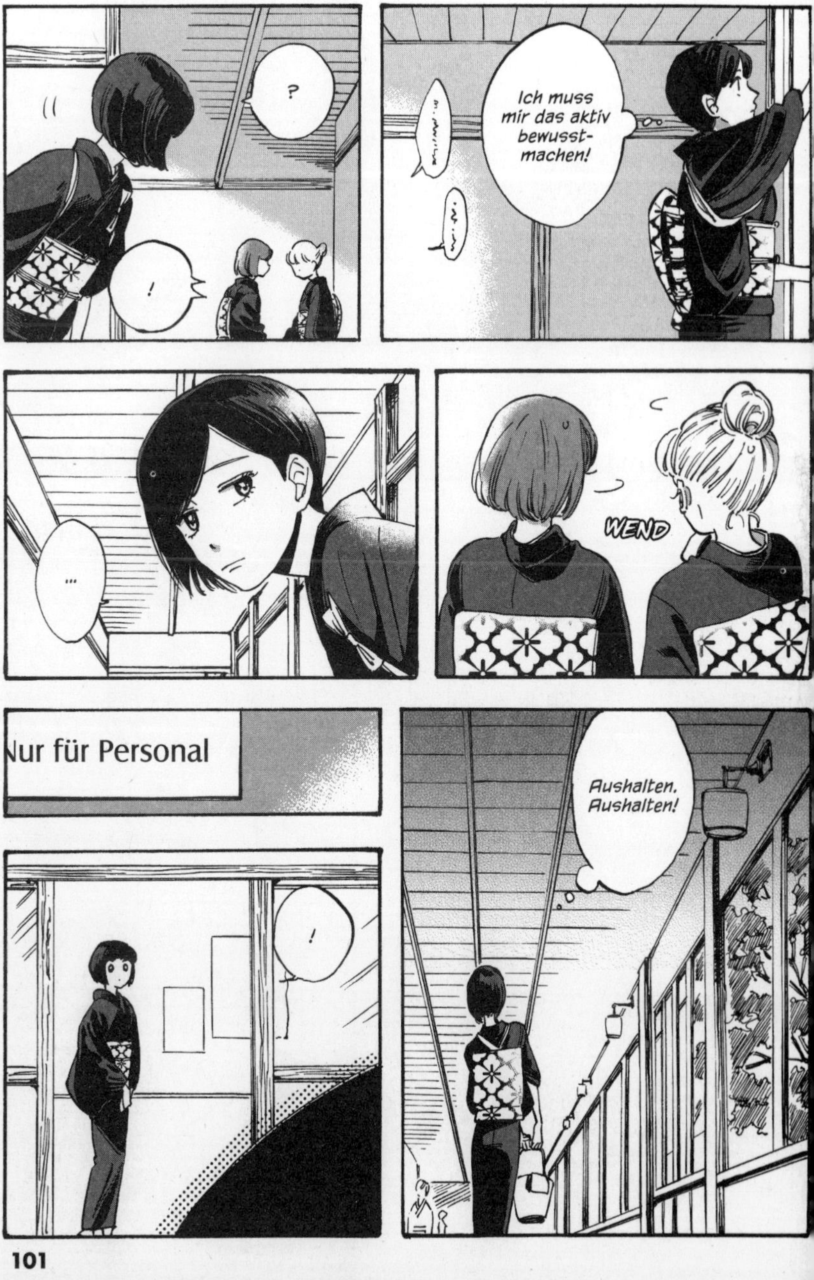
Ich muss mir das aktiv bewusstmachen!
?
!
WEND
...
Aushalten. Aushalten!
Nur für Personal
!

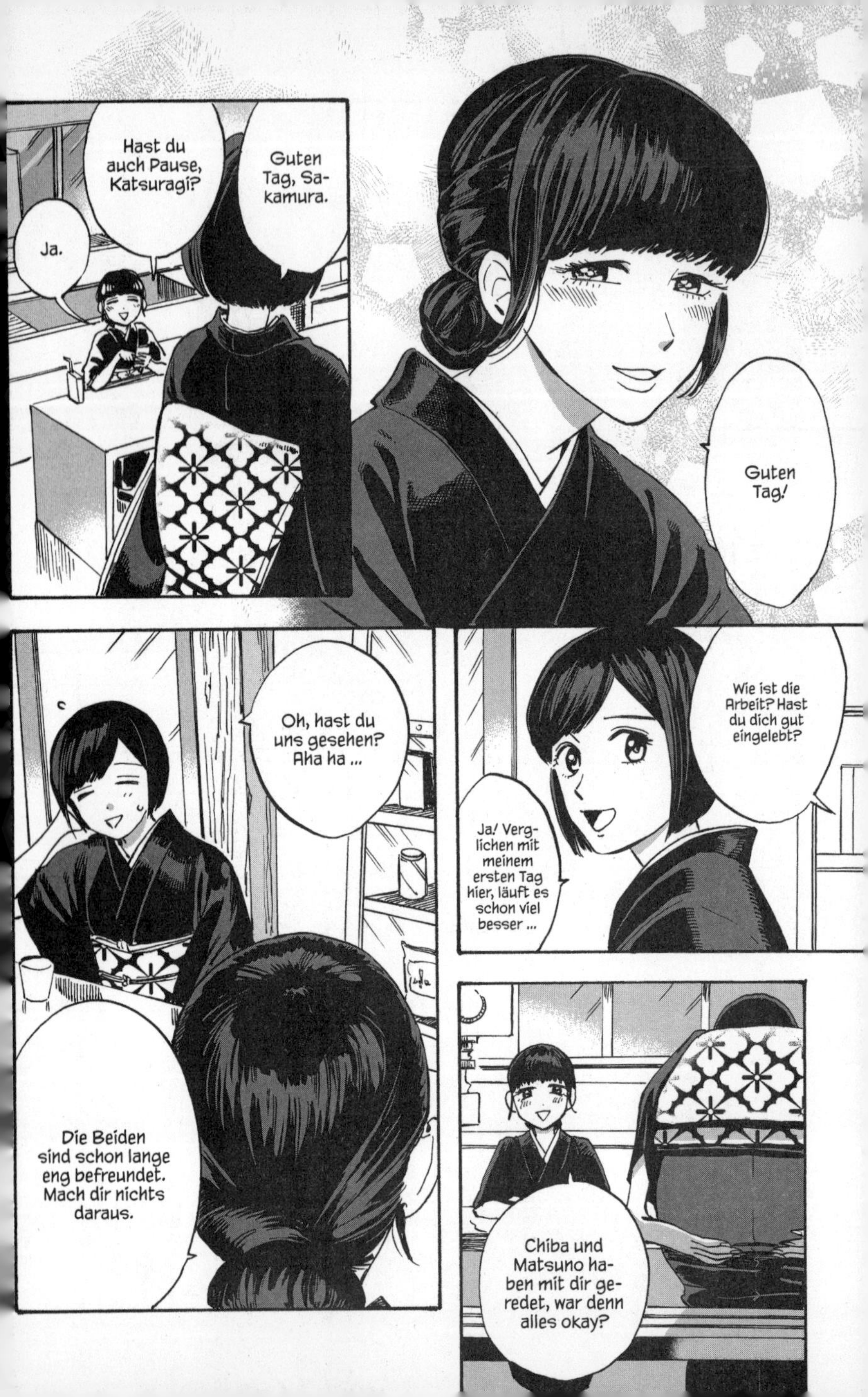
Guten Tag!
Guten Tag, Sakamura.
Hast du auch Pause, Katsuragi?
Ja.
Wie ist die Arbeit? Hast du dich gut eingelebt?
Ja! Verglichen mit meinem ersten Tag hier, läuft es schon viel besser ...
Oh, hast du uns gesehen? Aha ha ...
Chiba und Matsuno haben mit dir geredet, war denn alles okay?
Die Beiden sind schon lange eng befreundet. Mach dir nichts daraus.

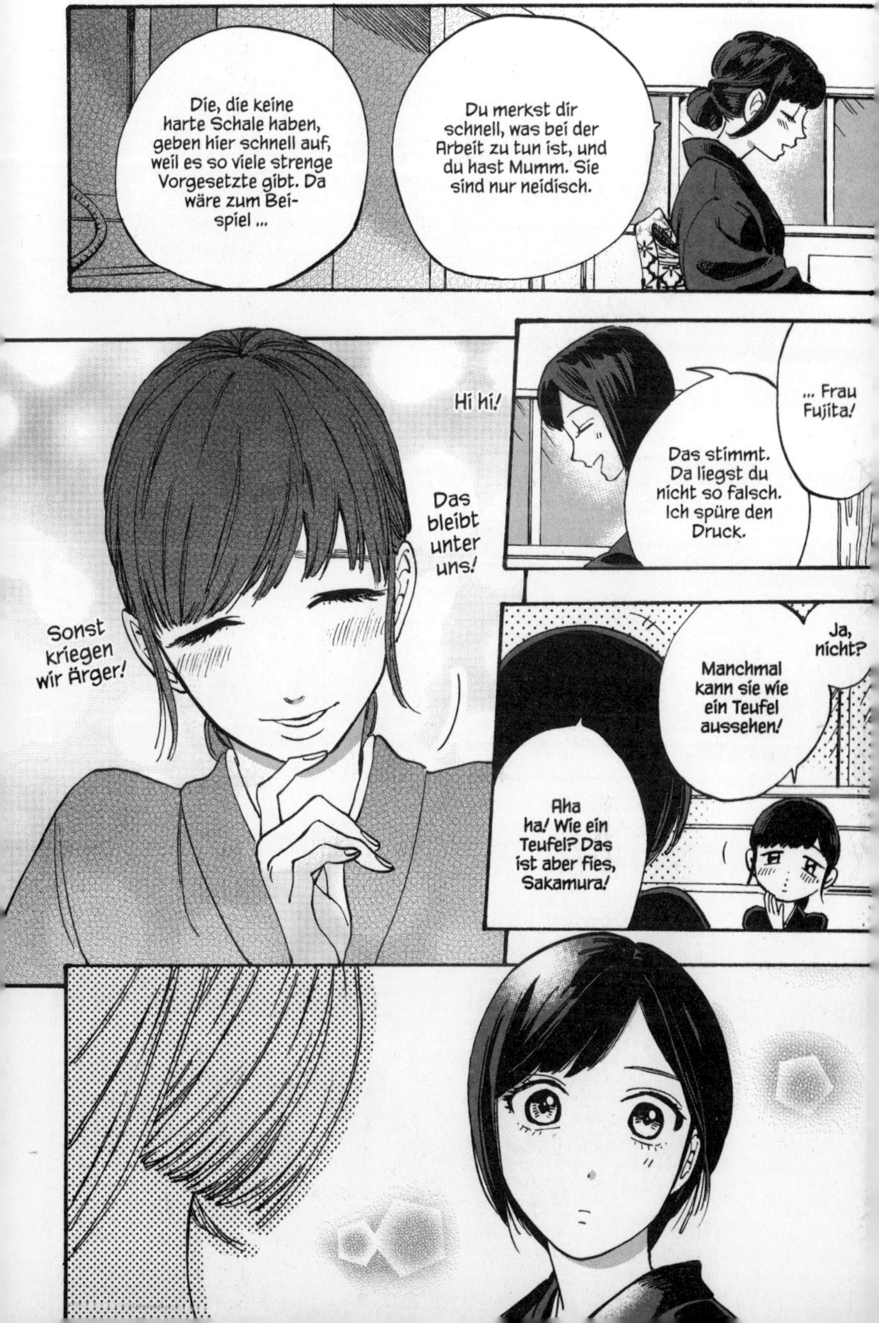
Du merkst dir schnell, was bei der Arbeit zu tun ist, und du hast Mumm. Sie sind nur neidisch.
Die, die keine harte Schale haben, geben hier schnell auf, weil es so viele strenge Vorgesetzte gibt. Da wäre zum Beispiel ...
... Frau Fujita!
Das stimmt. Da liegst du nicht so falsch. Ich spüre den Druck.
Ja, nicht?
Manchmal kann sie wie ein Teufel aussehen!
Aha ha! Wie ein Teufel? Das ist aber fies, Sakamura!
Hi hi!
Das bleibt unter uns!
Sonst kriegen wir Ärger!

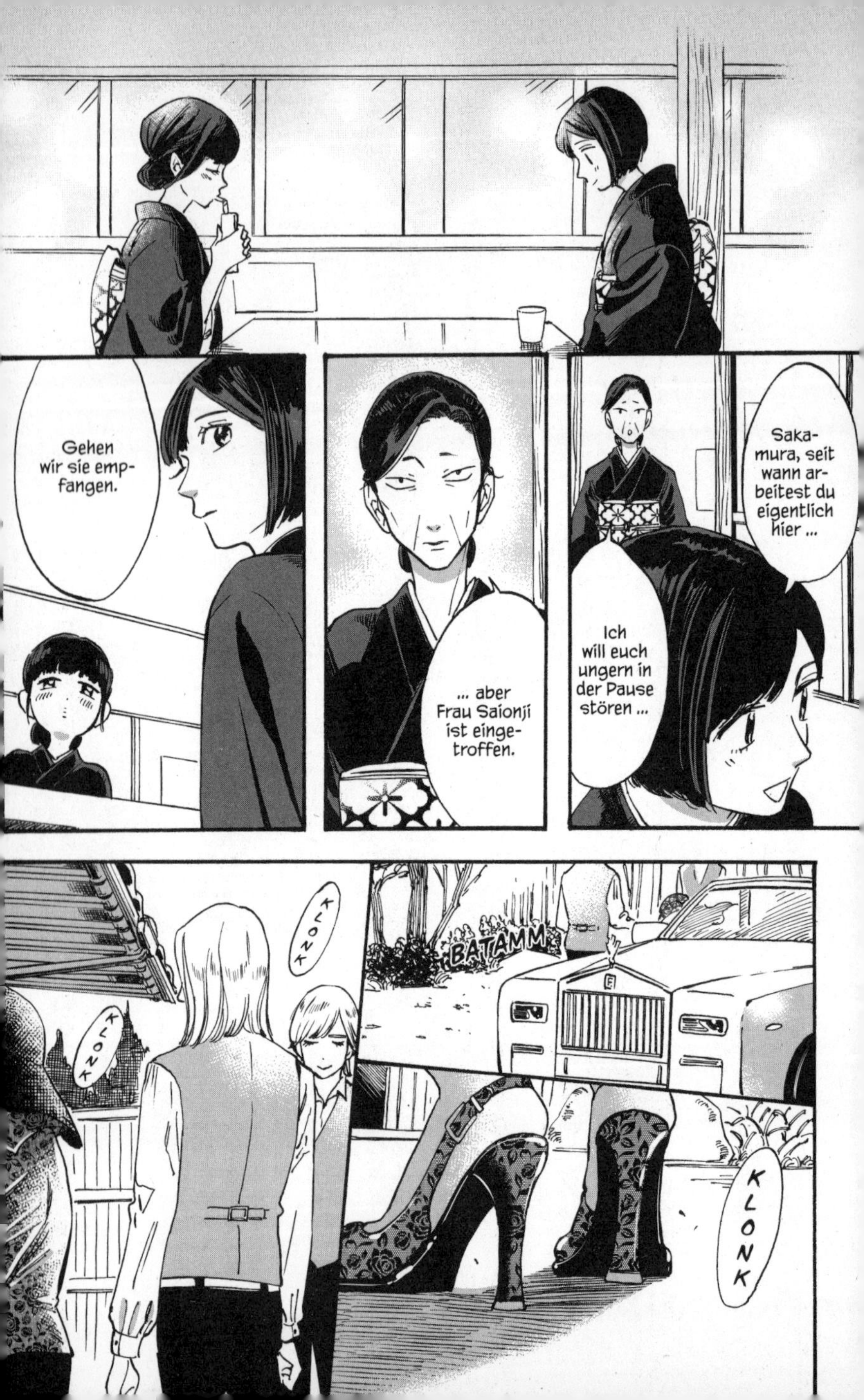
Sakamura, seit wann arbeitest du eigentlich hier ...
Ich will euch ungern in der Pause stören ...
... aber Frau Saionji ist eingetroffen.
Gehen wir sie empfangen.
BATAMM
KLONK
KLONK
KLONK

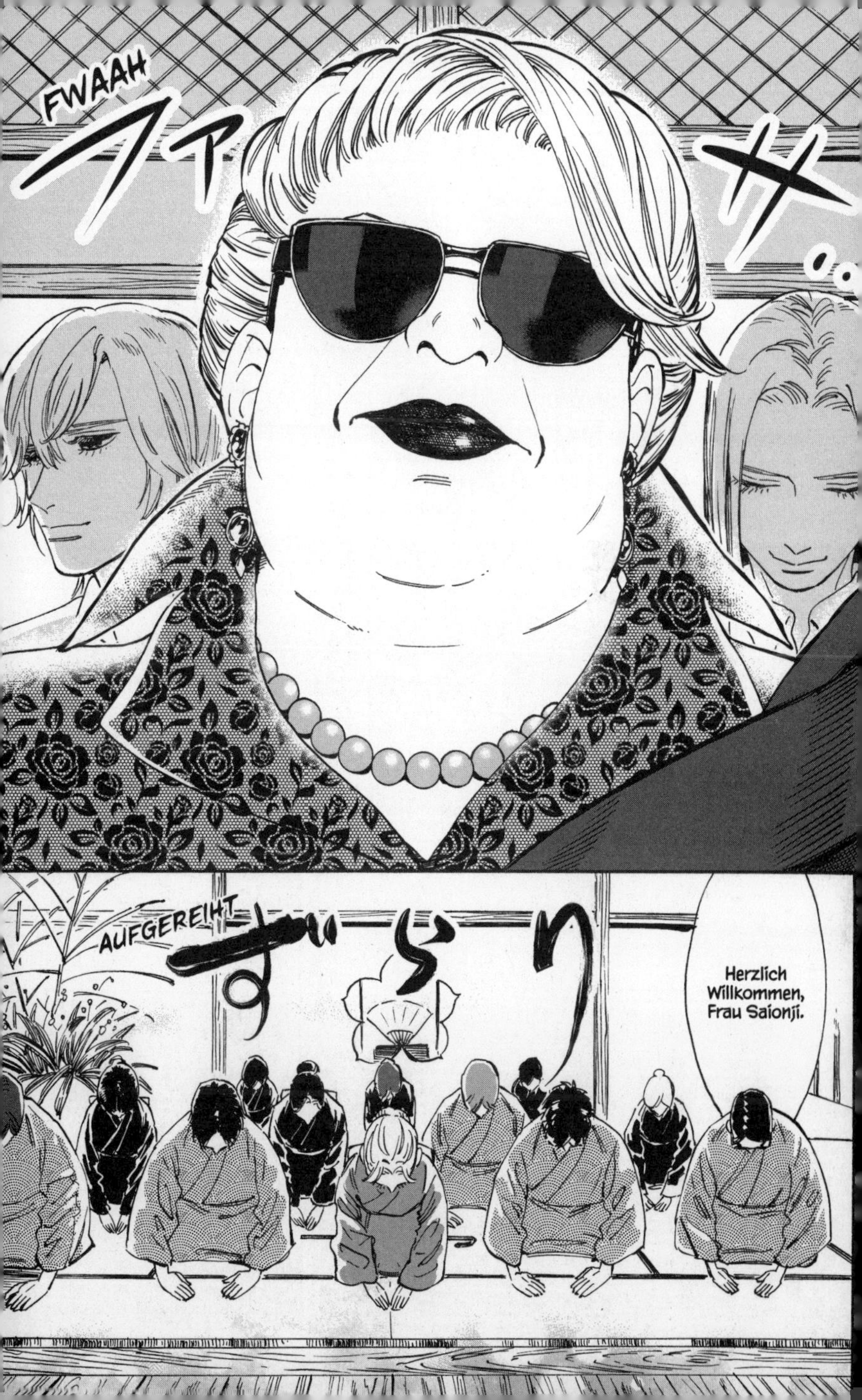
FWAAH
AUFGEREIHT
Herzlich Willkommen, Frau Saionji.

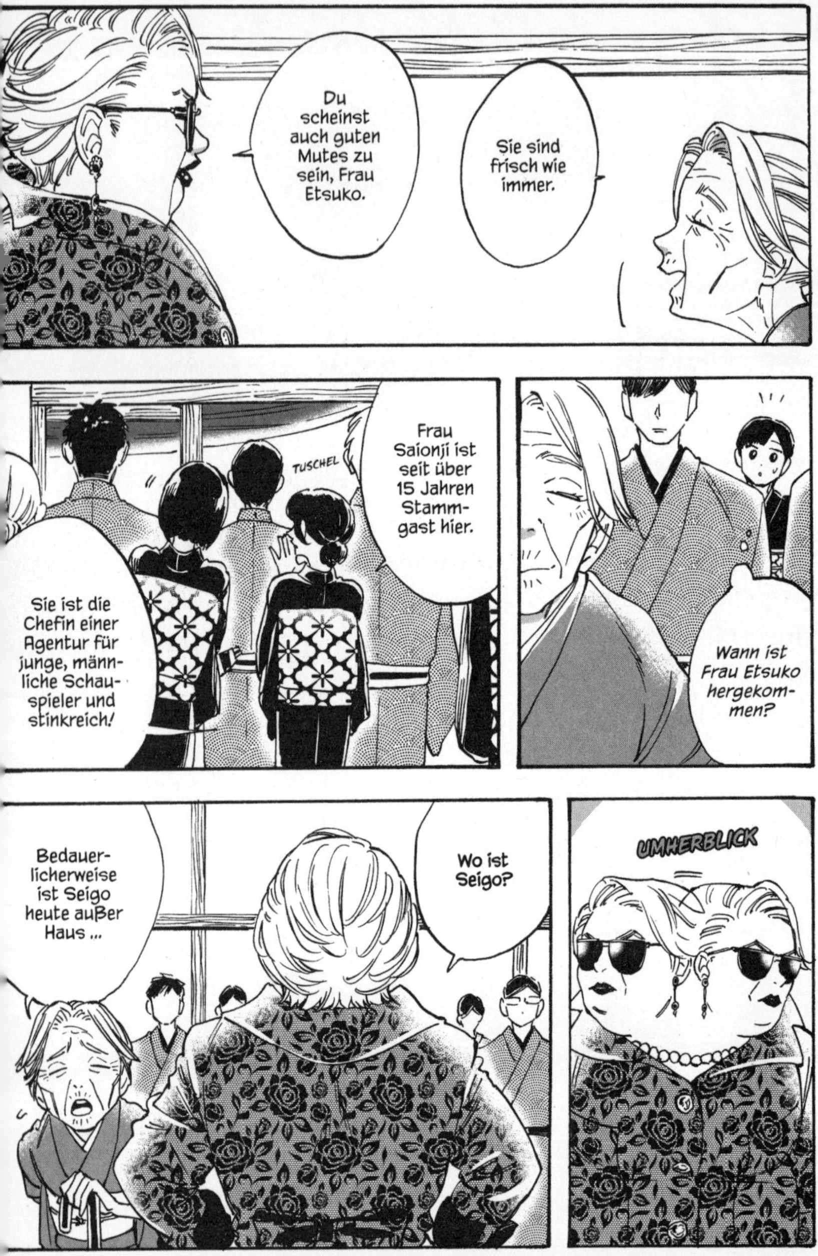
Sie sind frisch wie immer.
Du scheinst auch guten Mutes zu sein, Frau Etsuko.
Wann ist Frau Etsuko hergekommen?
Frau Saionji ist seit über 15 Jahren Stammgast hier.
TUSCHEL
Sie ist die Chefin einer Agentur für junge, männliche Schauspieler und stinkreich!
UMHERBLICK
Wo ist Seigo?
Bedauerlicherweise ist Seigo heute außer Haus ...

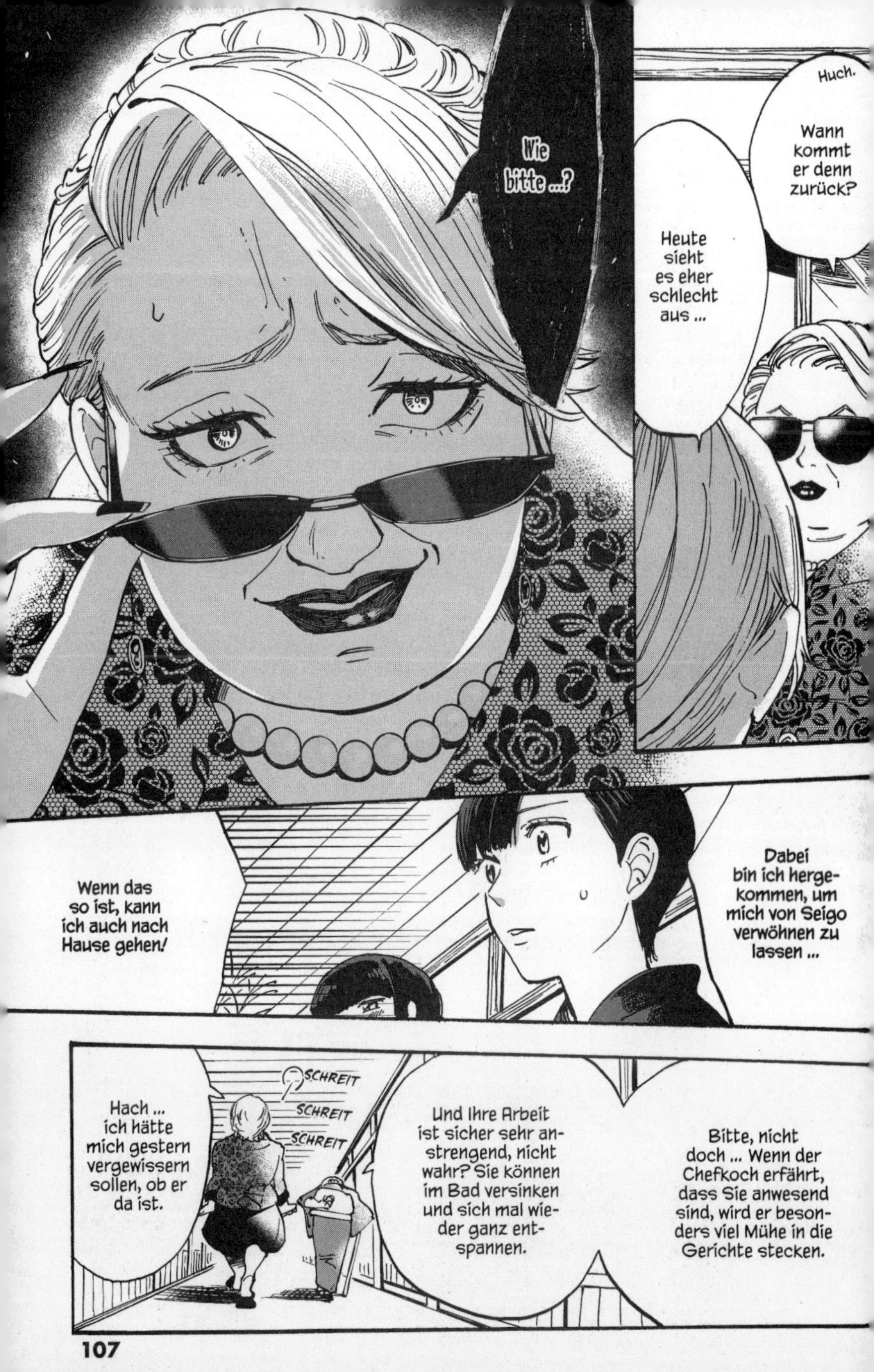

Huch.
Wann kommt er denn zurück?
Heute sieht es eher schlecht aus ...
Wie bitte ...?
Dabei bin ich herge-kommen, um mich von Seigo verwöhnen zu lassen ...
Wenn das so ist, kann ich auch nach Hause gehen!
Bitte, nicht doch ... Wenn der Chefkoch erfährt, dass Sie anwesend sind, wird er beson-ders viel Mühe in die Gerichte stecken.
Und Ihre Arbeit ist sicher sehr an-strengend, nicht wahr? Sie können im Bad versinken und sich mal wie-der ganz ent-spannen.
SCHREIT
SCHREIT
SCHREIT
Hach ... ich hätte mich gestern vergewissern sollen, ob er da ist.

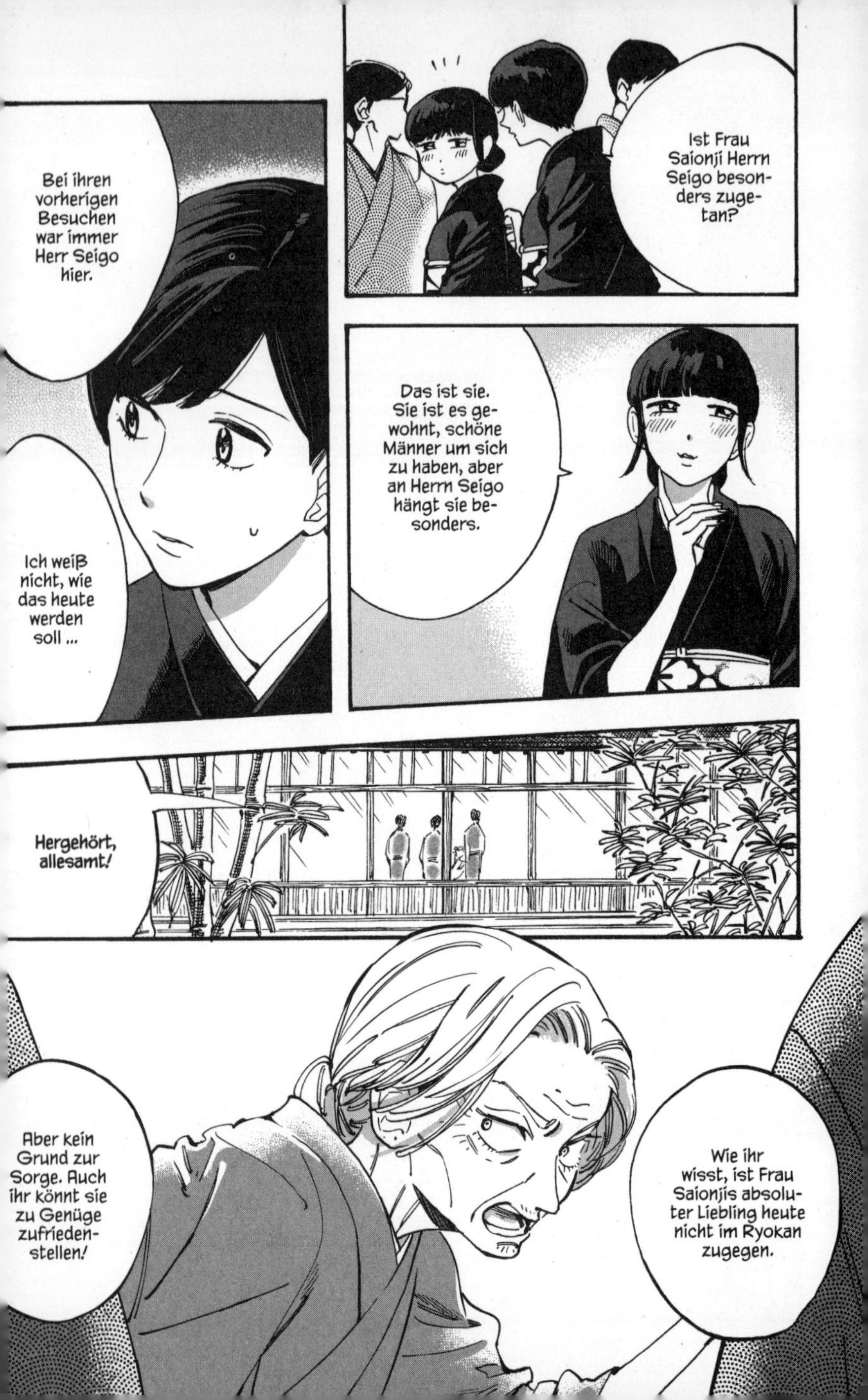
Ist Frau Saionji Herrn Seigo besonders zugetan?
Das ist sie. Sie ist es gewohnt, schöne Männer um sich zu haben, aber an Herrn Seigo hängt sie besonders.
Bei ihren vorherigen Besuchen war immer Herr Seigo hier.
Ich weiß nicht, wie das heute werden soll ...
Hergehört, allesamt!
Wie ihr wisst, ist Frau Saionjis absoluter Liebling heute nicht im Ryokan zugegen.
Aber kein Grund zur Sorge. Auch ihr könnt sie zu Genüge zufriedenstellen!

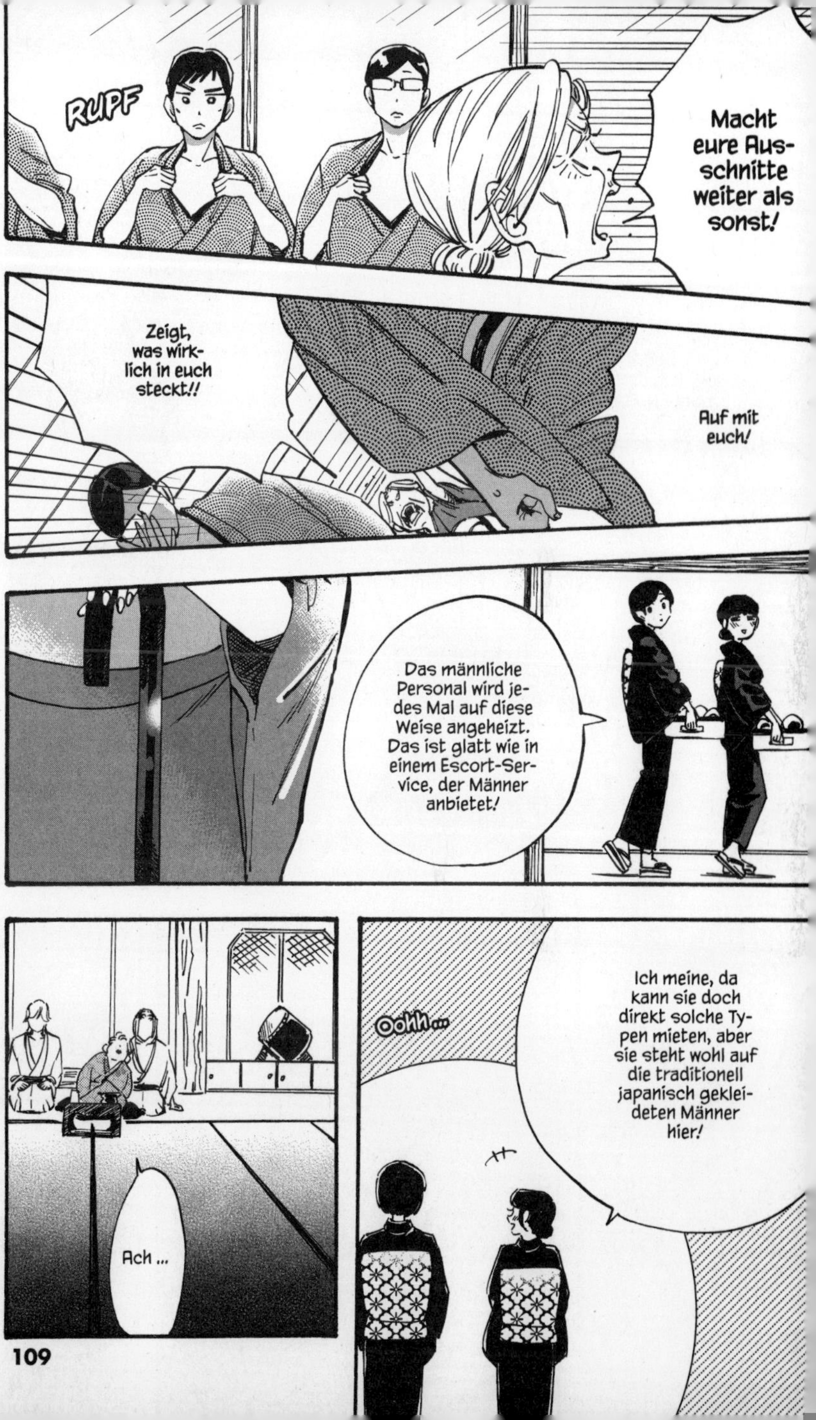

Macht eure Ausschnitte weiter als sonst!
RUPF
Auf mit euch!
Zeigt, was wirklich in euch steckt!!
Das männliche Personal wird jedes Mal auf diese Weise angeheizt. Das ist glatt wie in einem Escort-Service, der Männer anbietet!
Ich meine, da kann sie doch direkt solche Typen mieten, aber sie steht wohl auf die traditionell japanisch gekleideten Männer hier!
Oohh ...
Ach ...

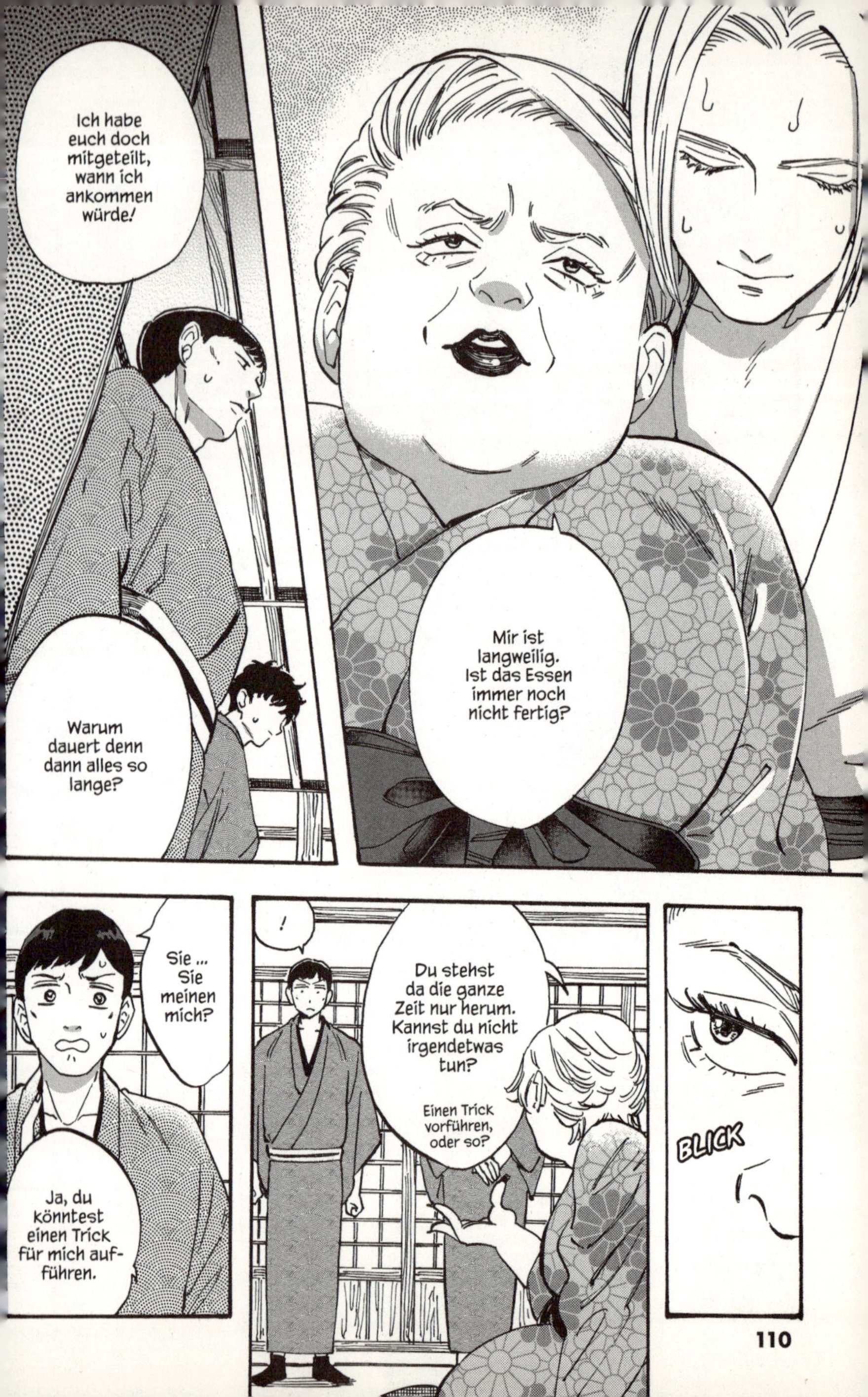

Mir ist langweilig. Ist das Essen immer noch nicht fertig?
Ich habe euch doch mitgeteilt, wann ich ankommen würde!
Warum dauert denn dann alles so lange?
BLICK
Du stehst da die ganze Zeit nur herum. Kannst du nicht irgendetwas tun?
Einen Trick vorführen, oder so?
!
Sie ... Sie meinen mich?
Ja, du könntest einen Trick für mich aufführen.

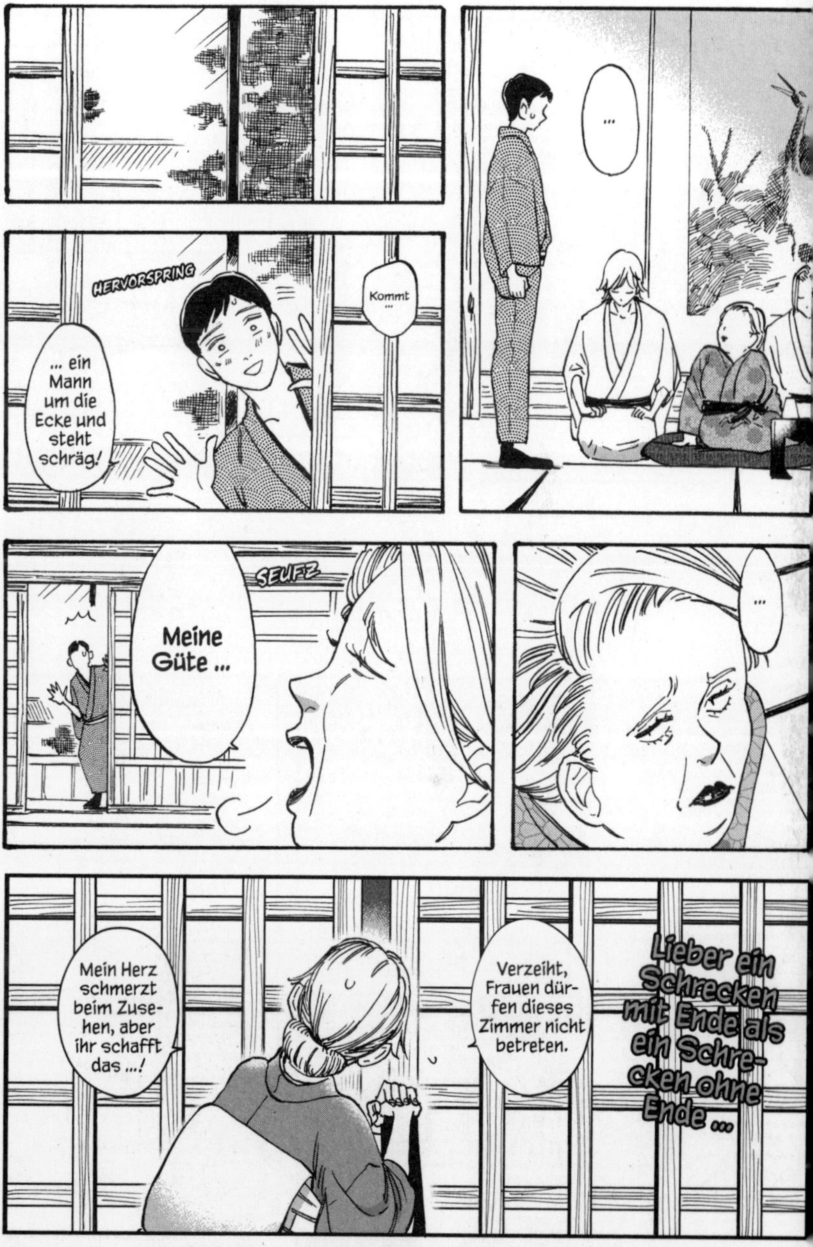
...
HERVORSPRING
Kommt ...
... ein Mann um die Ecke und steht schräg!
...
SEUFZ
Meine Güte ...
Lieber ein Schrecken mit Ende als ein Schrecken ohne Ende ...
Verzeiht, Frauen dürfen dieses Zimmer nicht betreten.
Mein Herz schmerzt beim Zusehen, aber ihr schafft das ...!

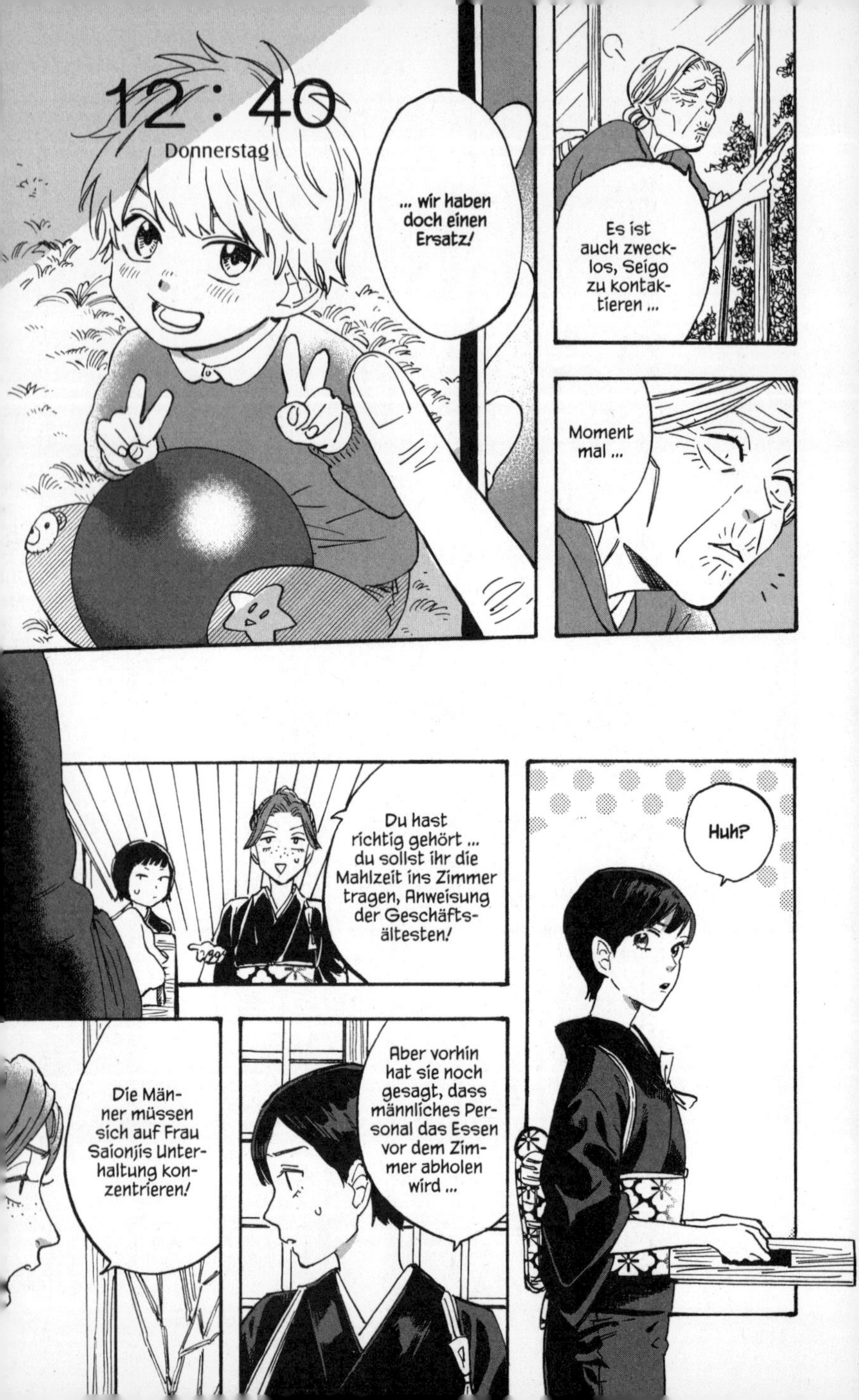
Es ist auch zwecklos, Seigo zu kontaktieren ...
... wir haben doch einen Ersatz!
12 : 40
Donnerstag
Moment mal ...
Huh?
Du hast richtig gehört ... du sollst ihr die Mahlzeit ins Zimmer tragen, Anweisung der Geschäftsältesten!
Aber vorhin hat sie noch gesagt, dass männliches Personal das Essen vor dem Zimmer abholen wird ...
Die Männer müssen sich auf Frau Saionjis Unterhaltung konzentrieren!

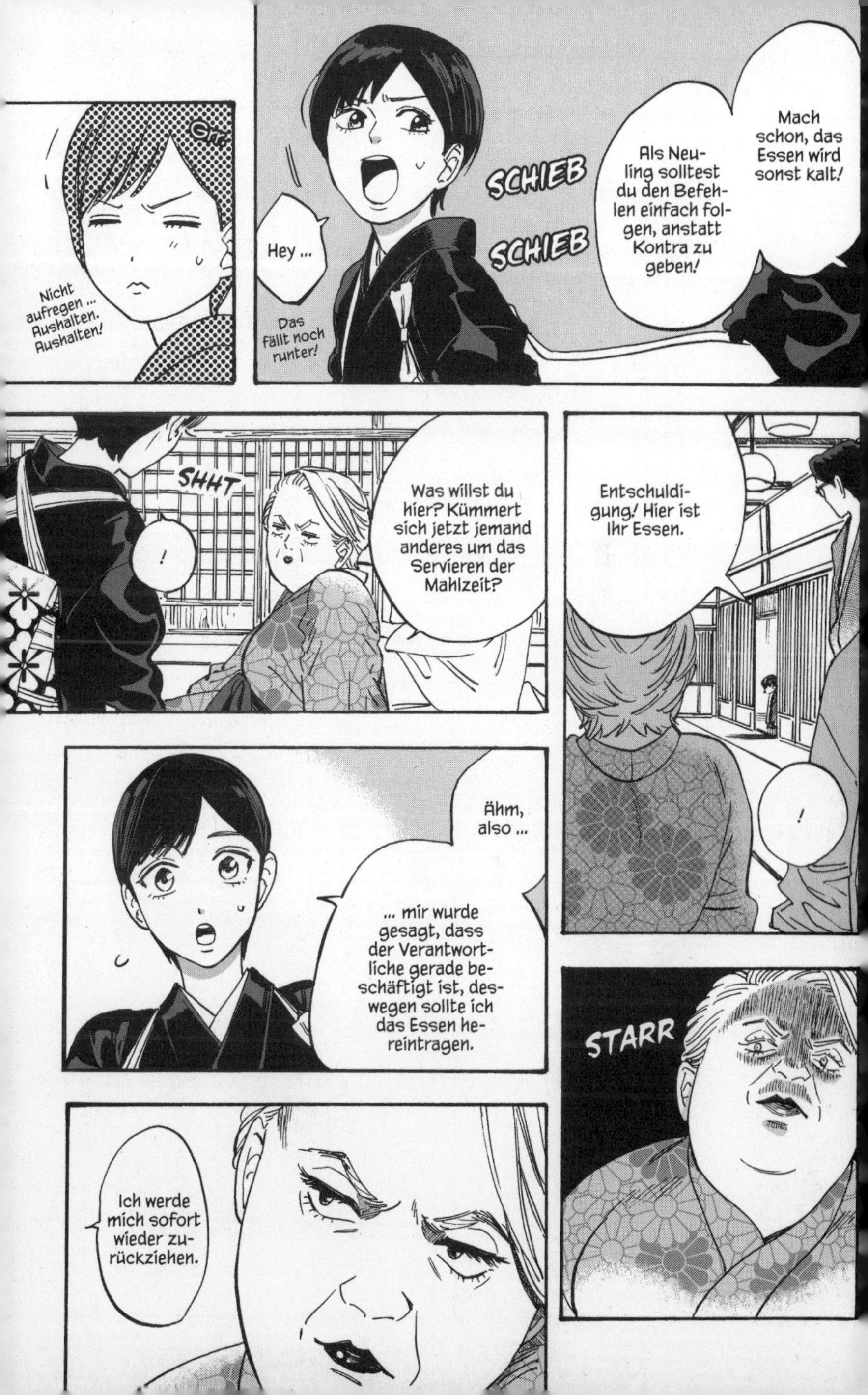
Mach schon, das Essen wird sonst kalt!
Als Neuling solltest du den Befehlen einfach folgen, anstatt Kontra zu geben!
SCHIEB
SCHIEB
Hey ...
Das fällt noch runter!
Nicht aufregen ... Aushalten. Aushalten!
Entschuldigung! Hier ist Ihr Essen.
!
Was willst du hier? Kümmert sich jetzt jemand anderes um das Servieren der Mahlzeit?
SHHT
!
Ähm, also ...
... mir wurde gesagt, dass der Verantwortliche gerade beschäftigt ist, deswegen sollte ich das Essen hereintragen.
STARR
Ich werde mich sofort wieder zurückziehen.

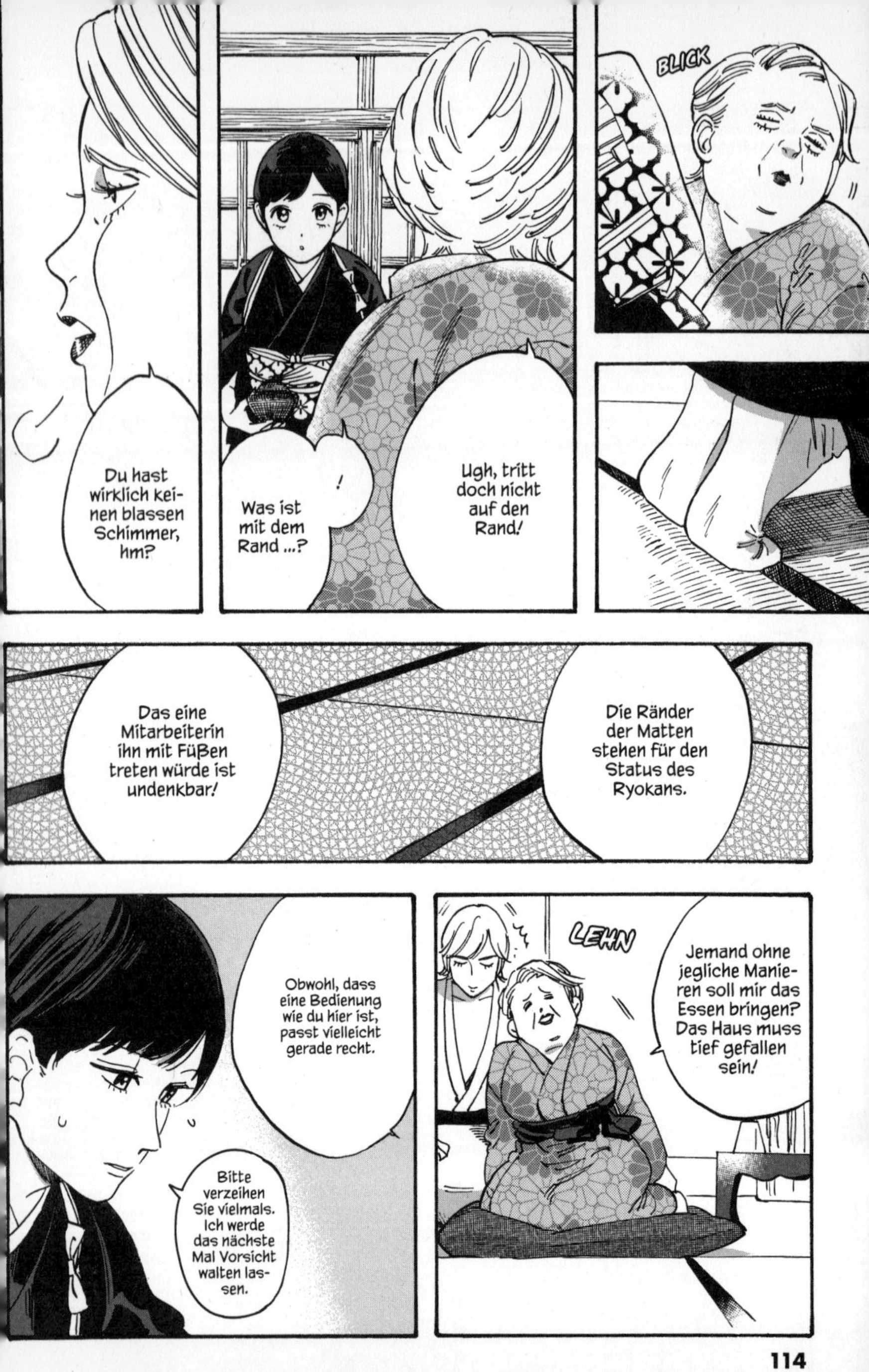
BLICK
Ugh, tritt doch nicht auf den Rand!
Was ist mit dem Rand ...?
!
Du hast wirklich keinen blassen Schimmer, hm?
Die Ränder der Matten stehen für den Status des Ryokans.
Das eine Mitarbeiterin ihn mit Füßen treten würde ist undenkbar!
LEHN
Jemand ohne jegliche Manieren soll mir das Essen bringen? Das Haus muss tief gefallen sein!
Obwohl, dass eine Bedienung wie du hier ist, passt vielleicht gerade recht.
Bitte verzeihen Sie vielmals. Ich werde das nächste Mal Vorsicht walten lassen.

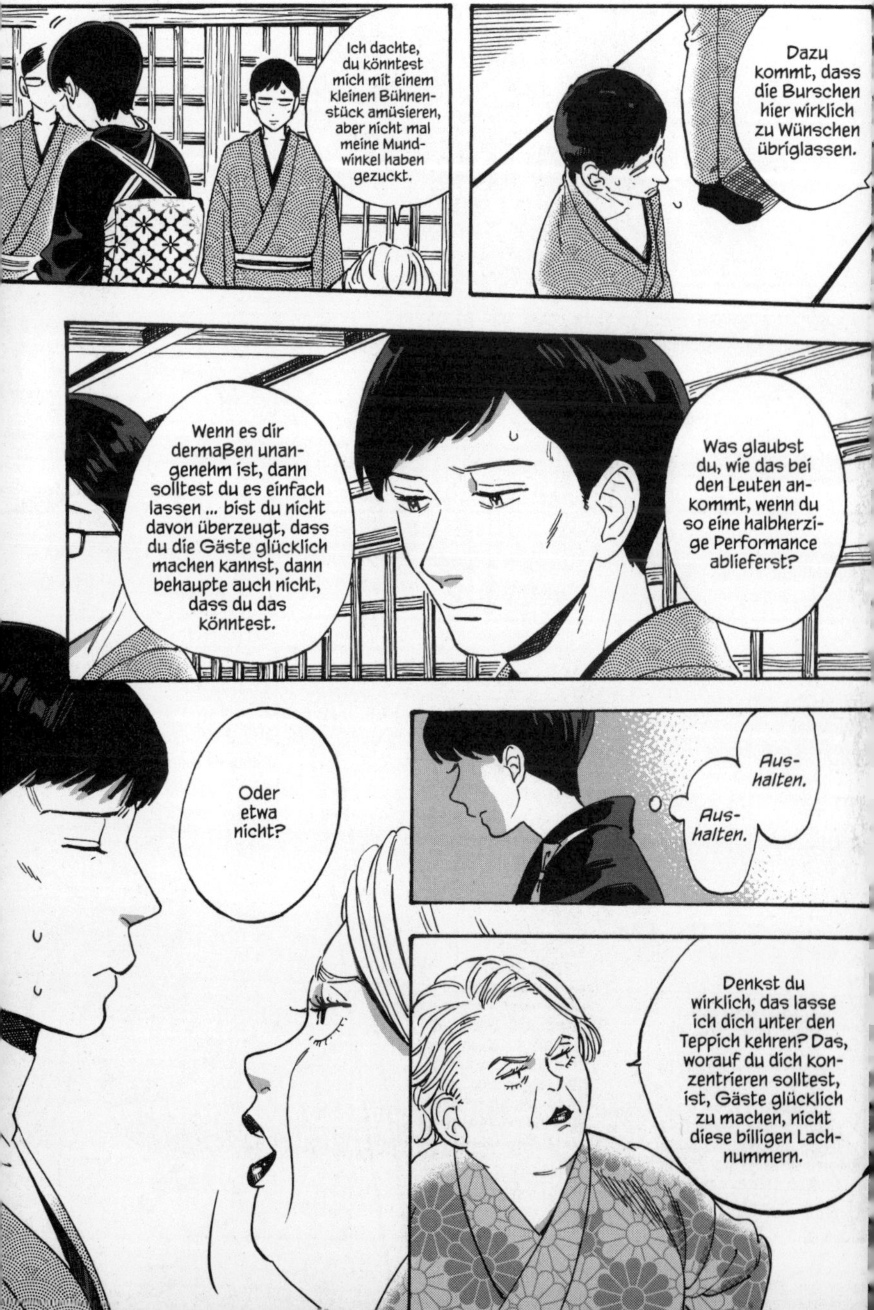
Ich dachte, du könntest mich mit einem kleinen Bühnenstück amüsieren, aber nicht mal meine Mundwinkel haben gezuckt.
Dazu kommt, dass die Burschen hier wirklich zu Wünschen übriglassen.
Wenn es dir dermaßen unangenehm ist, dann solltest du es einfach lassen ... bist du nicht davon überzeugt, dass du die Gäste glücklich machen kannst, dann behaupte auch nicht, dass du das könntest.
Was glaubst du, wie das bei den Leuten ankommt, wenn du so eine halbherzige Performance ablieferst?
Oder etwa nicht?
Aus-halten.
Aus-halten.
Denkst du wirklich, das lasse ich dich unter den Teppich kehren? Das, worauf du dich konzentrieren solltest, ist, Gäste glücklich zu machen, nicht diese billigen Lachnummern.

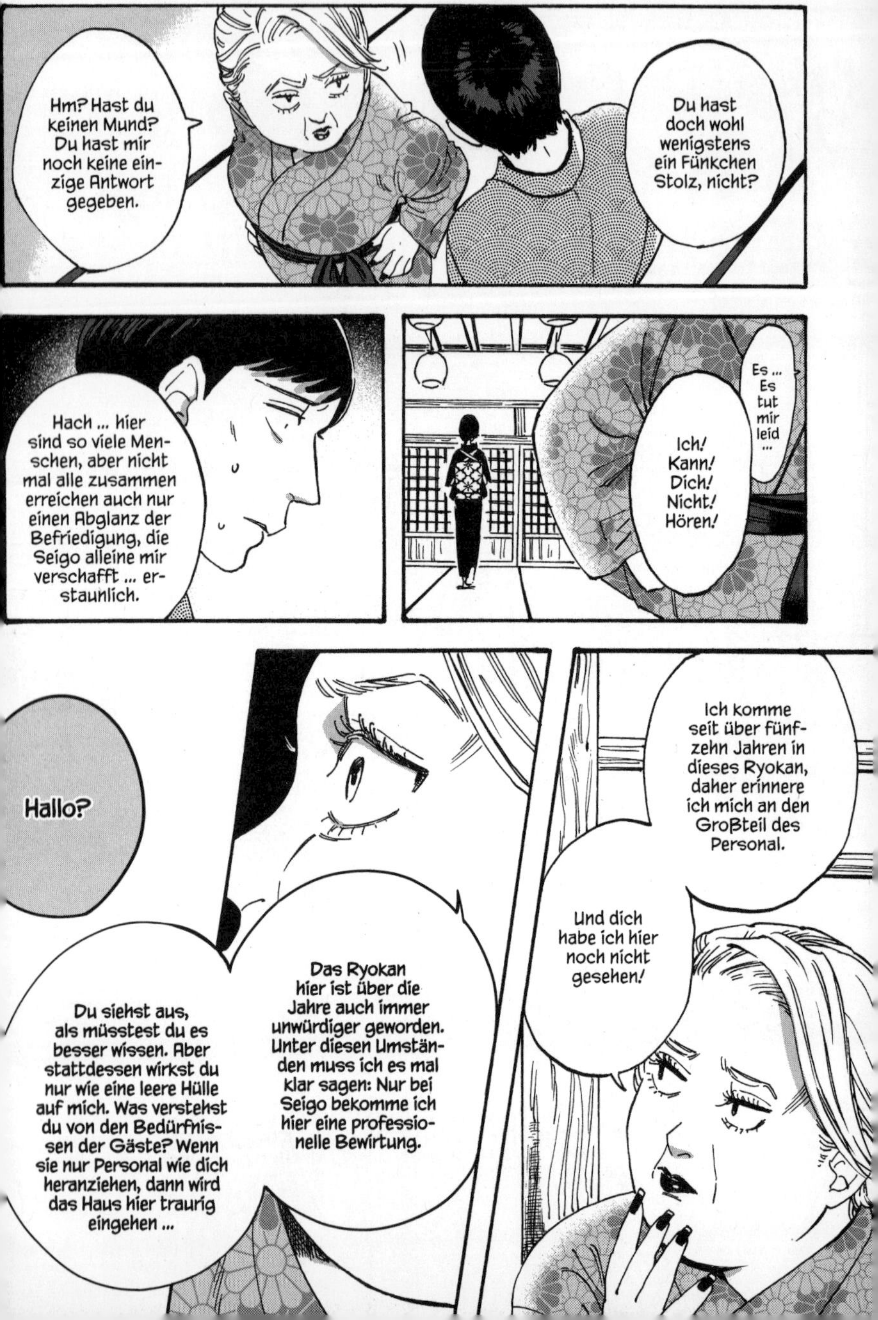
Du hast doch wohl wenigstens ein Fünkchen Stolz, nicht?
Hm? Hast du keinen Mund? Du hast mir noch keine einzige Antwort gegeben.
Es ... Es tut mir leid ...
Ich! Kann! Dich! Nicht! Hören!
Hach ... hier sind so viele Menschen, aber nicht mal alle zusammen erreichen auch nur einen Abglanz der Befriedigung, die Seigo alleine mir verschafft ... erstaunlich.
Ich komme seit über fünfzehn Jahren in dieses Ryokan, daher erinnere ich mich an den Großteil des Personal.
Und dich habe ich hier noch nicht gesehen!
Das Ryokan hier ist über die Jahre auch immer unwürdiger geworden. Unter diesen Umständen muss ich es mal klar sagen: Nur bei Seigo bekomme ich hier eine professionelle Bewirtung.
Du siehst aus, als müsstest du es besser wissen. Aber stattdessen wirkst du nur wie eine leere Hülle auf mich. Was verstehst du von den Bedürfnissen der Gäste? Wenn sie nur Personal wie dich heranziehen, dann wird das Haus hier traurig eingehen ...
Hallo?

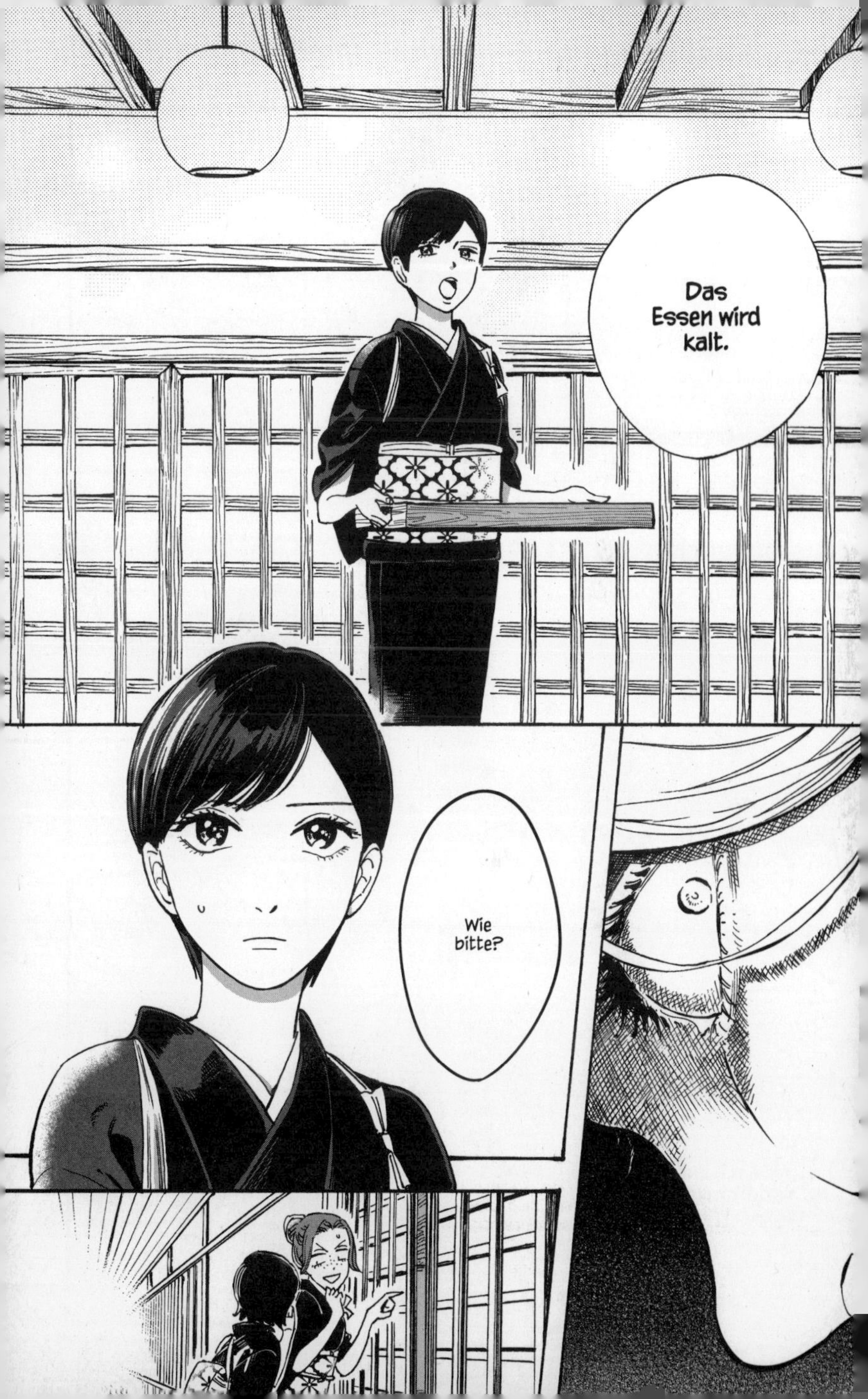
Das Essen wird kalt.
Wie bitte?

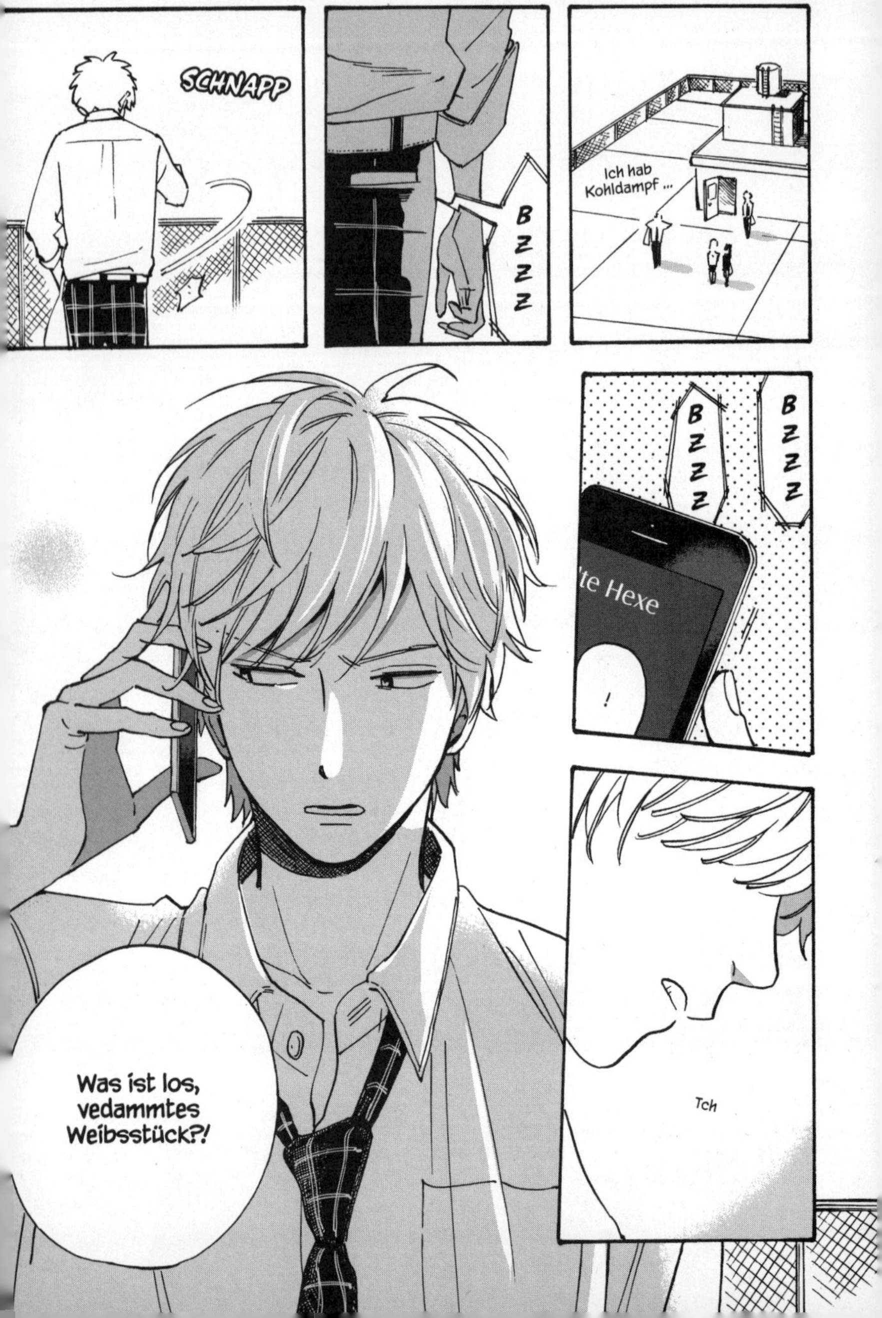
Ich hab Kohldampf ...
BZZZ
SCHNAPP
BZZZ
BZZZ
...te Hexe
Tch
Was ist los, vedammtes Weibsstück?!

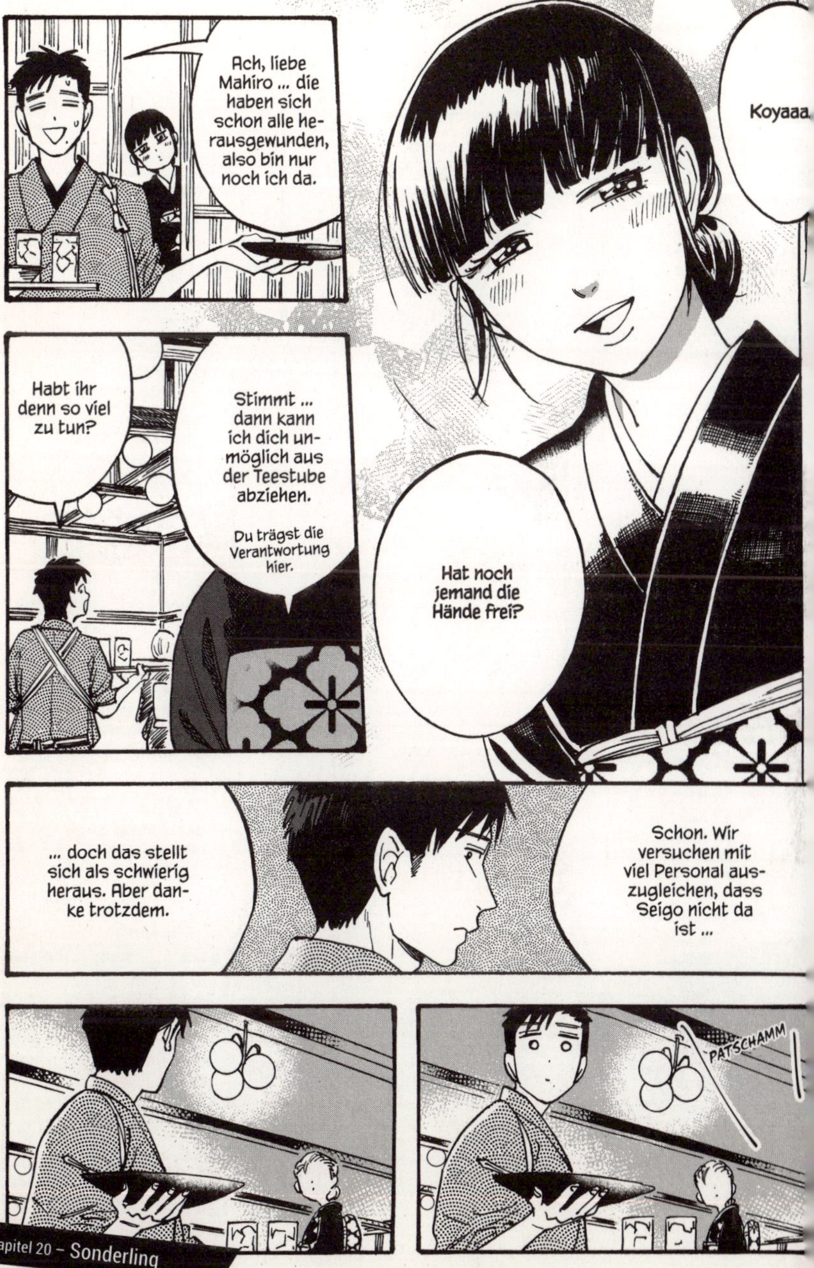
Koyaaa,
Hat noch jemand die Hände frei?
Ach, liebe Mahiro ... die haben sich schon alle herausgewunden, also bin nur noch ich da.
Stimmt ... dann kann ich dich unmöglich aus der Teestube abziehen.
Du trägst die Verantwortung hier.
Habt ihr denn so viel zu tun?
Schon. Wir versuchen mit viel Personal auszugleichen, dass Seigo nicht da ist ...
... doch das stellt sich als schwierig heraus. Aber danke trotzdem.
PATSCHAMM

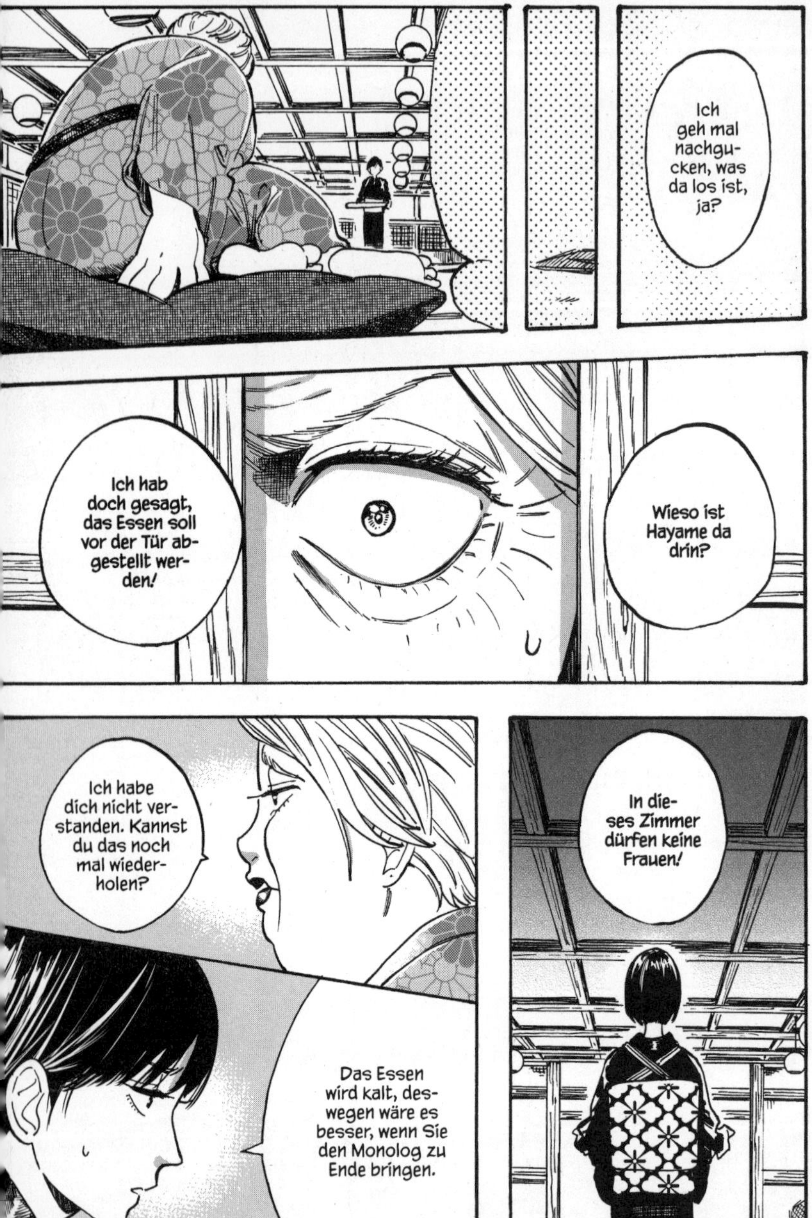
Ich geh mal nachgucken, was da los ist, ja?
Wieso ist Hayame da drin?
Ich hab doch gesagt, das Essen soll vor der Tür abgestellt werden!
In dieses Zimmer dürfen keine Frauen!
Ich habe dich nicht verstanden. Kannst du das noch mal wiederholen?
Das Essen wird kalt, deswegen wäre es besser, wenn Sie den Monolog zu Ende bringen.

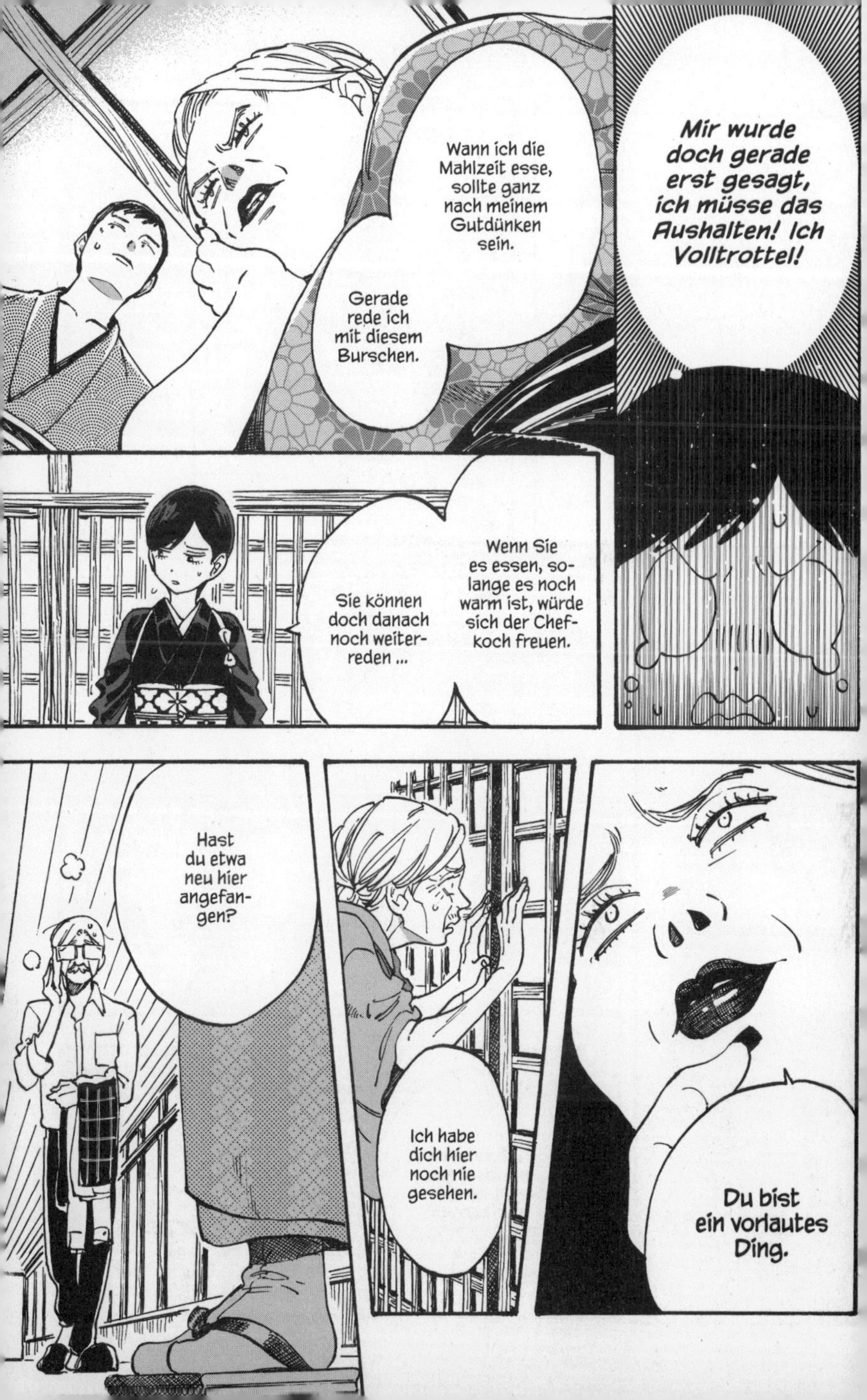
Wann ich die Mahlzeit esse, sollte ganz nach meinem Gutdünken sein.
Gerade rede ich mit diesem Burschen.
Wenn Sie es essen, solange es noch warm ist, würde sich der Chefkoch freuen.
Sie können doch danach noch weiterreden ...
Mir wurde doch gerade erst gesagt, ich müsse das Aushalten! Ich Volltrottel!
Du bist ein vorlautes Ding.
Ich habe dich hier noch nie gesehen.
Hast du etwa neu hier angefangen?

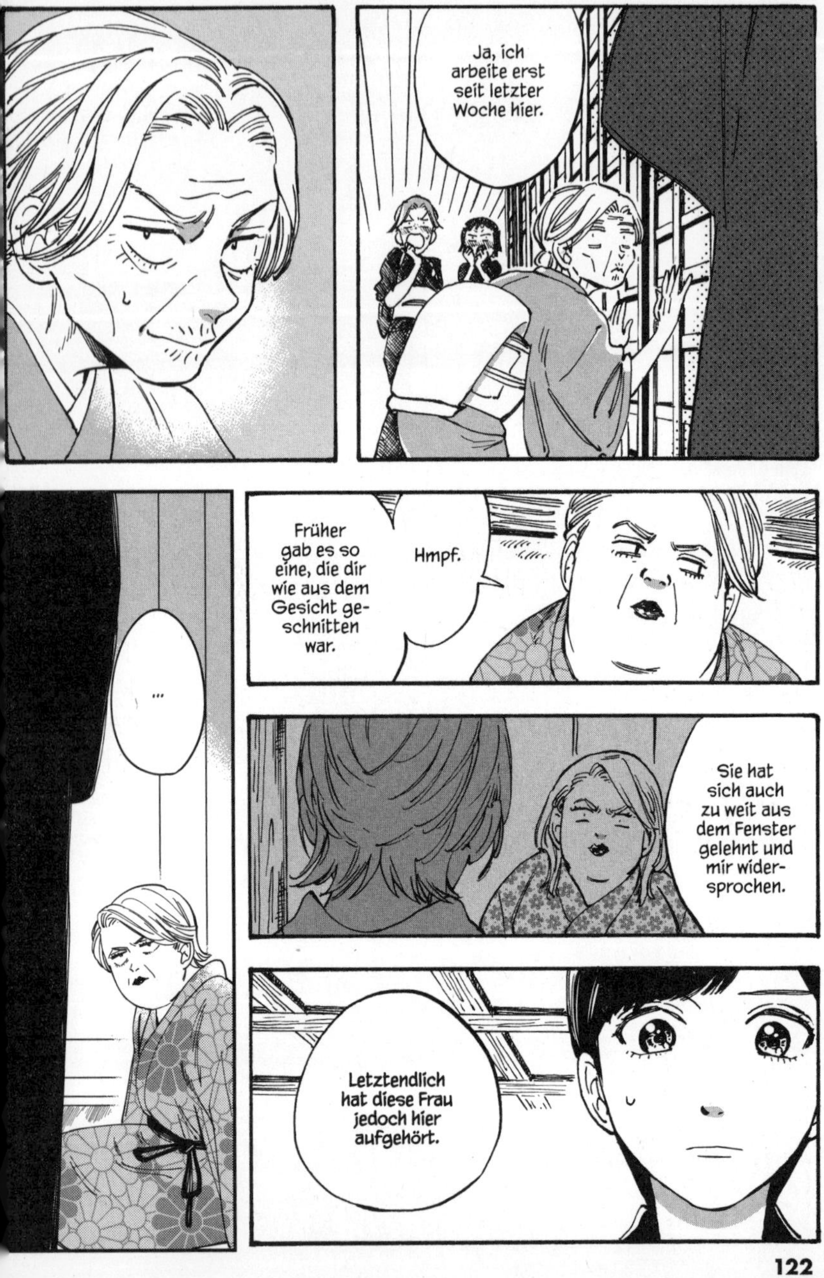
Ja, ich arbeite erst seit letzter Woche hier.
Hmpf.
Früher gab es so eine, die dir wie aus dem Gesicht geschnitten war.
...
Sie hat sich auch zu weit aus dem Fenster gelehnt und mir widersprochen.
Letztendlich hat diese Frau jedoch hier aufgehört.

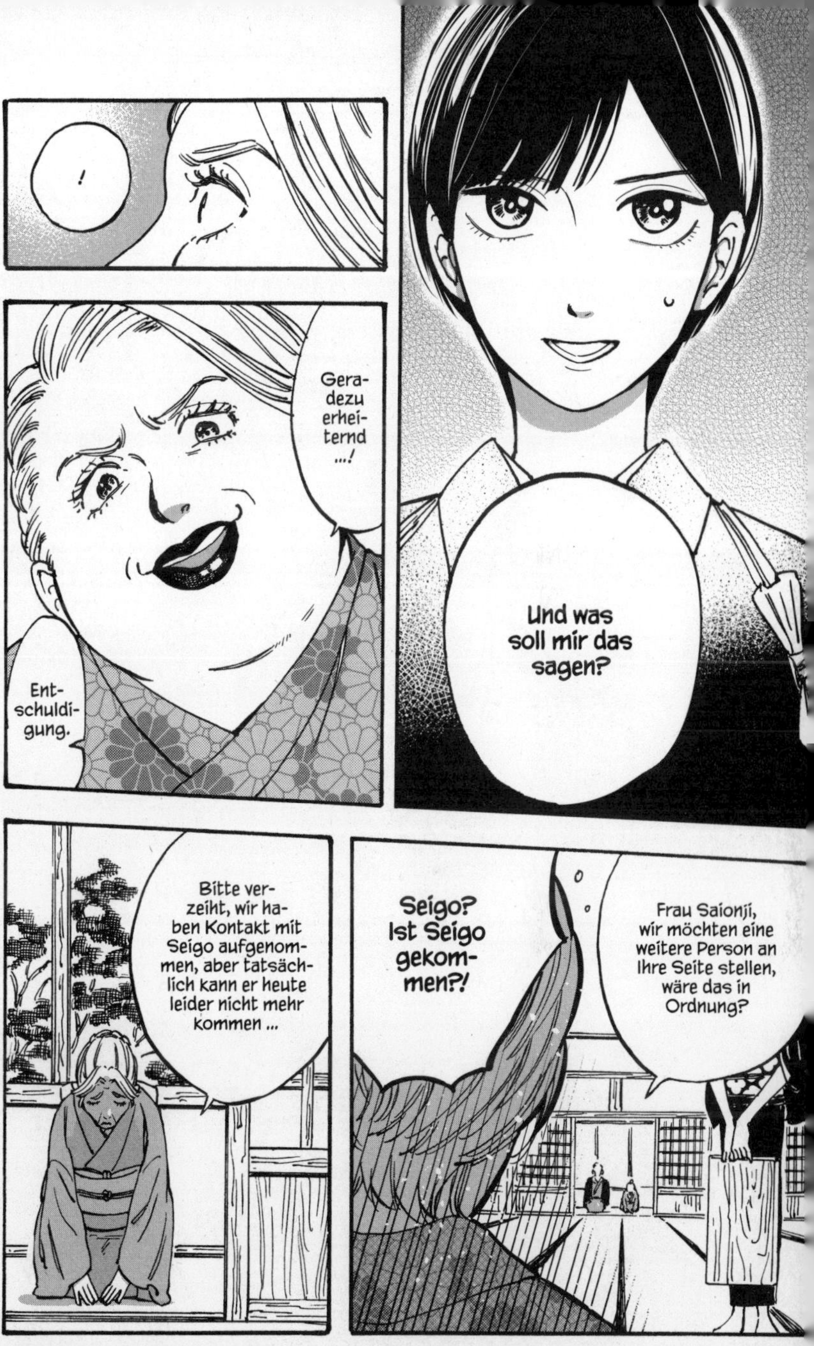

Und was soll mir das sagen?
!
Geradezu erheiternd ...!
Entschuldigung.
Frau Saionji, wir möchten eine weitere Person an Ihre Seite stellen, wäre das in Ordnung?
Seigo? Ist Seigo gekommen?!
Bitte verzeiht, wir haben Kontakt mit Seigo aufgenommen, aber tatsächlich kann er heute leider nicht mehr kommen ...

Issei ...
... sein kleiner Bruder ist hier.

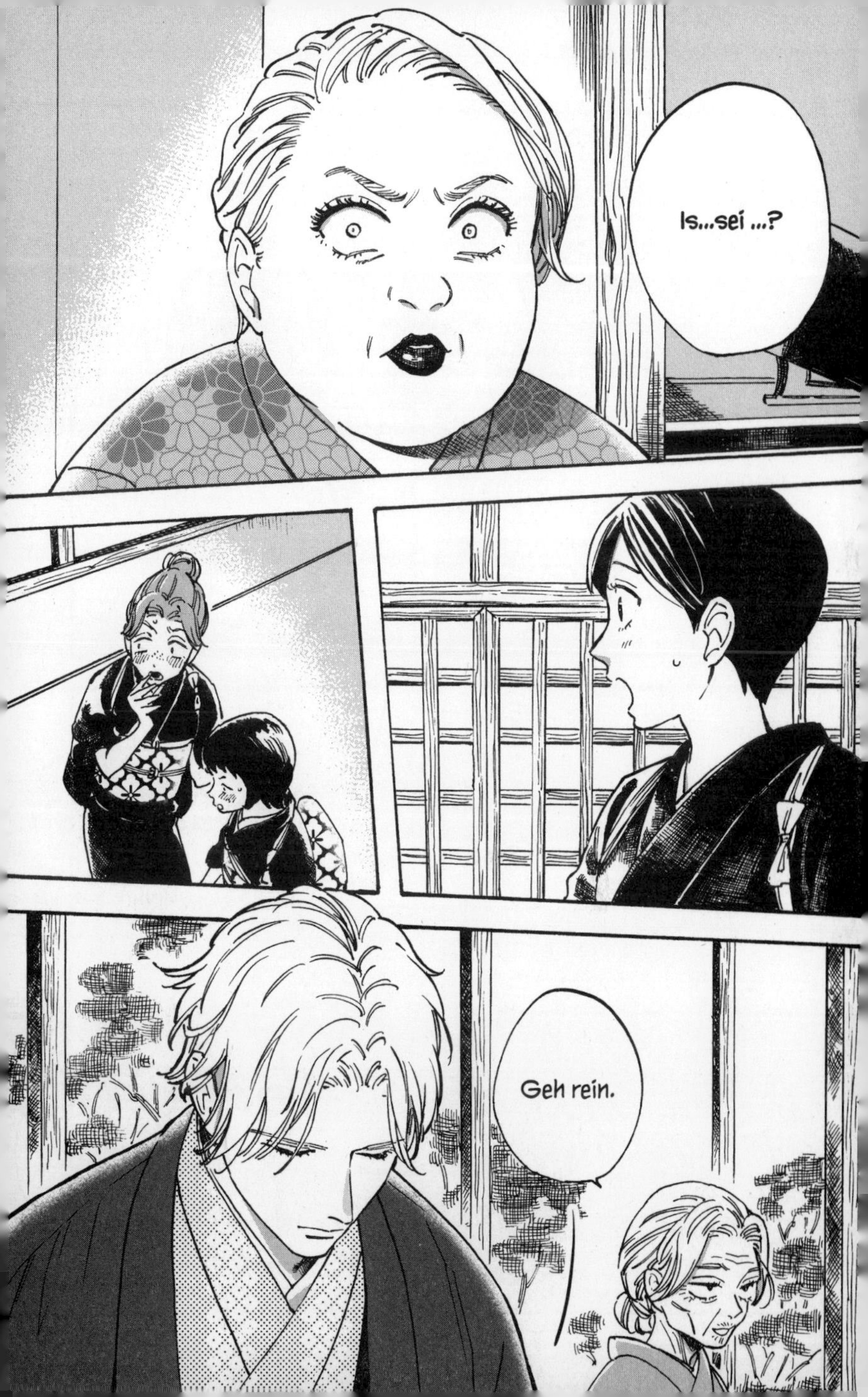
Is...sei ...?
Geh rein.

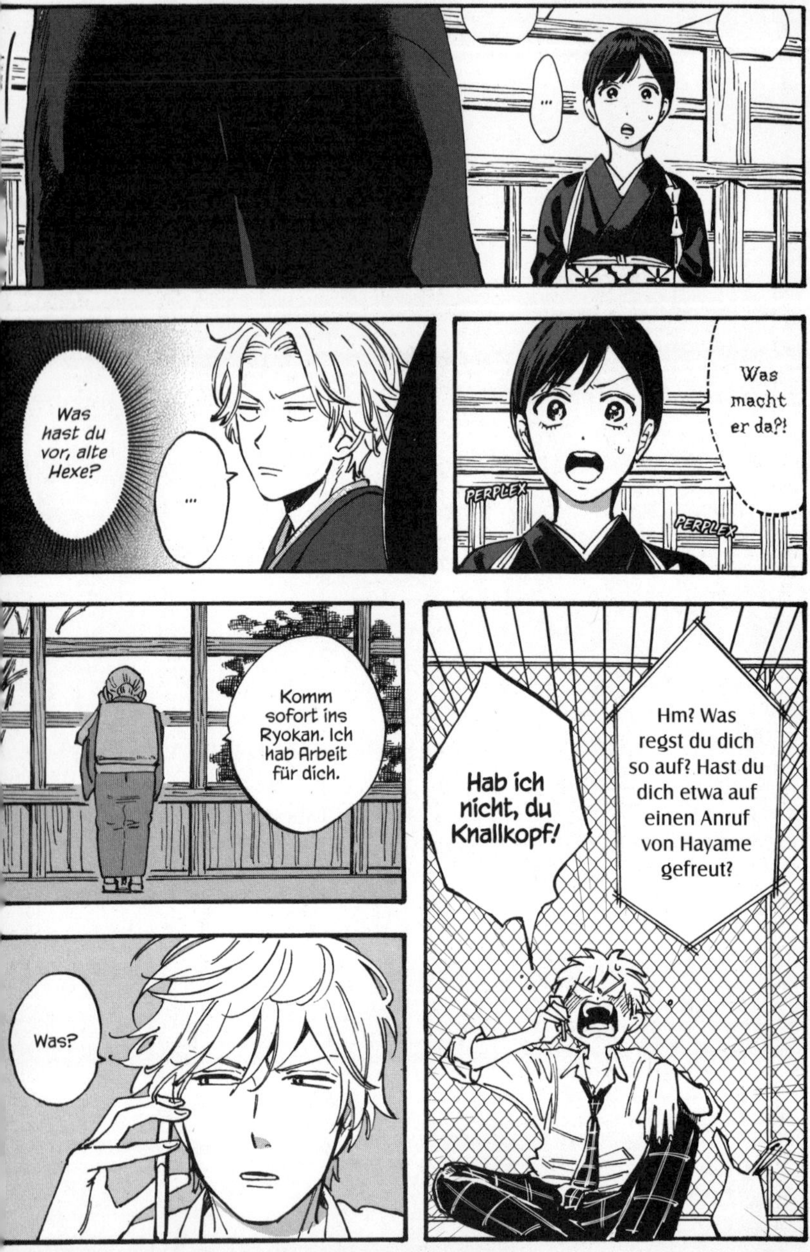
...
Was macht er da?!
PERPLEX
PERPLEX
Was hast du vor, alte Hexe?
...
Hm? Was regst du dich so auf? Hast du dich etwa auf einen Anruf von Hayame gefreut?
Hab ich nicht, du Knallkopf!
Komm sofort ins Ryokan. Ich hab Arbeit für dich.
Was?

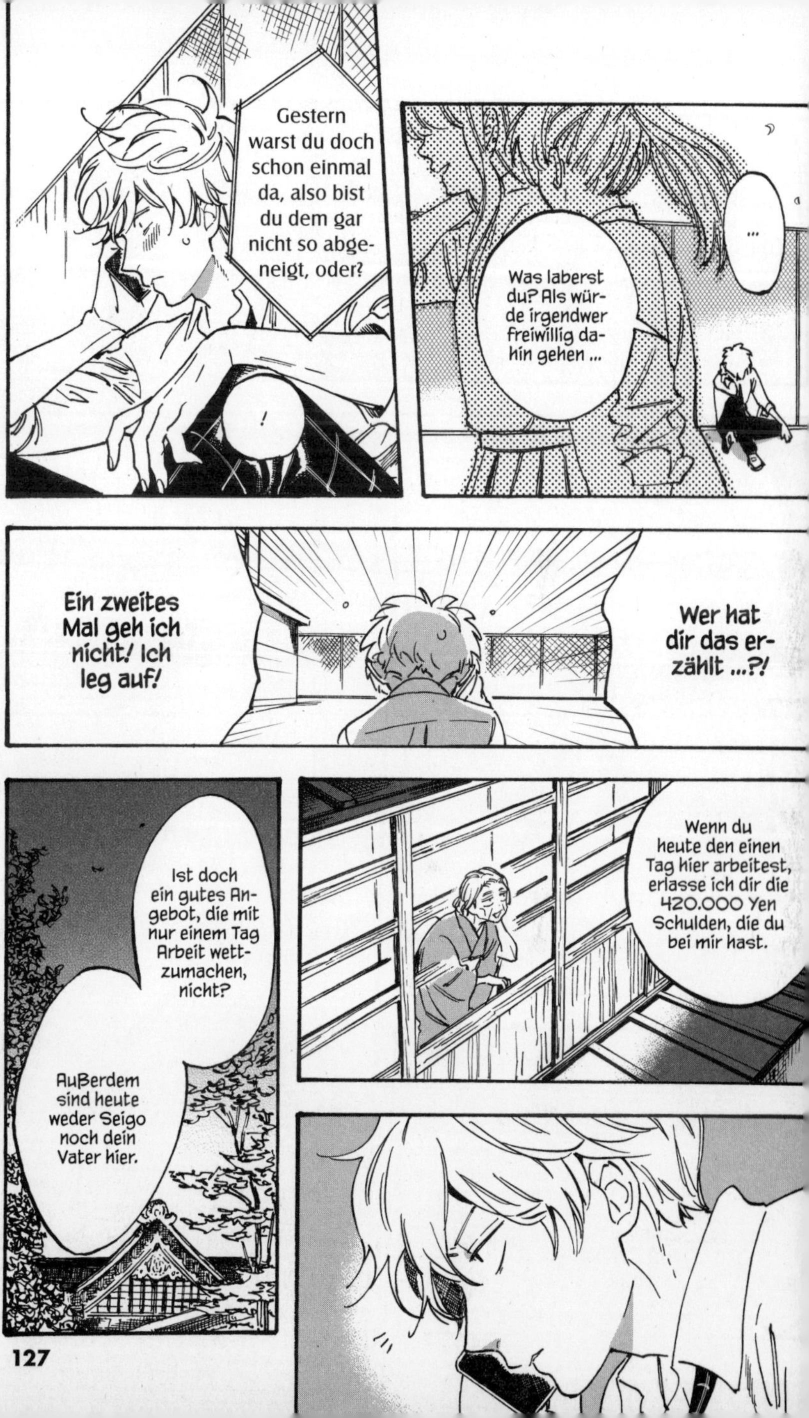

...
Was laberst du? Als würde irgendwer freiwillig dahin gehen ...
Gestern warst du doch schon einmal da, also bist du dem gar nicht so abgeneigt, oder?
!
Wer hat dir das erzählt ...?!
Ein zweites Mal geh ich nicht! Ich leg auf!
Wenn du heute den einen Tag hier arbeitest, erlasse ich dir die 420.000 Yen Schulden, die du bei mir hast.
Ist doch ein gutes Angebot, die mit nur einem Tag Arbeit wettzumachen, nicht?
Außerdem sind heute weder Seigo noch dein Vater hier.

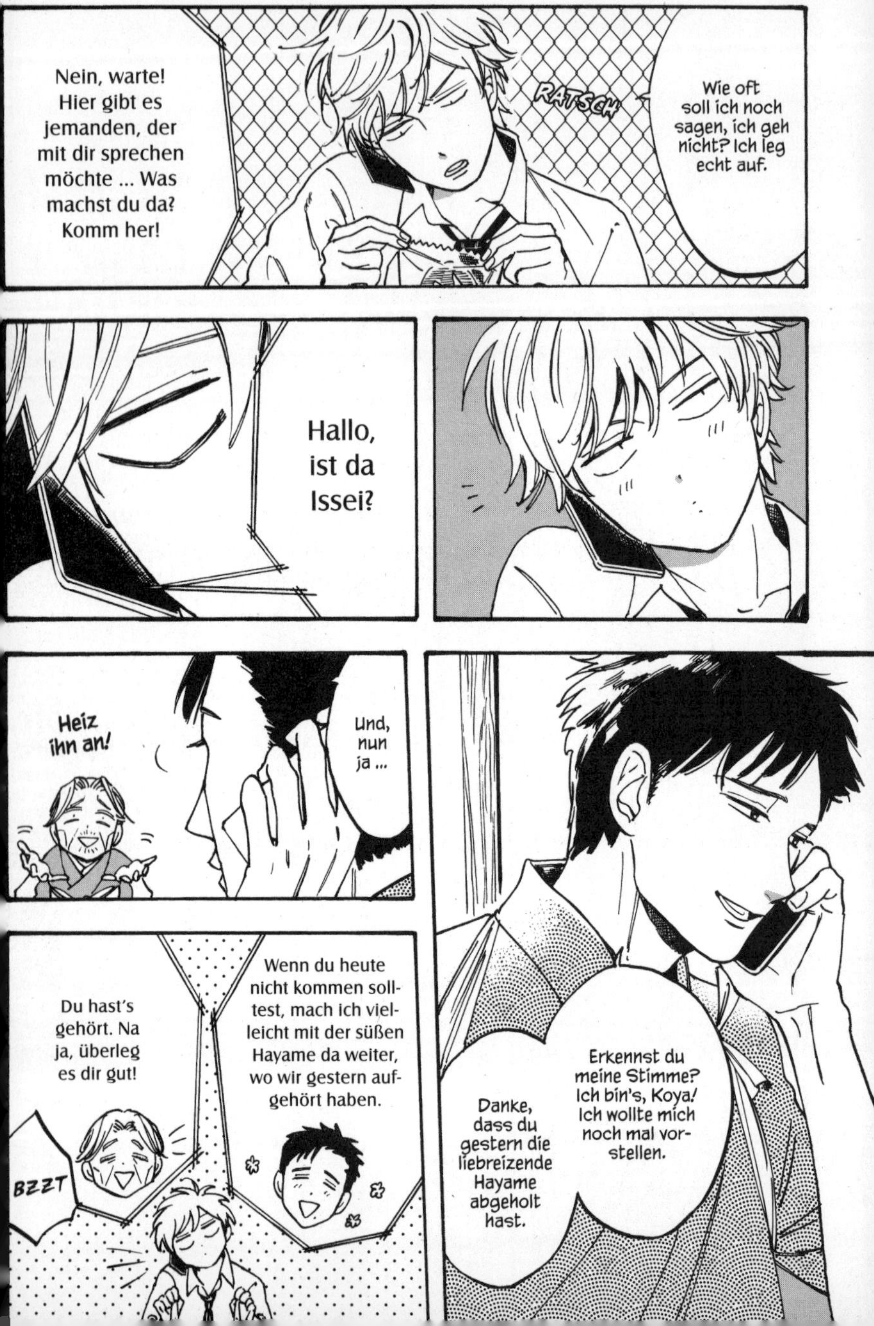
Wie oft soll ich noch sagen, ich geh nicht? Ich leg echt auf.
RATSCH
Nein, warte! Hier gibt es jemanden, der mit dir sprechen möchte ... Was machst du da? Komm her!
Hallo, ist da Issei?
Erkennst du meine Stimme? Ich bin's, Koya! Ich wollte mich noch mal vorstellen.
Danke, dass du gestern die liebreizende Hayame abgeholt hast.
Und, nun ja ...
Heiz ihn an!
Wenn du heute nicht kommen solltest, mach ich vielleicht mit der süßen Hayame da weiter, wo wir gestern aufgehört haben.
Du hast's gehört. Na ja, überleg es dir gut!
BZZT

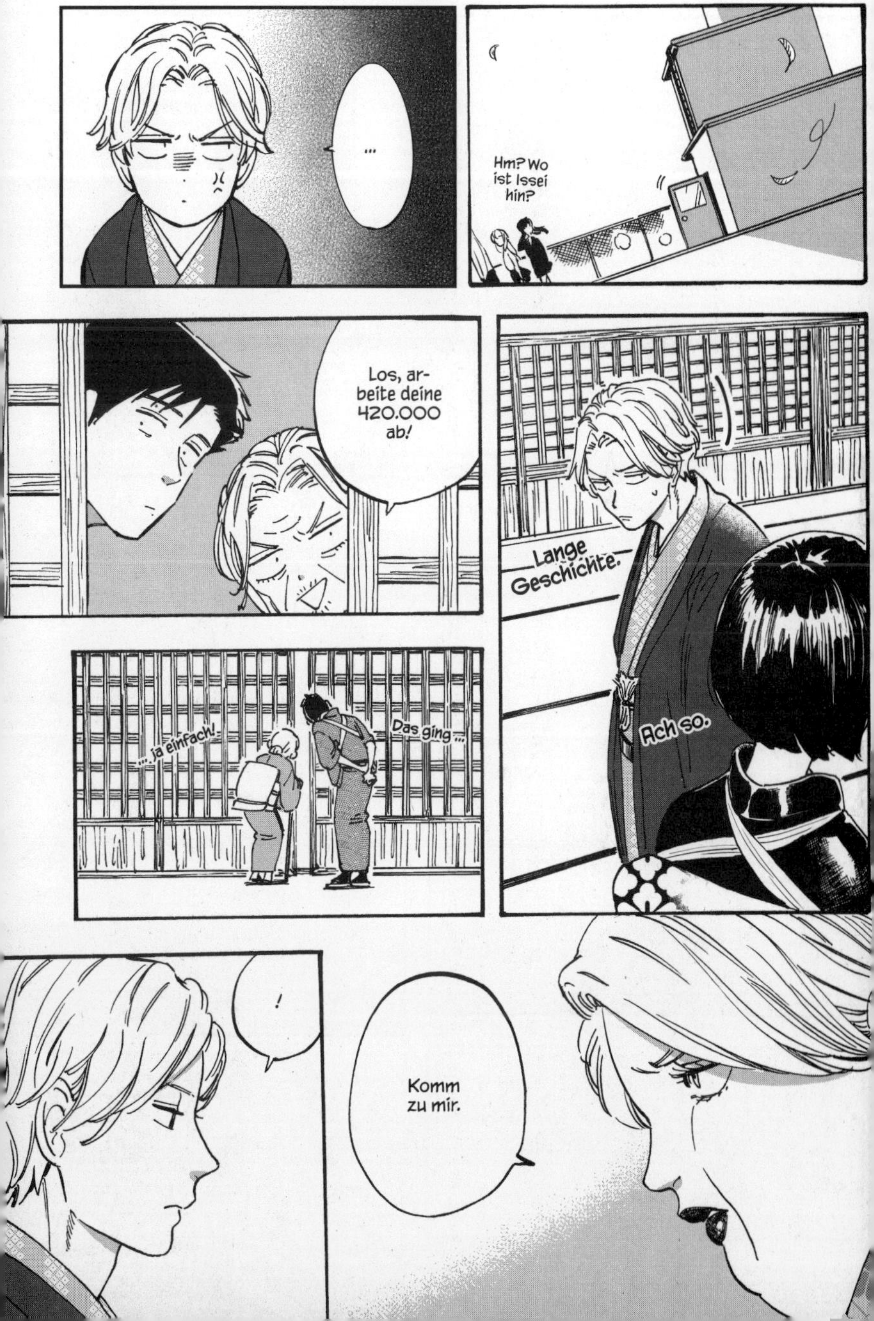
Hm? Wo ist Issei hin?
...
Los, arbeite deine 420.000 ab!
Lange Geschichte.
Ach so.
Das ging ...
... ja einfach!
Komm zu mir.
!

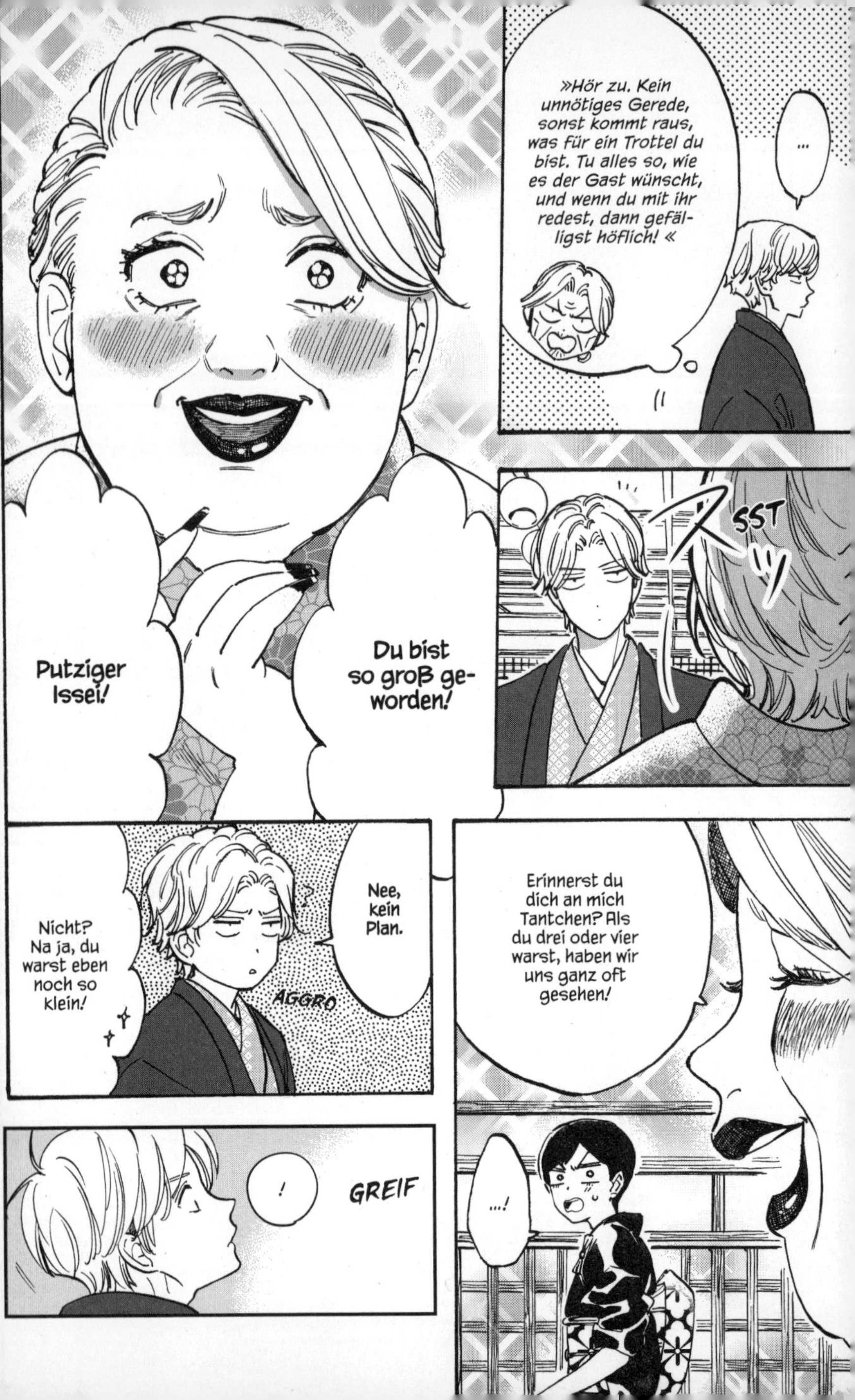
…
»Hör zu. Kein unnötiges Gerede, sonst kommt raus, was für ein Trottel du bist. Tu alles so, wie es der Gast wünscht, und wenn du mit ihr redest, dann gefälligst höflich!«
SST
Du bist so groß geworden!
Putziger Issei!
Erinnerst du dich an mich Tantchen? Als du drei oder vier warst, haben wir uns ganz oft gesehen!
Nee, kein Plan.
AGGRO
Nicht? Na ja, du warst eben noch so klein!
…!
GREIF
!

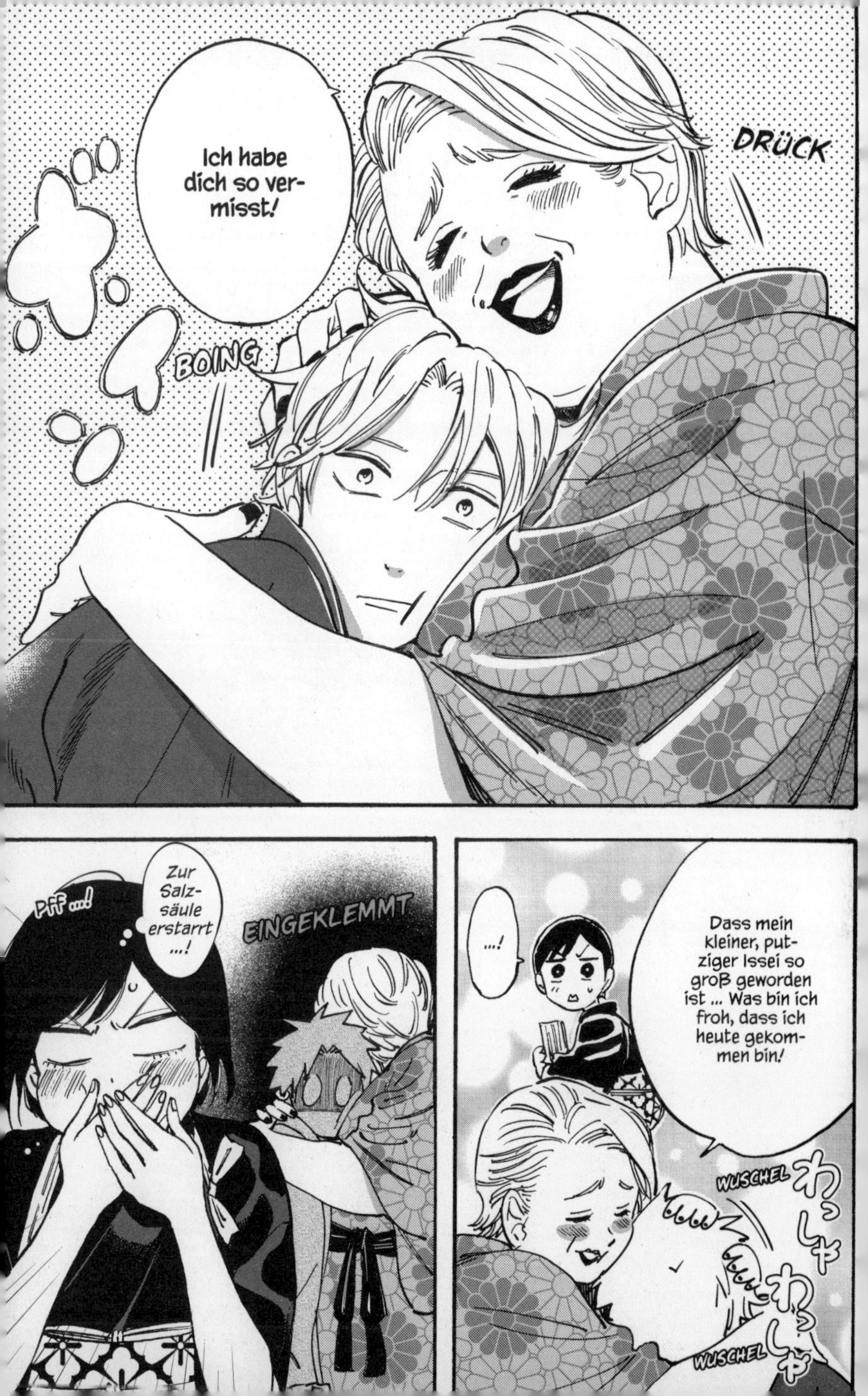
DRÜCK
Ich habe dich so vermisst!
BOING
Dass mein kleiner, putziger Issei so groß geworden ist ... Was bin ich froh, dass ich heute gekommen bin!
...!
WUSCHEL
わっしゃ
わっしゃ
WUSCHEL
Zur Salzsäule erstarrt ...!
EINGEKLEMMT
Pff ...!

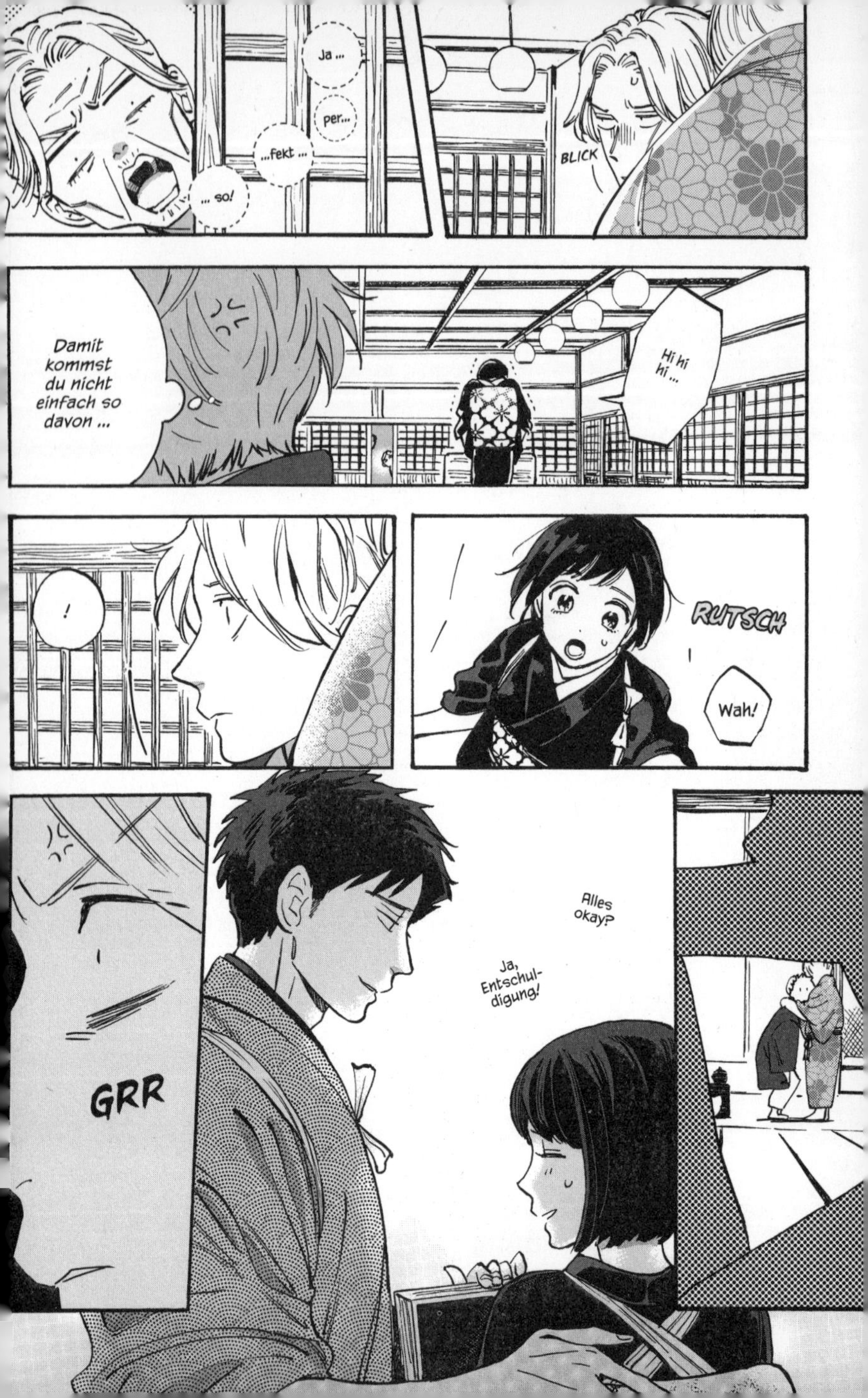
BLICK
Ja …
per…
…fekt …
… so!
Hi hi hi …
Damit kommst du nicht einfach so davon …
RUTSCH
Wah!
!
Alles okay?
Ja, Entschul-digung!
GRR

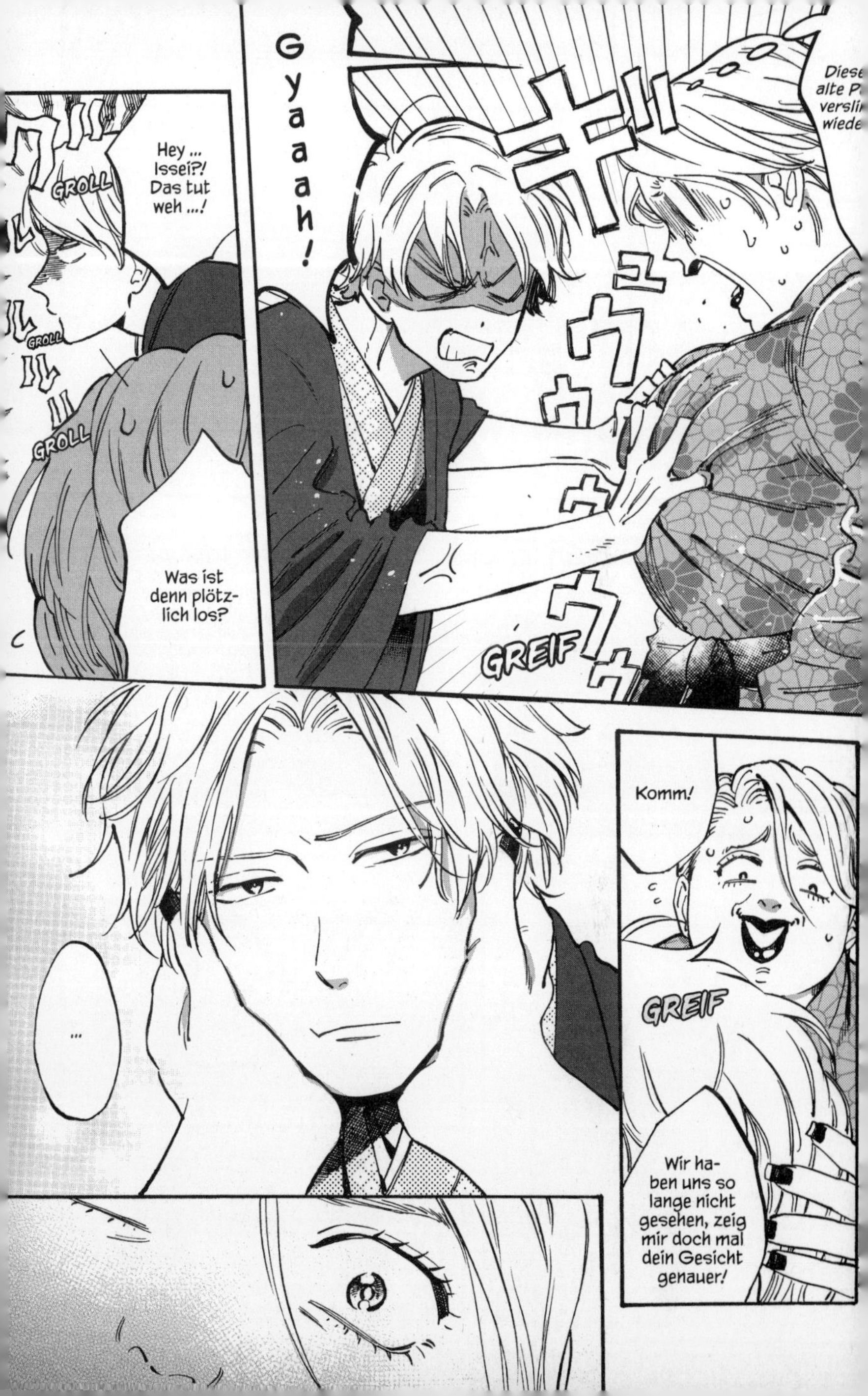

Gyaaah!
GREIF
Hey ... Issei?! Das tut weh ...!
GROLL
GROLL
GROLL
Was ist denn plötzlich los?
Komm!
GREIF
Wir haben uns so lange nicht gesehen, zeig mir doch mal dein Gesicht genauer!
...

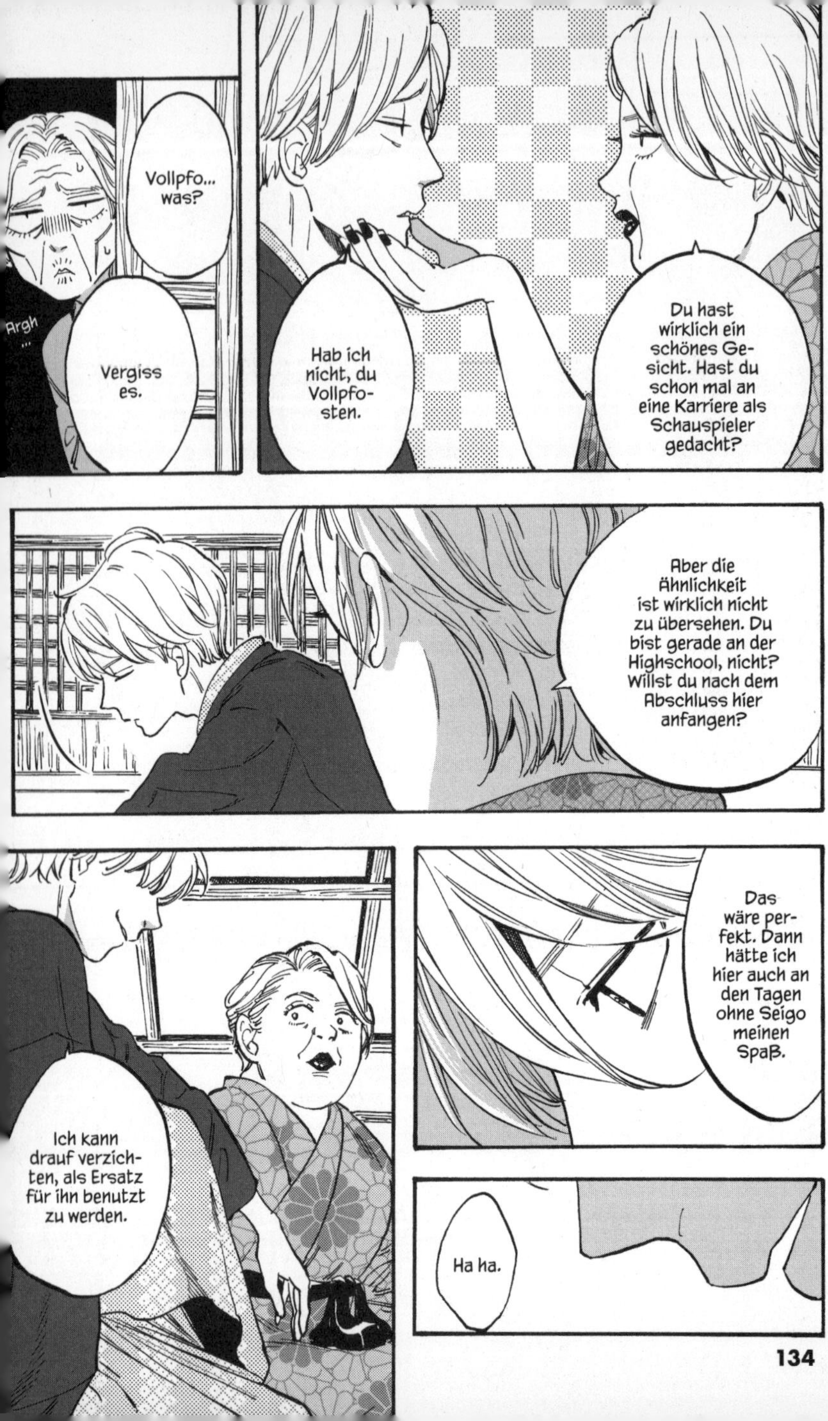
Du hast wirklich ein schönes Gesicht. Hast du schon mal an eine Karriere als Schauspieler gedacht?
Hab ich nicht, du Vollpfosten.
Vollpfo... was?
Vergiss es.
Argh ...
Aber die Ähnlichkeit ist wirklich nicht zu übersehen. Du bist gerade an der Highschool, nicht? Willst du nach dem Abschluss hier anfangen?
Das wäre perfekt. Dann hätte ich hier auch an den Tagen ohne Seigo meinen Spaß.
Ha ha.
Ich kann drauf verzichten, als Ersatz für ihn benutzt zu werden.

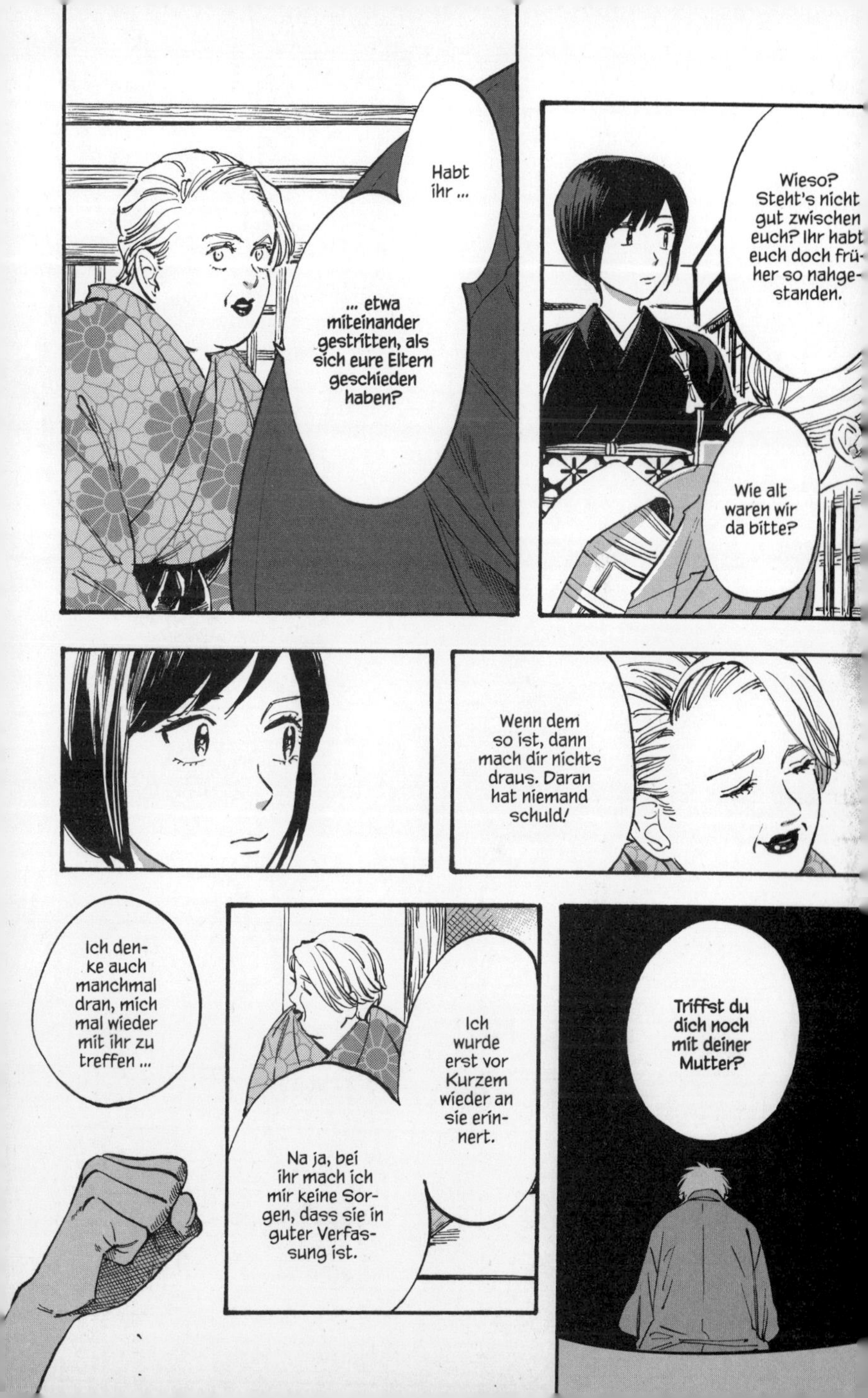

Wieso? Steht's nicht gut zwischen euch? Ihr habt euch doch früher so nahgestanden.
Wie alt waren wir da bitte?
Habt ihr ...
... etwa miteinander gestritten, als sich eure Eltern geschieden haben?
Wenn dem so ist, dann mach dir nichts draus. Daran hat niemand schuld!
Triffst du dich noch mit deiner Mutter?
Ich wurde erst vor Kurzem wieder an sie erinnert.
Na ja, bei ihr mach ich mir keine Sorgen, dass sie in guter Verfassung ist.
Ich denke auch manchmal dran, mich mal wieder mit ihr zu treffen ...

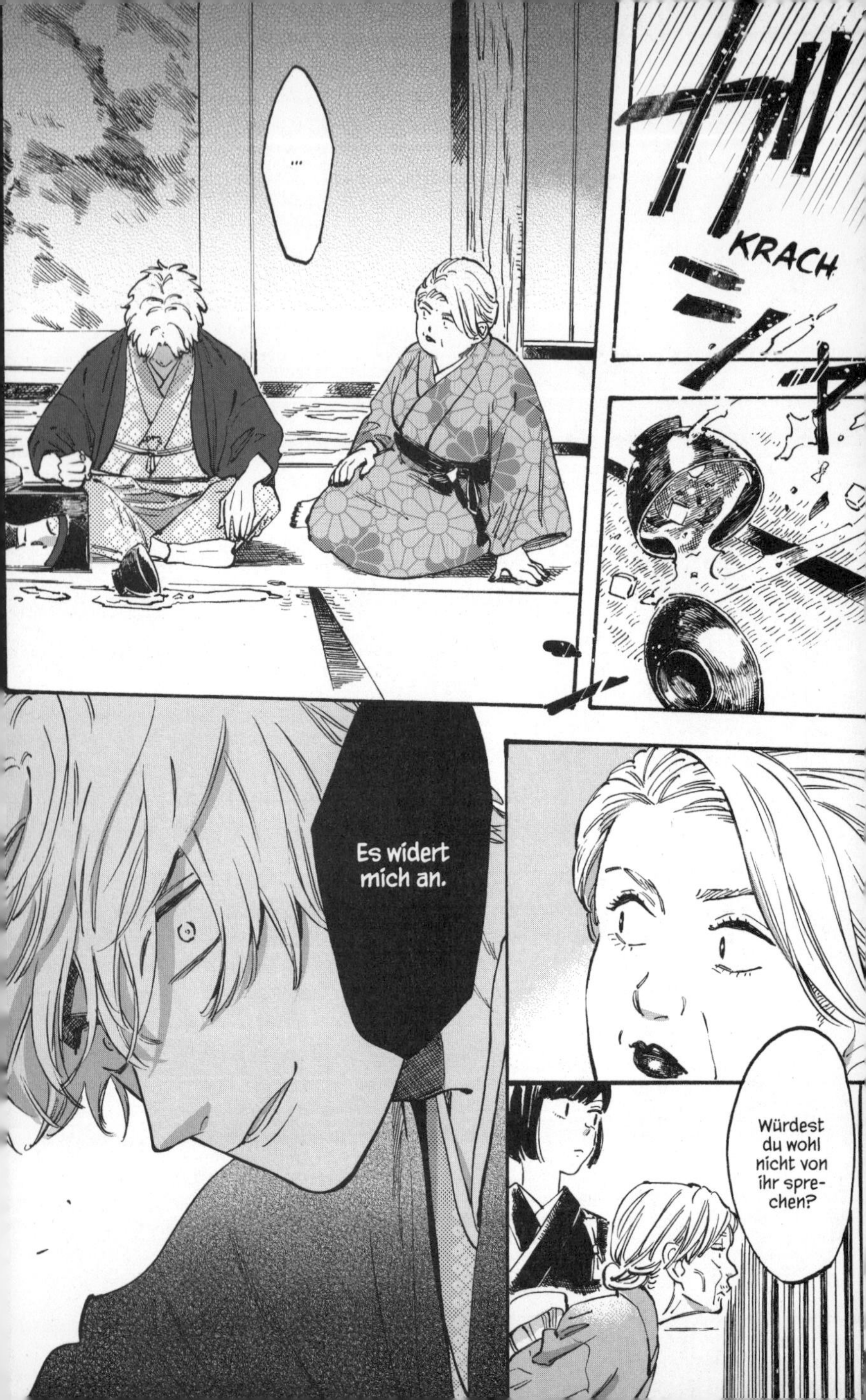
KRACH
...
Würdest du wohl nicht von ihr sprechen?
Es widert mich an.

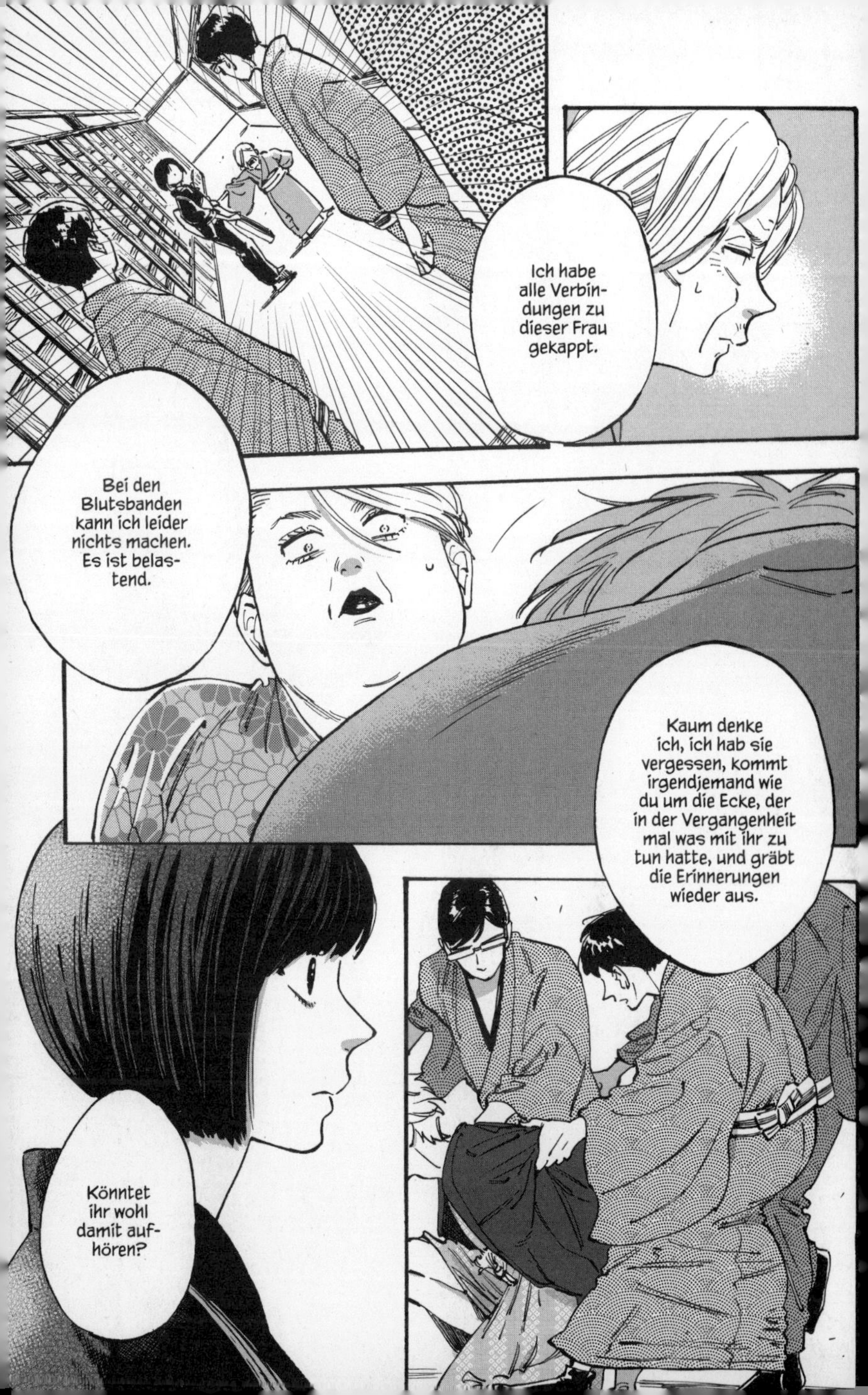
Ich habe alle Verbin-dungen zu dieser Frau gekappt.
Bei den Blutsbanden kann ich leider nichts machen. Es ist belas-tend.
Kaum denke ich, ich hab sie vergessen, kommt irgendjemand wie du um die Ecke, der in der Vergangenheit mal was mit ihr zu tun hatte, und gräbt die Erinnerungen wieder aus.
Könntet ihr wohl damit auf-hören?

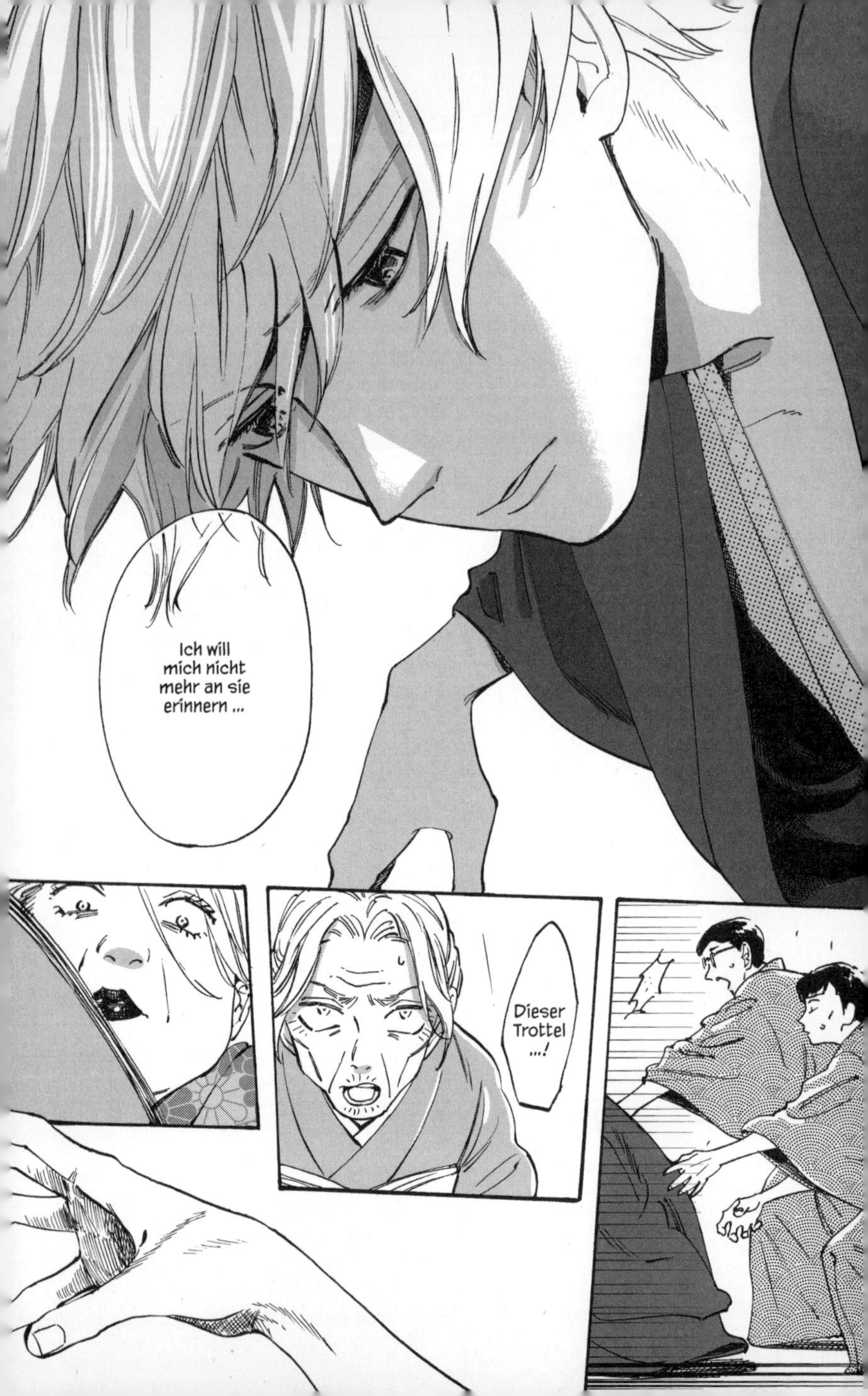
Ich will mich nicht mehr an sie erinnern ...
Dieser Trottel ...!

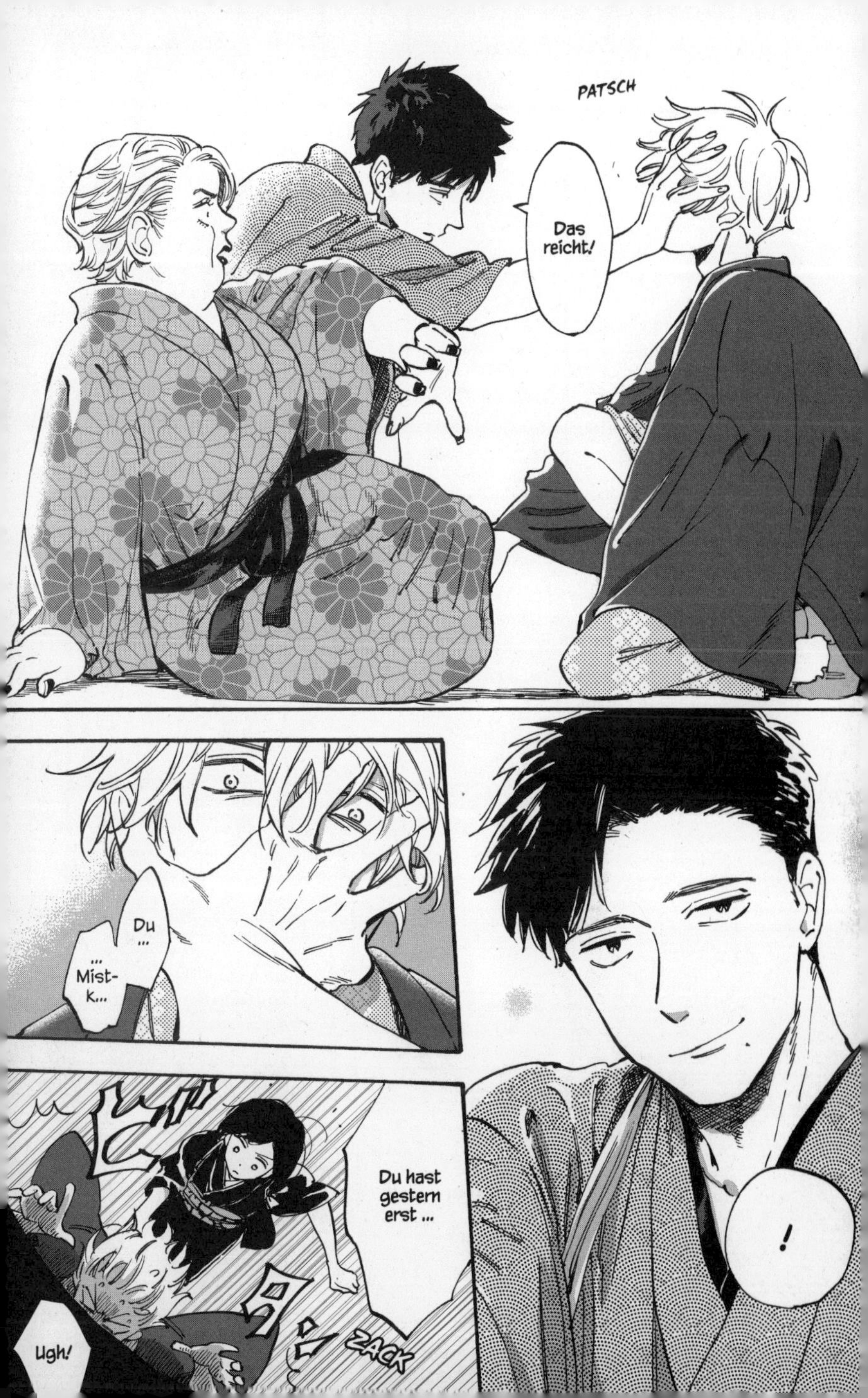
PATSCH
Das reicht!
Du ...
... Mist-k...
!
Du hast gestern erst ...
ZACK
Ugh!

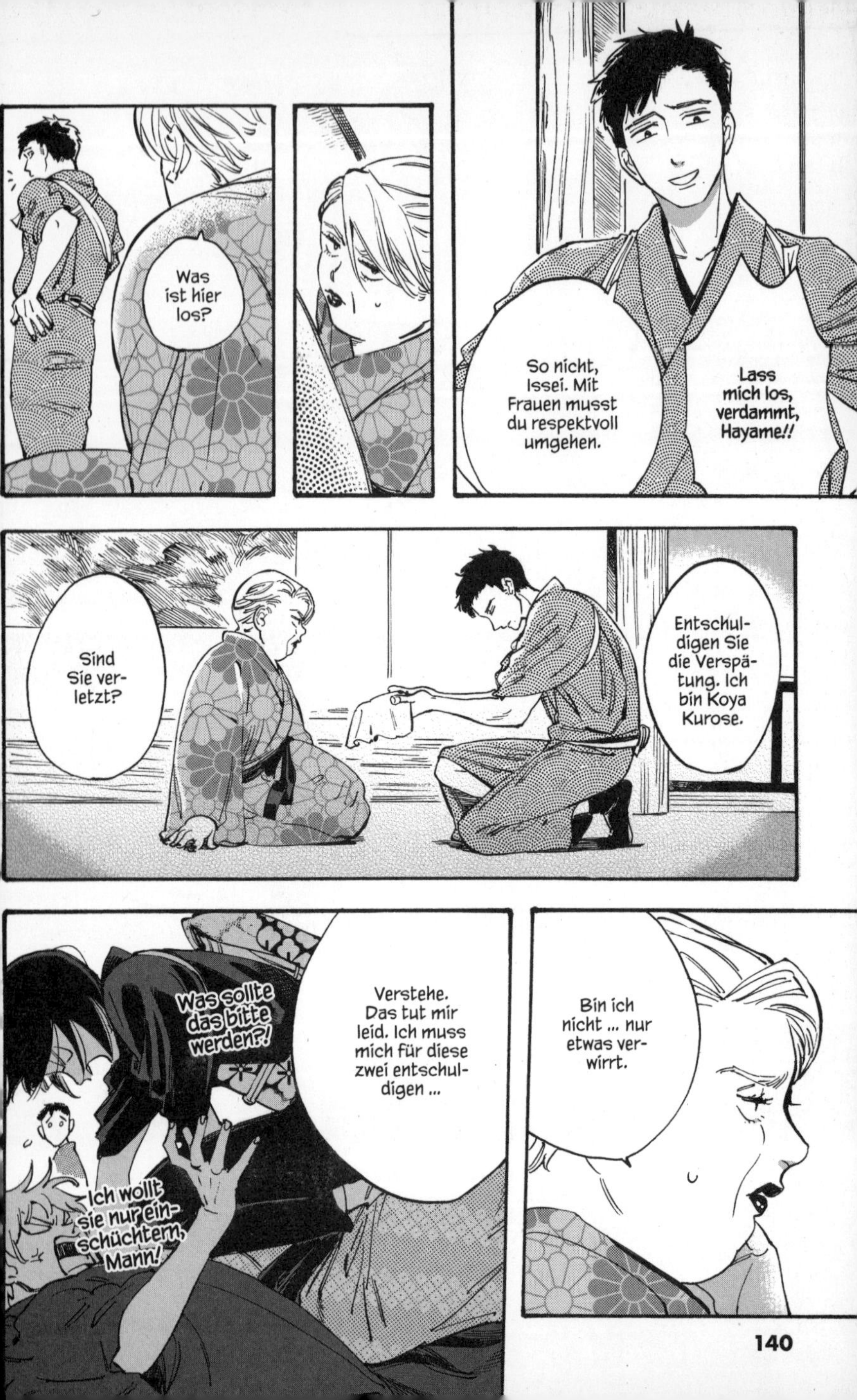
Lass mich los, verdammt, Hayame!!
So nicht, Issei. Mit Frauen musst du respektvoll umgehen.
Was ist hier los?
Entschuldigen Sie die Verspätung. Ich bin Koya Kurose.
Sind Sie verletzt?
Bin ich nicht ... nur etwas verwirrt.
Verstehe. Das tut mir leid. Ich muss mich für diese zwei entschuldigen ...
Was sollte das bitte werden?!
Ich wollt sie nur einschüchtern, Mann!

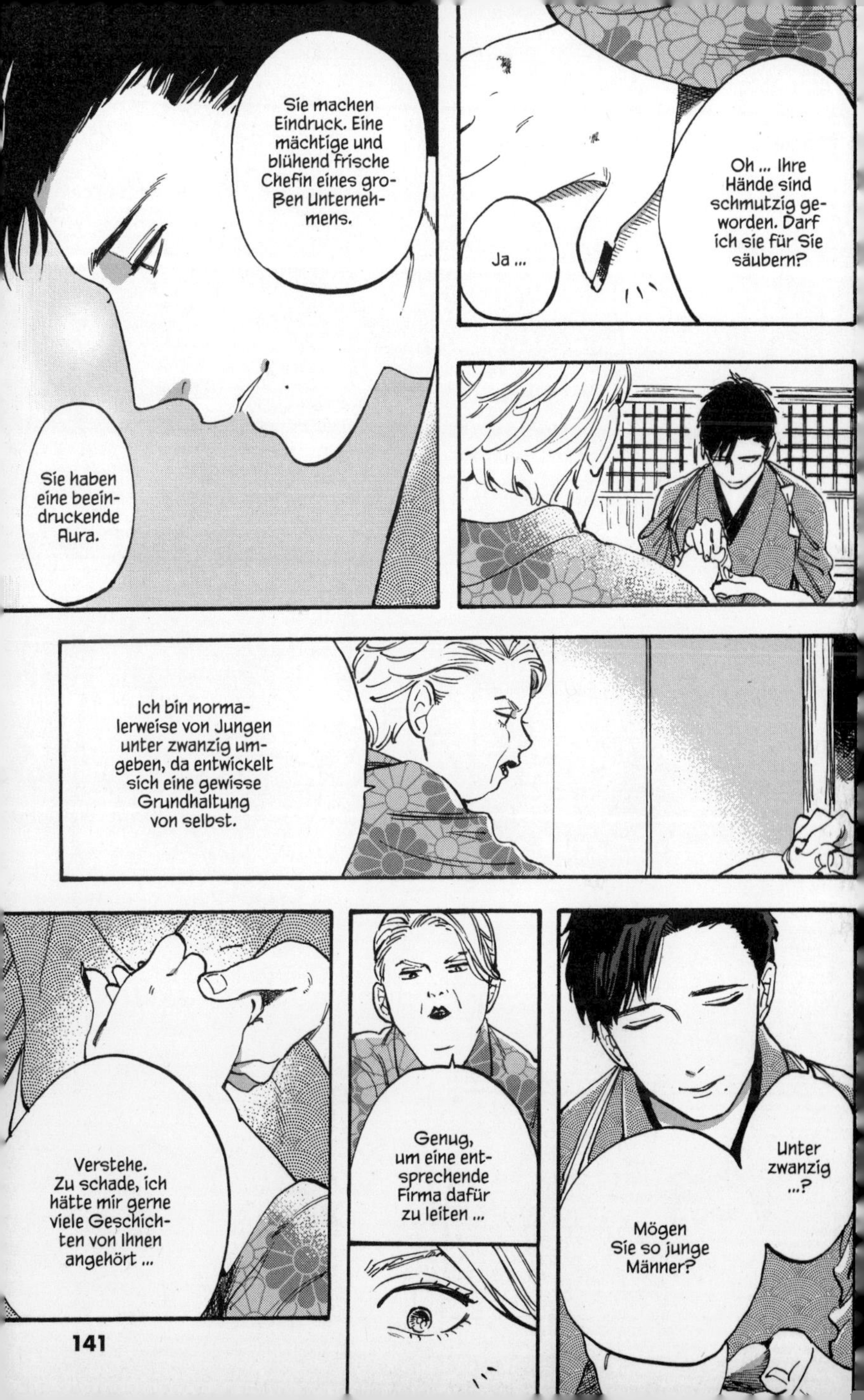
Oh ... Ihre Hände sind schmutzig geworden. Darf ich sie für Sie säubern?
Ja ...
Sie machen Eindruck. Eine mächtige und blühend frische Chefin eines großen Unternehmens.
Sie haben eine beeindruckende Aura.
Ich bin normalerweise von Jungen unter zwanzig umgeben, da entwickelt sich eine gewisse Grundhaltung von selbst.
Unter zwanzig ...?
Mögen Sie so junge Männer?
Genug, um eine entsprechende Firma dafür zu leiten ...
Verstehe. Zu schade, ich hätte mir gerne viele Geschichten von Ihnen angehört ...

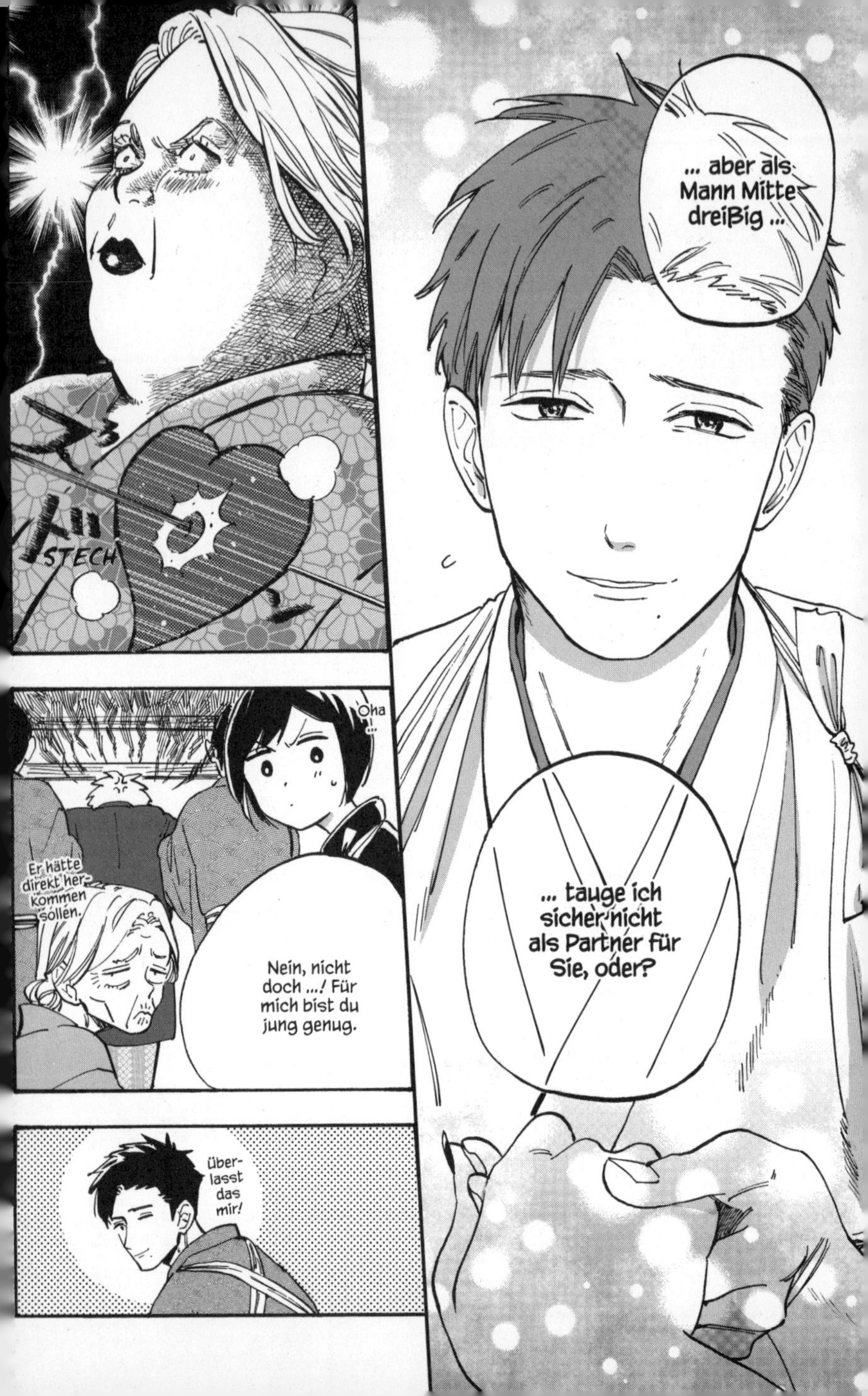
... aber als Mann Mitte dreißig ...
... tauge ich sicher nicht als Partner für Sie, oder?
STECH
Oha ...!
Er hätte direkt herkommen sollen.
Nein, nicht doch ...! Für mich bist du jung genug.
Überlasst das mir!

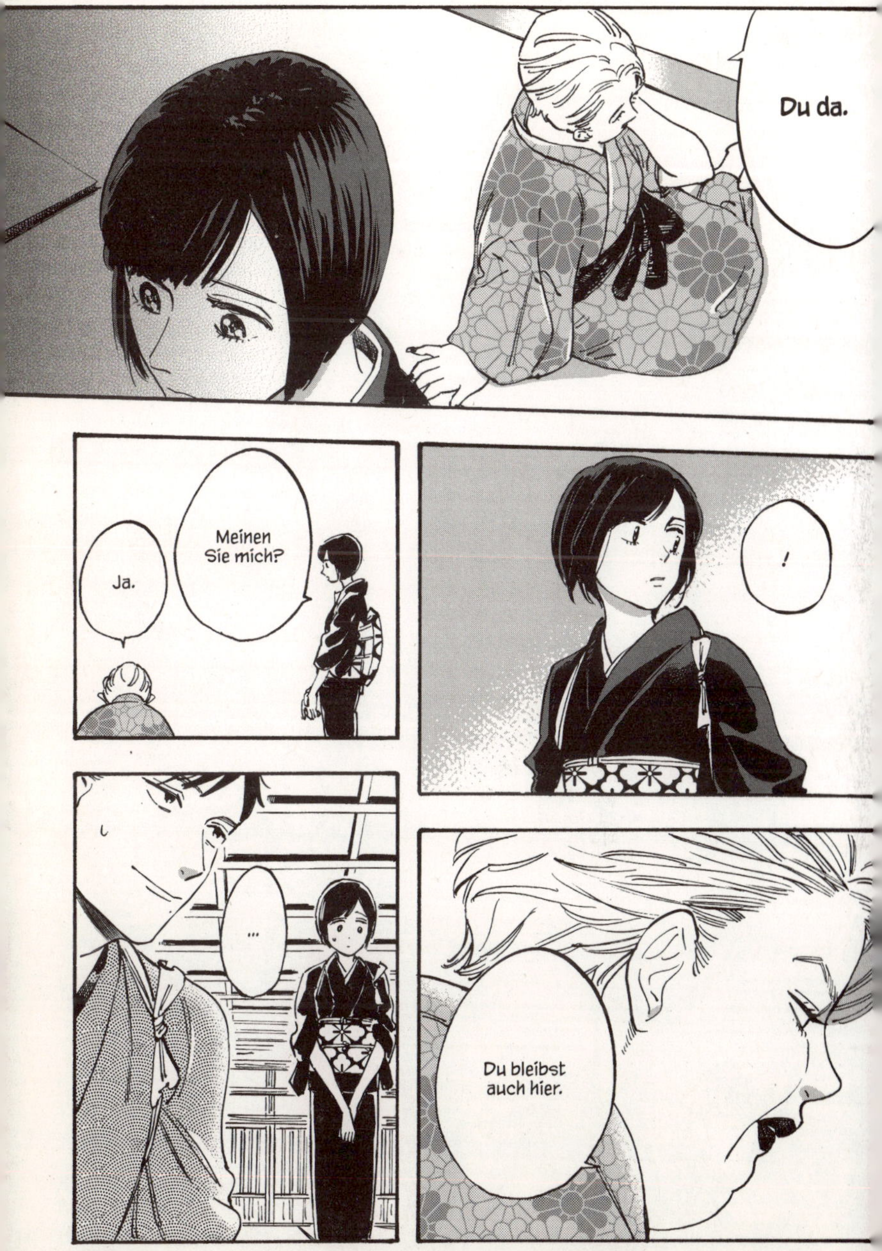
Du da.
!
Meinen Sie mich?
Ja.
Du bleibst auch hier.
...

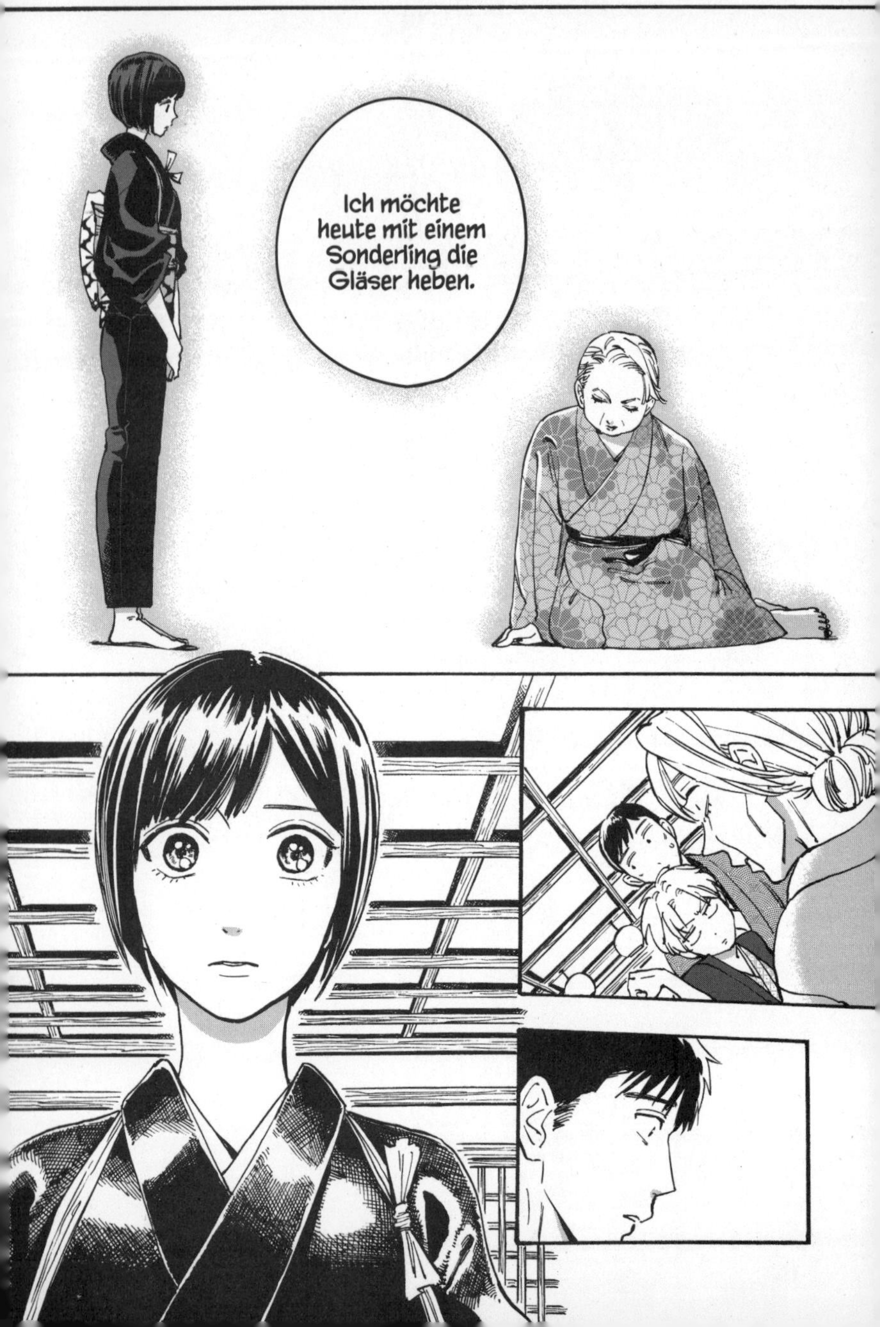
Ich möchte heute mit einem Sonderling die Gläser heben.

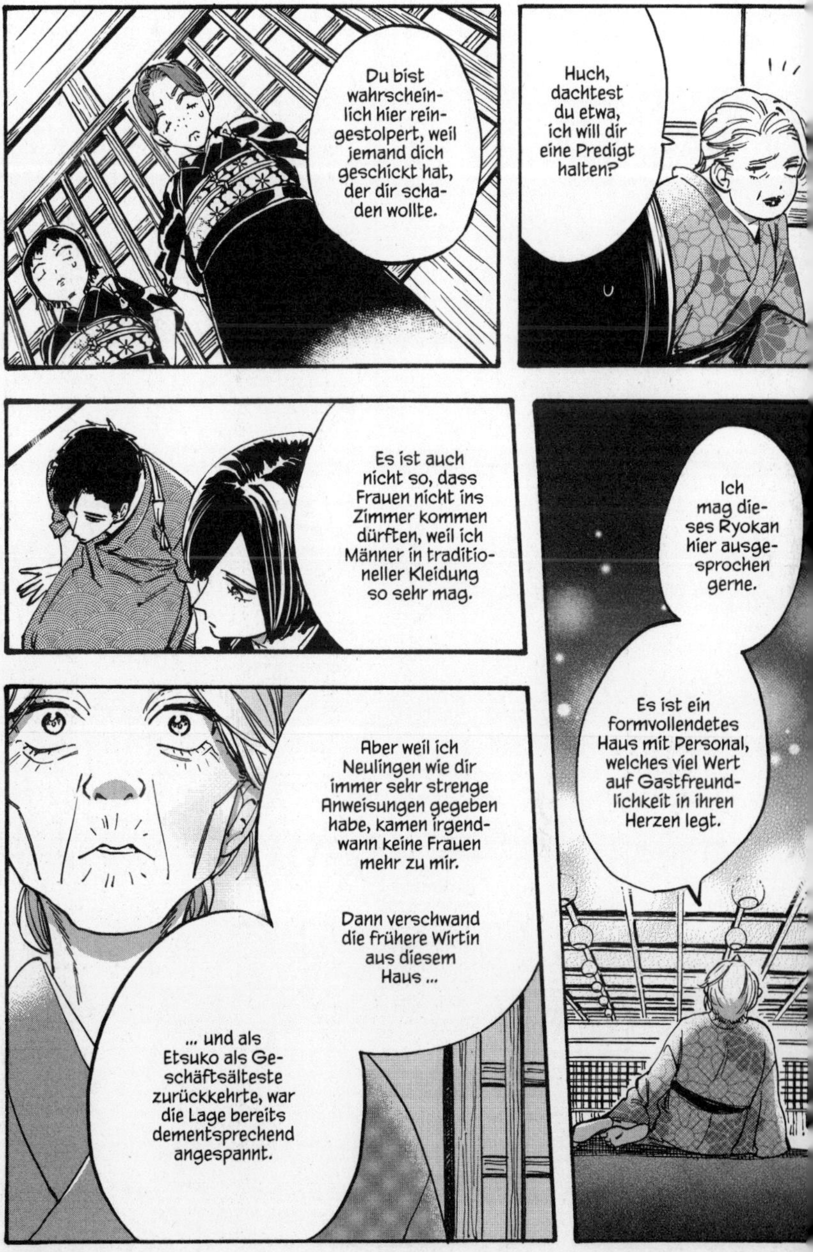
Huch, dachtest du etwa, ich will dir eine Predigt halten?
Du bist wahrscheinlich hier reingestolpert, weil jemand dich geschickt hat, der dir schaden wollte.
Ich mag dieses Ryokan hier ausgesprochen gerne.
Es ist ein formvollendetes Haus mit Personal, welches viel Wert auf Gastfreundlichkeit in ihren Herzen legt.
Es ist auch nicht so, dass Frauen nicht ins Zimmer kommen dürften, weil ich Männer in traditioneller Kleidung so sehr mag.
Aber weil ich Neulingen wie dir immer sehr strenge Anweisungen gegeben habe, kamen irgendwann keine Frauen mehr zu mir.
Dann verschwand die frühere Wirtin aus diesem Haus ...
... und als Etsuko als Geschäftsälteste zurückkehrte, war die Lage bereits dementsprechend angespannt.

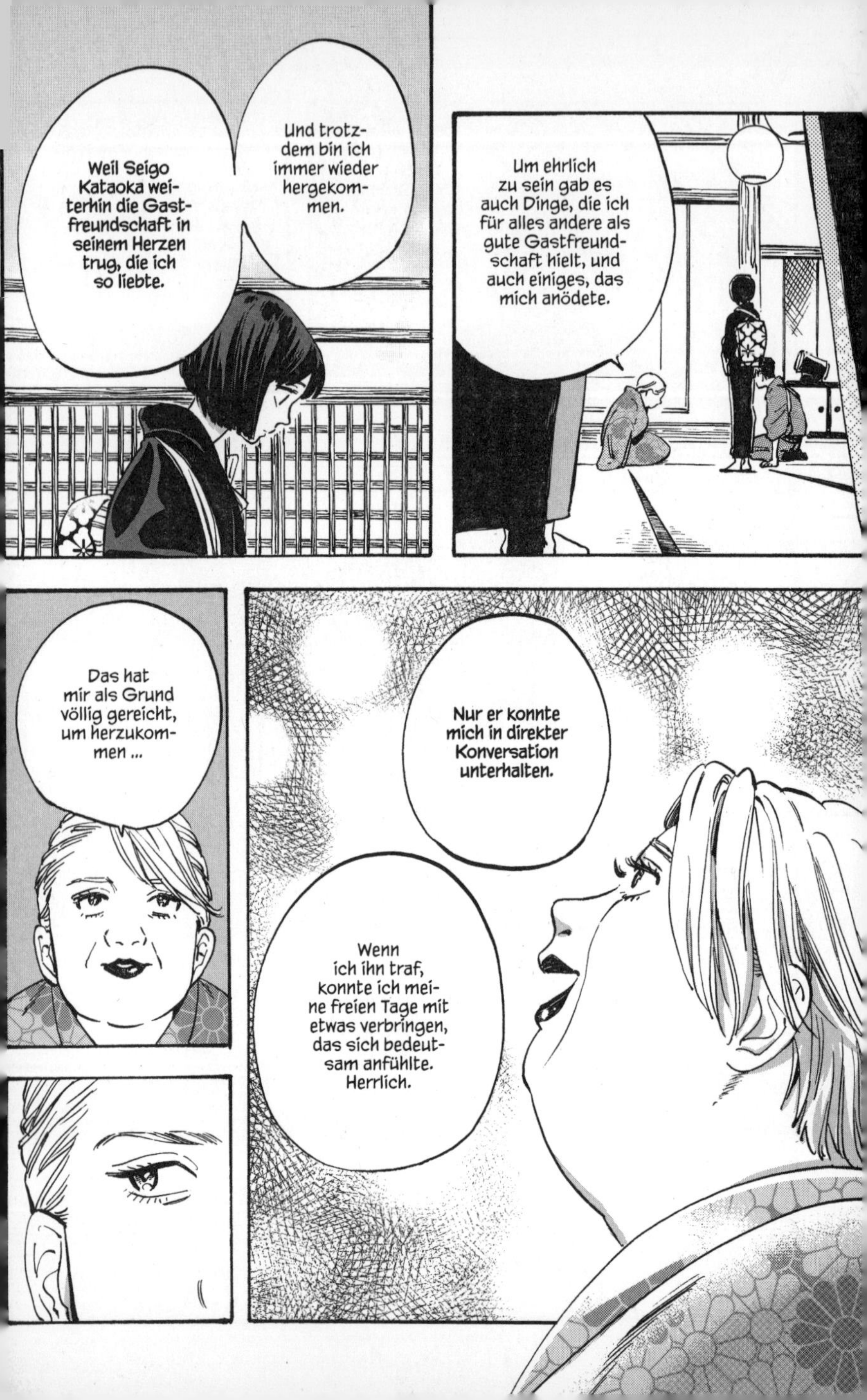
Und trotzdem bin ich immer wieder hergekommen.
Weil Seigo Kataoka weiterhin die Gastfreundschaft in seinem Herzen trug, die ich so liebte.
Um ehrlich zu sein gab es auch Dinge, die ich für alles andere als gute Gastfreundschaft hielt, und auch einiges, das mich anödete.
Das hat mir als Grund völlig gereicht, um herzukommen ...
Nur er konnte mich in direkter Konversation unterhalten.
Wenn ich ihn traf, konnte ich meine freien Tage mit etwas verbringen, das sich bedeutsam anfühlte. Herrlich.

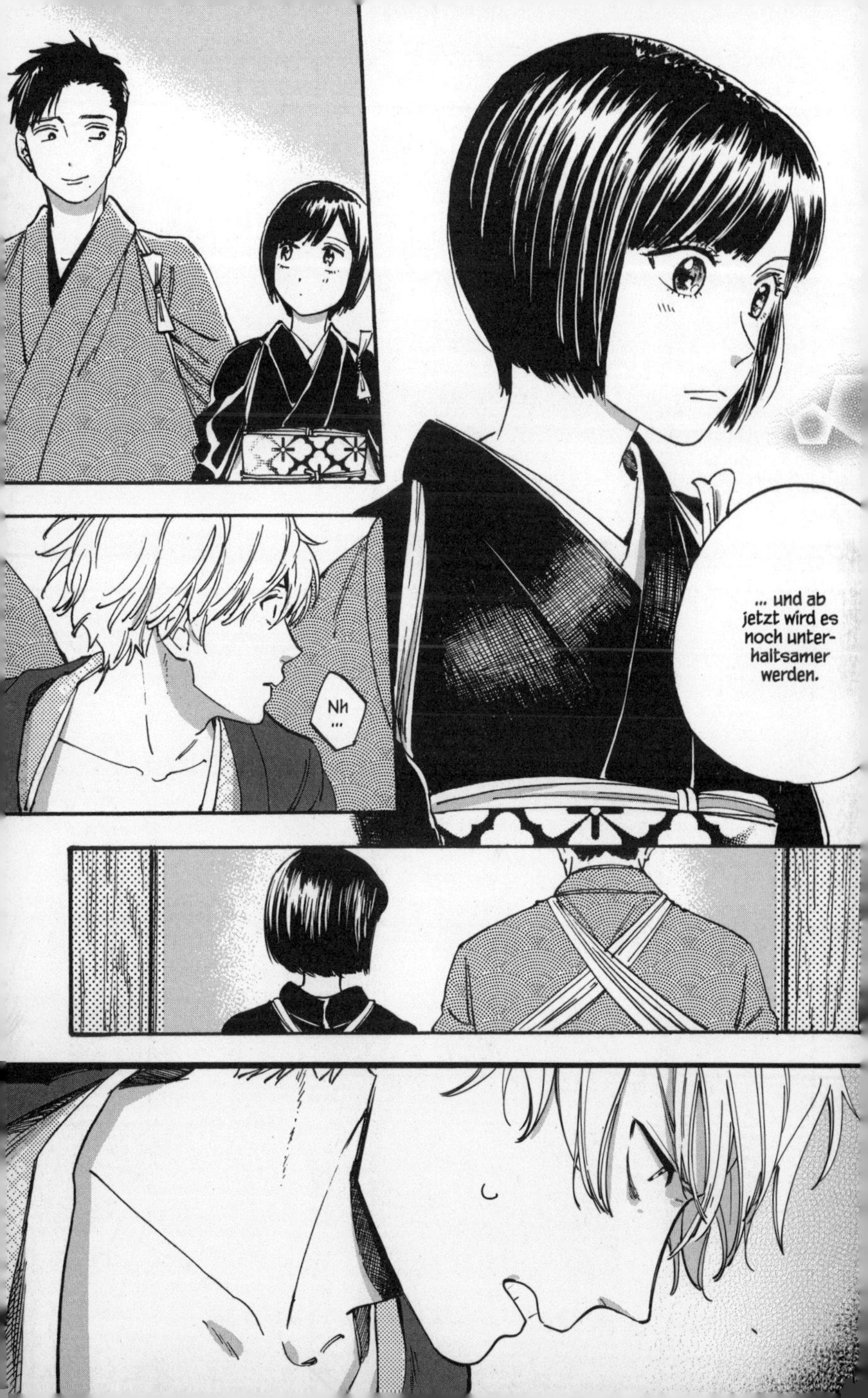
... und ab jetzt wird es noch unterhaltsamer werden.
Nh ...

Kapitel 21 – Das letzte Spiel

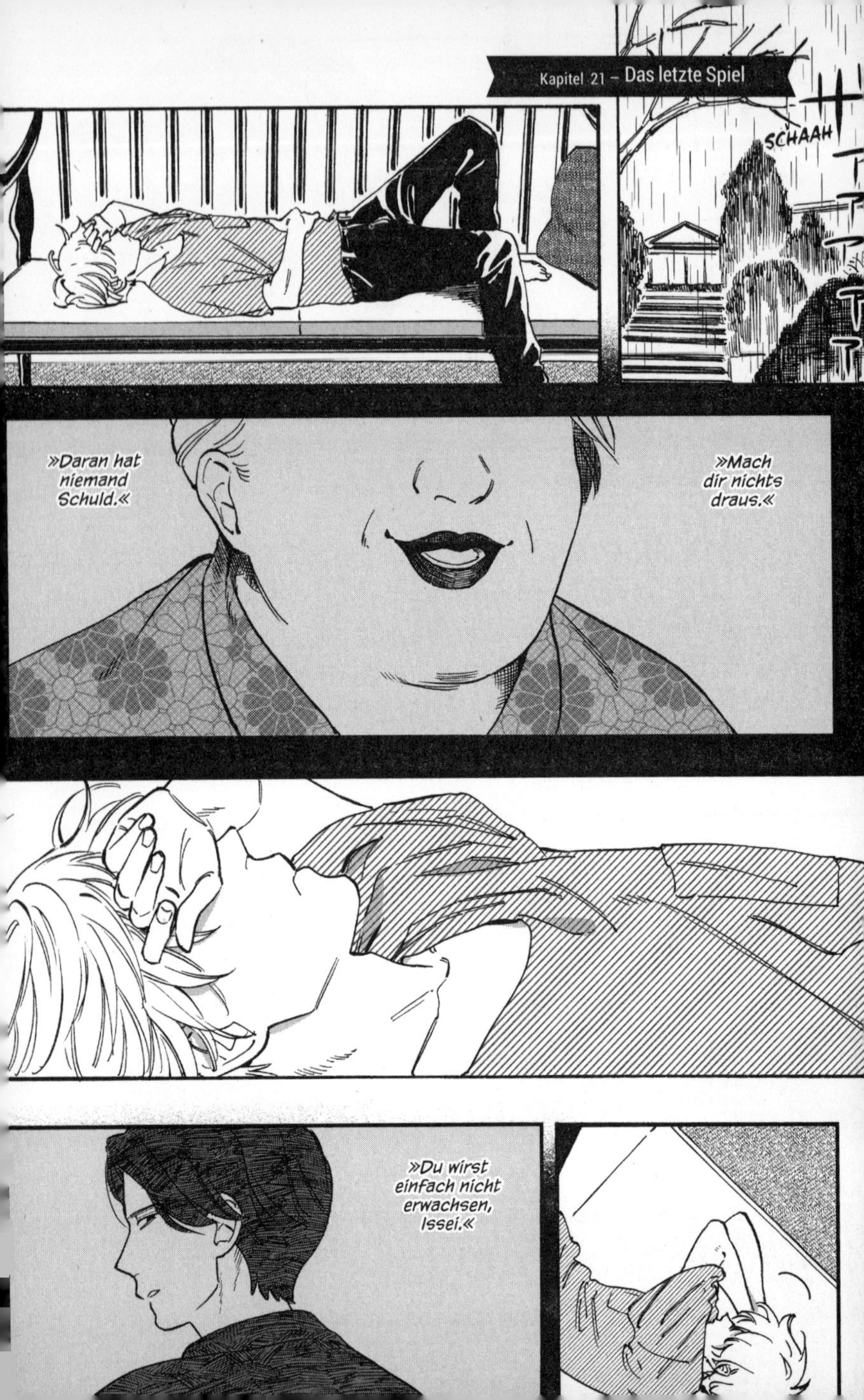

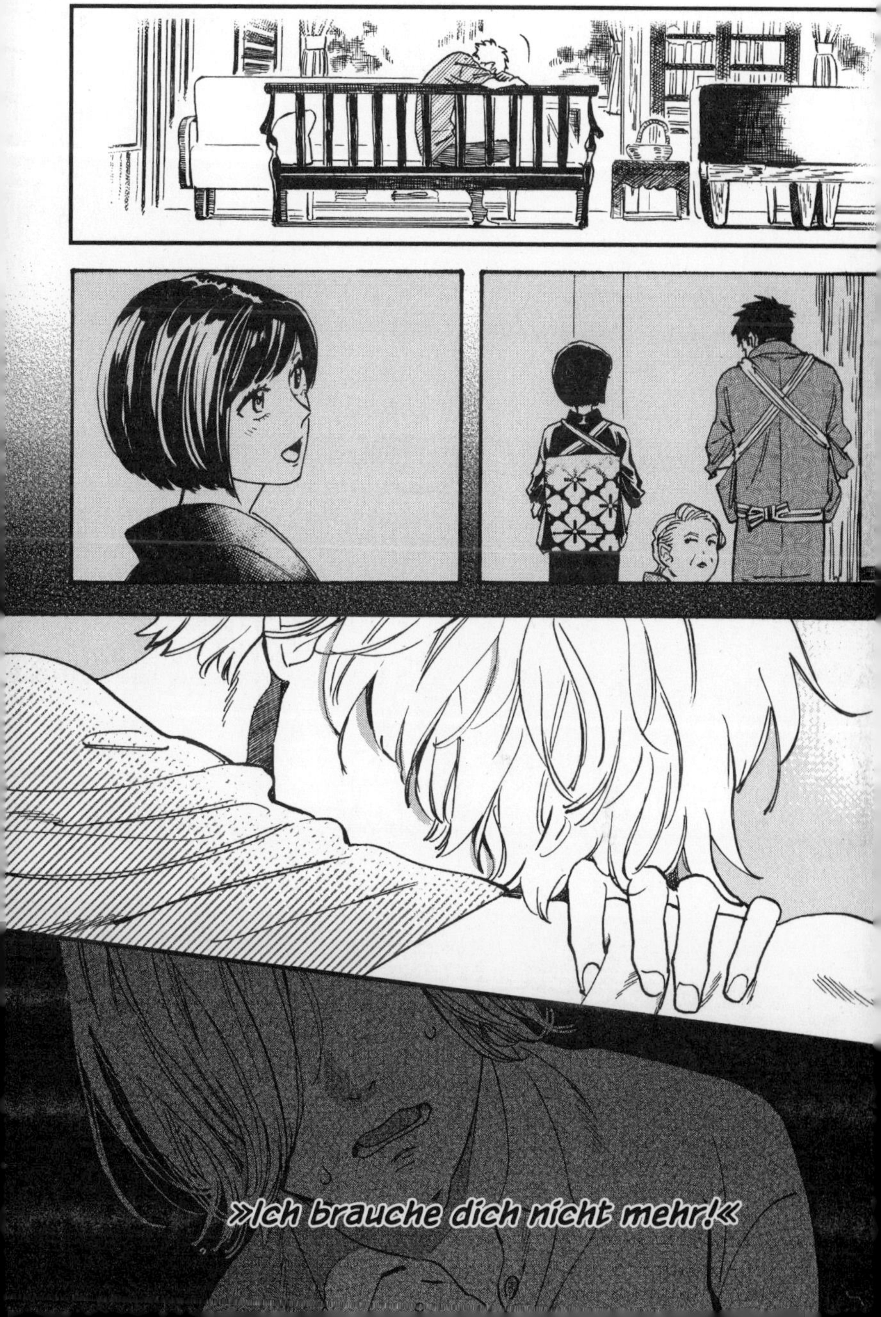
»Ich brauche dich nicht mehr!«

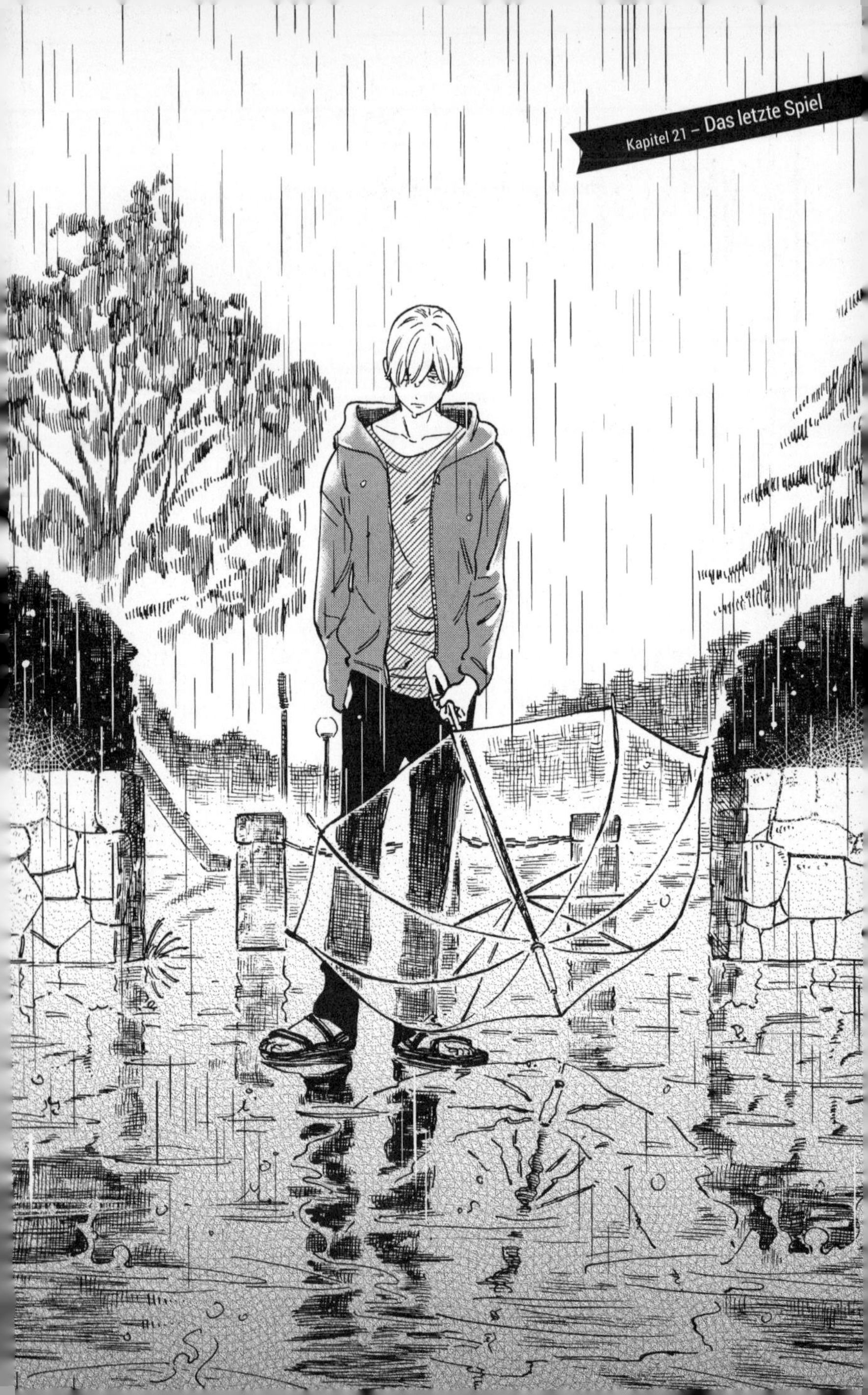
Kapitel 21 – Das letzte Spiel

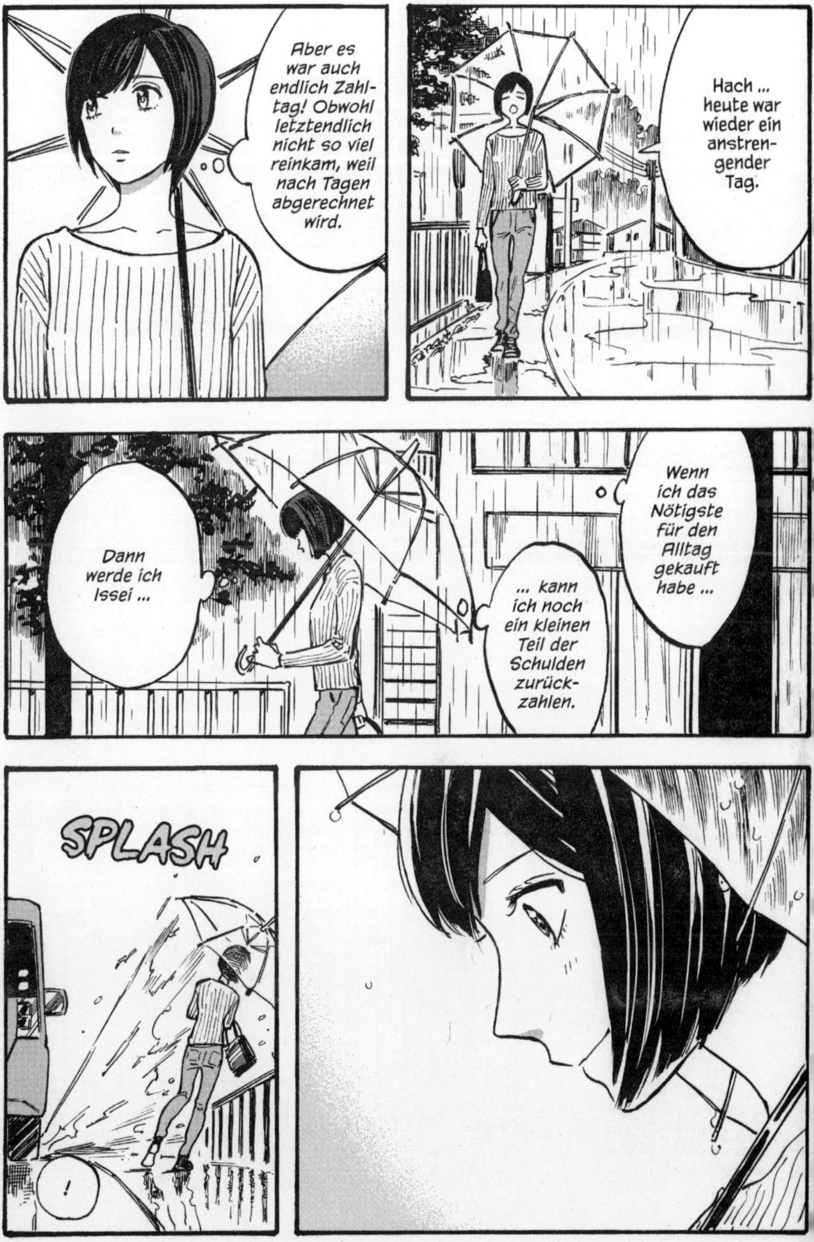
Hach … heute war wieder ein anstrengender Tag.
Aber es war auch endlich Zahltag! Obwohl letztendlich nicht so viel reinkam, weil nach Tagen abgerechnet wird.
Wenn ich das Nötigste für den Alltag gekauft habe …
… kann ich noch ein kleinen Teil der Schulden zurückzahlen.
Dann werde ich Issei …
SPLASH
!

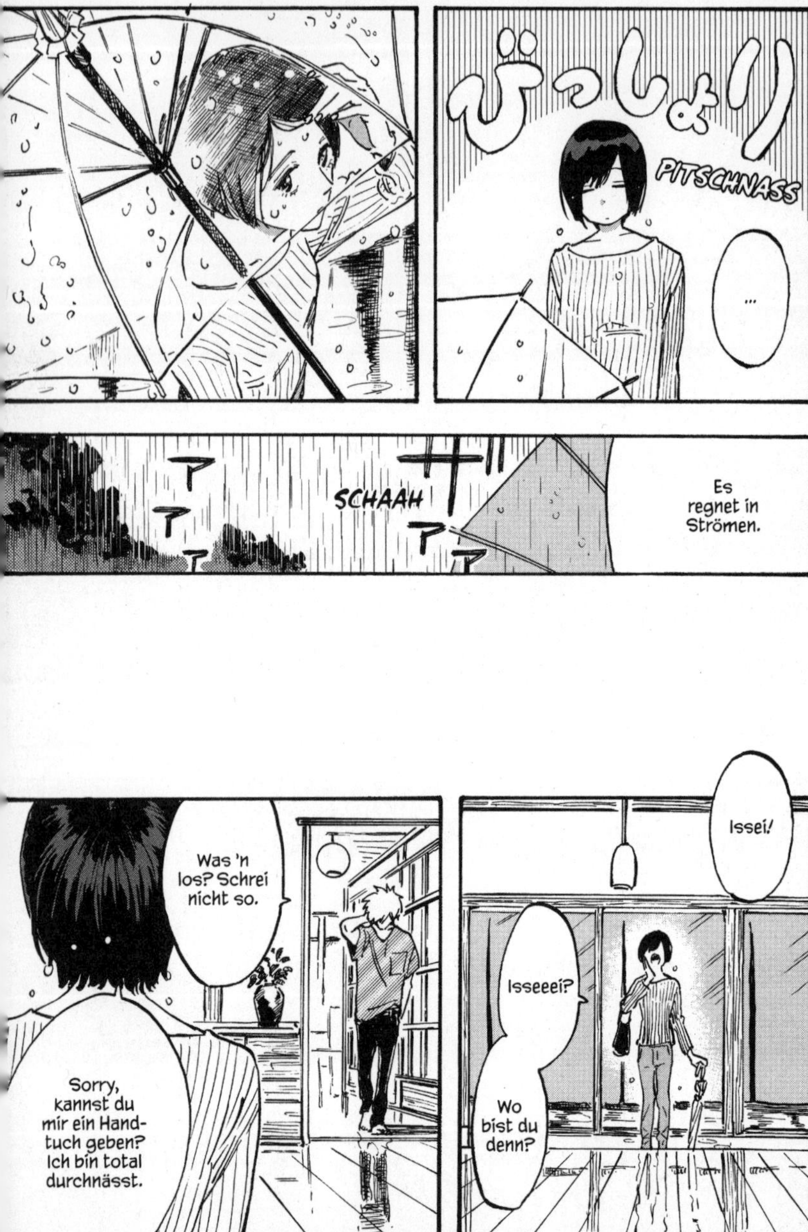
びっしょり
PITSCHNASS
…
Es regnet in Strömen.
SCHAAH
Issei!
Isseeei?
Wo bist du denn?
Was 'n los? Schrei nicht so.
Sorry, kannst du mir ein Hand-tuch geben? Ich bin total durchnässt.

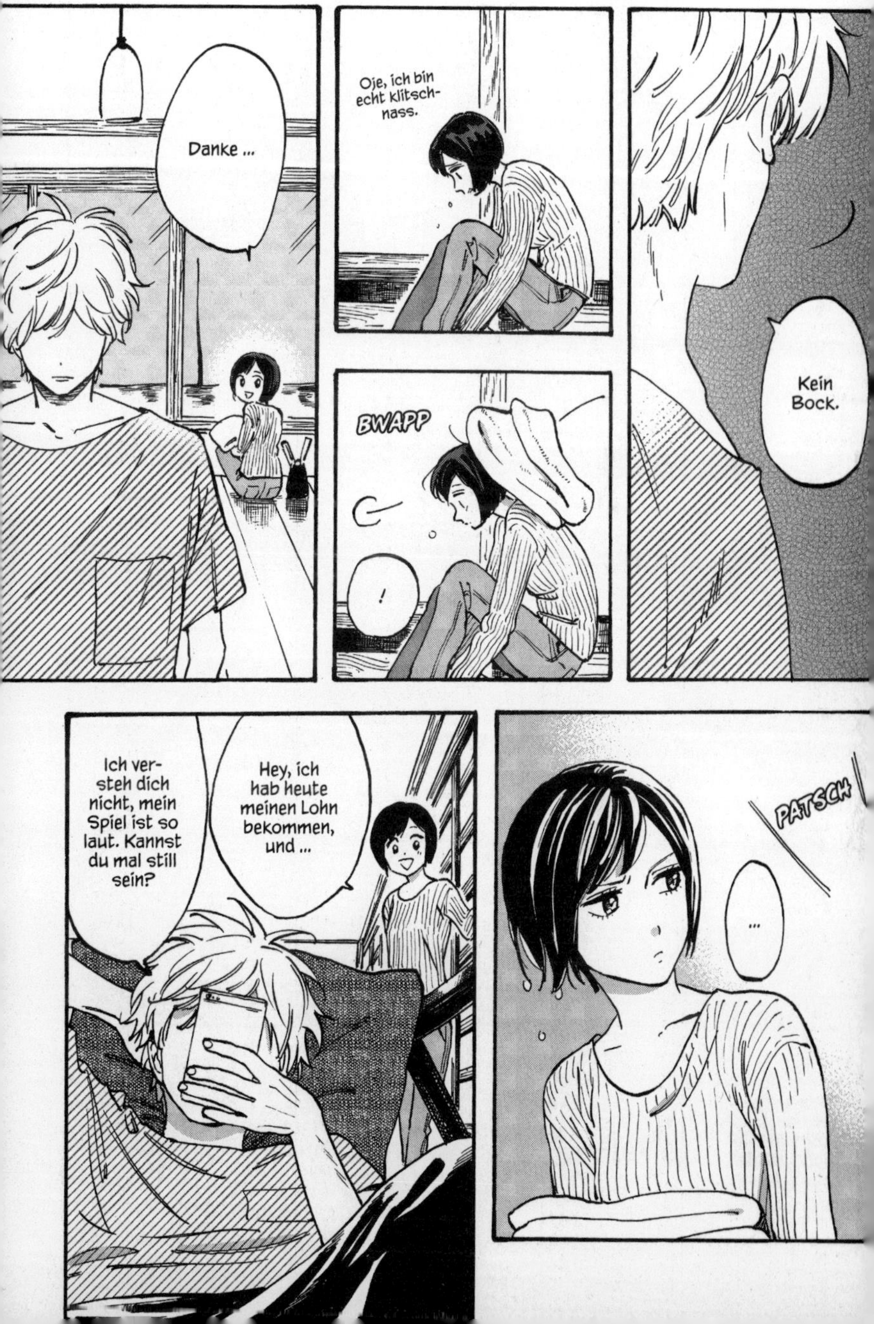

Kein Bock.
Oje, ich bin echt klitsch-nass.
BWAPP
!
Danke ...
PATSCH
...
Hey, ich hab heute meinen Lohn bekommen, und ...
Ich ver-steh dich nicht, mein Spiel ist so laut. Kannst du mal still sein?

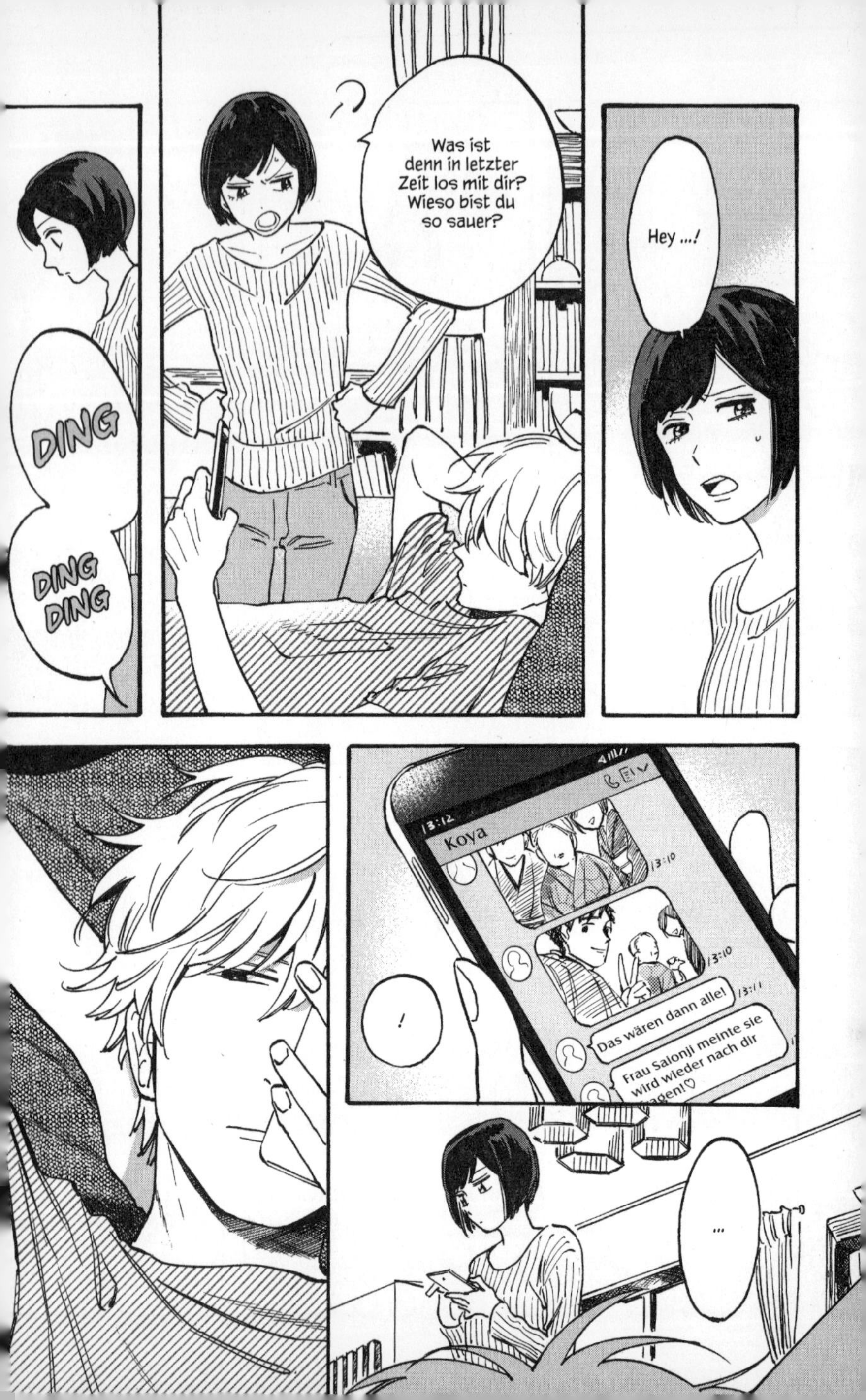
Hey ...!
Was ist denn in letzter Zeit los mit dir? Wieso bist du so sauer?
DING
DING DING
13:12
Koya
13:10
13:10
13:11
Das wären dann alle!
Frau Salonji meinte sie wird wieder nach dir
!
...

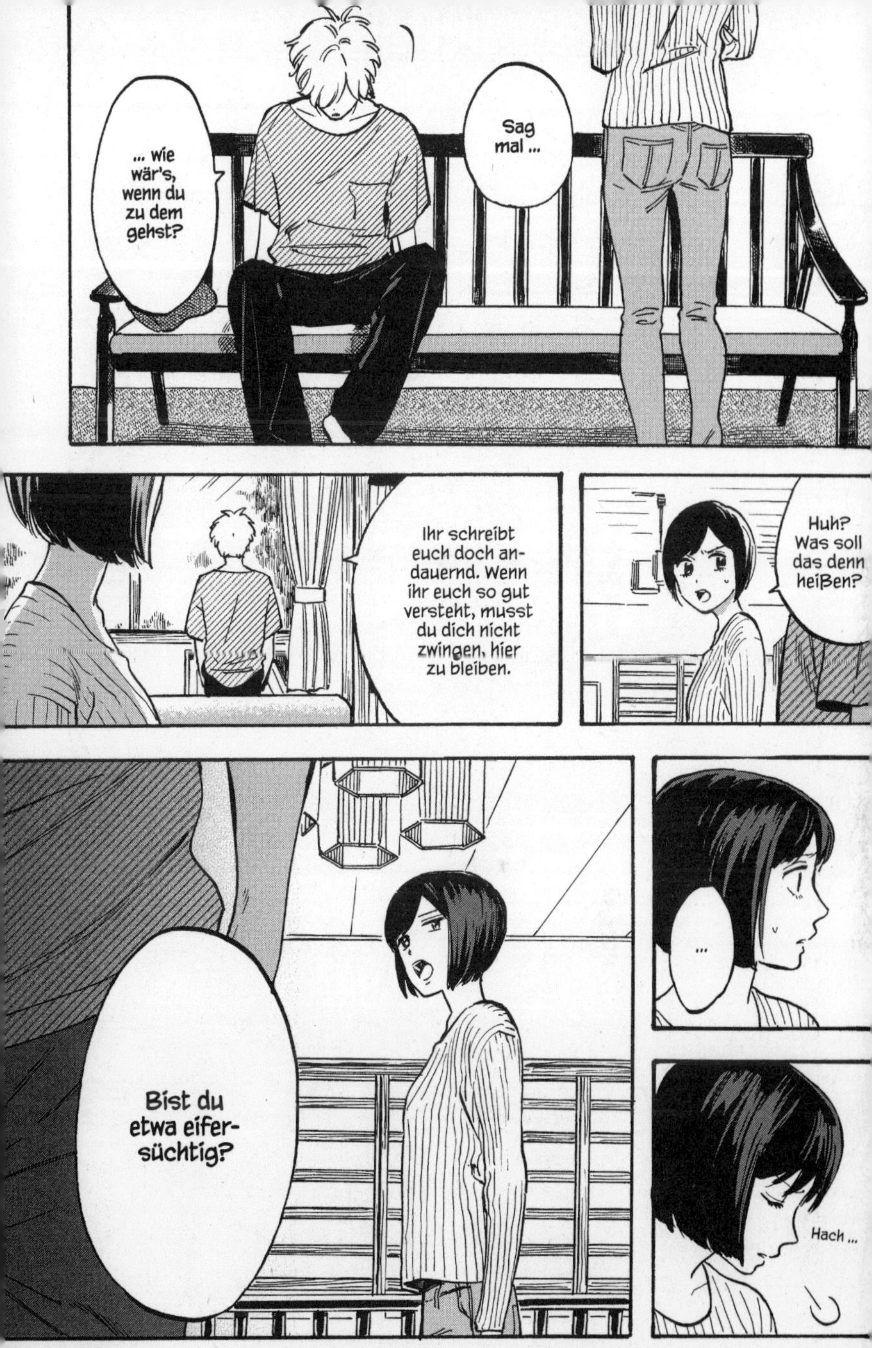

Sag mal ...
... wie wär's, wenn du zu dem gehst?
Huh? Was soll das denn heißen?
Ihr schreibt euch doch andauernd. Wenn ihr euch so gut versteht, musst du dich nicht zwingen, hier zu bleiben.
...
Hach ...
Bist du etwa eifersüchtig?

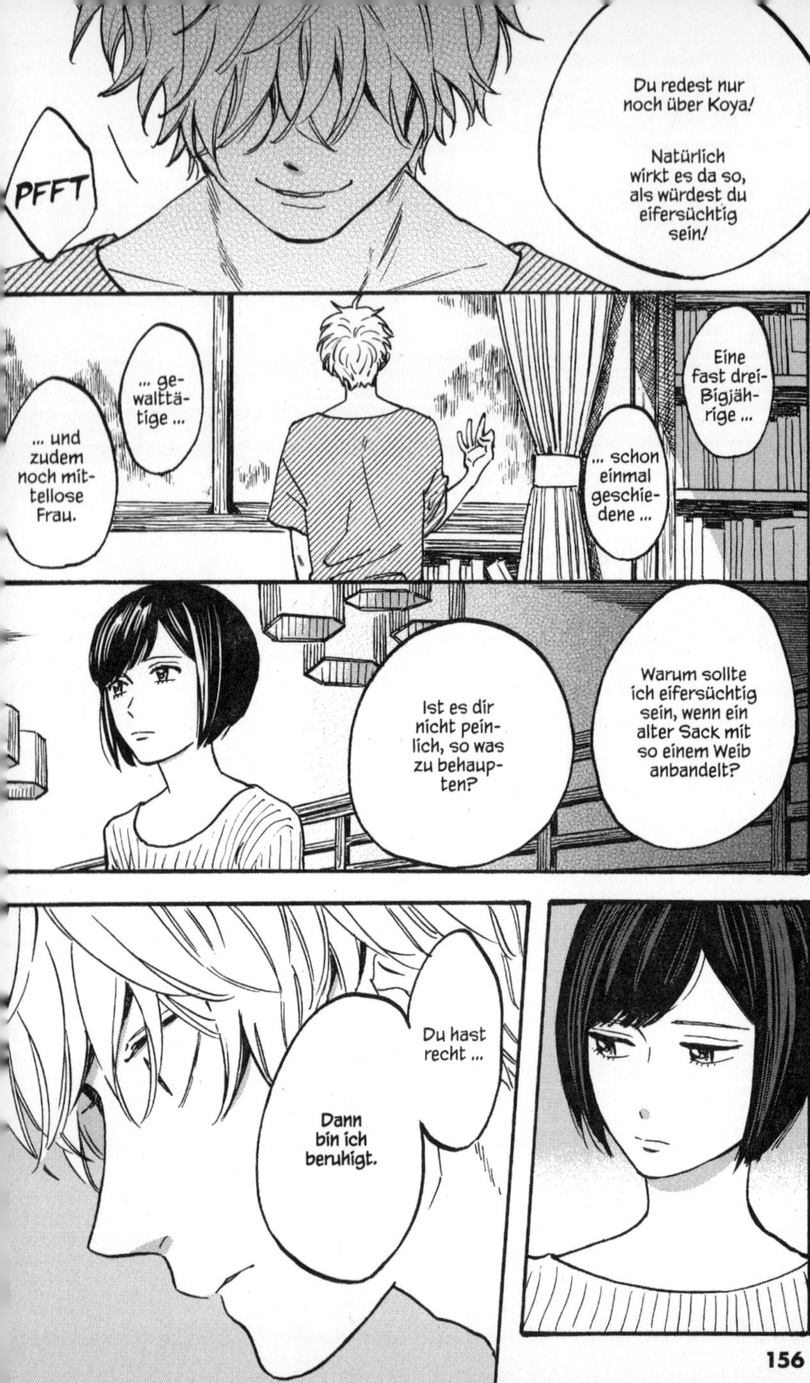
Du redest nur noch über Koya! Natürlich wirkt es da so, als würdest du eifersüchtig sein!
PFFT
Eine fast dreißigjährige ...
... schon einmal geschiedene ...
... gewalttätige ...
... und zudem noch mittellose Frau.
Warum sollte ich eifersüchtig sein, wenn ein alter Sack mit so einem Weib anbandelt?
Ist es dir nicht peinlich, so was zu behaupten?
Du hast recht ...
Dann bin ich beruhigt.

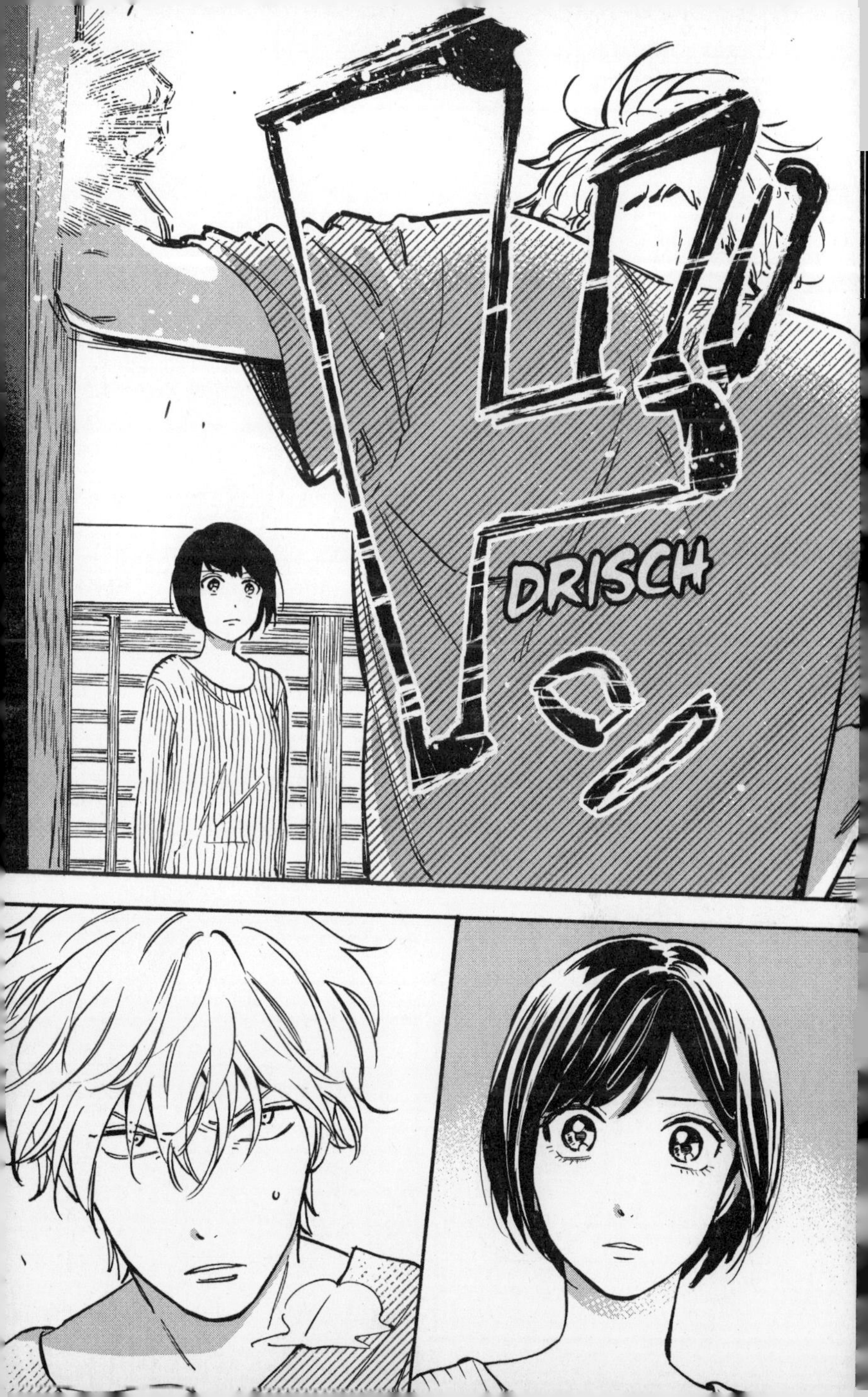
DRISCH

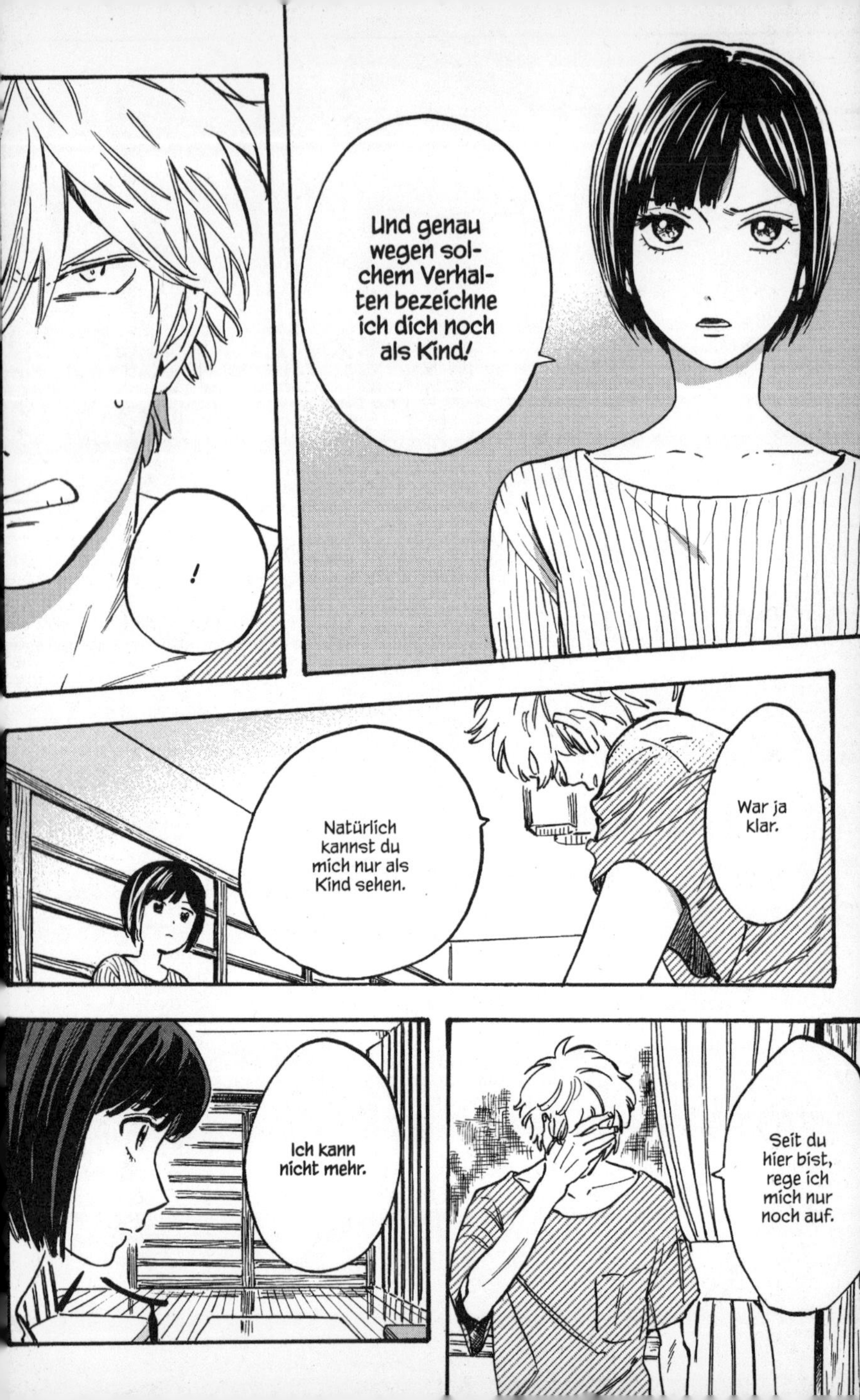
Und genau wegen solchem Verhalten bezeichne ich dich noch als Kind!
!
War ja klar.
Natürlich kannst du mich nur als Kind sehen.
Seit du hier bist, rege ich mich nur noch auf.
Ich kann nicht mehr.

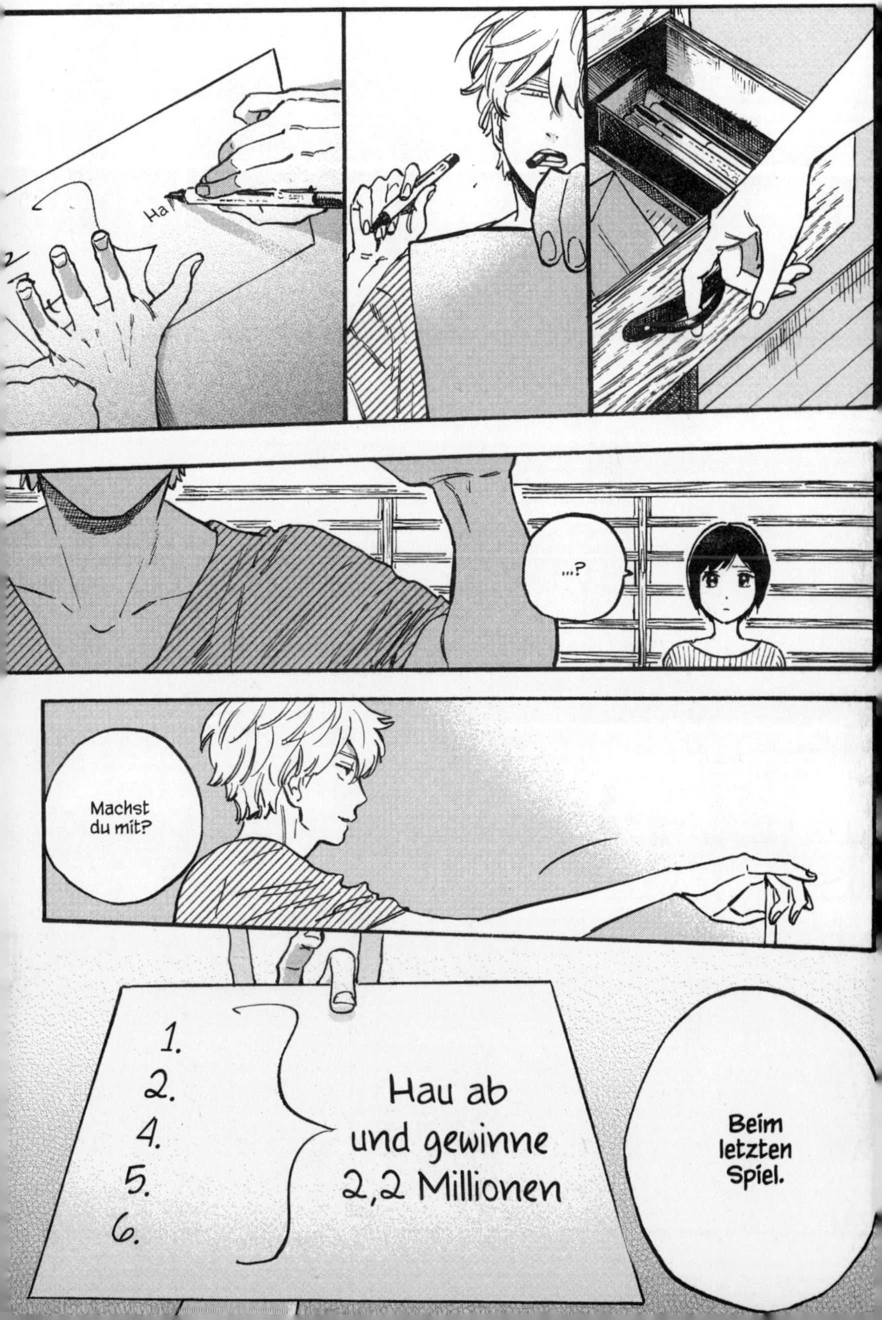
Ha
...?
Machst du mit?
Beim letzten Spiel.
1.
2.
4.
5.
6.
Hau ab und gewinne 2,2 Millionen

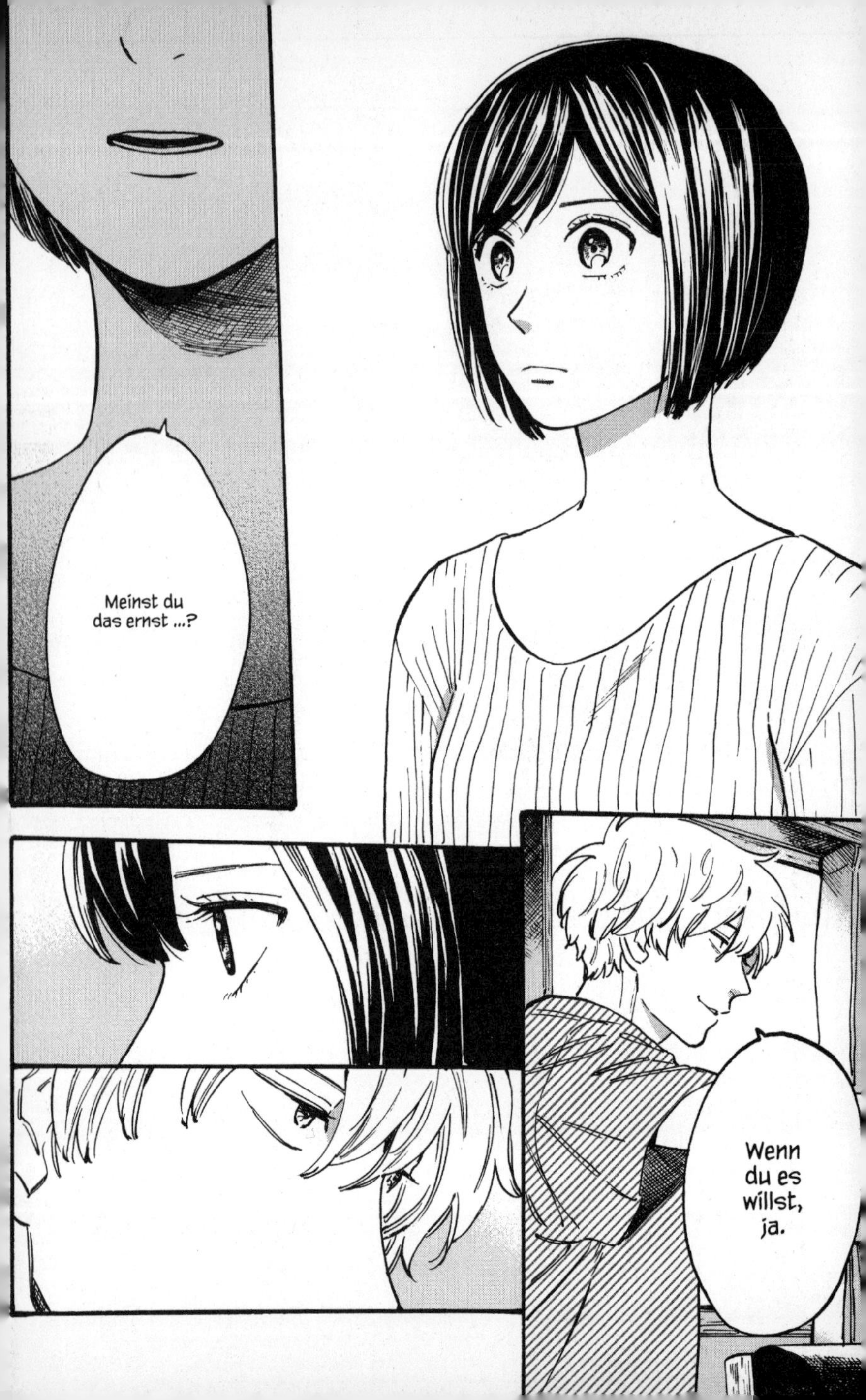
Meinst du das ernst ...?
Wenn du es willst, ja.

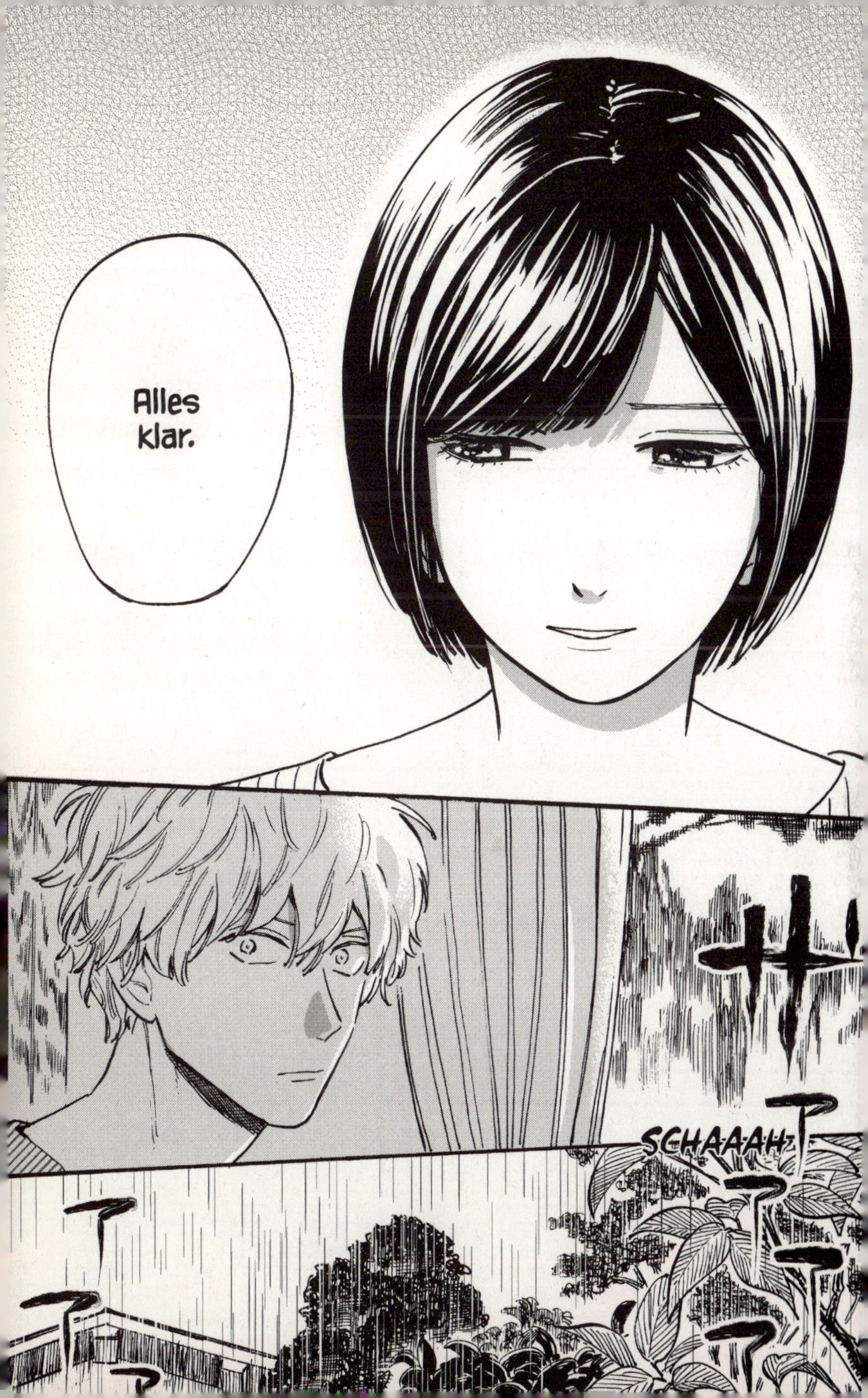
Alles klar.
SCHAAAH

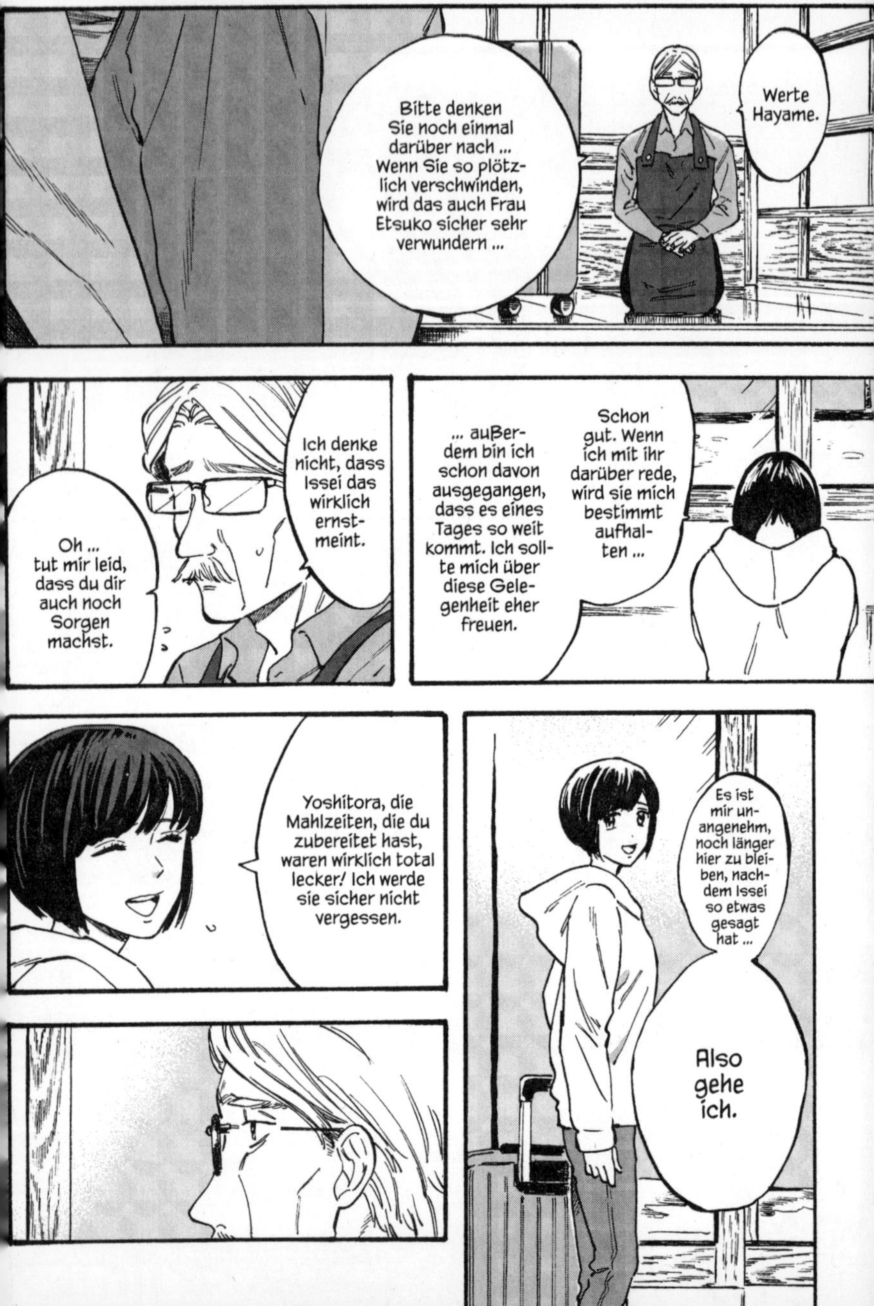
Werte Hayame.
Bitte denken Sie noch einmal darüber nach ... Wenn Sie so plötzlich verschwinden, wird das auch Frau Etsuko sicher sehr verwundern ...
Schon gut. Wenn ich mit ihr darüber rede, wird sie mich bestimmt aufhalten ...
... außerdem bin ich schon davon ausgegangen, dass es eines Tages so weit kommt. Ich sollte mich über diese Gelegenheit eher freuen.
Ich denke nicht, dass Issei das wirklich ernstmeint.
Oh ... tut mir leid, dass du dir auch noch Sorgen machst.
Es ist mir unangenehm, noch länger hier zu bleiben, nachdem Issei so etwas gesagt hat ...
Also gehe ich.
Yoshitora, die Mahlzeiten, die du zubereitet hast, waren wirklich total lecker! Ich werde sie sicher nicht vergessen.

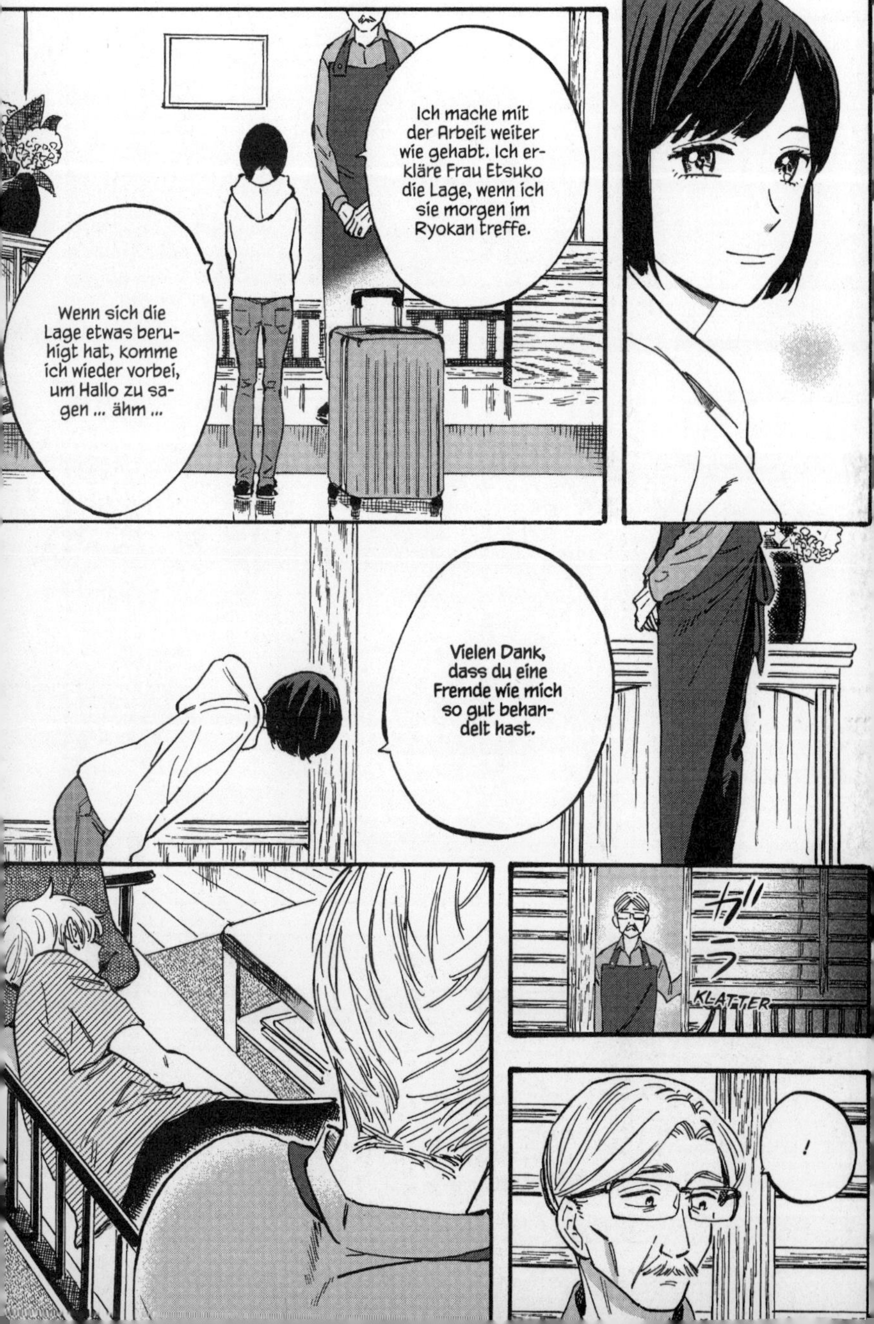
Ich mache mit der Arbeit weiter wie gehabt. Ich erkläre Frau Etsuko die Lage, wenn ich sie morgen im Ryokan treffe.
Wenn sich die Lage etwas beruhigt hat, komme ich wieder vorbei, um Hallo zu sagen ... ähm ...
Vielen Dank, dass du eine Fremde wie mich so gut behandelt hast.
KLATTER
!

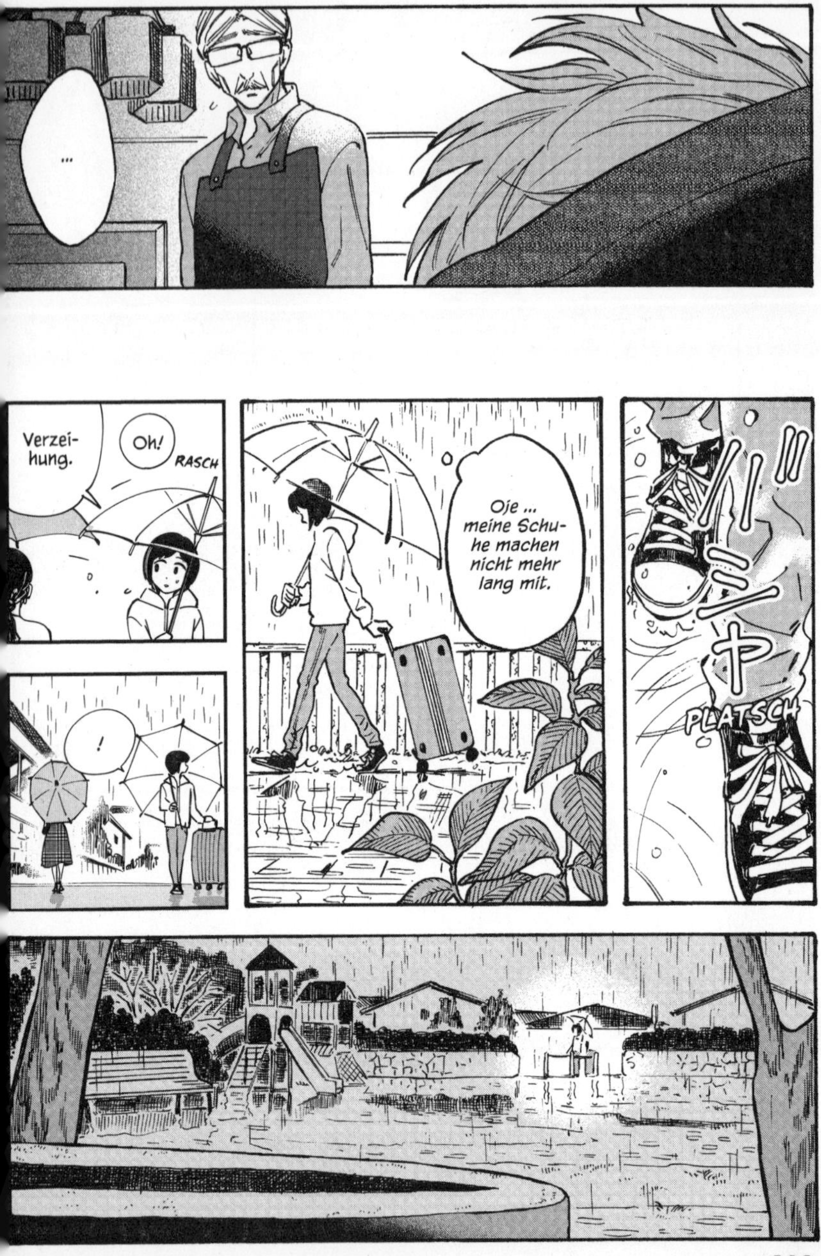
...
PLATSCH
Oje ... meine Schuhe machen nicht mehr lang mit.
RASCH
Oh!
Verzeihung.
!

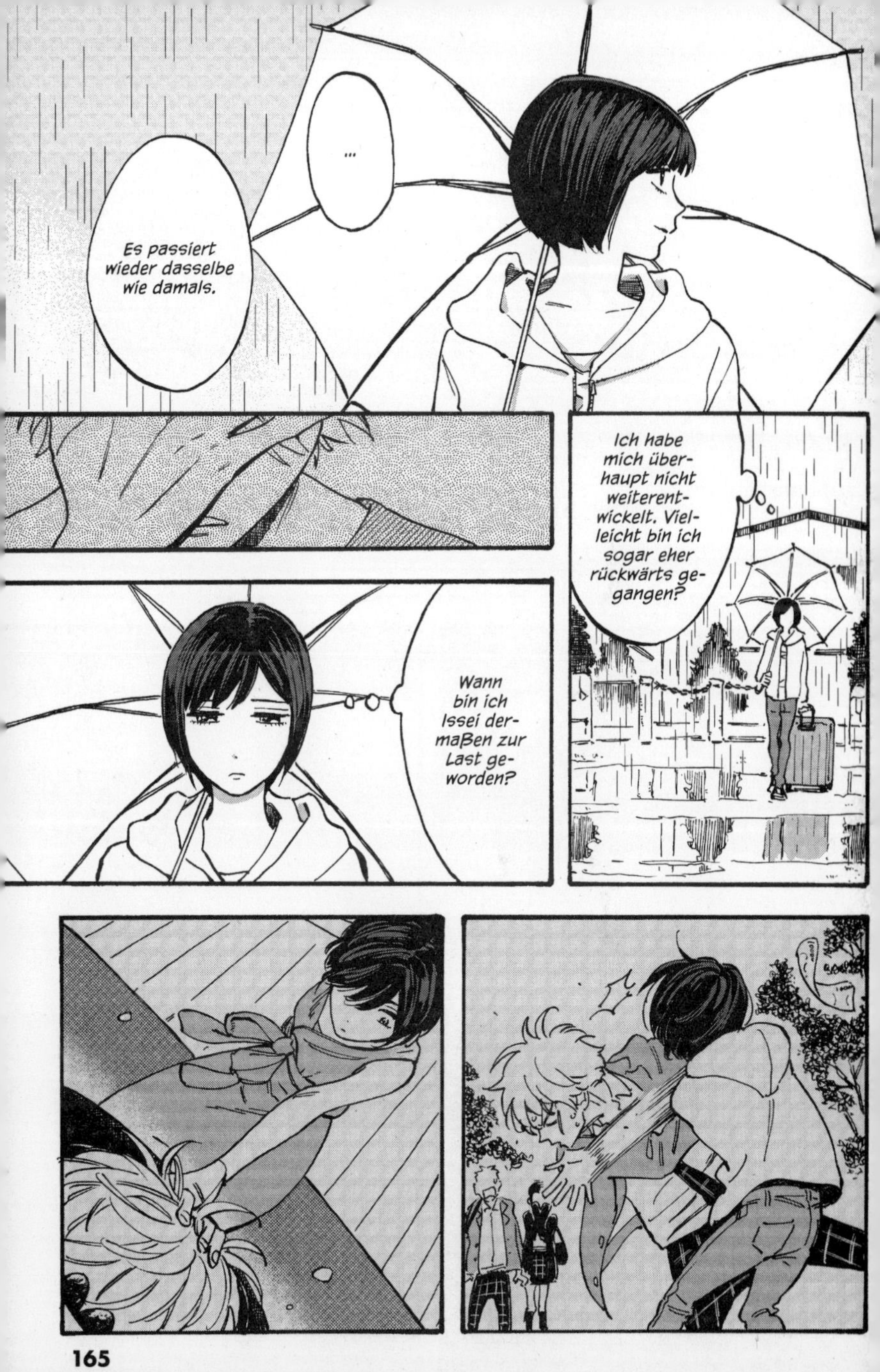
…
Es passiert wieder dasselbe wie damals.
Ich habe mich überhaupt nicht weiterentwickelt. Vielleicht bin ich sogar eher rückwärts gegangen?
Wann bin ich Issei dermaßen zur Last geworden?

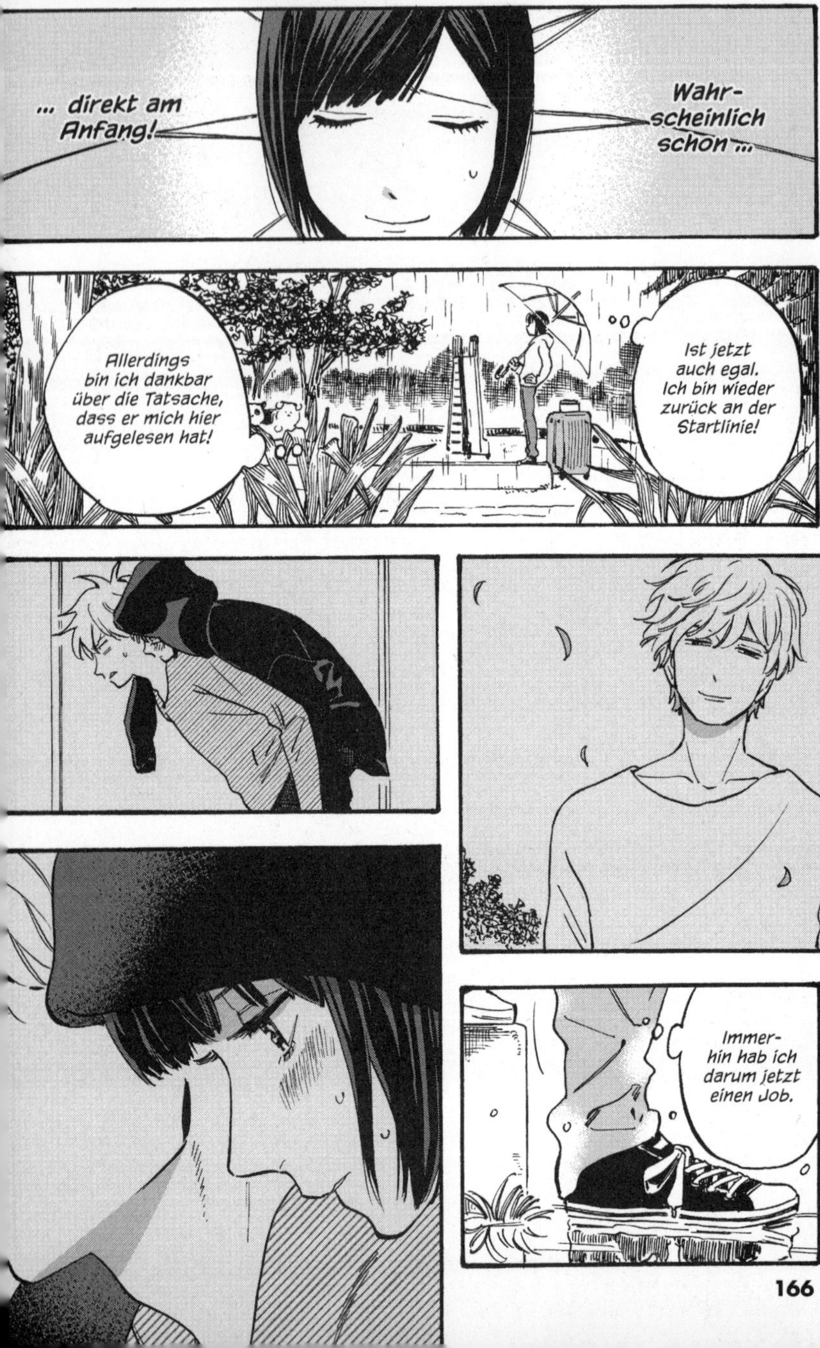
Wahrscheinlich schon ...
... direkt am Anfang!
Ist jetzt auch egal. Ich bin wieder zurück an der Startlinie!
Allerdings bin ich dankbar über die Tatsache, dass er mich hier aufgelesen hat!
Immerhin hab ich darum jetzt einen Job.

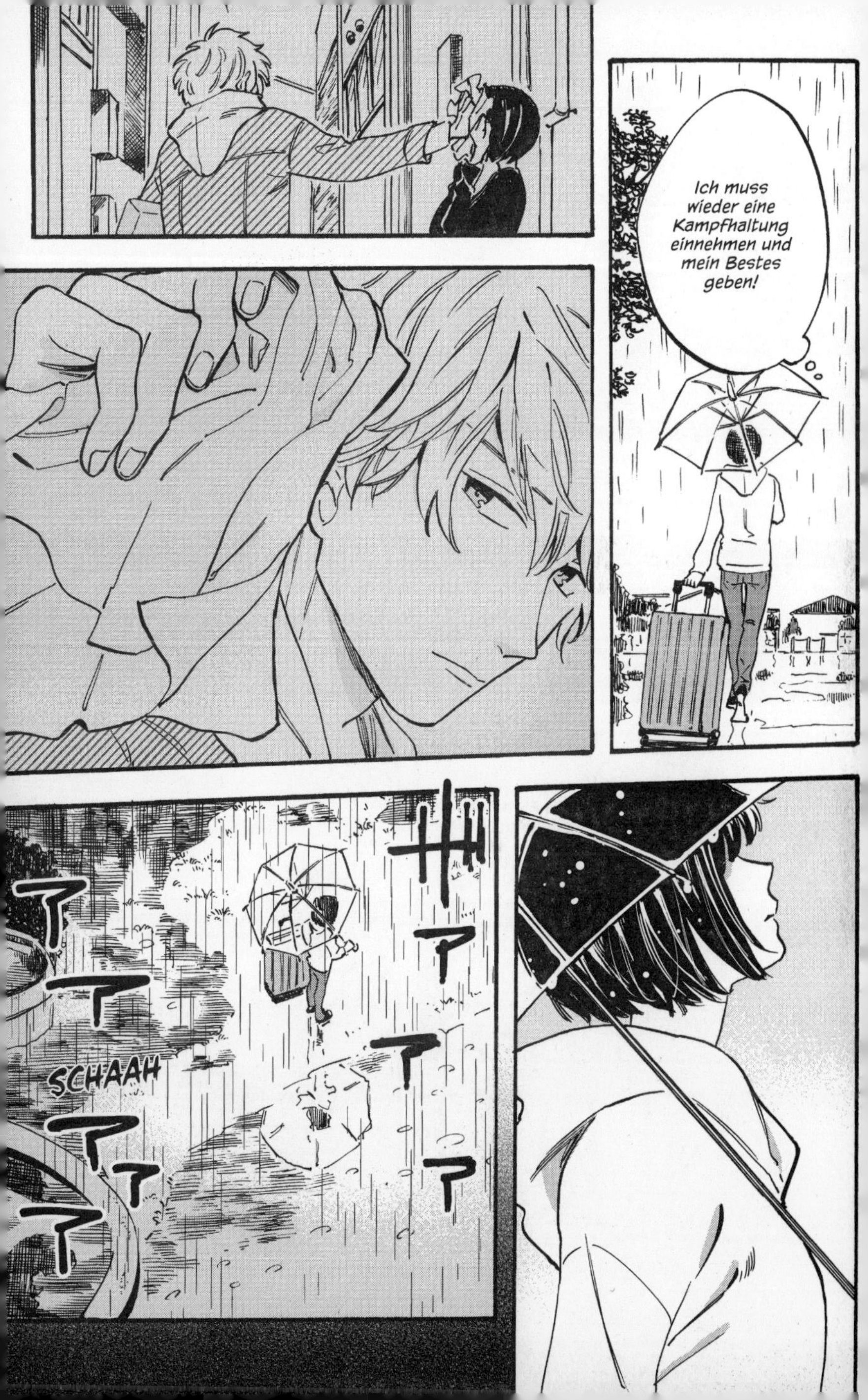
Ich muss wieder eine Kampfhaltung einnehmen und mein Bestes geben!
SCHAAH

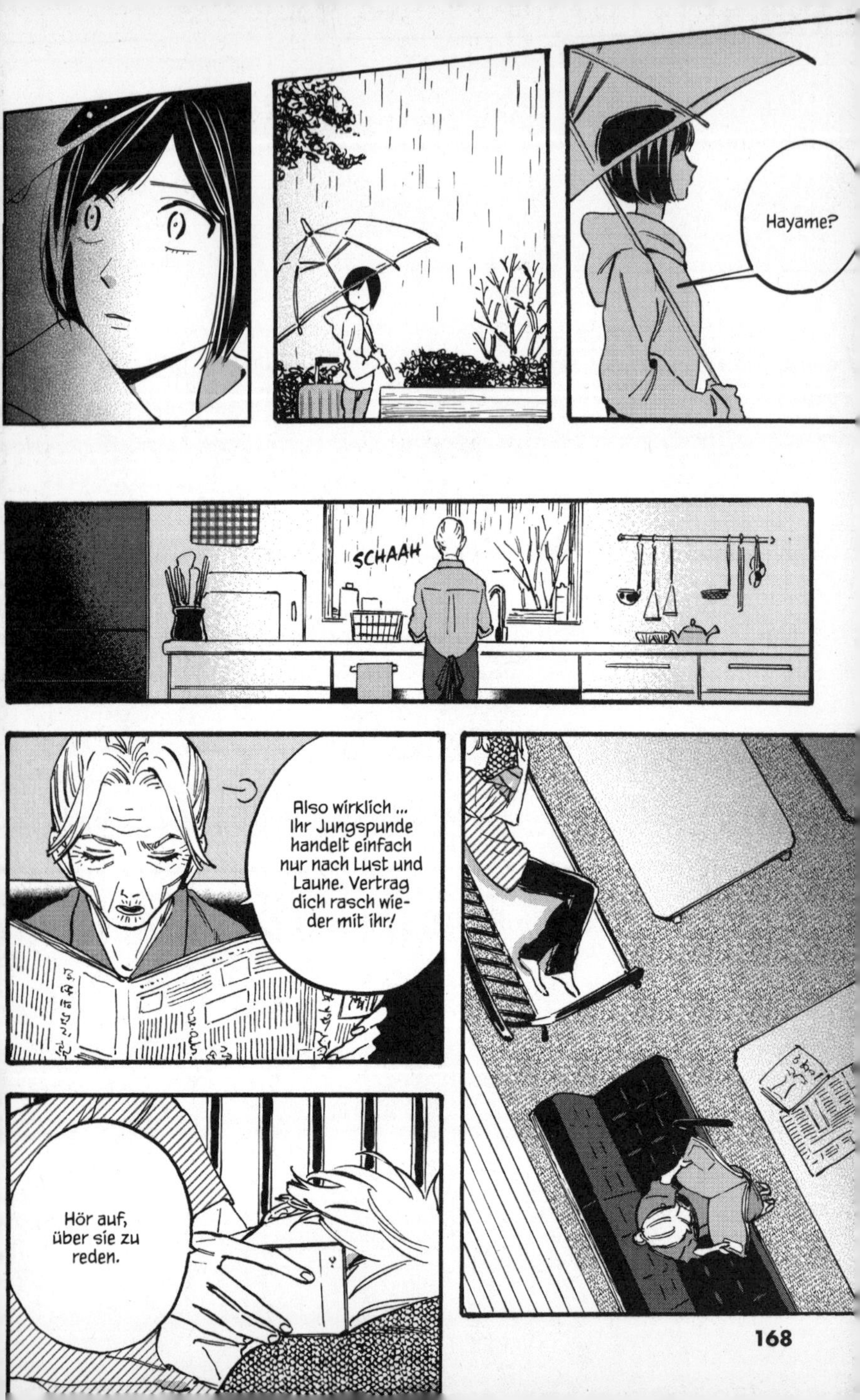
Hayame?
SCHAAH
Also wirklich ... Ihr Jungspunde handelt einfach nur nach Lust und Laune. Vertrag dich rasch wieder mit ihr!
Hör auf, über sie zu reden.

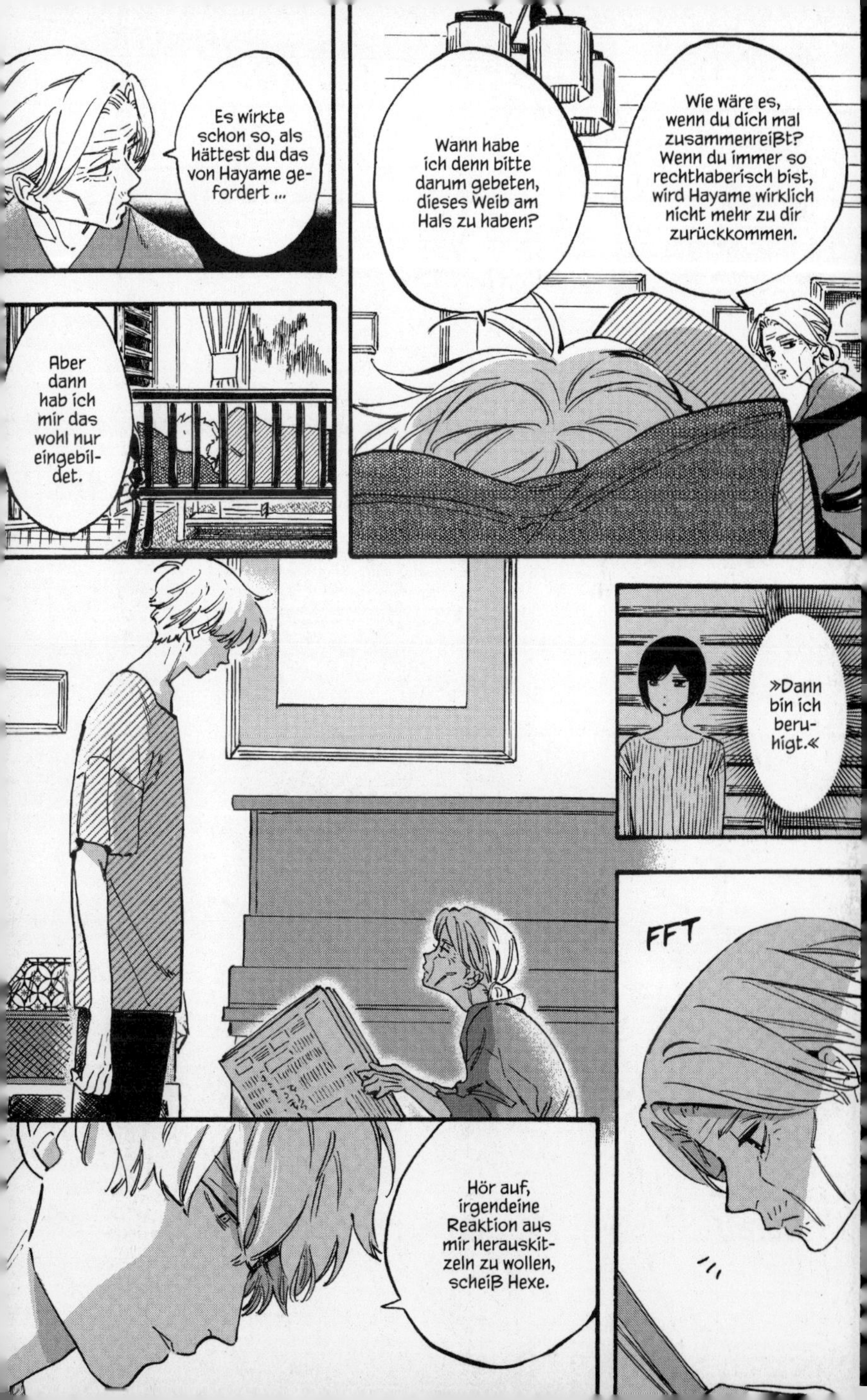
Wie wäre es, wenn du dich mal zusammenreißt? Wenn du immer so rechthaberisch bist, wird Hayame wirklich nicht mehr zu dir zurückkommen.
Wann habe ich denn bitte darum gebeten, dieses Weib am Hals zu haben?
Es wirkte schon so, als hättest du das von Hayame gefordert ...
Aber dann hab ich mir das wohl nur eingebildet.
»Dann bin ich beruhigt.«
FFT
...
Hör auf, irgendeine Reaktion aus mir herauskitzeln zu wollen, scheiß Hexe.

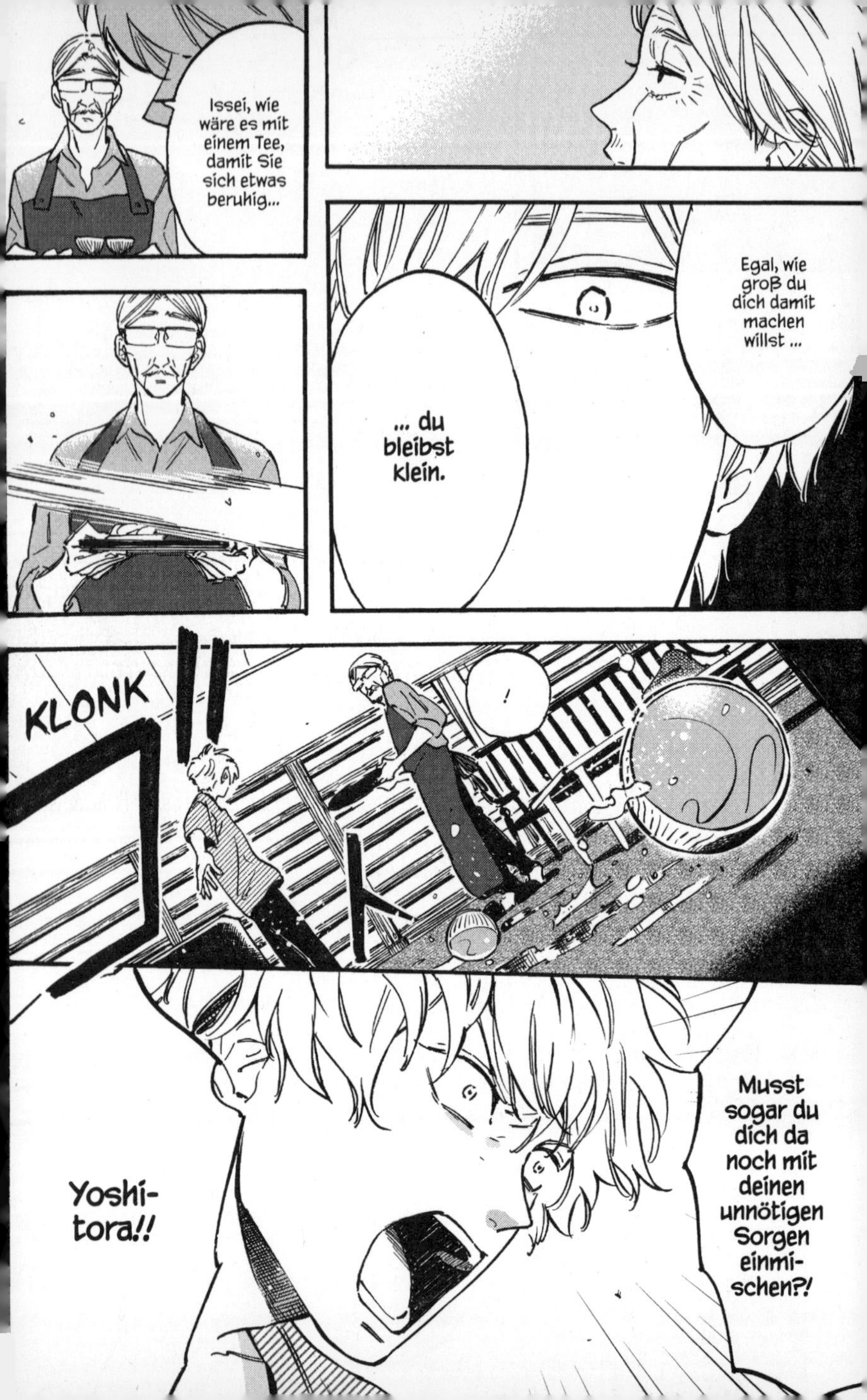
Issei, wie wäre es mit einem Tee, damit Sie sich etwas beruhig...
Egal, wie groß du dich damit machen willst ...
... du bleibst klein.
KLONK
!
Musst sogar du dich da noch mit deinen unnötigen Sorgen einmi-schen?!
Yoshi-tora!!

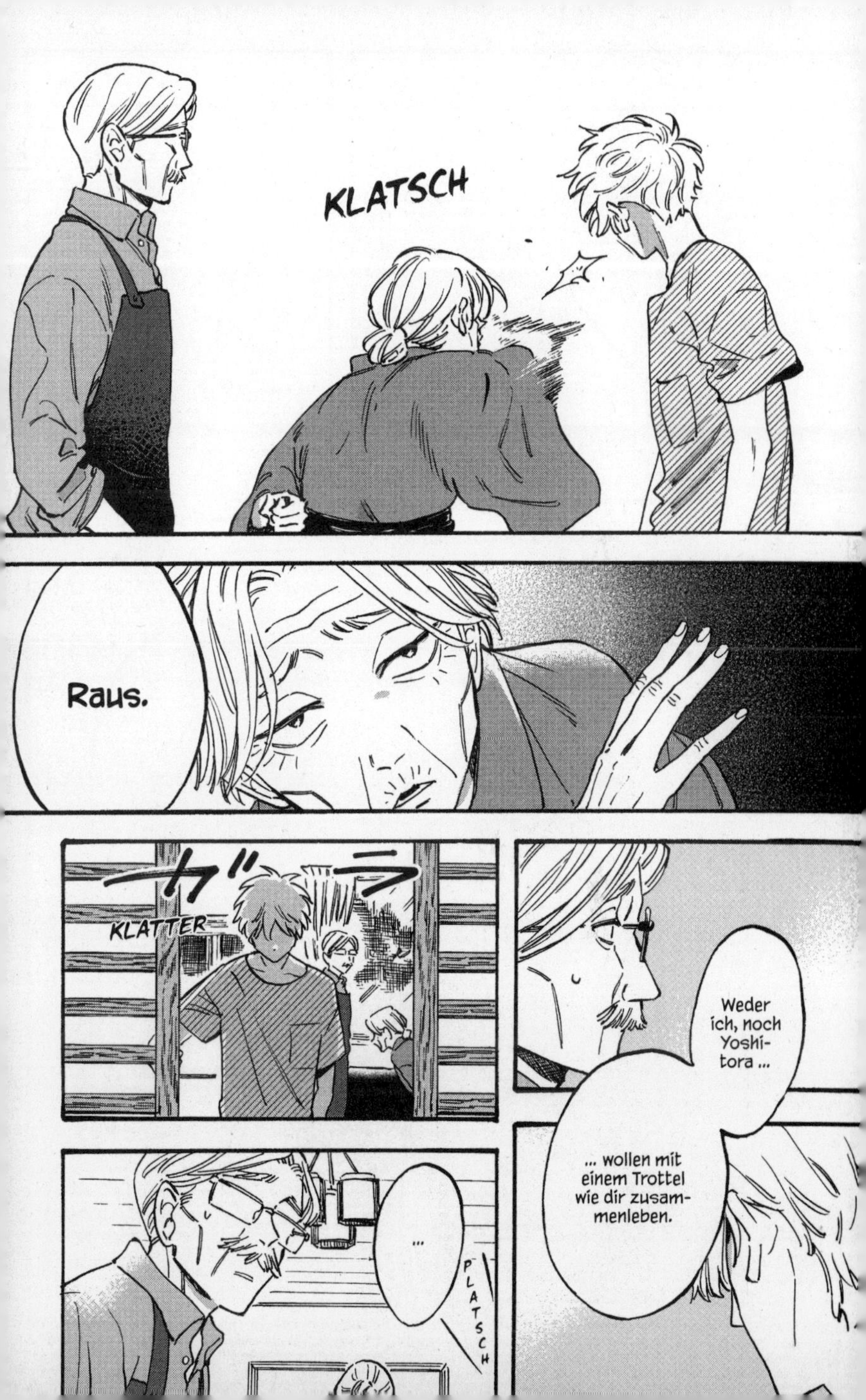
KLATSCH
Raus.
KLATTER
Weder ich, noch Yoshi-tora ...
... wollen mit einem Trottel wie dir zusammenleben.
...
PLATSCH

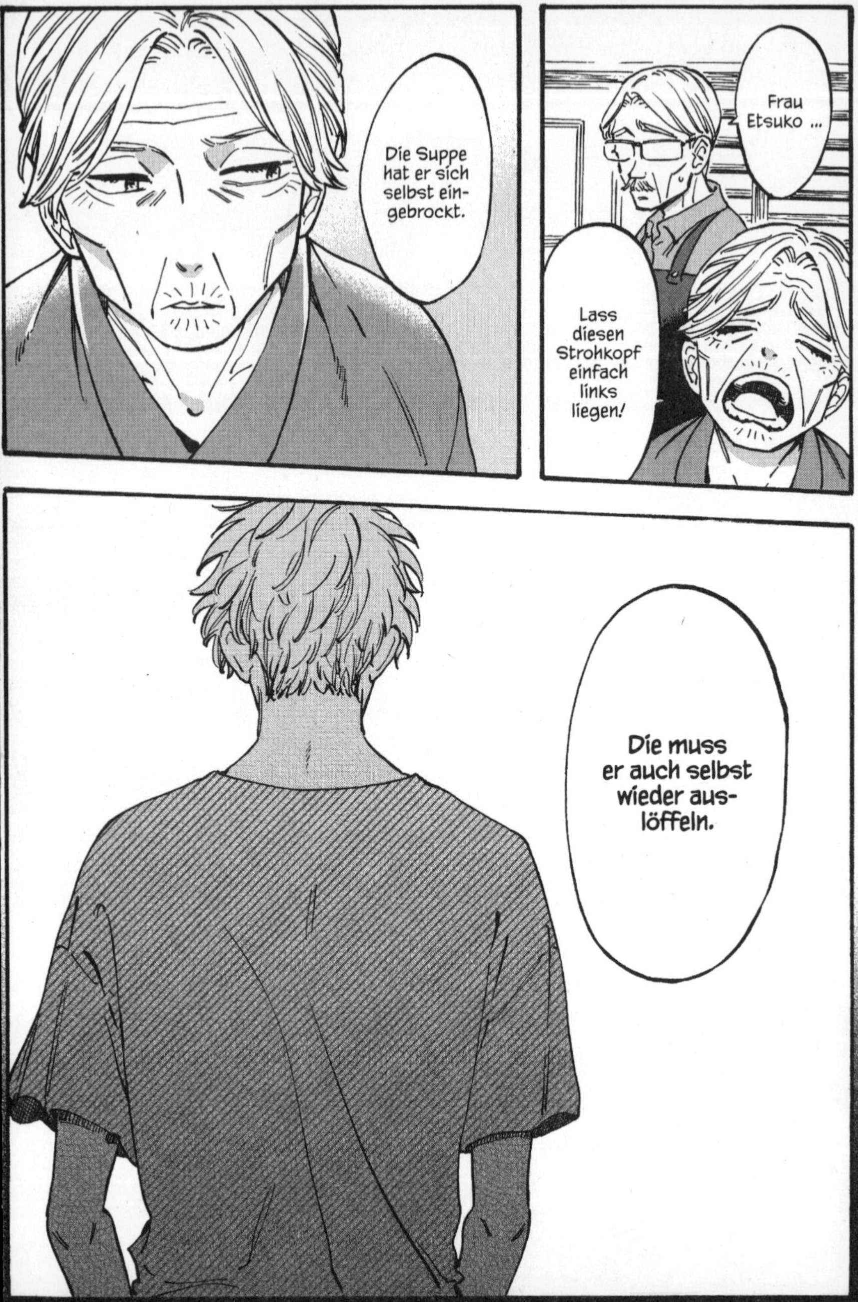
Frau Etsuko ...
Lass diesen Strohkopf einfach links liegen!
Die Suppe hat er sich selbst eingebrockt.
Die muss er auch selbst wieder auslöffeln.

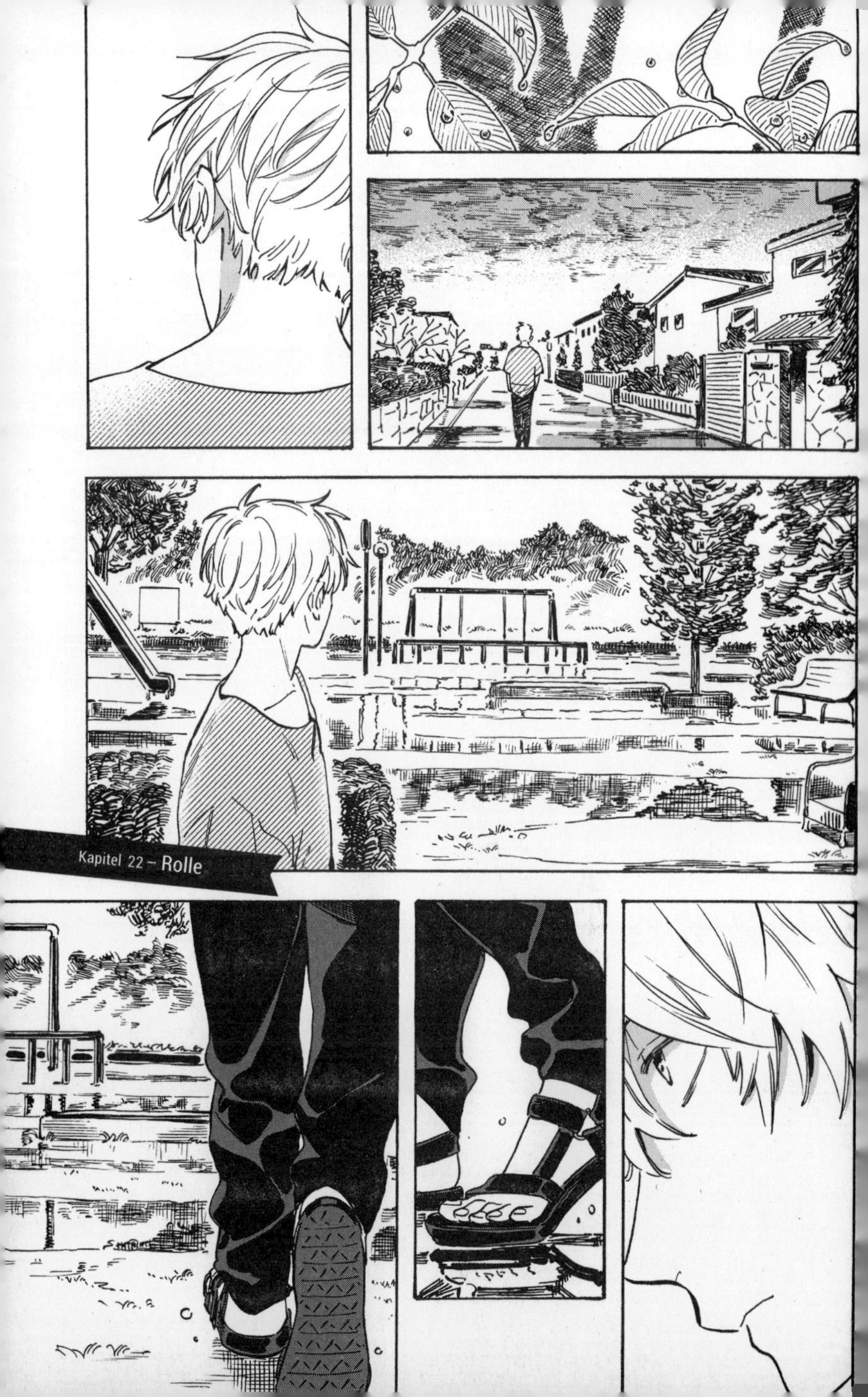
Kapitel 22 – Rolle

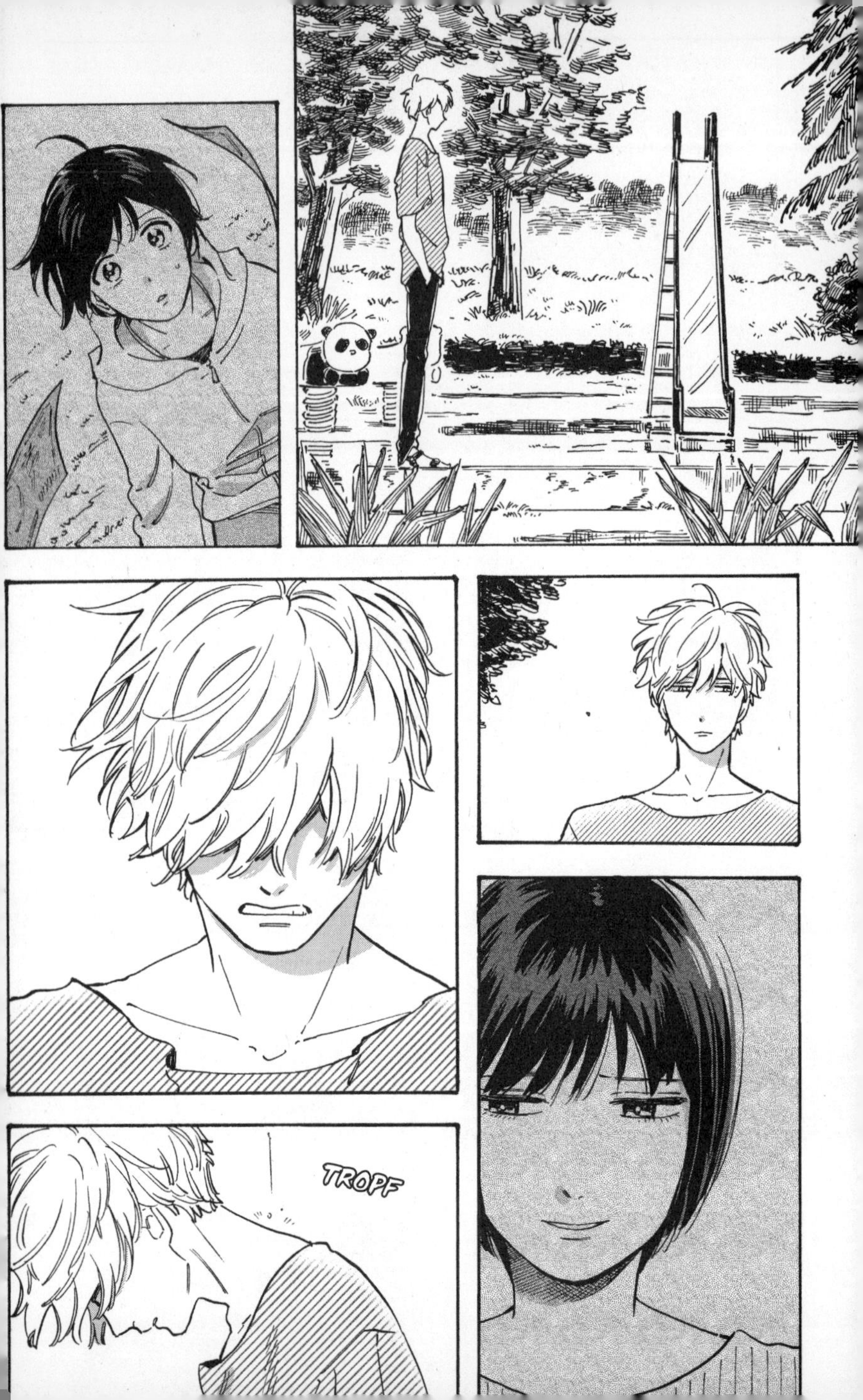
TROPF

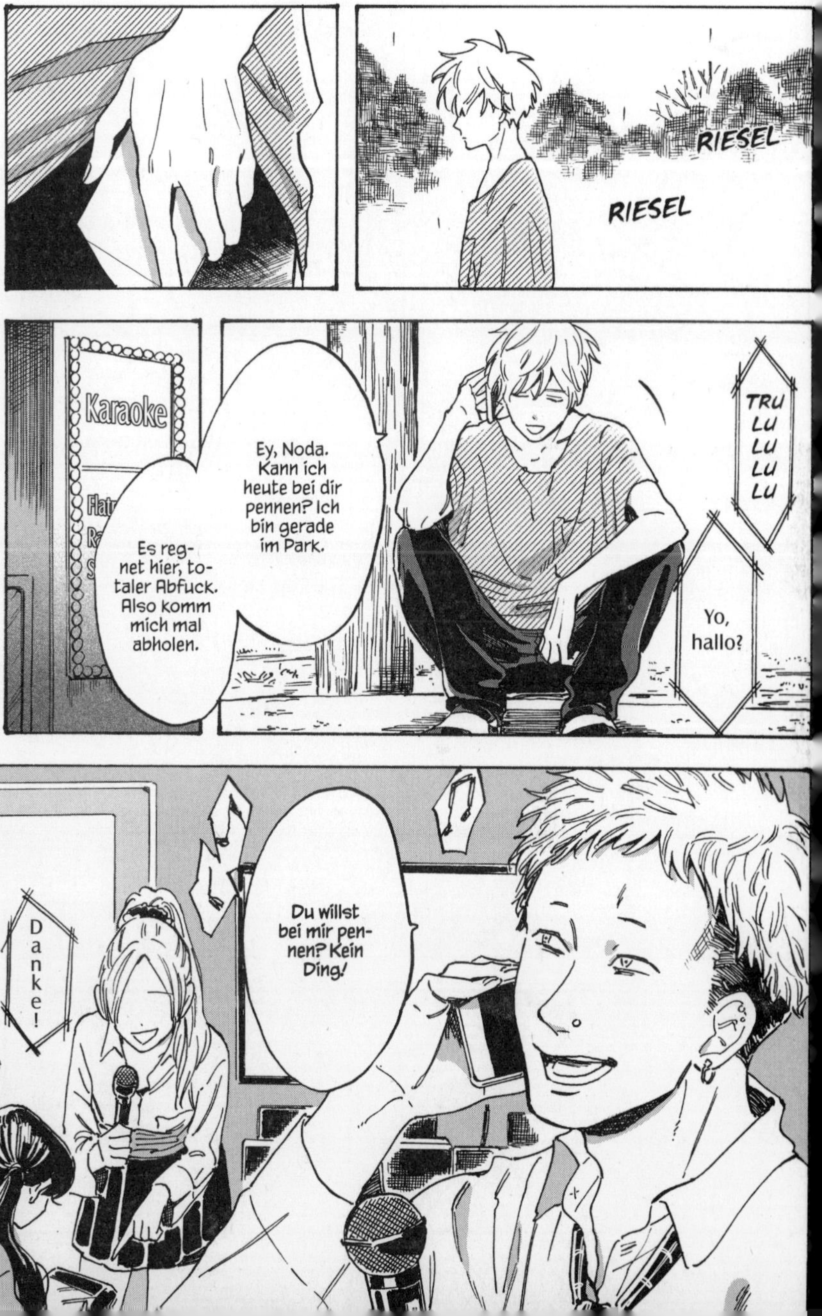
RIESEL
RIESEL
TRU LU LU LU LU
Yo, hallo?
Ey, Noda. Kann ich heute bei dir pennen? Ich bin gerade im Park.
Es reg-net hier, to-taler Abfuck. Also komm mich mal abholen.
Karaoke
Du willst bei mir pen-nen? Kein Ding!
Danke!

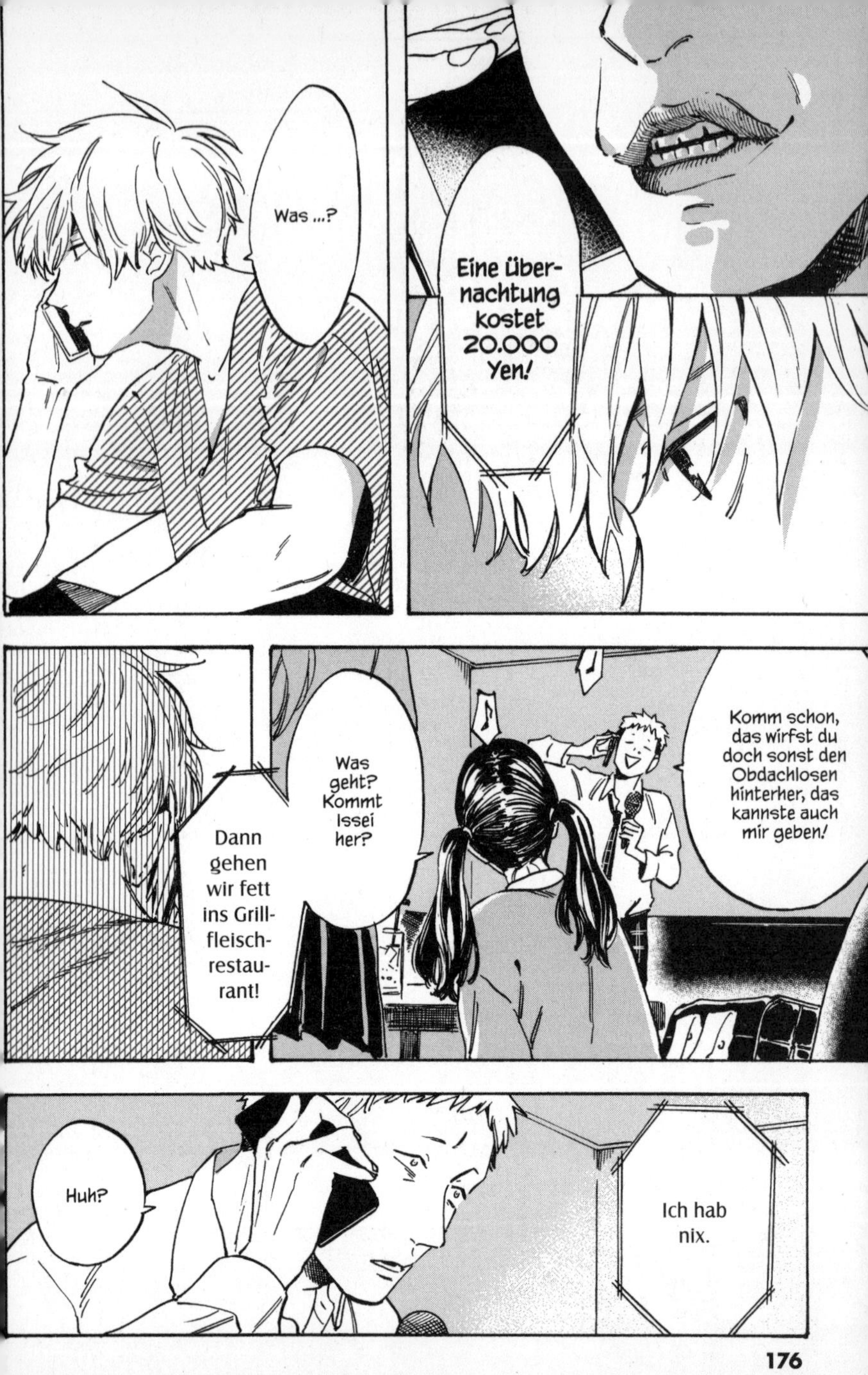
Eine Über-
nachtung
kostet
20.000
Yen!
Was ...?
Komm schon,
das wirfst du
doch sonst den
Obdachlosen
hinterher, das
kannste auch
mir geben!
Was
geht?
Kommt
Issei
her?
Dann
gehen
wir fett
ins Grill-
fleisch-
restau-
rant!
Ich hab
nix.
Huh?

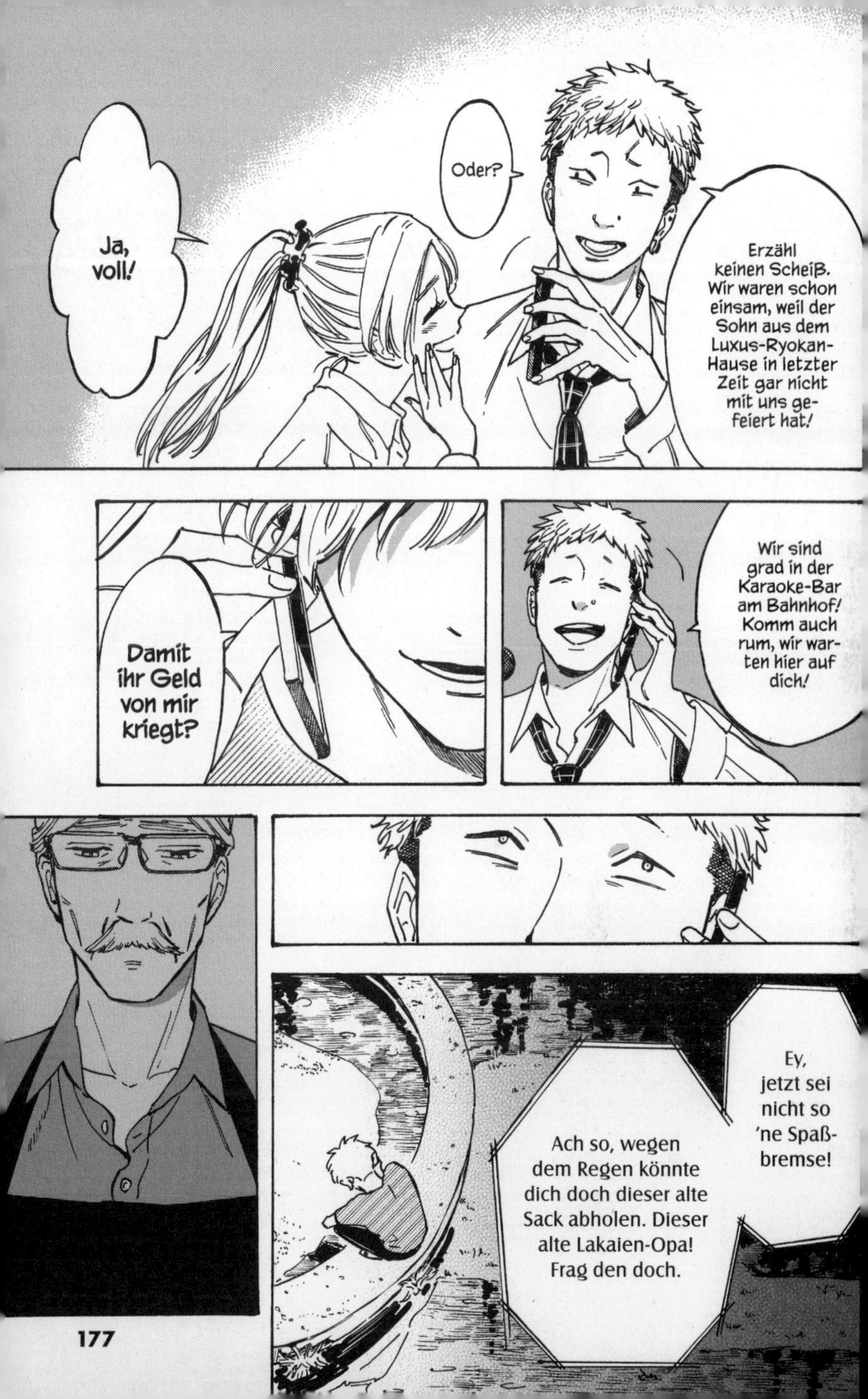
Erzähl keinen Scheiß. Wir waren schon einsam, weil der Sohn aus dem Luxus-Ryokan-Hause in letzter Zeit gar nicht mit uns gefeiert hat!
Oder?
Ja, voll!
Wir sind grad in der Karaoke-Bar am Bahnhof! Komm auch rum, wir warten hier auf dich!
Damit ihr Geld von mir kriegt?
Ey, jetzt sei nicht so 'ne Spaßbremse!
Ach so, wegen dem Regen könnte dich doch dieser alte Sack abholen. Dieser alte Lakaien-Opa! Frag den doch.

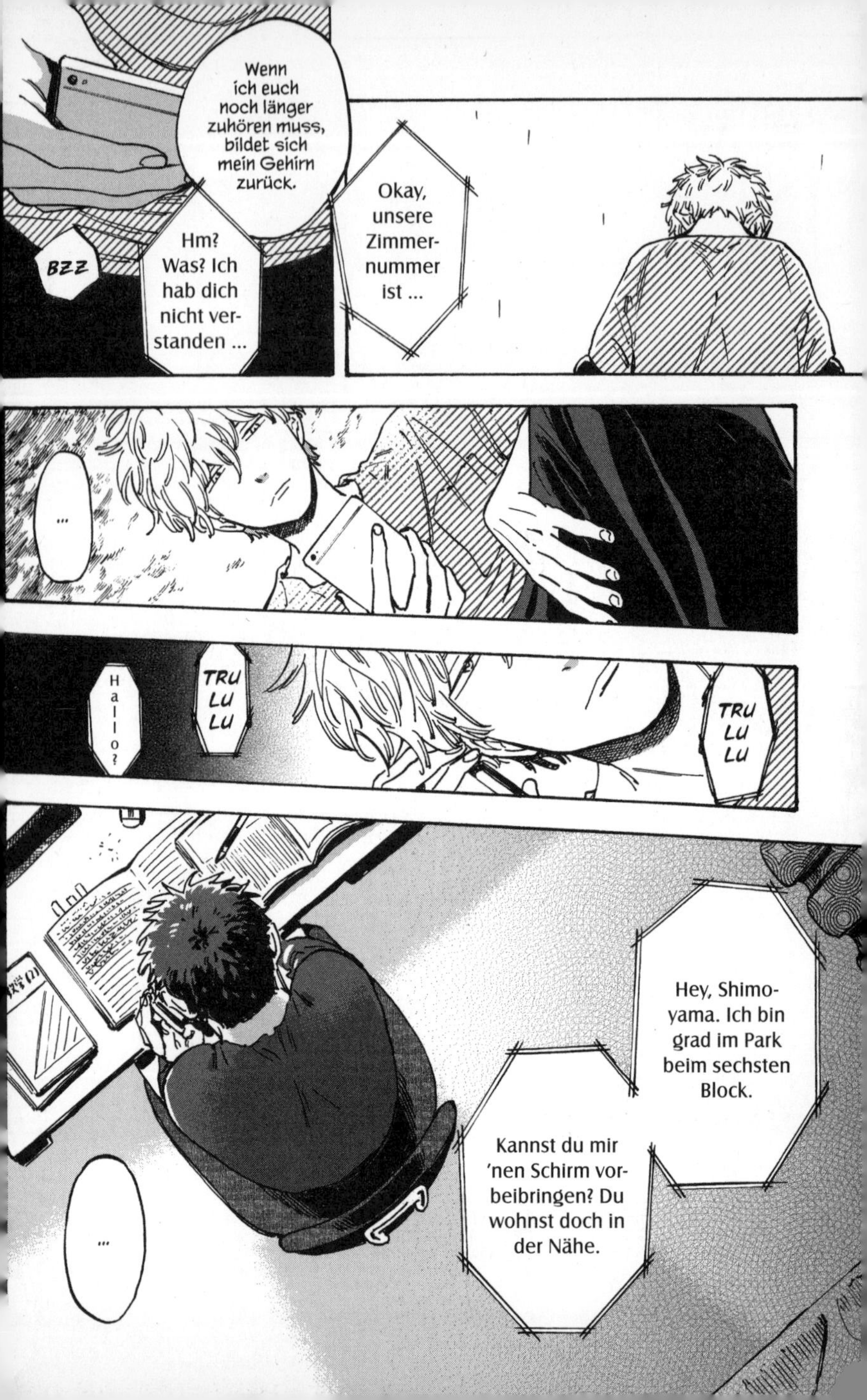

Wenn ich euch noch länger zuhören muss, bildet sich mein Gehirn zurück.
Okay, unsere Zimmernummer ist ...
BZZ
Hm? Was? Ich hab dich nicht verstanden ...
...
TRU LU LU
TRU LU LU
Hallo?
Hey, Shimoyama. Ich bin grad im Park beim sechsten Block.
Kannst du mir 'nen Schirm vorbeibringen? Du wohnst doch in der Nähe.
...

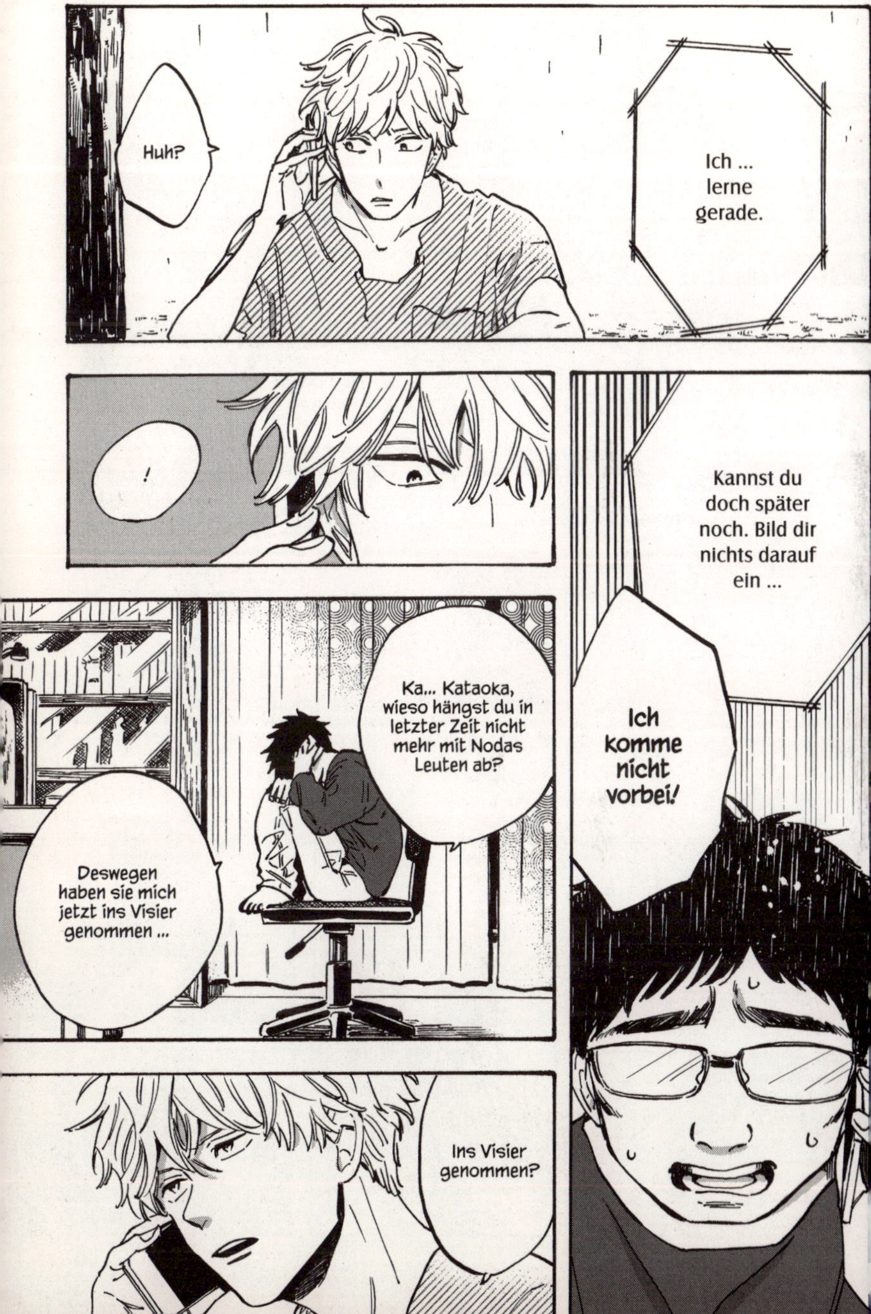
Ich ... lerne gerade.
Huh?
Kannst du doch später noch. Bild dir nichts darauf ein ...
!
Ich komme nicht vorbei!
Ka... Kataoka, wieso hängst du in letzter Zeit nicht mehr mit Nodas Leuten ab?
Deswegen haben sie mich jetzt ins Visier genommen ...
Ins Visier genommen?

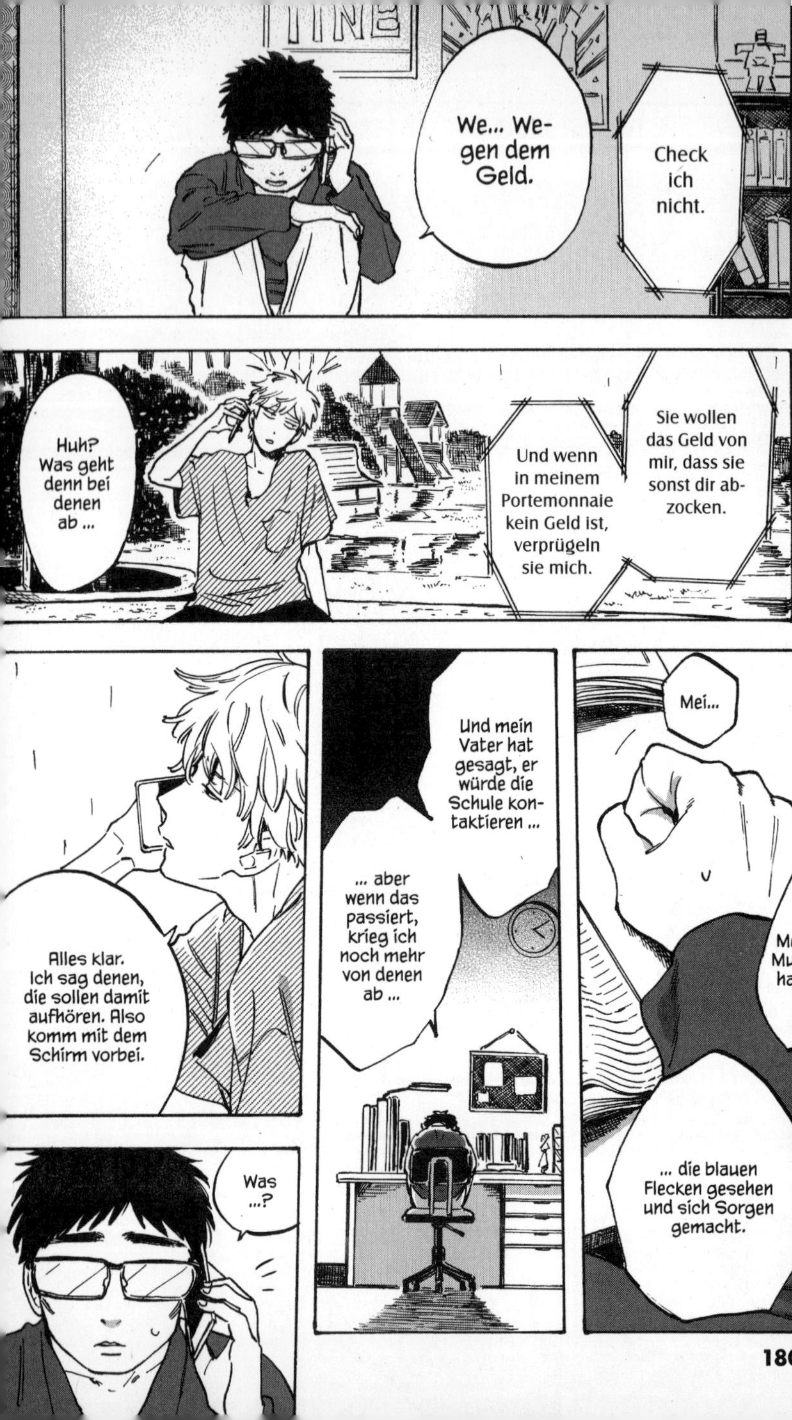
Check ich nicht.
We... Wegen dem Geld.
Sie wollen das Geld von mir, dass sie sonst dir abzocken.
Und wenn in meinem Portemonnaie kein Geld ist, verprügeln sie mich.
Huh? Was geht denn bei denen ab ...
Mei...
Meine Mutter hat ...
... die blauen Flecken gesehen und sich Sorgen gemacht.
Und mein Vater hat gesagt, er würde die Schule kontaktieren ...
... aber wenn das passiert, krieg ich noch mehr von denen ab ...
Alles klar. Ich sag denen, die sollen damit aufhören. Also komm mit dem Schirm vorbei.
Was ...?

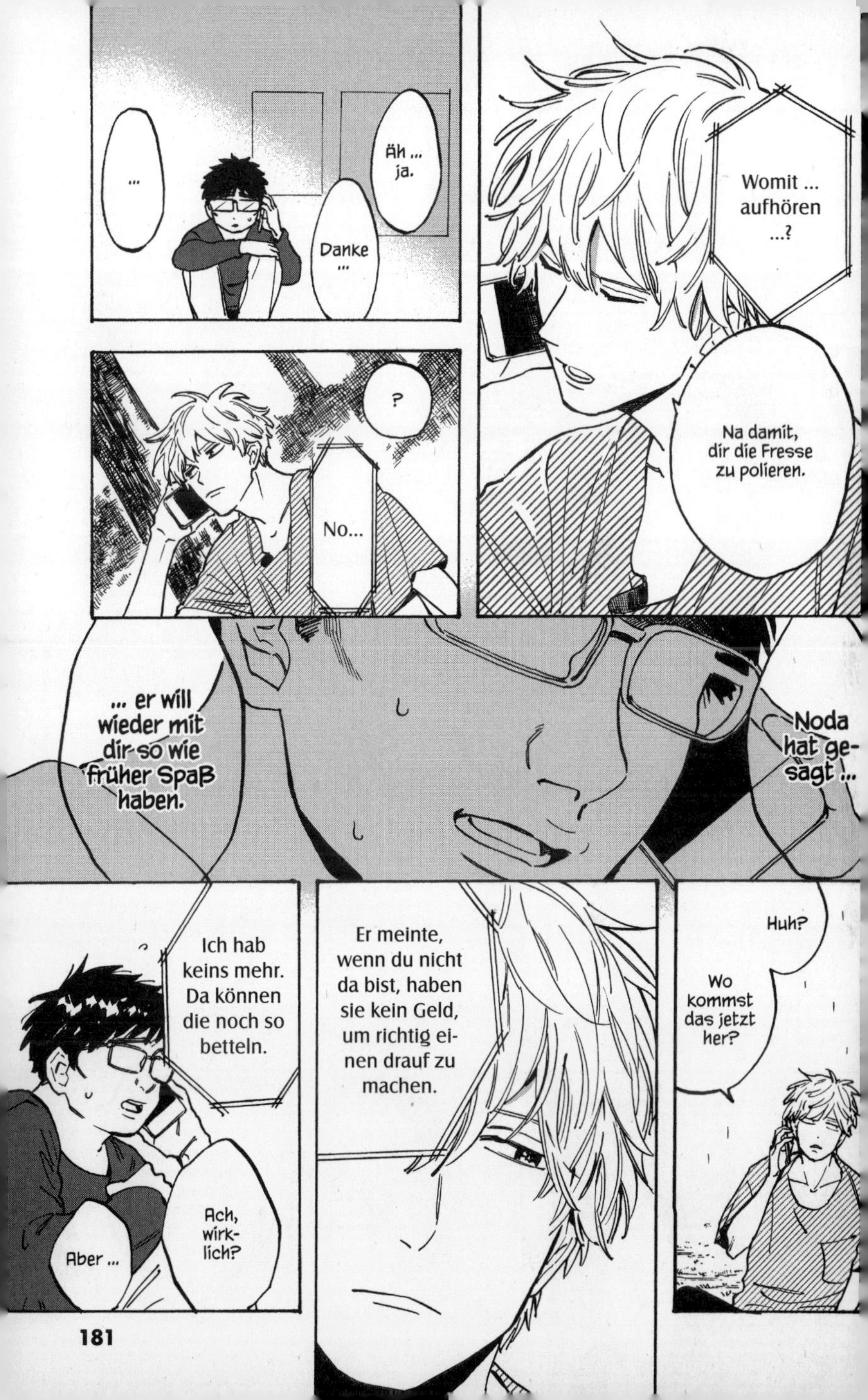
Womit ... aufhören ...?
Na damit, dir die Fresse zu polieren.
Äh ... ja.
Danke ...
...
?
No...
Noda hat gesagt ...
... er will wieder mit dir so wie früher Spaß haben.
Huh?
Wo kommst das jetzt her?
Er meinte, wenn du nicht da bist, haben sie kein Geld, um richtig einen drauf zu machen.
Ich hab keins mehr. Da können die noch so betteln.
Ach, wirklich?
Aber ...

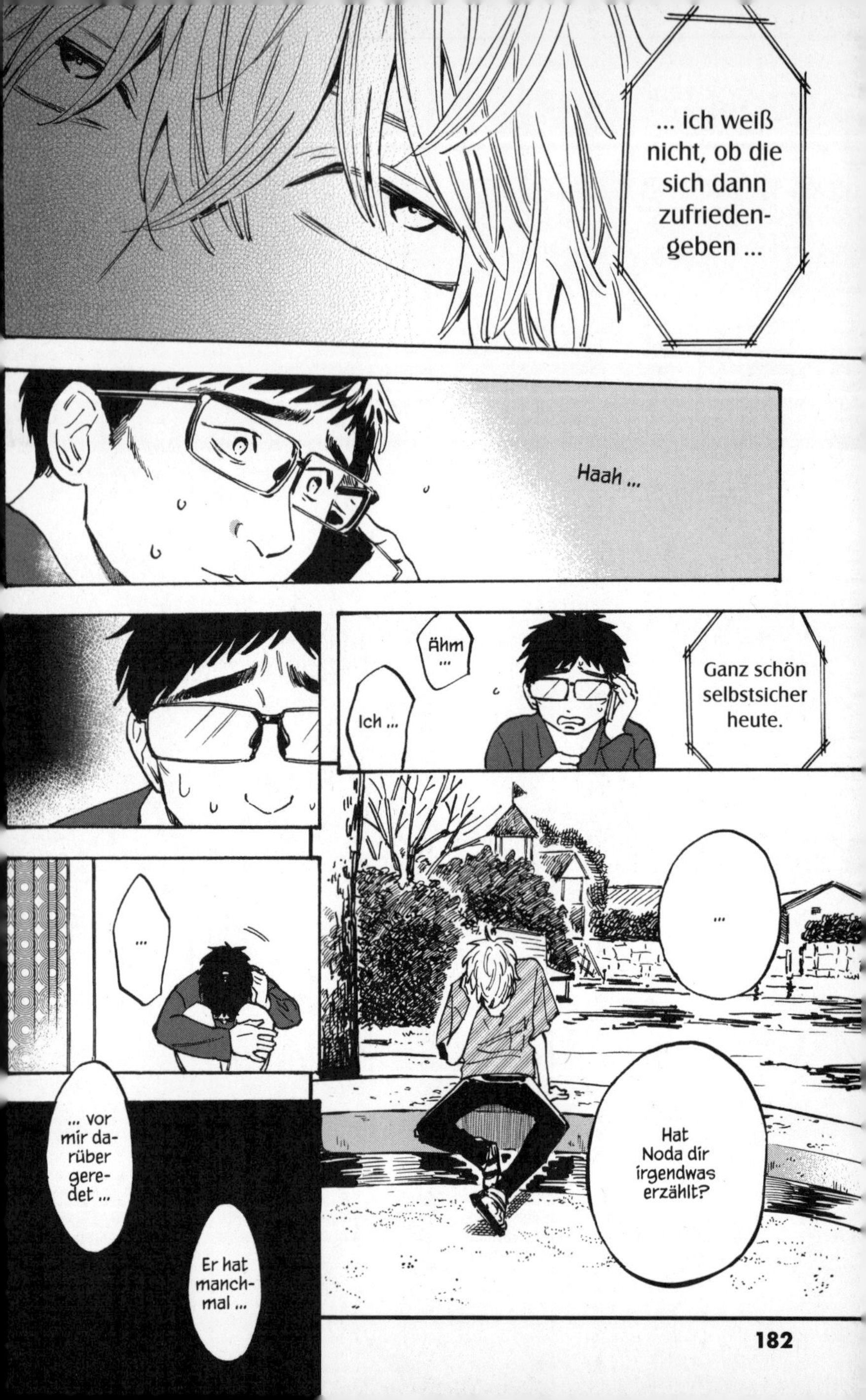
... ich weiß nicht, ob die sich dann zufrieden-geben ...
Haah ...
Ganz schön selbstsicher heute.
Ähm ...
Ich ...
...
...
Hat Noda dir irgendwas erzählt?
Er hat manch-mal ...
... vor mir da-rüber gere-det ...

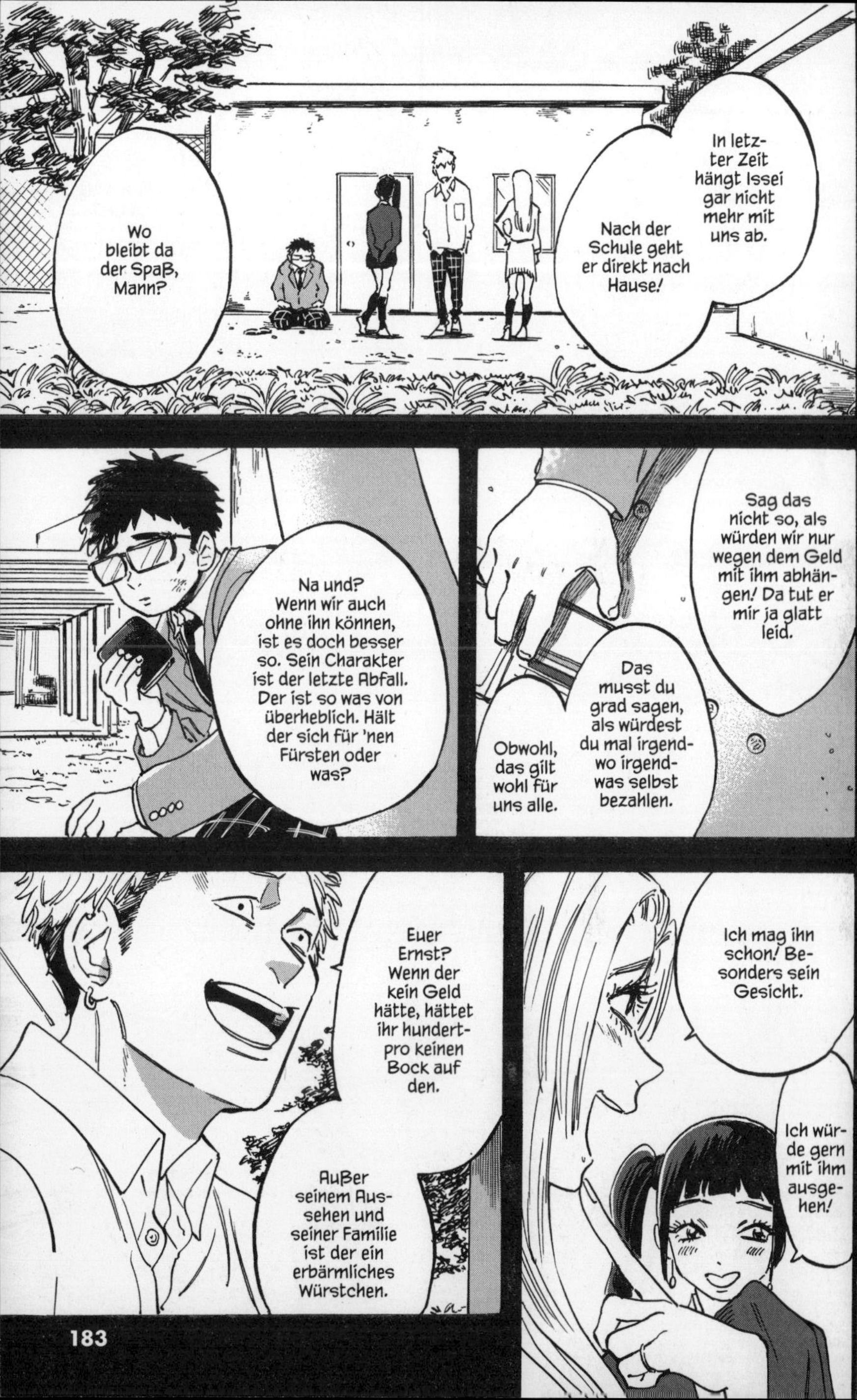

In letzter Zeit hängt Issei gar nicht mehr mit uns ab.
Nach der Schule geht er direkt nach Hause!
Wo bleibt da der Spaß, Mann?
Sag das nicht so, als würden wir nur wegen dem Geld mit ihm abhängen! Da tut er mir ja glatt leid.
Das musst du grad sagen, als würdest du mal irgendwo irgendwas selbst bezahlen.
Obwohl, das gilt wohl für uns alle.
Na und? Wenn wir auch ohne ihn können, ist es doch besser so. Sein Charakter ist der letzte Abfall. Der ist so was von überheblich. Hält der sich für 'nen Fürsten oder was?
Ich mag ihn schon! Besonders sein Gesicht.
Ich würde gern mit ihm ausgehen!
Euer Ernst? Wenn der kein Geld hätte, hättet ihr hundertpro keinen Bock auf den.
Außer seinem Aussehen und seiner Familie ist der ein erbärmliches Würstchen.

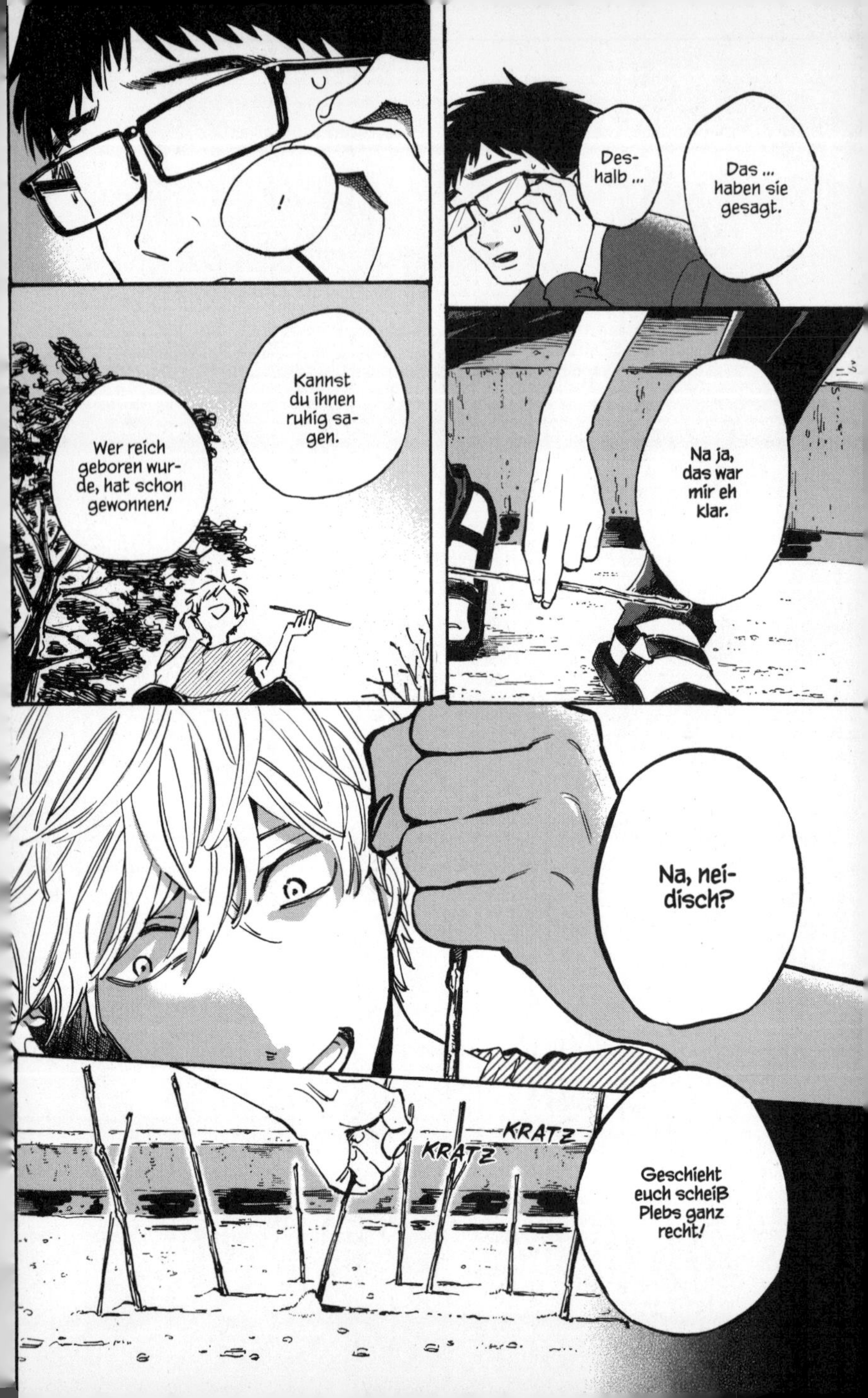
Das ... haben sie gesagt.
Des-halb ...
!
Na ja, das war mir eh klar.
Kannst du ihnen ruhig sa-gen.
Wer reich geboren wur-de, hat schon gewonnen!
Na, nei-disch?
KRATZ
KRATZ
Geschieht euch scheiß Plebs ganz recht!

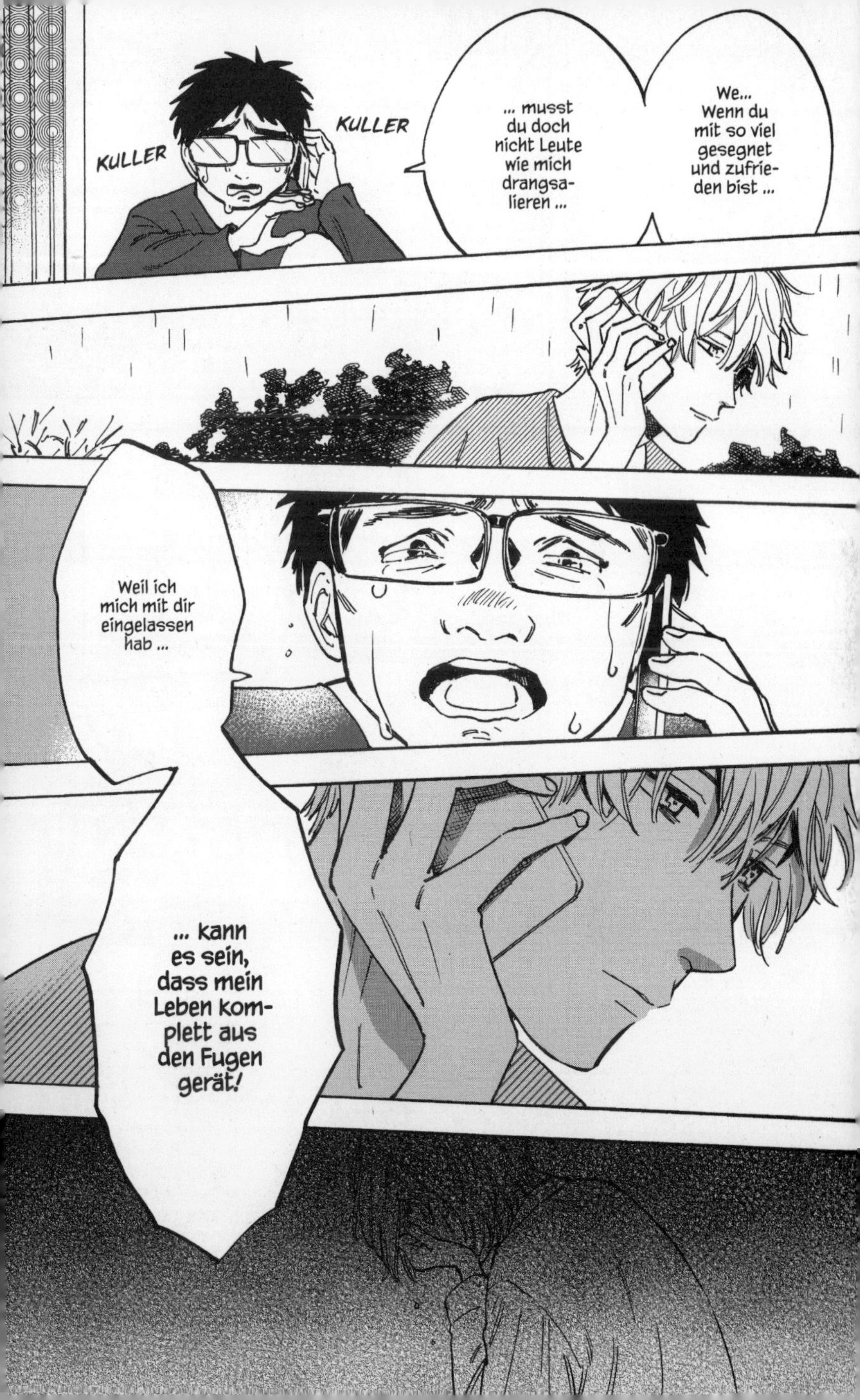
We... Wenn du mit so viel gesegnet und zufrieden bist ...
... musst du doch nicht Leute wie mich drangsalieren ...
KULLER
KULLER
Weil ich mich mit dir eingelassen hab ...
... kann es sein, dass mein Leben komplett aus den Fugen gerät!

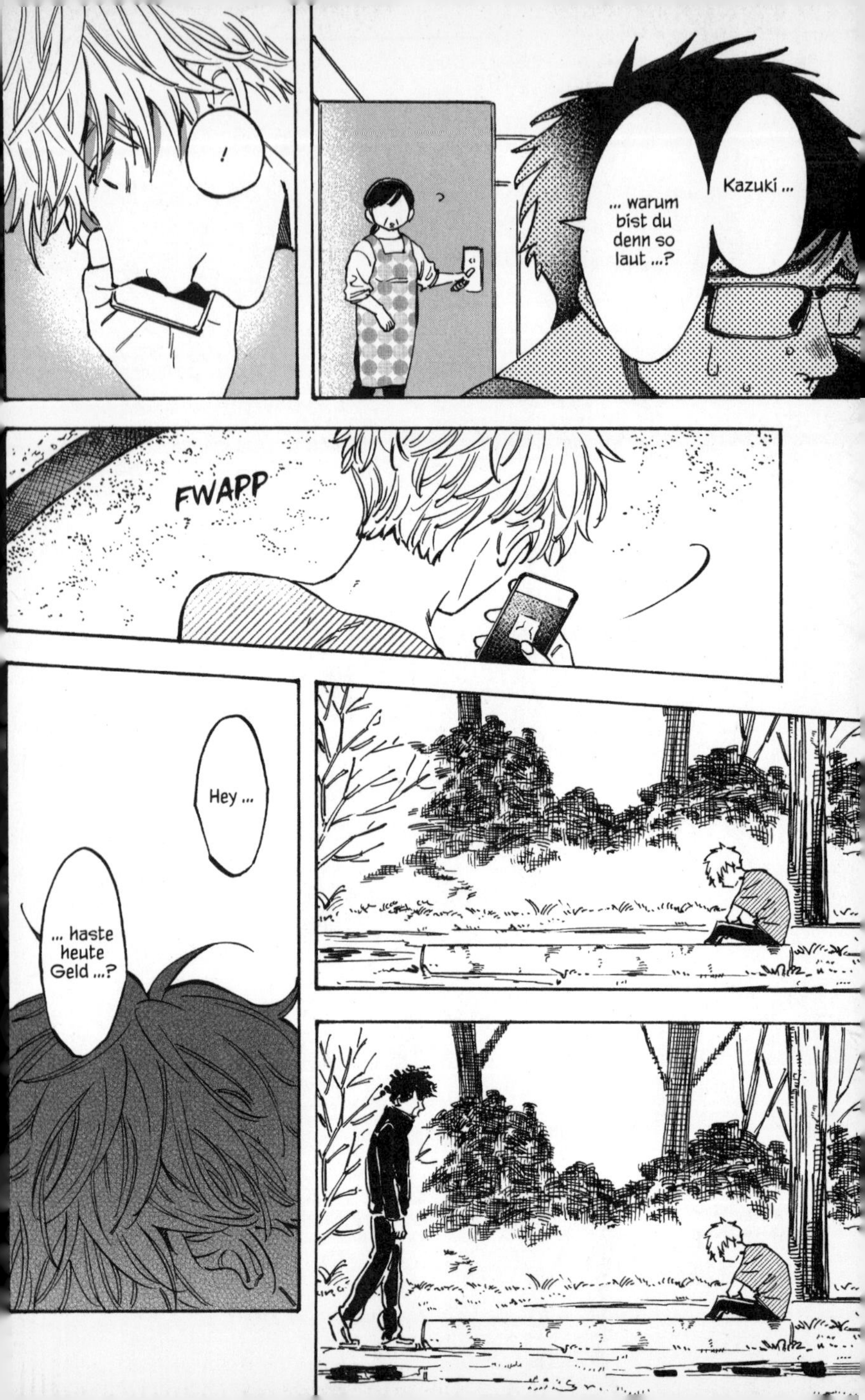

!
Kazuki ...
... warum bist du denn so laut ...?
FWAPP
Hey ...
... haste heute Geld ...?

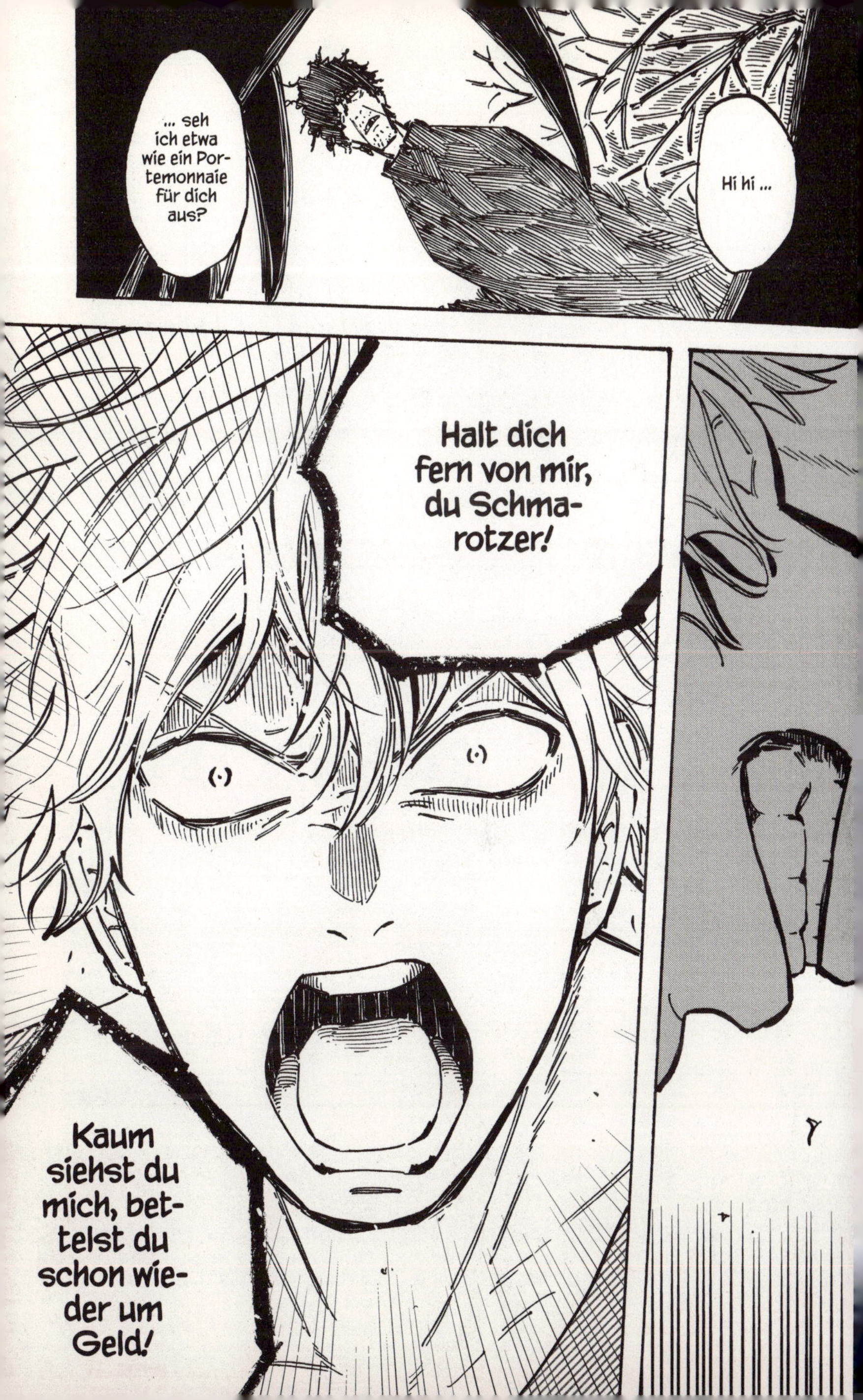
Hi hi ...
... seh ich etwa wie ein Portemonnaie für dich aus?
Halt dich fern von mir, du Schmarotzer!
Kaum siehst du mich, bettelst du schon wieder um Geld!

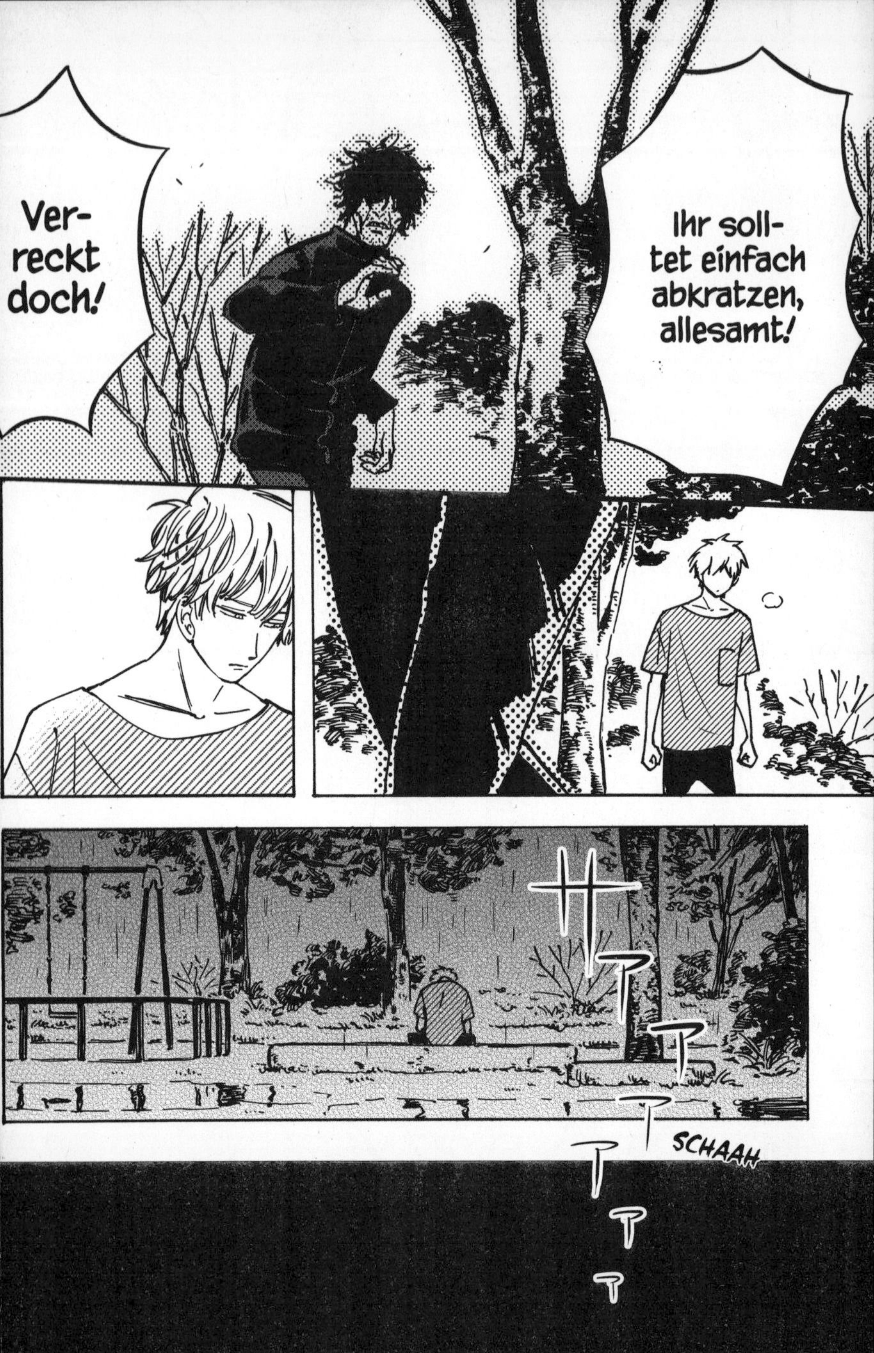
Ihr soll-
tet einfach
abkratzen,
allesamt!
Ver-
reckt
doch!
SCHAAH

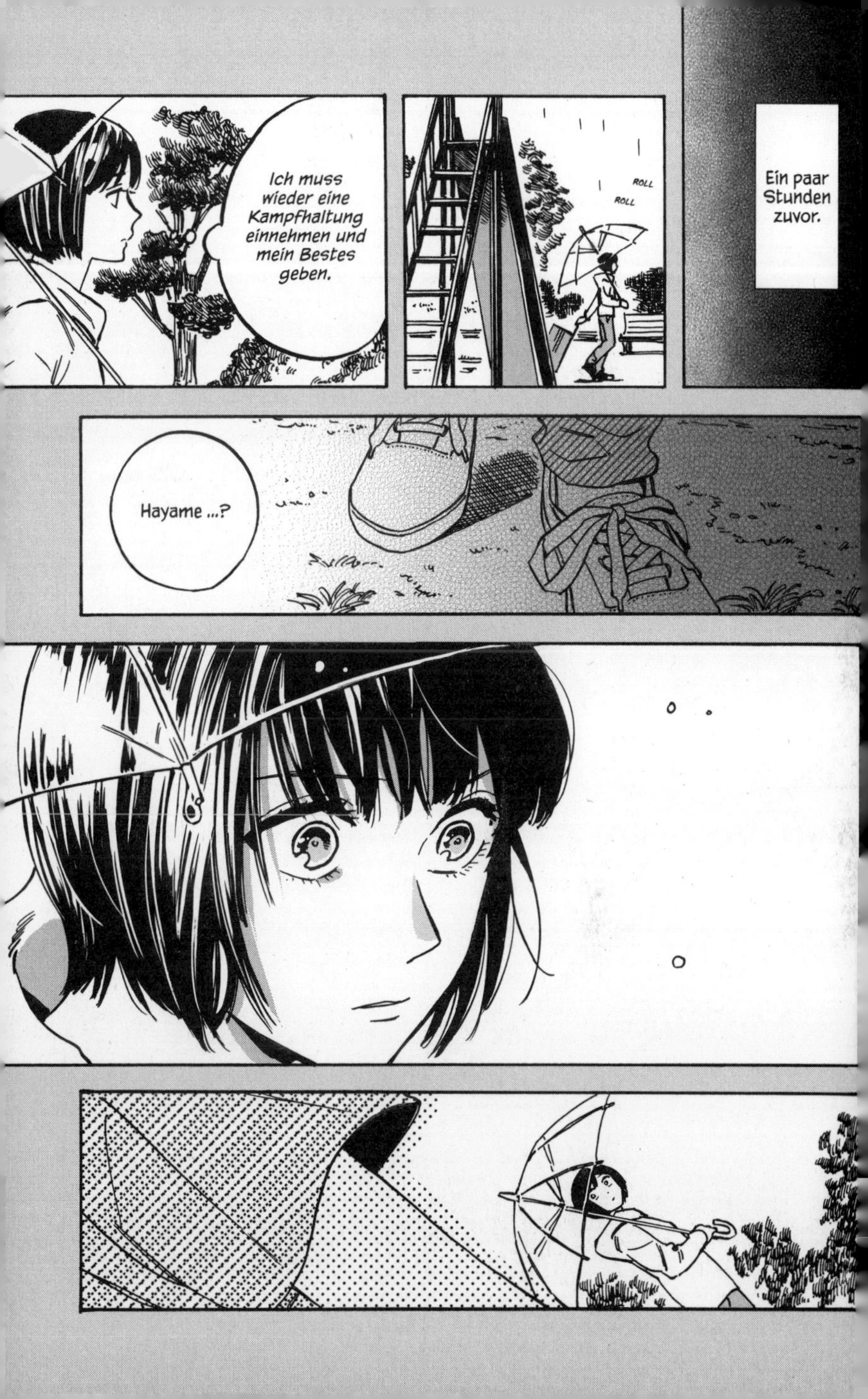

Ein paar Stunden zuvor.
ROLL
ROLL
Ich muss wieder eine Kampfhaltung einnehmen und mein Bestes geben.
Hayame ...?

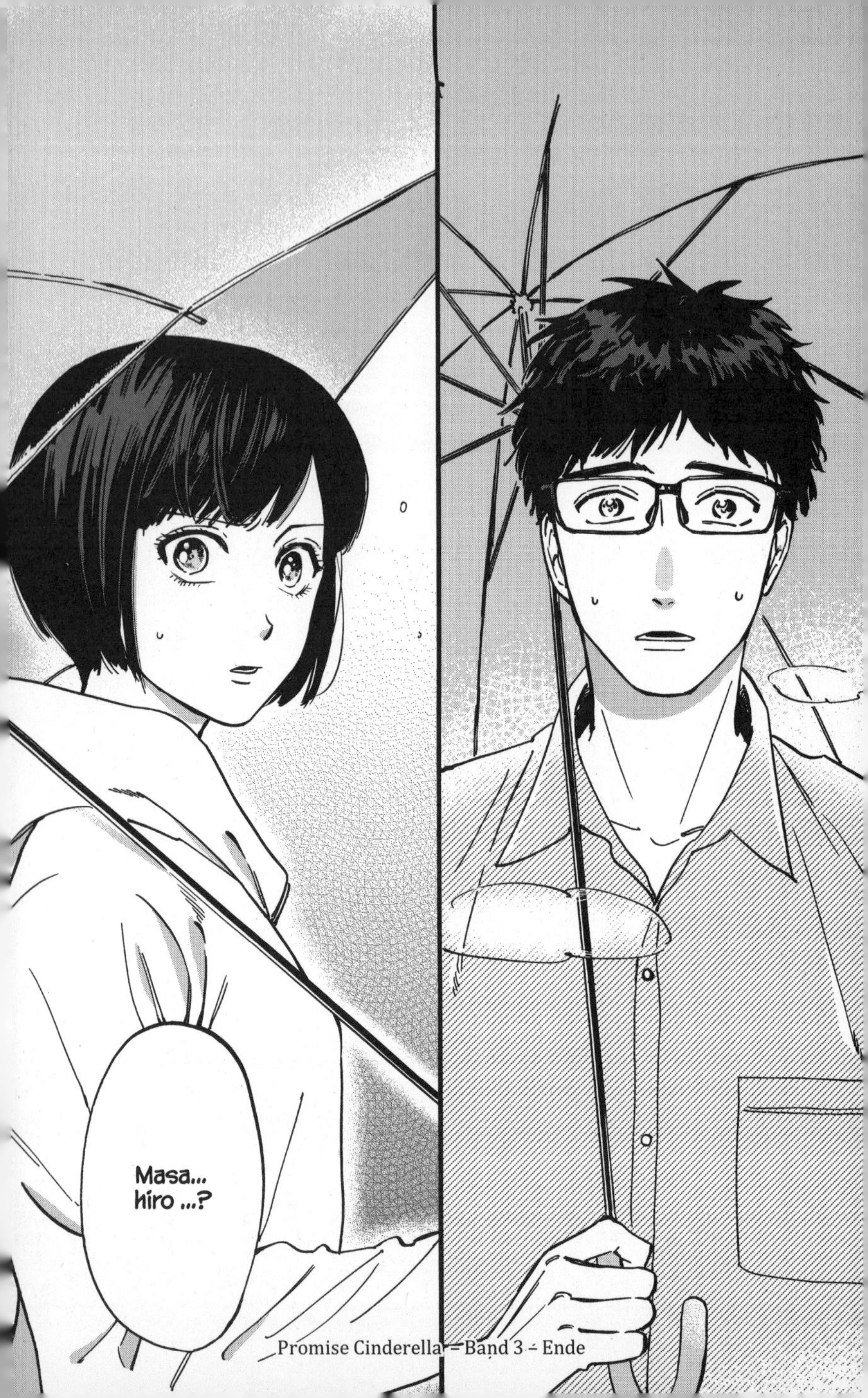

Promise Cinderella – Band 3 – Ende

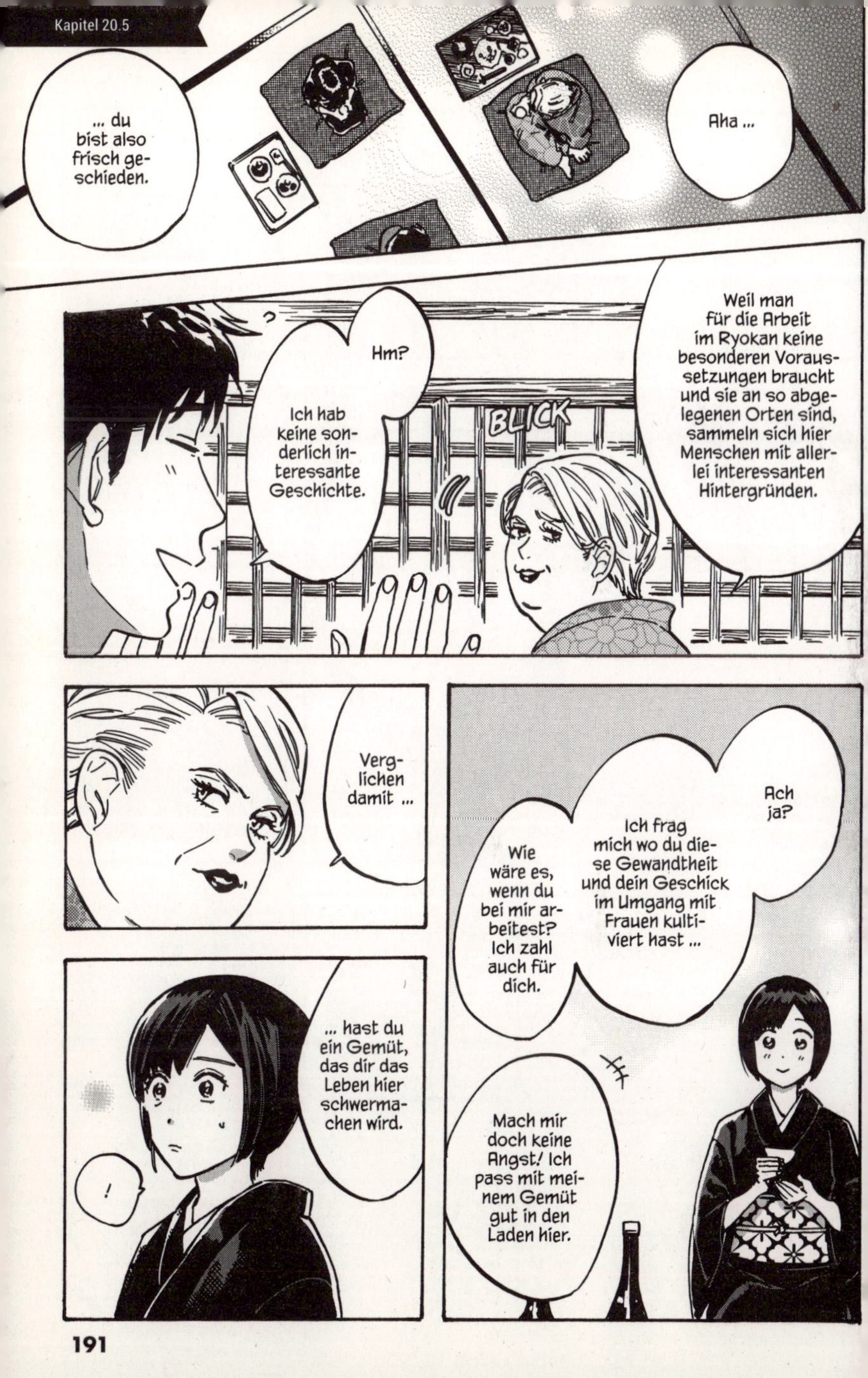
Aha ...
... du bist also frisch geschieden.
Weil man für die Arbeit im Ryokan keine besonderen Voraussetzungen braucht und sie an so abgelegenen Orten sind, sammeln sich hier Menschen mit allerlei interessanten Hintergründen.
BLICK
Hm?
Ich hab keine sonderlich interessante Geschichte.
Ach ja?
Ich frag mich wo du diese Gewandtheit und dein Geschick im Umgang mit Frauen kultiviert hast ...
Wie wäre es, wenn du bei mir arbeitest? Ich zahl auch für dich.
Mach mir doch keine Angst! Ich pass mit meinem Gemüt gut in den Laden hier.
Verglichen damit ...
... hast du ein Gemüt, das dir das Leben hier schwermachen wird.
!

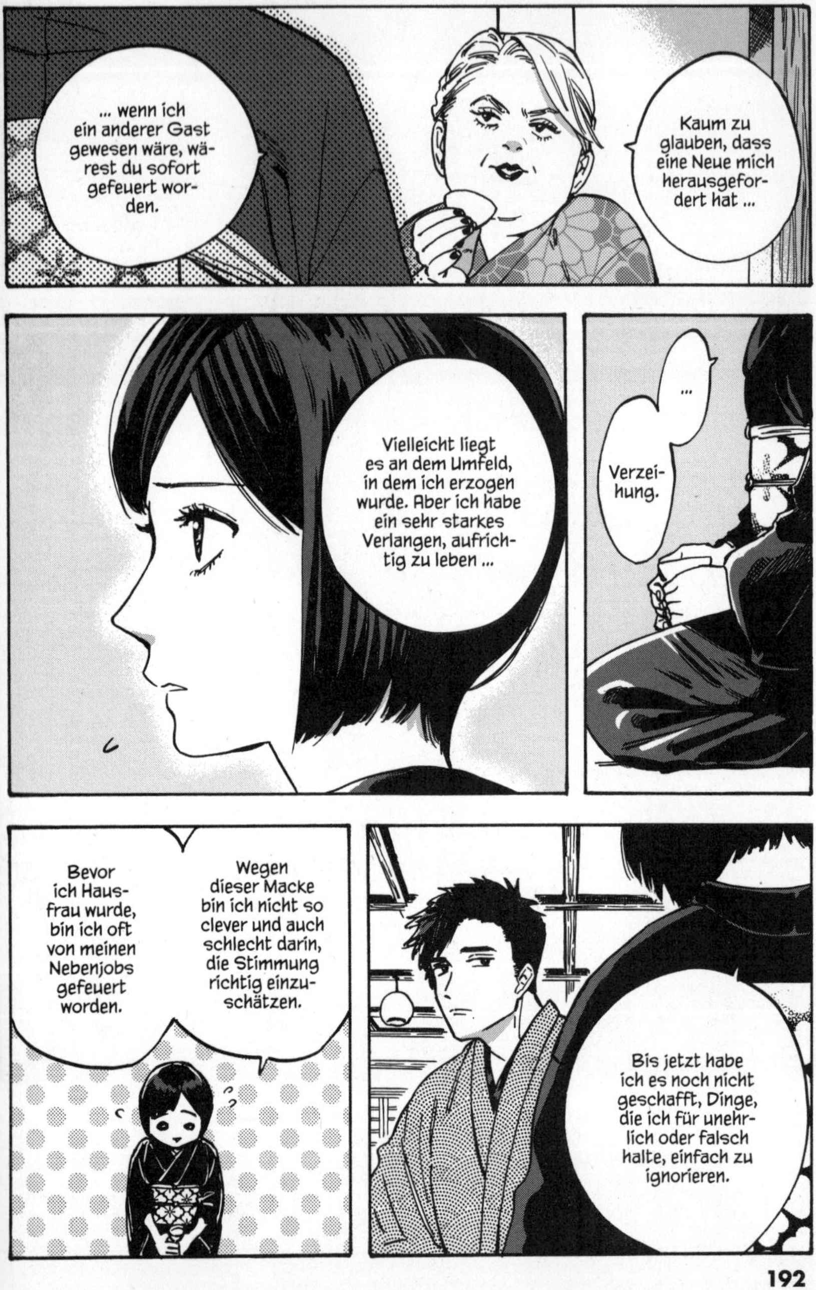
Kaum zu glauben, dass eine Neue mich herausgefordert hat ...
... wenn ich ein anderer Gast gewesen wäre, wärest du sofort gefeuert worden.
...
Verzeihung.
Vielleicht liegt es an dem Umfeld, in dem ich erzogen wurde. Aber ich habe ein sehr starkes Verlangen, aufrichtig zu leben ...
Bis jetzt habe ich es noch nicht geschafft, Dinge, die ich für unehrlich oder falsch halte, einfach zu ignorieren.
Wegen dieser Macke bin ich nicht so clever und auch schlecht darin, die Stimmung richtig einzuschätzen.
Bevor ich Hausfrau wurde, bin ich oft von meinen Nebenjobs gefeuert worden.

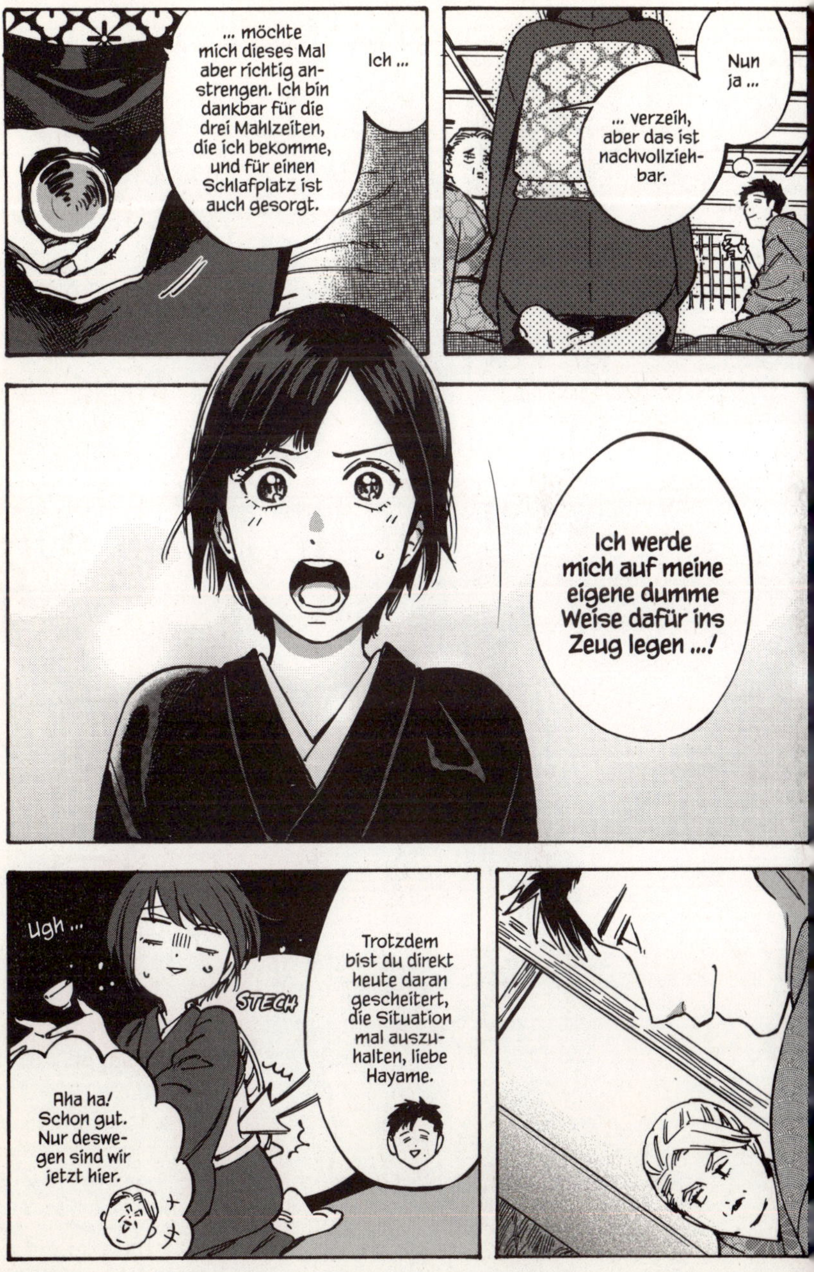
Nun ja ...
... verzeih, aber das ist nachvollziehbar.
Ich ...
... möchte mich dieses Mal aber richtig anstrengen. Ich bin dankbar für die drei Mahlzeiten, die ich bekomme, und für einen Schlafplatz ist auch gesorgt.
Ich werde mich auf meine eigene dumme Weise dafür ins Zeug legen ...!
Trotzdem bist du direkt heute daran gescheitert, die Situation mal auszuhalten, liebe Hayame.
STECH
Ugh ...
Aha ha! Schon gut. Nur deswegen sind wir jetzt hier.

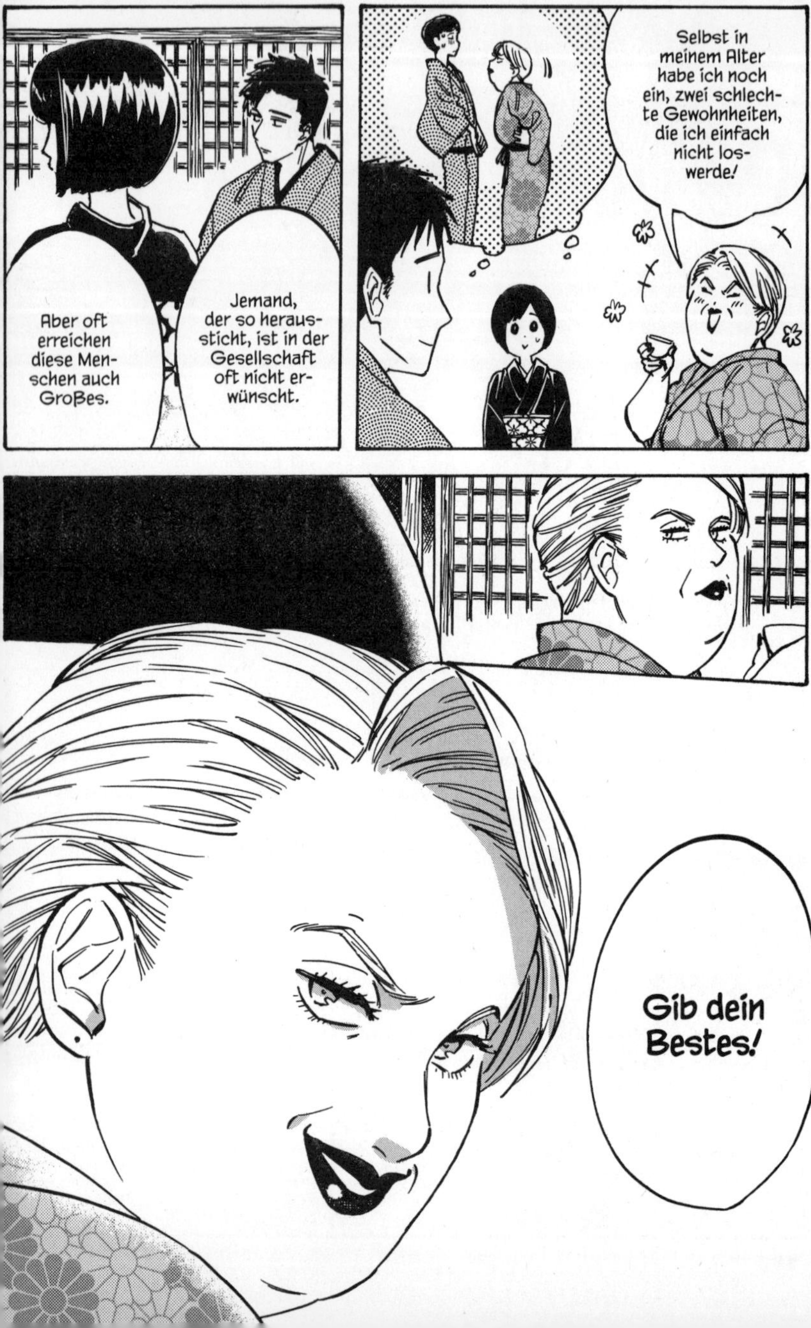
Selbst in meinem Alter habe ich noch ein, zwei schlechte Gewohnheiten, die ich einfach nicht loswerde!
Jemand, der so heraussticht, ist in der Gesellschaft oft nicht erwünscht.
Aber oft erreichen diese Menschen auch Großes.
Gib dein Bestes!

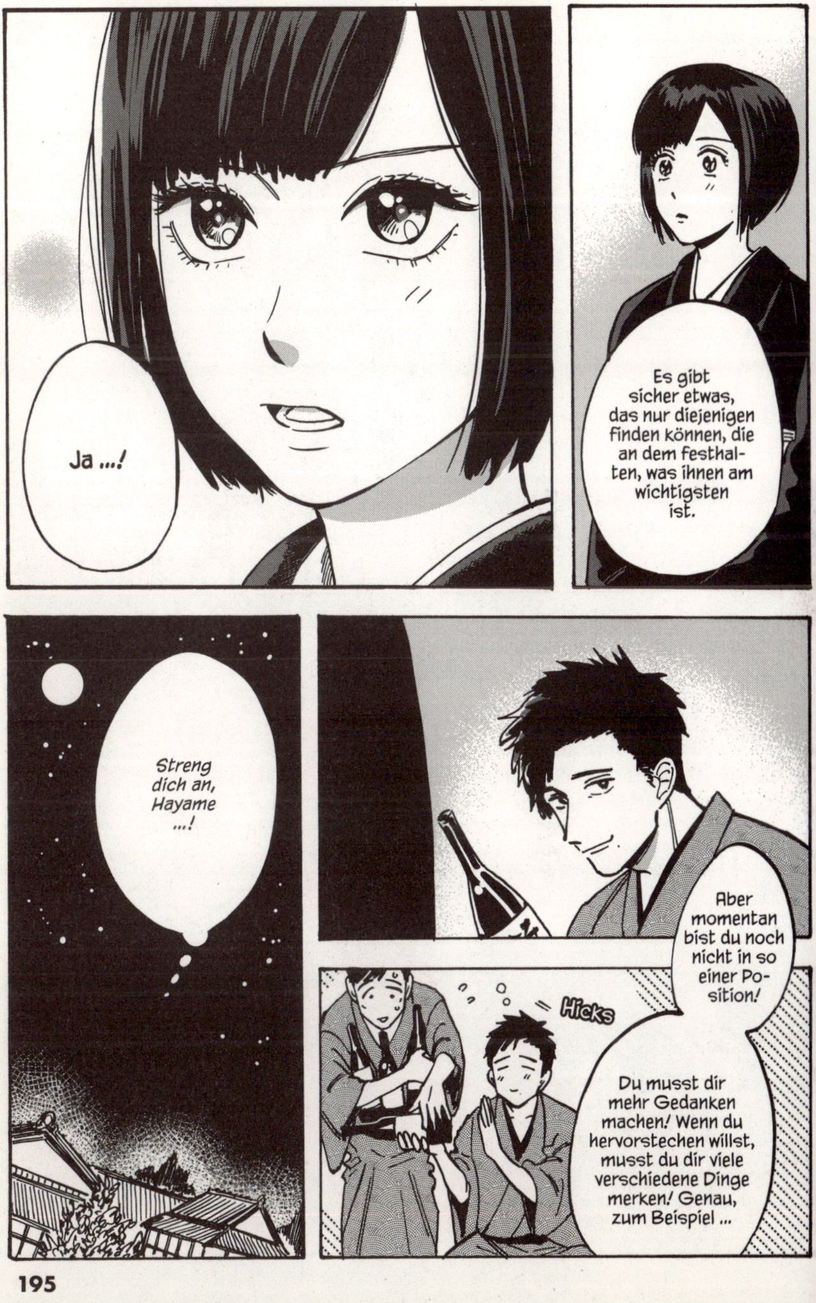
Es gibt sicher etwas, das nur diejenigen finden können, die an dem festhalten, was ihnen am wichtigsten ist.
Ja ...!
Aber momentan bist du noch nicht in so einer Position!
Hicks
Du musst dir mehr Gedanken machen! Wenn du hervorstechen willst, musst du dir viele verschiedene Dinge merken! Genau, zum Beispiel ...
Streng dich an, Hayame ...!

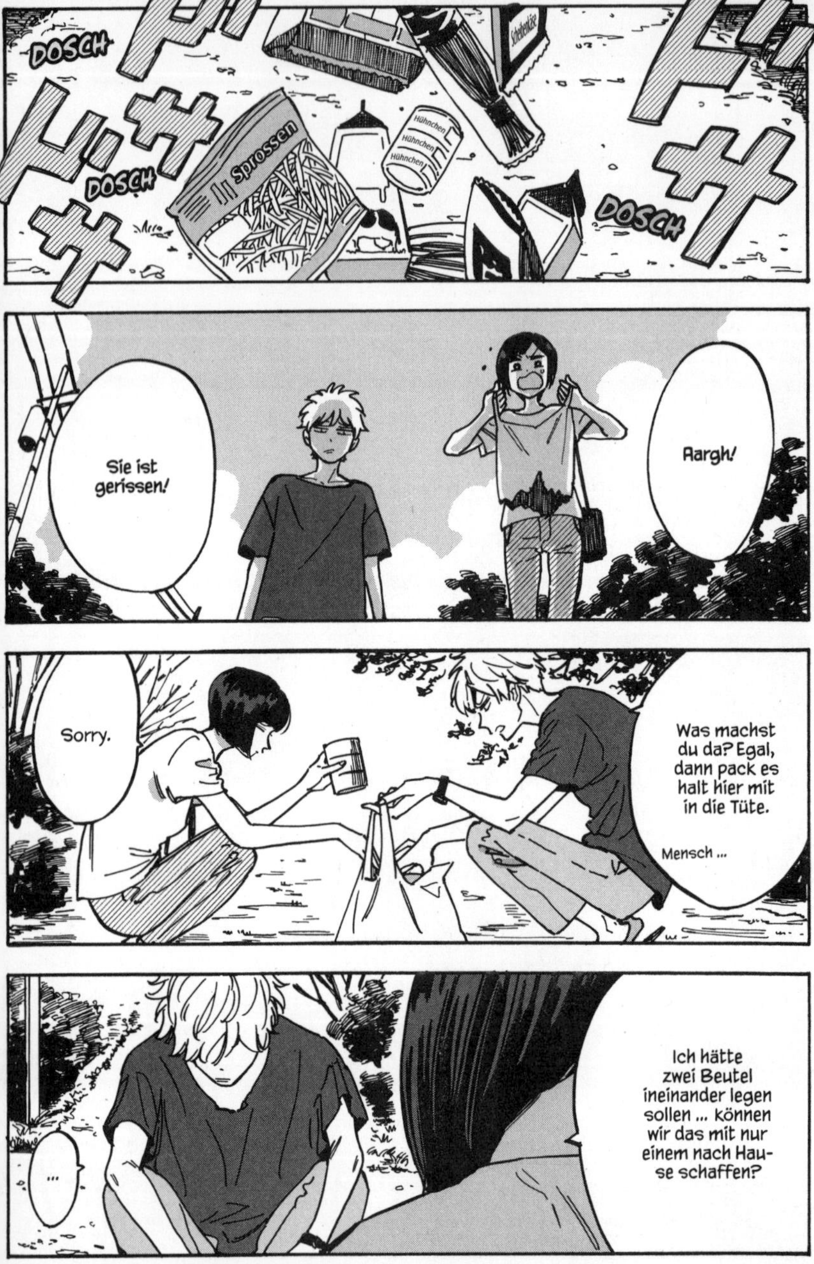
DOSCH
Scheibenkäse
Hühnchen
Hühnchen
Hühnchen
Sprossen
DOSCH
DOSCH
Aargh!
Sie ist gerissen!
Was machst du da? Egal, dann pack es halt hier mit in die Tüte.
Mensch ...
Sorry.
Ich hätte zwei Beutel ineinander legen sollen ... können wir das mit nur einem nach Hause schaffen?
...

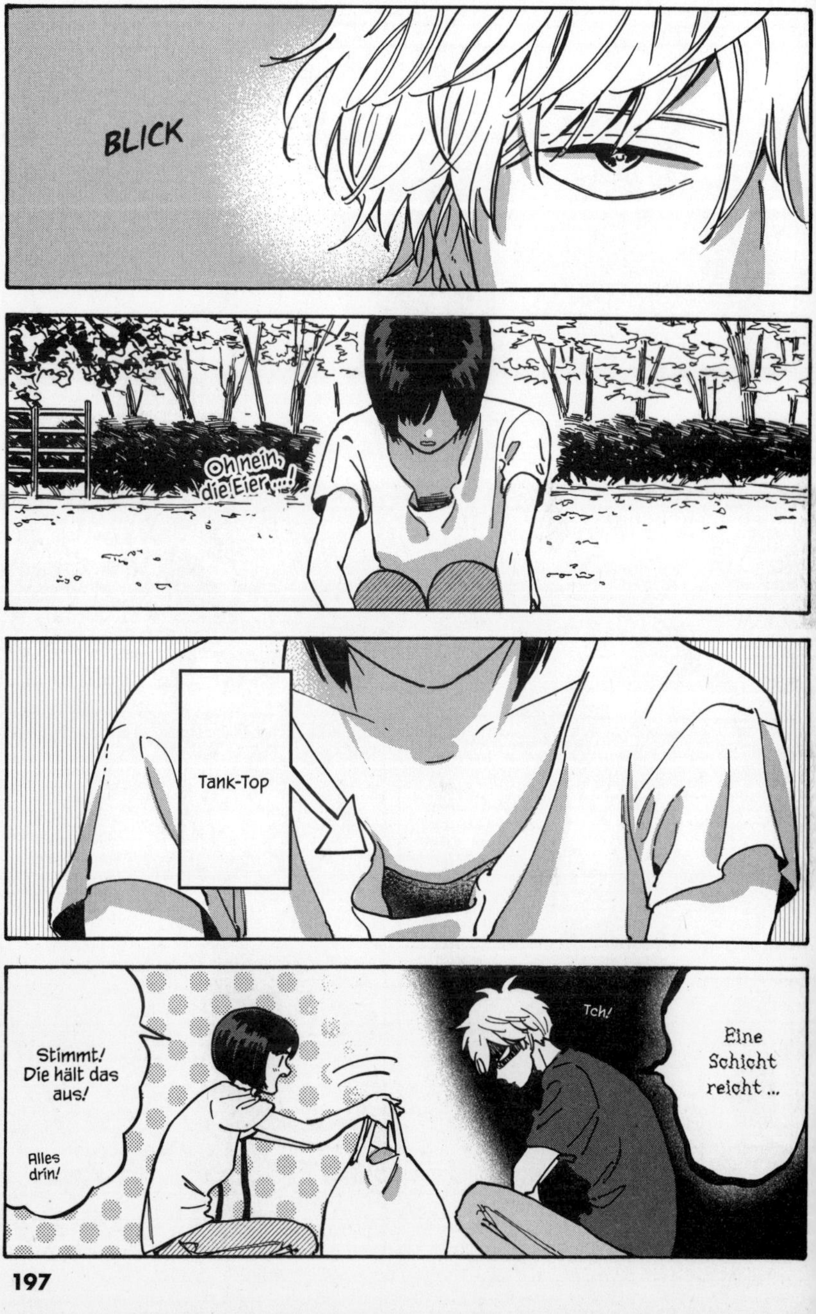
BLICK
Oh nein, die Eier ...!
Tank-Top
Eine Schicht reicht ...
Tch!
Stimmt! Die hält das aus!
Alles drin!

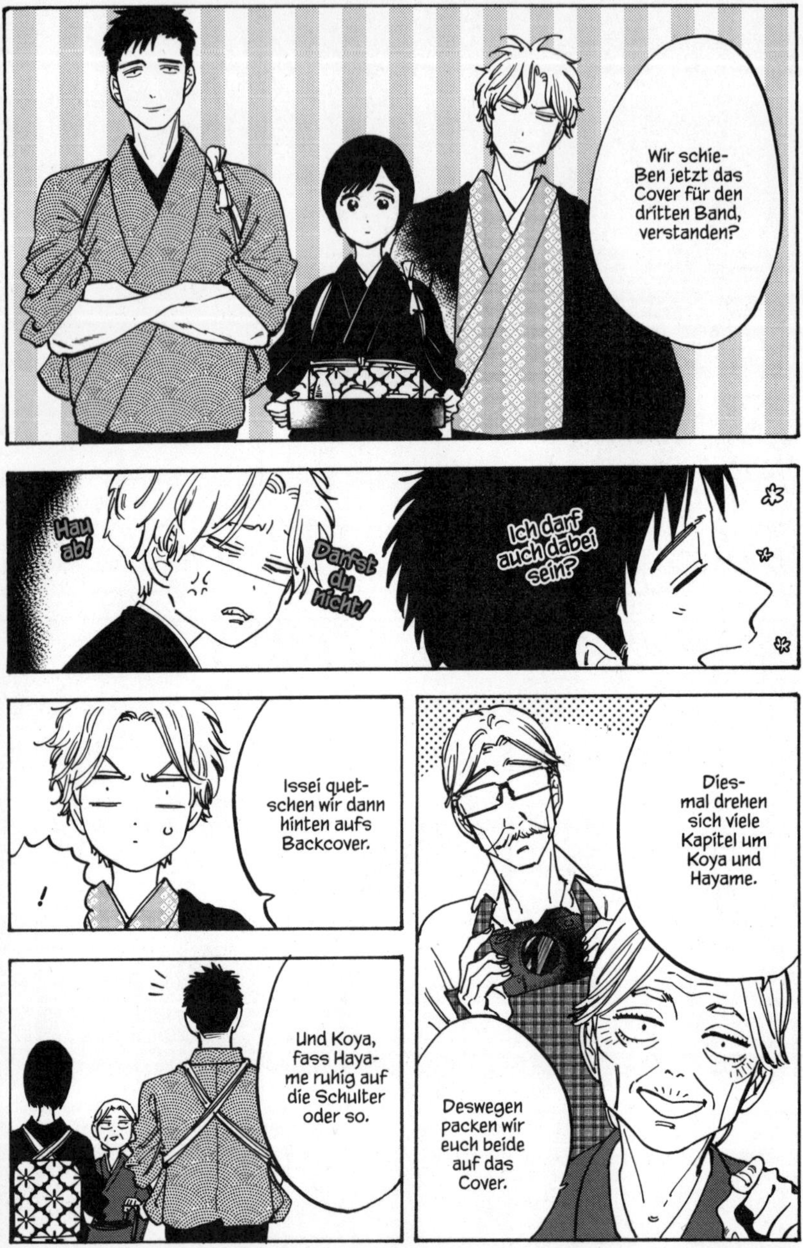
Wir schießen jetzt das Cover für den dritten Band, verstanden?
Ich darf auch dabei sein?
Darfst du nicht!
Hau ab!
Diesmal drehen sich viele Kapitel um Koya und Hayame.
Deswegen packen wir euch beide auf das Cover.
Issei quetschen wir dann hinten aufs Backcover.
!
Und Koya, fass Hayame ruhig auf die Schulter oder so.

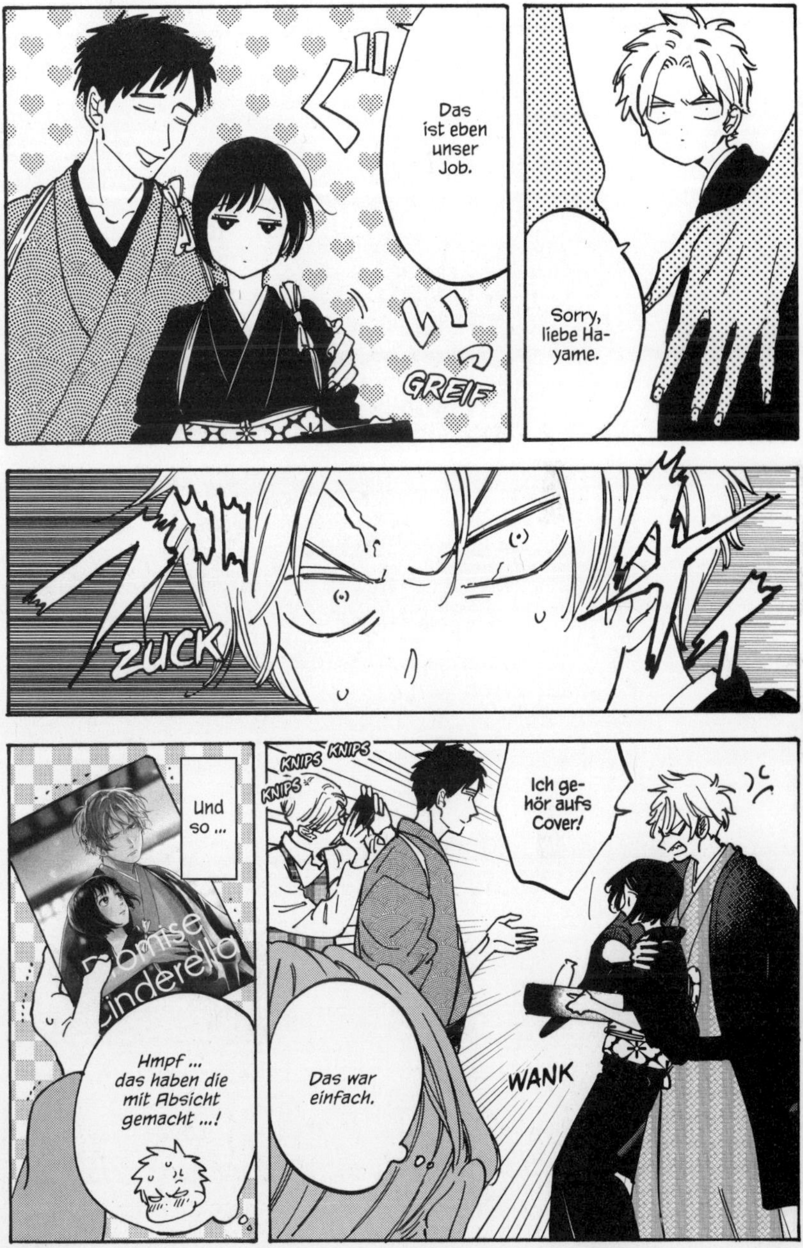

Sorry, liebe Ha-yame.
Das ist eben unser Job.
GREIF
ZUCK
Ich ge-hör aufs Cover!
KNIPS KNIPS
KNIPS
WANK
Das war einfach.
Und so ...
Hmpf ... das haben die mit Absicht gemacht ...!

Im Winter friere ich sehr, daher trage ich mehrere Lagen Socken übereinander. Ich brauche wohl mehr Muskeln, um warm zu bleiben.

Oreco Tachibana

Special Thanks

Recherchehilfe:
Ryokan Chigasakikan
Herr Murakami vom Ryokan Ochiairo

Manga, Coverillustration: Oreco Tachibana

Coverdesign: Kawatani-Design

Marketing: Natsuko Sue

Vertrieb: Tomomi Sakaguchi

Digitale Bearbeitung: Takeshi Sakamoto

Verantwortliche Redakteurin: Misaki Shiramizu

TOKYOPOP GmbH
Hamburg

TOKYOPOP
1. Auflage, 2021
Deutsche Ausgabe/German Edition

Aus dem Japanischen von Doreaux Zwetkow

PROMISE CINDERELLA 3 by Oreco TACHIBANA

Original Japanese edition published by SHOGAKUKAN.
German translation rights arranged with SHOGAKUKAN
through The Kashima Agency.

Redaktion: Natalie Tonak
Lettering: Vibrant Publishing Studio
Herstellung: Mathias Neumeyer, Ute Kleim
Druck und buchbinderische Verarbeitung:
CPI – Clausen & Bosse GmbH, Leck
Printed in Germany

MIX Papier FSC® C083411

Wir achten auf die Umwelt.
Dieses Produkt besteht aus FSC®-zertifizierten und anderen kontrollierten Materialien.

ISBN 978-3-8420-6105-7

www.tokyopop.de

SAVAGE SEASON

Mari Okada / Nao Emoto

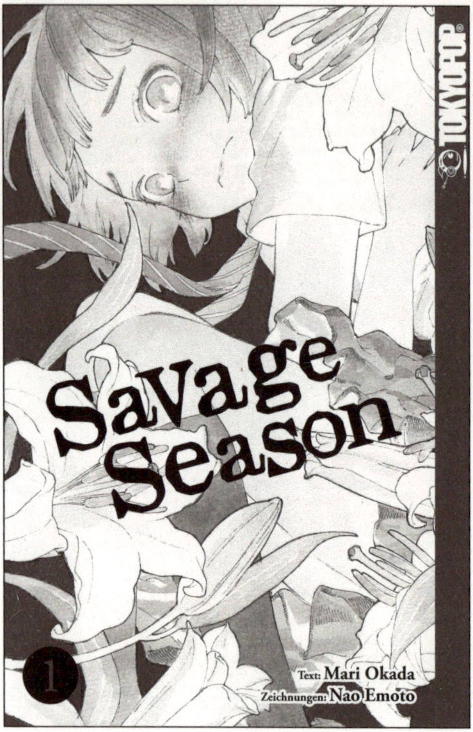

Fünf Mädchen, drei Buchstaben und kein Zurück!

Ein Lesekreis ist verstaubt, öde und was für alte Damen? Von wegen! Den Mädchen vom Literaturklub glühen regelmäßig die Ohren, denn ihre Romane drehen sich um ein besonders brisantes Thema: Sex! Was auf dem Papier sinnlich und exotisch klingt, bringt die fünf Freundinnen immer wieder an ihre Grenzen. Dabei beginnt mit den aufkeimenden Gefühlen und ihrer unstillbaren Neugier die wohl wildeste Zeit ihres Lebens!

STOPP!

**Dies ist die letzte Seite des Buches!
Du willst dir doch nicht den Spaß verderben
und das Ende zuerst lesen, oder?**

Um die Geschichte unverfälscht und originalgetreu mitverfolgen zu können, musst du es wie die Japaner machen und von rechts nach links lesen. Deshalb schnell das Buch umdrehen und loslegen!

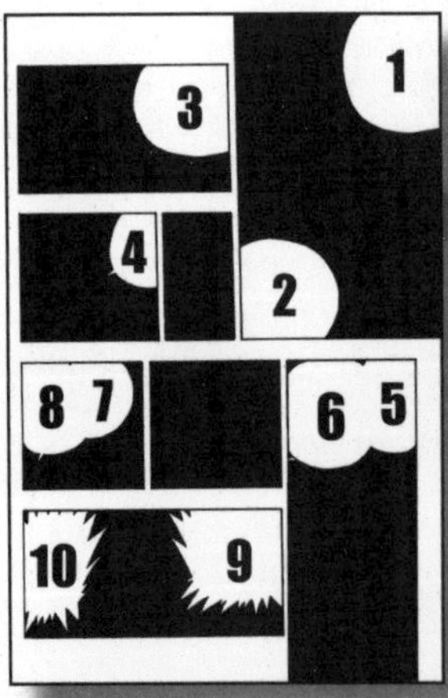

So geht's:

Wenn dies das erste Mal sein sollte, dass du einen Manga in den Händen hältst, kann dir die Grafik helfen, dich zurechtzufinden: Fang einfach oben rechts an zu lesen und arbeite dich nach unten links vor.
Viel Spaß dabei wünscht dir TOKYOPOP®!